二見文庫

純白のドレスを脱ぐとき

トレイシー・アン・ウォレン／久野郁子＝訳

The Princess and the Peer
by
Tracy Anne Warren

夢を見るすべての人へ

純白のドレスを脱ぐとき

登場人物紹介

エマリン(エマ)・アダリア・マリー・ホワイト	ローズウォルド王国の王女
ドミニク(ニック)・グレゴリー	リンドハースト伯爵。元英国海軍大佐
マーセデス	エマの親友
アリアドネ	エマの親友
ワイズミュラー公爵未亡人	エマのお目付け役
ジマー男爵未亡人	エマのお目付け役
ミセス・ブラウン・ジョーンズ	エマの母校の元教師。旧姓ミス・プール
フェリシティ	ニックの叔母。ダルリンプル子爵未亡人
ルパート	ローズウォルド王国の摂政皇太子。エマの兄
シグリッド	エマとルパートの姉
オットー王	エマの政略結婚の相手

プロローグ

スコットランド高地
一八一五年九月

ローズウォルド王国の十八歳になるエマ王女は、手に握りしめた美しい乳白色の羊皮紙の手紙を茫然と見つめた。指先が氷のように冷たくなっていく。椅子にすわっていたのは不幸中の幸いだった。そこは寄宿舎のこぢんまりした自室で、エマは椅子に腰かけ、王家の紋章のついた分厚い赤の封蠟《ふうろう》をはずして兄からの手紙に目を通したところだった。もし立っていたら、ひざから力が抜けて硬い石の床に崩れ落ちていたかもしれない。

「どうしたの。なにが書いてあったの？」向かいにすわる友人のマーセデスの声が、どこか遠くから聞こえているように感じられる。

「いい知らせじゃないことはたしかみたいね」その場にいたもうひとりの友人のアリアドネが言った。「顔が亡霊みたいに真っ青になってるわ」向かいの席から手を伸ばし、エマの手をさすりはじめた。重ねた手の下で、手紙がかさかさと小さな音をたてた。「気つけ薬を持ってきてちょうだい、マーセデス。このままだと気を失ってしまうかもしれない」

マーセデスが立ちあがると、ピンクのシルクのデイドレスがふわりと広がり、華奢《きゃしゃ》な足首のまわりですそが揺れた。痩せ型のエマは、女らしい曲線を描くマーセデスの体形を以前からひそかにうらやましく思っていた。豊かな美しい髪は漆黒で、アリアドネの赤みがかった金髪や、エマ自身の明るい金色の髪とは対照的だ。

だがエマはマーセデスを止めた。「いいえ、行かなくていいわ。わたしは老女じゃないのよ。気つけ薬なんかいらない」

アリアドネが髪と同じ赤みがかった金色の眉をひそめ、四角い眼鏡の奥で緑の目をきらりとさせた。「いらないですって？　いまにも床に倒れそうじゃないの。マーセデス、いいから持ってきて！」

「結構よ！」エマのその声には、四百年の歴史を持つ王家の威厳がにじんでいた。「気つけ薬はいらないわ」

「でも――」マーセデスは言った。

「わたしがあのにおいをどれほどきらいか、あなたも知っているでしょう」エマはすっとした鼻にしわを寄せて言った。「ほんとうにいらないから。一瞬、気が動転したけれど、もうだいじょうぶよ」

あごをあげ、ふたりの友人の心配そうな顔を見た。三人は貴族や王族の子女が学ぶホルテンシア伯爵夫人女学校の同級生で、固い友情で結ばれていた。マーセデスもアリアドネも、それぞれスコットランドから遠く離れた国の王女で、エマのことをだれよりも理解してくれている。

エマはふたりを安心させようと、どうにか笑顔を作った。

「それで」マーセデスが濃い茶色の瞳に不安げな表情を浮かべ、静かに訊《き》いた。「手紙にはなんて書いてあったの？」

エマは口を開きかけたが、ことばが出てこず、黙って手紙を差しだした。

マーセデスとアリアドネは額を寄せあい、手紙に目を落とした。

「まあ、嘘でしょう！」マーセデスが言った。

「嘘じゃないと思うわ」アリアドネが弓形の唇を引き結んで顔をあげた。「エマ、申しわけないけれど、あなたのお兄様には前々からいい印象が持てなかった」ごみ箱からこぼれ落ちたものでも持つように、手紙を指先でつまんでふる。「これを読んで、ますますその気持ちが強まったわ。血も涙もない傲慢《ごうまん》な――」

「ルパートはいま、大きな重圧にさらされているの」エマは兄をかばった。「ウィーン会議で、ヨーロッパの国境線の半分が書きかえられてるわ。強い国は、自分たちの利益のために弱小国を呑みこんで領土を広げ、他国より優位に立とうと躍起になっている。ローズウォルドを守るためには、これしかないと兄は思ったのよ」

そのことばが口から出たとたん、エマは言わなければよかったと後悔した。アリアドネのつらそうな顔が目に映った。ヨーロッパの勢力図が大きく変わりつつあることなら、アリアドネがいちばんよくわかっている。まず戦争のさなか、家族が悲劇的な最期を遂げた。そしてほんの数週間前、祖国がなくなり、隣りの国に領土を併合されるという知らせを受けた。そのとき本人が言ったとおり、アリアドネはいまや王女とは名ばかりで、祖国も帰る家もない身の上なのだ。

「国を守りたいという皇太子のお気持ちは、痛いほどわかるわ」アリアドネは落ち着いた口調で言った。「でもだからといって、妹を年齢が三倍も上の男性に嫁《とつ》がせていい理由にはならないでしょう」

「二倍よ」マーセデスがとりなすように言った。「オットー王は、たしか三十代後半だったはず」

アリアドネはふんと鼻を鳴らした。もし校長がこの場にいたら、小言を言われていただろう。「二倍か三倍か知らないけど、十八歳の娘の結婚相手としては歳が離れすぎてるわ。あなたに残酷な政略結婚を強《し》いなくても、問題を解決する方法はほかにもあったはずよ」

エマはマーセデスの手から手紙を取りかえし、きっちり半分に折りたたんだ。「ほかに方法があったら、兄だってこんなことはしないわ。ルパートはわたしを愛してくれているもの」友人たちだけでなく、自分自身をも納得させるように言った。

「そうでしょうね。でもお兄様は、あなたより祖国のほうを愛しているのよ」

エマはひとつ息を吸った。「年老いた病気の父に代わって、もうすぐルパートが王位を継ぐの。兄はやらなければならないことをしているだけよ」

三人はしばらく無言で、これからエマを待ち受けている運命について思いをめぐらせた。

「いつかこうなると思っていたわ」マーセデスがあきらめたようにため息をついた。

「マーセデス、どうしてそんなことを言うの？」アリアドネが愕然とした顔でマーセデスを見た。「エマの気持ちを考えてもみて」

マーセデスが口を開く前に、エマが言った。

「マーセデスの言うとおりよ」きっぱりとした口調だった。「自分の知らないところで結婚相手を決められても、べつに驚くことではないわ。当たり前のことだもの――少なくとも、王家に生まれた人間にとっては」

「でも、エマ――」アリアドネが言いかけた。

エマは首をふり、胸につかえている苦い気持ちを呑みこんだ。「これが人生よ。みんながよく学校にこっそり持ちこんでるミネルヴァ出版の恋愛小説みたいに、甘いものではないわ。いつか真実の愛にめぐりあい、勇敢な騎士がさっと抱きあげて幸せにしてくれるなんてこと、ただのむなしい夢にすぎない。ふつうの女性、せめて貴族の娘なら、結婚に愛を望むこともできるでしょう。けれども、わたしたちはちがうのよ」

「そんなの不公平だわ」アリアドネが強い口調で言った。「あなただって以前、女が取引の材料みたいにあつかわれて、周囲の都合で結婚相手を決められるのはおかしいと言ってたじゃないの。それではチェスの駒と同じだ、と」

エマは憤慨《ふんがい》しているアリアドネを見た。指先の感覚がなくなっていく。「ええ、たしかにそう言ったわ。でも、少女じみた夢を捨てるときがついに来たのよ。わたしたちは王女として生まれ、特権を持った豊かな暮らしを約束されている。けれどそれには義務がともなうの。わたしだって愛を求めているけれど、義務ははたさなくてはならないわ」

「それではこのまま黙ってしたがうというの？」

「どうにもならないとわかってるのに、抵抗してもしかたがないでしょう」

アリアドネはうんざりしたように言った。「わたしは夢想家なのかもしれないけど――ええ、きっとそうね――声をあげなかったら、いつまでたっても女の立場は変わらないわ」

「あなたはミセス・ウルストンクラフト（英国の女権拡張論者で作家）などの本を読みすぎなのよ」エマは言った。アリアドネが同じ考えを持った知り合いの助けを借りて、急進的な本を寄宿舎へひそかに持ちこんでいることは知っている。退屈な宗教関係の書物にまぎれこませて、郵送してもらっているのだ。

「学問好きの女性というのは驚くほど大胆ね」マーセデスが小さな声で言った。「わたしにはとてもまねできない」

アリアドネは励ますような目をマーセデスに向けた。「あなただってほんとうは、自分で思っているよりずっと強いのよ。あとは勇気を出すだけ」

マーセデスは首を横にふった。「あなたは勇敢だわ、アリー。わたしはしきたりに逆らうなんてできないもの。こんな話をしていることを両親に知られたらと思うだけで……」かすかに身震いする。

「わたしも同じよ」エマは言った。「迎えの馬車が来たら、ここを出ていかなくちゃ」

マーセデスは唇の端を下げ、ふいに涙のにじんだ目をシルクのハンカチで押さえた。「手紙には来週と書いてあったわ。そんなに早く発《た》つの？」

エマの胸がふたたび締めつけられた。「ええ、そうよ」そう言ったとたん、不安でたまらなくなった。身を乗りだしてふたりの手を握る。「これからも連絡を取りあいましょうね。なにがあろうと、ずっと友だちでいると約束して。またかならず会いましょう。励ましと慰めを与えあい、心の支えでありつづけるの」

「ええ、もちろんよ」マーセデスが大きな声で言った。「あなたがいなくなるなんて耐えられない」

エマはもうひとりの友人のことばを待った。さっきの口論を考えると、どういう反応が返ってくるかわからない。だが次の瞬間、アリアドネはエマの手を強く握りしめた。「固く誓うわ。わたしたち三人は、いまもこれからもずっと親友よ。血のつながらない姉妹なの」

「わたしたちは姉妹」三人で声を合わせ、心の底から言った。「いつまでも」

1

「お兄様はどうしてまだ来ないのかしら」それから一カ月近くたったある日、エマは冷めた昼食を前に言った。「この週末には到着するはずだったのに」

「予期せぬ事態が起きたそうですわ」お目付け役を務めるワイズミュラー公爵未亡人が言った。「王女様に、申しわけないけれどもう少し待つように伝えてほしい、とおっしゃっていたそうです」

「いつまで待てばいいというの？　それにわたしに直接、手紙で知らせてくれてもいいはずだわ」

ローズウォルドの元駐英大使の未亡人であるレディ・ワイズミュラーは、エマの強い口調に漆黒の眉を片方吊りあげた。「殿下にもご都合がおありなのですから、理解してさしあげなければ」

公爵未亡人の黒い目はこちらをとがめるように冷たかったが、エマはべつに驚かなかった。この中年の女性は、感情をあらわにするのはみっともないことだと思っているのだ。若い女性が自分の意見を持ち、あれこれ疑問を口にすることも、慎むべきだと考えているらしい。

「使節によると、そのうちおいでになるとのことです」公爵未亡人は言い、グラスを手にとって注意深くワインをひと口飲んだ。「喜んでお待ちしなくては」

喜んで待つですって？

もう長いこと待ちつづけている。

それなのに、ロンドン郊外の大きな公邸に閉じこめられたまま、まだ待たなければならないなんて。

公邸にやってきてからの三週間、敷地の外へ出たことは一度もない。スコットランドにいるときも、外の世界から隔離されたような気がしていた。でもいまにして思うと、それはまちがいだった。

顔を合わせる相手といえば、公爵未亡人と使用人だけだ。それとダンスのおさらいのため、講師が二度ほどやってきたこともある。でもこれから舞踏会やパーティが待っているのだと思っても、気分はまったく晴れなかった。ここは立派な庭園を備えた豪華な館ではあるが、エマは上階の居間で飼われている、美しいかごにとらわれたカナリアの心がわかるような気がした。あの小鳥たちは、自由を求めて歌っているのではないだろうか。ほんとうは大空へ飛び立ちたくて鳴いているのかもしれない。

せめてロンドンの街を観光し、買い物のひとつでも楽しめたなら、これほど退屈しなくてすんだろう。だがロンドンへ行くのなら、公式訪問として、英国王室の人びとに拝謁《はいえつ》しなくてはならないという。エマがその話題を持ちだすたび、ワイズミュラー公爵夫人はそう言った。つまり、ルパートがやってくるまではどこへも行けないということだ。

いったいいつになったら来るのかしら！　エマはいらだちを覚え、胸のうちでぼやいた。ホルテンシア伯爵夫人女学校に戻って、アリアドネとマーセデスと一緒にいたい。ふたりとは何度か手紙のやりとりをしたが、あまり暗いことは書かないように気をつけた。ふたりに心配をかけたくなかったからだ。代わりに、屋敷が豪奢なことや使用人がたくさんいること、出される料理がおいしいこと、美しいピアノがあって、いつでも好きなときに弾けることなどを書いた。それからロンドンで訪れてみたい場所も書きつらねた。でもいまは、その願いすらかなえられそうにない。

もちろんいちばんの願いは、ルパートが今回の政略結婚を考えなおしてくれることだ。せめて、こちらの意見ぐらい聞いてほしかった。オットー王は見知らぬ他人だ。肖像画を見たことすらないのに、結婚するなど想像もできない。自分はそんな人の子どもを産み、その傍らで王妃として一生を過ごすのだ。そう考えると、エマののどが締めつけられ、手に汗がにじんだ。

そうやって長く憂鬱な日々が過ぎるにつれ、不安と恐怖が次第に大きくなっていった。自由が欲しくてたまらない。このままではおかしくなってしまいそうだ。

神様、助けて。エマは心のなかで叫んだ。ここから出たい！　これ以上、我慢できない。

エマはいきなり食卓の椅子を引いて立ちあがった。

公爵未亡人が顔をあげて目を丸くした。「どうなさったんです？　さあ、席についてお食事をすませてください」

エマは首を横にふった。「ごめんなさい。失礼してもいいかしら。その……気分がすぐれないの」

「ご気分がすぐれない？　お医者様に診《み》ていただきましょうか。すぐにお呼びいたします」

「いいえ、その必要はないわ。ちょっと疲れたから、横になりたいだけ」

ワイズミュラー公爵未亡人は目を細くすがめ、エマの顔をじっと見た。「わかりました。いいでしょう。お食事は部屋に運ばせますので、ゆっくりお休みください」

「ありがとう」

エマは走りだしたい気持ちをこらえつつ、ダイニングルームをあとにした。

それから長い時間がたったのち、ベッドで目を覚ましたエマは、早朝の薄闇に目を凝《こ》らした。上質なリネンのネグリジェの下で心臓が激しく打ち、神経が張りつめるのを感じた。

動揺と倦怠《けんたい》。それがエマの心を占めていた。

しばらくのあいだでいいから、この監獄からのがれたくてたまらない。そう、どんなに豪華で美しくても、ここは監獄そのものだ。

監獄。

そして自分は囚人のごとく、檻を出て外へのがれ、雨のしずくを舌に受けるように甘い自由の味を堪能することを求めている。父や兄、それに苔《こけ》むした石みたいに陰気な公爵未亡人の言いつけにしたがうのにも嫌気がさした。知らない世界を見てみたい。子どものころからそばにいる女官のジマー男爵未亡人も、慰めという点ではほとんど役に立たなかった。

「辛抱なさってください、王女様」男爵未亡人は言った。「年長のかたのおっしゃることにしたがっていれば、まちがいはありません」

だがエマにはそう思えず、いらだちは募るばかりだった。

この公邸にも、退屈な日々にもうんざりだ。本人の気持ちなど考えもせず、勝手に将来を決める大人たちにふりまわされることにも。これから先、自分を待ち受けていることを思うとぞっとする。

せめて一週間だけでも、王女という立場を忘れて、ありのままの自分でいられたなら。女学校で一緒だった貴族の娘たちには、そうした自由があった。卒業したら気ままな人生を送れる貴族の娘を、うらやましく思わずにはいられない。春になってロンドンの社交シーズンがはじまったら、彼女たちは舞踏会やパーティなどのわくわくする催しにたくさん行って、将来の夫を探すのだろう。結婚しても、王女ほどの義務や務めをはたす必要はない。王女である自分は、いつ起きていつ就寝するのかさえ、自由に決めることができないのだ。

王家の豪華な馬車の窓からではなく、自分で好きにロンドンの街を見てまわれたら、どんなにいいだろう。一挙一動に注目されることも、一言一句を批評されることもなく、ひとりで冒険をしてみたい。ルパートが来るまで待たずに、どうにかしてロンドンへ行く方法はないだろうか。だれか泊めてくれるような知り合いが向こうにいたらよかったのだけれど。

ちょっと待って。心あたりがあるわ！

エマがさっと上体を起こすと、上掛けがすべり落ちた。

ミス・プールは女学校でお世話になった英語教師で、昨年退職し、ロンドンの事務弁護士と結婚した。ミス・プール――いや、いまはミセス・ブラウン・ジョーンズだ――のことは大好きで、別れたあとも親しく手紙のやりとりをしていた。訪ねていけば、きっと喜んで迎えてくれるにちがいない。

でも自分が公邸を逃げだしたと知っても、宿を提供してくれるだろうか。せめてロンドンの街を満喫するあいだの何日かだけ、泊めてもらうのは無理だろうか？　公邸を離れることを公爵未亡人が許すはずもない。だがそのことをミセス・ブラウン・ジョーンズが知る必要はないだろう――少なくとも、ただちには。

一週間。一週間だけ思いきり楽しんだら、どんな結末が待っていようと、ここへ戻ってこよう。それぐらい許されてもいいはずだ。

でもわたしにそんな勇気がある?

ええ、もちろんあるわ……

エマは怖気《おじけ》づく前に上掛けをはぎ、身を乗りだしてろうそくに火をつけた。急いでベッドを出ると、小走りに化粧室へ向かい、いちばん小さな旅行かばんを取りだした。


ドミニク・グレゴリーことリンドハースト伯爵は、黒いひげの伸びはじめたあごを指でなでてあくびを嚙み殺しながら、銀のトレーに載ったしわひとつない新聞を手にとった。

「お風呂をご用意いたしましょうか、閣下」近侍《きんじ》のパドルメアが言い、主人の返事をじっと待った。「それとも、先にコーヒーを召しあがりますか?」

寝室で丸いクルミ材のテーブルについていたニック――ドミニクはそう呼ばれるほうが好きだった――は顔をあげた。背の高い開き窓から秋の陽射《ひざ》しがそそぎこんでいる。窓の向こうには、いまやニックのものとなったロンドンの屋 敷《タウンハウス》の庭が広がっていた。

自分の屋敷。なんと奇妙な響きだろう。

ニックはいまだに、この屋敷が自分のものであるという事実をうまく呑みこめずにいた。兄の有能な使用人にかしずかれることにも、なかなか慣れない。

いや、もう自分の使用人だ。

とつぜん死んでしまうとは、ピーターもひどいじゃないか。ニックはこれまで何千回となくくり返したことばを、心のなかでつぶやいた。爵位と財産、そして終わりのない膨大な義務を自分に押しつけて旅立つとは。

伯爵位を継ぐのはニックではなく、ピーターのはずだった。

兄は立派な人物だった。

責任感も強かった。

生まれたときから一族の長となるべく育てられた、気高く従順な息子だった。まちがっても、自分の手で人生を切り開きたいといって家を出るとき、父に激しいことばを投げつけるような反抗的な息子ではなかった。

ニックには、たしかに自分の手で人生を切り開いてきたという自信があった。二十五歳という若さで、英国海軍の大佐の地位までのぼりつめた。それから戦争で指揮をとった五年のあいだに、心身ともに鍛えられて強くなり、部下の信頼と忠誠を勝ち取った。だがその五年間の経験も、伯爵位を継ぐのに必要な知識を与えてはくれなかった。

また、喜んであとを継ごうという気持ちも。

いまでもまだ、荒れた海を進む軍艦に戻り、甲板の上に立ちたいという思いは強く残っている。でもピーターが腸チフスで亡くなったという知らせを受けて、任務を離れざるをえなくなった日、あれはもう自分の船ではなくなった。

そしていま、こうしてテーブルにつき、これまで一度も陸を離れたことがなさそうな近侍から、コーヒーと風呂のどちらがいいかと尋ねられている。ロンドンで生まれ育ったパドルメアが海を見たことすらないと言っても、べつに驚きはしない。

「コーヒーを頼む」ニックはぶっきらぼうに返事をし、視線を落として新聞を開いた。

しばらくして熱いブラックコーヒーを二杯飲み終え、風呂にはいってひげを剃ろうと立ちあがった。

裸足のまま鹿革の半ズボンを穿《は》き、白いリネンのシャツのボタンを途中までかけて髪をふいていたとき、ドアをノックする音がした。

主人の身支度を手伝いたくてうずうずしていたパドルメアが、ドアへと向かった。

一分もしないうちに、肩をこわばらせて戻ってきた。「閣下とお話ししたいというかたがお見えとのことです。まだ朝の早い時間だからとお断わりしても、とにかく閣下に取り次いでほしいとの一点張りだそうでして」

ニックは濡れたタオルをシルク張りの椅子にほうり投げ、背面が銀でできた二本のブラシを手にとった。椅子が濡れるのを心配したらしく、近侍がぎくりとした表情を浮かべたが、ニックは意に介さなかった。

パドルメアは椅子に近づいてタオルをとりあげ、きっちりふたつに折りたたんだ。

「わたしと話したい客？」ニックは豚毛のブラシで濃褐色の髪をとかしながら言った。「だれだろう。名前は聞いたか？」

「はい。ミスター・ゴールドフィンチというかただそうです」

「フィンチーがここに?」ニックは笑顔になった。「すぐに通してくれ」

「かしこまりました」近侍は後ろを向いて出ていった。

ニックはゆるやかに波打った髪をできるだけきれいに整えてから、ブラシを鏡台に戻し、シャツのボタンをいちばん上までかけた。ベストを着て椅子に腰をおろすと、さっきの濡れたタオルのせいで靴下が湿った。ブーツを履《は》いていたとき、ふたたびドアが開いた。

「ミスター・ゴールドフィンチです、閣下」パドルメアがおごそかな声で告げた。

だがおごそかな雰囲気はすぐに打ち破られた。ニックは歓迎の叫び声をあげながらドアへ急ぎ、掌帆長《しょうはんちょう》だったかつての仲間の、年齢を感じさせる手を握った。「フィンチー、きみにまた会えるとはうれしいよ!」

「わたしもですよ、大佐――いえ、閣下。伯爵になられたんでしたね」

「長年の付き合いなんだから、堅苦しい呼びかたはやめてくれないか。大佐と呼んでくれ。あるいはニックでもいい。ご覧のとおり、いまや陸に閉じこめられた身の上だ」

「ニックなんて呼べませんよ、大佐」ゴールドフィンチはしわだらけの顔をふった。「といっても、閣下と呼ぶのも変な感じがします」大きな唇をほころばせ、ばつが悪そうに肩をすくめた。「お会いできてほんとうにうれしいですよ。たとえ船上じゃなくても」

「もう船へは戻れそうにない」ニックの顔から笑みが消えた。「少なくともわたしは」部屋を整えていたパドルメアに目をやり、その視線をとらえた。「コーヒーのお代わりと、友人のぶんのカップを持ってきてくれないか」

近侍が出ていくと、ニックはゴールドフィンチのほうを向いて椅子を勧めた。「元気だったかい。あれからどうしてた?」

「どうもこうもありませんよ。恩給を与えられて、軍艦からおろされました」ゴールドフィンチは椅子に腰をおろしながら言った。「また海に戻りたいと思ってるんですが、なかなかいい仕事がなくて」

「そうだろうな」ニックは言った。戦争が終結し、故郷に戻った水兵や軍人の多くが仕事に困っていることは聞きおよんでいた。「いまはそういう時代だ。おおぜいの人びと、とくに軍人は苦しいときを迎えている」

ゴールドフィンチはうなずいた。「きょう訪ねてきたのもそれが理由です。いや、わたしのことじゃありません。クーパーのことです。ひどいありさまでしてね。コベント・ガーデンのいかがわしい店に入りびたって酔いつぶれ、だれの言うことも聞こうとしません。いつか面倒を起こし、ニューゲート監獄に入れられるんじゃないかと心配で。力を貸してもらえませんか」

「わたしにどうしろと?」ニックはかつての部下のことを思い浮かべた。「クーパーはむかしから酒に目がないし、人の意見に耳を貸そうとしない。わたしが行ったところで、さっさと追いかえされるのがおちだろう」

「大佐にはそんなことしませんよ。あなたの言うことは、いつだって素直に聞いていたじゃないですか」ゴールドフィンチは身を乗りだし、開いたひざのあいだで両手を固く握りあわせて嘆息した。「お願いです、大佐。いえ、閣下。会ってやってくれませんか?」

ニックはしばらくのあいだ、元部下の顔をじっと見つめていた。ゴールドフィンチやクーパーをはじめ、たくさんの仲間たちと船上で過ごした歳月に思いを馳せる。彼らはただの部下ではなく、家族も同然の存在だ。力になるのは当然のことだろう。

「上着をとってくる」


それから二時間近くたったころ、ニックは香水のにおいのたちこめるミセス・ファインラブの娯楽の館を出て、さわやかな朝の空気にほっとひと息ついた。

ゴールドフィンチの予想どおり、クーパーは客室でベッドに横たわり、ろれつのまわらない口調で〝払った金のぶん、女と酒を楽しむまでは〟帰るつもりはないと言い張った。怒りと絶望で顔を赤くして目をむき、まだ恩給をもらって引退する年齢ではない自分を船から追いだした海軍や、経済の悪化に手をこまねいている政府に対する、ののしりのことばを吐いていた。

だがニックが部屋に足を踏みいれたとたん、屈強な元水夫はふいに顔をしわくちゃにし、涙をこらえようと洟《はな》をすすった。それでもすぐには帰ろうとせず、ニックはついに元上司として強い口調で命令を下した。クーパーはゴールドフィンチの手を借りてよろよろと立ちあがり、酒くさい息をまき散らしながら出口へ向かって歩きだした。

ふたりが乗った馬車を見送ったあと、ニックも自分の馬車に向かいかけたが、ふと立ち止まった。このまままっすぐ帰るのもつまらない。コベント・ガーデンに来たのは何年ぶりだろうか。ここは活気あふれる場所で、露店が所狭しと立ちならび、あらゆる階級の人びとでにぎわっている。いまは八百屋や花屋が客の応対に忙しく、さまざまな品を売る露天商が声を張りあげて呼びこみをしている。

屋敷に帰ったら領地に関する仕事が待っている。伯爵になったいま、領地の仕事は山のようにあり、いくらやっても終わりが見えない。でもここで短い時間、散策を楽しんだところで、どうということはないだろう。少し体を動かしたい気分だ。ニックは手間賃を余分にもらえて喜ぶ少年に馬車を預け、歩きだした。

そう遠くまで行かないうちに、女性の悲鳴が空気を切り裂いた。声のしたほうを向くと、ほっそりした若い女性の姿が目にはいった。サテンの飾りのついた帽子の下から、ギニー金貨のように明るい金髪がのぞいている。青いデイドレスは飾りけのないデザインだが、ひと目で仕立てのいいものだとわかる。上質な小鹿革のハーフブーツは、まだおろしたてのようだ。騒々しい市場にはあきらかにそぐわない存在で、しかもひとりきりらしい。たちの悪そうなふたりの若者から、二軒の果物の露店のあいだに追いこまれている。

ニックが動くより先に、ごろつきの一方が彼女からハンドバッグを奪って走りだした。連れの若者がそのあとにつづいた。

「泥棒！　返して！」女性の叫び声に、さらに多くの見物人や露天商がふりかえった。「だれかつかまえて！」

ところがだれも動こうとせず、視線をそらした。関わりたくないということなのだろう。すると驚いたことに、女性は小声で悪態をつき、スカートのすそを足首の少し上まで持ちあげてふたりを追いかけはじめた。

ニックはなにも考えず、すぐさまそのあとを追った。

女性は鹿のようにすばやい足取りで人込みを縫って走り、ハンドバッグを盗んだごろつきをつかまえようとした。でも長いスカートが邪魔をしているうえ、土地勘もないらしく、なかなか追いつくことができない。

ニックは大股で進んだ。だが彼女を追いこして犯人をつかまえるより先に、若者ふたりは人込みにまぎれて見えなくなった。狭く曲がりくねった道を行く群衆の顔や頭をながめまわしたが、若者たちはどこにも見あたらなかった。

残念ではあるが、逃げられたのも無理のないことだ。このあたりは狭い路地が入り組み、古い店舗や家が乱雑に立ちならんでいる。こういう場所では、人は霧のようにふっと姿を消すことができるのだ。たったいまそこにいたかと思えば、次の瞬間には見えなくなる。

さらに数フィート進んだところで女性は足を止め、腹部を片方の腕で押さえながら乱れた呼吸を整えた。その手に小さな革の旅行かばんがしっかり握られていることに、ニックははじめて気がついた。

隣りで立ち止まって声をかけた。「だいじょうぶですか」

女性はぎくりとしてふりかえり、声の主の顔を見あげた。

視線が合ったとたん、ニックは思わず目が釘づけになった。いままでの人生のなかで、これほど愛らしい顔立ちと美しい瞳を見たことがあっただろうか。

目の覚めるような美女だ。ニックは〈ジェントルマン・ジャクソンズ・ボクシング・サロン〉で、練習相手から強烈な右フックをくらったかのような衝撃を受けた。なだらかな頰の線、こぶりですっとした鼻、ふっくらした花びらのような唇。

瞳は輝く青で、母の庭に咲いていた可憐なヒヤシンスを思い起こさせる。それを縁どる豊かなまつ毛はあざやかな金色で、朝のまぶしい陽射しのようだ。髪もそれと同じ明るい金色をしている。

ふつうに考えれば、彼女の目には涙か恐怖の色が浮かんでいるはずだった。ところがその瞳には、激しい怒りと王族をも思わせる誇りがにじんでいた。

勝気な美女か。ますます気に入った。

ニックは知らないうちに唇をほころばせていた。体じゅうで脈が速く強く打ちはじめたが、それは走ったせいではなかった。

女性はあごを上方に傾け、片方の眉を吊りあげた。「なにをにやにやしているの？　わたしが盗みにあったことが、そんなにおもしろいのかしら？」その声は、容姿に負けず劣らず愛らしかった。

「いや」ニックはあわてて答えた。だが深刻な状況であるにもかかわらず、顔から完全に笑みを消すことができなかった。目の前の相手があまりに可愛くて、微笑まずにはいられない。

「もう！」女性はくやしそうに叫び、小さな足で道を踏みならした。「どんなことをしてでもつかまえたかったわ。わたしがもう少し速く走ることさえできたなら」

その華奢な体形と平均的な身長では無理だろう、とニックは思った。「かりにつかまえることができたとして、いったいどうするつもりだったんだい？」

「いちばん深くて暗い地下牢にほうりこむの。もちろん、ハンドバッグを取りかえしたあとでね」

「ああ、なるほど」いかにも女らしい理屈に、ニックの口もとがまたゆるんだ。

女性はニックの顔を見あげてから視線を落とした。「わたしにはそんなことできないと思ってるのね」

「いや、ちがうさ。ただ、最近はあまり地下牢がないからね」

「わたしがいたところではそうじゃなかったわ」

ニックは興味をそそられ、胸の前で腕を組んだ。「そうか。きみはどこから来たんだ？」

女性は答えようかどうしようか迷っているらしく、いったん口を開いてまた閉じた。「スコットランドよ」しばらくしてから言った。

「スコットランド？　ずいぶん遠くから来たんだね」

「ええ、あなたが思う以上に」彼女はつぶやいた。

「スコットランド人の発音には聞こえないが」

「そうでしょうね。長いあいだ……たくさん旅をしてきたから」

「そしていまはロンドンにいる。ひとりかい？」

女性は急に慎み深い表情でニックを見た。「いいえ。友人がロンドンに住んでいるの。訪ねていく途中で、泥棒にあってしまって」いったん口をつぐみ、ふたたびニックの顔をながめた。「ぶしつけなことをお訊きするようだけど、あなたはどなた？」

「自己紹介がまだでしたね」ニックは帽子を脱ぎ、優雅にお辞儀をした。「ドミニク・グレゴリーことリンドハースト伯爵です」

2

エマは目の前に立っている男性をまじまじと見つめ、見知らぬ他人から自己紹介を受けることに新鮮な驚きを覚えた。王室の慣習では、親族か知人が、王女に会わせるにふさわしいと思う人物を紹介するだけだ。それ以外のかたちで、だれかと面識を持った記憶はない。けれどもいま、こうしてロンドンのあまり治安のよくない地区で、五分前に会ったばかりの男性から自己紹介を受けている。たしかにふつうではない出会いかただが、英国貴族だという本人のことばを疑う理由はないだろう。

それにこの人は……控えめに言っても、堂々とした男性だ。

エマよりずっと背が高く、がっしりした体形をしている。広い肩と厚い胸を包む黄味がかった茶色の高級そうな上着は、まるで生まれたときから着ているかのように体になじんでいる。同じ色合いの細身のズボンもよく似合い、引き締まった太ももを引き立てていた。磨きこまれた黒いヘシアンブーツが陽射しの下でつややかな光沢を放ち、印章指輪がひとつ、たくましく大きな手に輝いている。

典型的な美男子というわけではない。骨ばった顔は少しいかつい印象だ。だがエマはその魅力に惹きつけられ、目をそらすことができなかった。

息をするのも忘れ、きれいに整えられたコーヒー色の豊かな髪と秀でた額、まっすぐな鼻、こけた頰とがっしりしたあごをながめてから、視線を上に戻して鋭い薄墨色の目を見つめた。暑い夏の日の霞《かすみ》を連想させる、やさしくて奥深い色合いだ。この素敵な顔立ちも、この男性自身のことも、しばらく忘れられないだろう。そしてそれは、彼が自分を助けようとしてくれたからだけではない。

あのふたりがハンドバッグに目をつけたとき、この人がすぐ近くにいたらよかったのに。こういう男性を敵にまわすほど勇気のある泥棒は、まずいないだろう。この堂々とした体格を見れば、どんな悪党も反撃されることをおそれて近寄らないにちがいない。

この人が泥棒をつかまえられたら、どんなによかったことか。でも考えてみたら、そもそも赤の他人のために泥棒を追う理由など彼にはなかったはずだ。周囲はみな知らん顔だったのに、この人はどうしてそんなことをしたのだろうか。

これでまたひとつ、新しい経験が増えた。ハンドバッグを盗まれるまでは、想像のなかでしか知らなかった新しい世界に足を踏みいれて、楽しいひとときを過ごしていた。アリアドネならとくにうらやましがりそうだ。もしかすると、泥棒に出くわしたことすらうらやましいと言うかもしれない。

その日の朝、エマは夜が明ける少し前に歩いて公邸を出た。だれかに気づかれると困るので、馬には乗らなかった。小さな旅行かばんを手に、大通りへつづくと思われる方向へ歩いた。ロンドンはきっとそれほど遠くない。せいぜい数マイルといったところだろう。

これまで何年か、スコットランドの高地に住んでいたので、歩くことには慣れている。ホルテンシア伯爵夫人は生徒たちに、体を動かすように言っていた。健全な精神は健全な肉体に宿るのだそうだ。それがほんとうかどうかエマにはわからなかったが、一度もいやだと思ったことはなく、外の新鮮な空気を吸って解放感を味わったものだった。

一時間近く歩いたころ、ようやく遠くにロンドンの街がぼんやり見えてきたが、まだ先が長いことがわかり、エマは途方に暮れた。だがまもなく天の助けか、土のにおいのする茶色いジャガイモを荷馬車に載せた農夫が通りかかった。エマが手をふると、農夫は馬車をとめた。そして気立てのよさそうな笑みを浮かべ、ロンドンまで乗せていってくれると請《う》けあった。

一瞬の間があって、エマは自分で乗らなければならないことに気づき、木でできた素朴な御者台に急いでよじのぼった。スカートが少し邪魔だったが、どうにか座席に乗りこみ、農夫の隣りにすばやく腰をおろした。農夫が手綱をふり、馬車が動きだした。

荷馬車に乗ったのは生まれてはじめてだが、こんなに楽しいものだとは知らなかった。田舎のすがすがしい風が頬をなで、帽子をかぶった頭に陽射しがふりそそいでいる。エマは笑顔で秋の朝の空に浮かぶ金色の太陽を見あげながら、隣りの農夫が自分の人生について語るのを聞いていた。

やがてロンドンの街が近づいてきた。街の中心部へ向かうにつれ、通りに人や馬や馬車が増えてくる。エマが目を輝かせてきょろきょろしていると、農夫が笑い声をあげた。

「はじめてかい?」

「ええ」エマは言った。「わかる?」

農夫はまた笑った。「ああ、なんとなくね。さてと、ここで降りてくれるかな」そう言って馬車をとめた。

ここ、とはコベント・ガーデンの市場のことだった。密集した狭い通りが、屋台や人でごった返している。

「ここからひとりでだいじょうぶかい?」農夫が訊き、もじゃもじゃした眉をひそめた。「知り合いがいるんだろうね?」

「ええ」エマは明るく答えた。「友だちのところに泊めてもらうの」

農夫の顔から心配げな表情が消えた。「よかった。あんたみたいな若い女の子が、ひとりで歩きまわっちゃいけない。かならず貸し馬車に乗っていくんだよ」

「そうするわ」エマは言った。「乗せてくれてありがとう」

親しみのこもった笑みを交わし、エマは農夫と別れた。

そして忠告されたとおり、貸し馬車を探そうと歩きだした。だがそれほど進まないうちに、露店に陳列されたたくさんの食品に目を奪われた。新鮮な果物に干し果物、野菜、肉、チーズやパンなどがずらりとならんでいる。

おいしそうな食べ物を見てお腹が鳴り、朝からなにも口にしていないことを思いだした。しかも、昨夜の夕食もほとんど手をつけずに残していた。エマはふいに強い空腹を覚えた。

市場をぶらぶら歩き、クルミを少々と酸味のきいたひとかけらのチーズ、薄いハムを一枚、それに皮の硬いパンを買って食べた。デザートに甘くみずみずしい梨を味わいながら、そのまま歩きつづけた。市場におおぜいの人が集まっている光景、周囲の音やにおいに夢中になり、貸し馬車のことはすっかり頭から消えていた。

食事を終え、ハンドバッグにハンカチを戻そうとしていたとき、とつぜんふたりの少年が現われた。ぼさぼさの髪と汚れた服を見て、一瞬かわいそうに思ったが、すぐにふたりが険しく冷酷な目をしているのに気づいて身構えた。少年たちは後ずさるエマを、狭い路地に追いこもうとした。ところがエマが素直に言うことを聞かないとわかると、一方の少年が手を伸ばし、腕にかけたハンドバッグをひったくって駆けだした。残った少年が旅行かばんを奪おうとしたが、エマは取っ手をしっかりつかんで離さなかった。逃げるふたりの背中に向かって叫んだものの、だれも助けてくれる気配はなく、自分で追いかけることにした。胸のなかは、これほど広くて人の多い場所でひったくりにあった怒りでいっぱいだった。

でもこの人だけは、わたしを助けようとしてくれた。エマは目の前にいる男性の薄墨色の瞳をふたたび見つめた。

わたしの叫び声を聞き、リンドハースト伯爵は助けに来てくれた。

「はじめまして、閣下」男性が背筋を伸ばすと、エマは礼儀正しく挨拶をした。

男性はその先のことばを待っているようだったが、エマはなにも言わなかった。

「それで、あなたのお名前は？」つかのまの沈黙ののち、男性が尋ねた。

エマは眉をひそめた。

名乗らなければならないとは思ってもみなかった。考えてみれば、はじめて会った相手の名前を訊くのはごく自然なことだろうが、素性を明かしていいものかどうかわからない。いくら親切にしてくれたとはいえ、結局のところ、彼は見知らぬ他人なのだ。もともと、むかしお世話になった教師の自宅に滞在するあいだも、まわりの人びとには素性を隠しておくつもりだった。まず、評判の問題がある。それに自分がロンドン市内にいるという噂が広まったら、あっというまにワイズミュラー公爵未亡人に連れ戻されて、公邸に閉じこめられるだろう。

そう、ロンドンの人たちのだれにも正体を知られるわけにはいかない。ただひとりの例外はミス・プール……いや、ミセス・ブラウン・ジョーンズだ。エマはこれまで何十回となくしたように、心のなかで訂正した。ミセス・ブラウン・ジョーンズなら、エマがロンドン市内にいることも、秘密を抱えていることも黙っていてくれるにちがいない。

まずは貸し馬車を探して、彼女の家に行かなければならない。でも一文無しになったいま、どうしたらそんなことができるだろうか。

ふたたび顔をあげると、ドミニク・グレゴリーの、返事をうながすような目とぶつかった。わたしの名前？　なんて答えればいいのだろう。

「エマです」可能なかぎりほんとうのことを答えた。「わたしの名前はエマといいます」

男性はエマの手をとり、もう一度さっとお辞儀をした。「お会いできて光栄です、エマ」

小さな蝶が体のなかで飛んでいるかのように、エマの胸のあたりがくすぐったくなった。

「こちらこそ光栄ですわ、閣下」

男性が微笑み、目尻にかすかなしわが刻まれた。しばらくしたのち、真顔に戻った。「ところで、あのふたりになにを盗まれたんだ？　ほんとうにだいじょうぶかい？」

エマはゆっくりと手を引き、体の脇でぎゅっとこぶしを握りしめた。急に指がうずきだしたように感じられる。「ええ、だいじょうぶよ。少なくとも、けがはしていないわ。盗まれたものは――」ふいにのどになにかが詰まったような気がして、ごくりとつばを呑んだ。

「お金をとられたの。硬貨の一枚も残ってないわ！」怒りがまたこみあげてきた。

男性の目に同情の色が浮かんだ。「だれかに連絡しようか。ご家族はロンドンにいるのかい？」

エマは首をふった。「いいえ、いないわ。わたしは……その、友だちに会いに来たの。でも貸し馬車に乗るお金がなくなったから、どうやって行けばいいのかわからない」

男性の表情がふたたびやわらいだ。「それなら簡単な話だ。ぼくが送っていこう」

「あなたが？　でも――」

「馬車があるんだ。きみを送るぐらい、どうということはないさ」さあ行こうというように、腕を差しだした。

エマはためらった。自分はこの人のなにを知っているというのだろう。名前と、赤の他人の女性を助ける勇気があるということ以外、まったくなにも知らないも同然だ。ただ勇気があるというだけで、信用できる相手だと思うほど、自分もうぶではない。でもここで申し出を断わったら、どうやってミス・プールの家へ行けばいいのだろうか。

「かばんを持とうか」男性は堂々とした声で言い、手を差しだした。「すぐに出発しよう」

エマが迷っていると、男性は安心させるように微笑んだ。「嚙みついたりしないからだいじょうぶだ。少なくとも、そんなにひどくは嚙まないよ」そう言うと片目をつぶってみせた。

エマはそのことばに片方の眉をあげたが、次の瞬間、自分でも驚いたことに吹きだした。ふいに肩から力が抜けた。この人は聖人君子ではないかもしれないが、こちらに危害を加える気はなさそうだ。

エマはかばんを相手に渡すと、その腕に手をかけた。

「申しわけありません、ご夫妻はいまロンドンを留守にしていらっしゃいます」それから三十分近くたったころ、元教師のグレイスチャーチ・ストリートの自宅の玄関で、メイドがエマに告げた。

ニック・グレゴリーは約束どおりエマを馬車に乗せ、他愛のない会話をしながらロンドンの街を走った。エマが馬車から降りるのを手伝うと、玄関ドアをノックして一歩後ろに下がった。

「いつお戻りになるの?」エマは尋ね、あと一時間か二時間で帰ってくる予定だといいのだけれど、と思った。万が一それより帰りが遅くても、きっとなかで待たせてもらえるだろう。

「しばらくお戻りになりません」若いメイドは言った。「北部にいるご親戚を訪ねるため、火曜日に出発なさいました。あと一週間はお帰りにならないでしょう」

エマは予想もしなかった返事に目をしばたたいた。

一、一週間!

それでは応接間で待つことなど論外だ。ああ、もう、腹がたつ。エマは心のなかで王女らしからぬ悪態をついた。

これからどうすればいいのだろう。

「なにかご伝言はありますか」メイドが言い、黄褐色の眉を心配そうにひそめた。

エマは首を横にふり、失意で表情を曇らせた。王女としての宿命を受けいれる前に、ロンドンの街で数日間、最後の自由を楽しむつもりだった。それなのに、ロンドンにいる唯一の知人が留守にしているというだけで、すべての計画と夢がふいになってしまうなんて。でもお金も泊まるところもないとなれば、この街にとどまることはできない。長い年月にわたり、王女としての訓練を受けていなければ、大きなため息をついていただろう。

こうなったら、大使館へ行って大使の情けにすがるしかない。それ以外にもう方法はない。そうわかってはいても、エマはうんざりした。大使はこのことをワイズミュラー公爵未亡人だけでなく、兄にも報告するにちがいない。自分が許可なく屋敷を出たあげく、ひったくりにあって、一文無しで公邸に戻らざるをえなかったことをルパートが聞いたらと思うと、胃がねじれそうになる。エマはふと、さっきコベント・ガーデンであんなにたくさん食べなければよかった、と思った。

今朝、屋敷を出たときには、あとで公爵未亡人に手紙を書き、元気だから安心してほしい、じきに戻るから、と伝えるつもりだった。もちろん彼女はエマの居場所を捜すだろうが、まさかミセス・ブラウン・ジョーンズの家までは来ないだろうと思っていた。元教師がロンドンにいることすら知らないのではないだろうか。公爵未亡人が激怒するのは目に見えていたけれど、王女がみずから公邸に戻るのを、かりかりしながら待つしかないはずだ。

それに自分の保身のため、すぐさまルパートに打ち明けることもしないだろう。王女をちゃんと監督できなかったとなれば、面目を失って故郷へ帰されるのがおちだ。ルパートはまだローズウォルドにいるのだから、公爵未亡人はきっと今回のことを黙っているだろう。なんとか自分の力で王女を見つけだして屋敷へ連れ戻し、事態をおさめようとしているだろう。

だが大使のところへ行けば、もはや事実を隠せない。このことはルパートの耳にはいり、自分もワイズミュラー公爵未亡人も、兄の怒りを買うことになる。

エマは憂鬱になり、今度はほんとうに大きくため息をついた。顔をあげると、ニックの視線とぶつかった。いままで彼がいることも忘れていた。それだけ動揺していたということだ。

ニックはなにも言わずにエマの腕をとって自分の腕にかけ、その体をぐっと引き寄せた。「行こう、エマ」低い声でささやく。「これからどうするか、一緒に考えよう」

どうすることもできないわ！　エマは胸のうちで叫んだ。監獄へ戻って、運命を受けいれるしかない。

それでもニックの手を借りて馬車に乗り、なめらかな茶色い革の座席にぐったりもたれかかった。いまの姿をホルテンシア伯爵夫人が見たら、なんと言うだろうか。

〝レディ、とくに王族のレディは、椅子にもたれたり、だらしなくすわったりしてはいけません。どんなときも、つねに背筋を伸ばしてあごをあげ、自信に満ちた冷静な態度を保たなければならないのです〟

そのことばを思いだし、エマは無理やり背筋を伸ばしてあごをあげたが、唇は震えていた。

ニックはちらりとエマを見てから手綱をとった。「お茶を飲んでビスケットでも食べよう。きみは死人のように真っ青な顔をしている」

「そんなことないわ。わたしの顔はいつも青白いの」エマは気を取りなおして言った。

ニックは苦笑した。「でもさっきは頬が赤く染まっていた」

「走ったからよ」エマはニックをにらんだ。ふいに顔が火照《ほて》るのを感じ、そんな自分をひそかに叱った。

ニックは笑い声をあげ、手綱をふって馬車を動かした。

「どこへ行くの？」

「ぼくの屋敷だ」ニックは言った。「そこならふたりきりで話せるだろう」

エマは断わろうと口を開きかけた。屋敷に足を踏みいれることはおろか、玄関口に立つことすら許されるものではない。淑女、とりわけ王女は、男性の家を訪ねたりなどしない。でもエマはそうしたしきたりに素直にしたがう気になれず、黙っていた。おそらく最後の冒険になるであろう機会をのがすのはもったいない。なにも急いで大使館に駆けこむ理由はないのだから、申し出を受けてみるのもいいかもしれない。それに彼にはきっと妻がいるだろうし、屋敷を訪ねても問題はないはずだ。

エマの心がなぜか沈んだ。自分には関係のないことだと胸に言い聞かせても、〝レディ・

リンドハースト〟のことを思うと暗い気持ちになった。そんな思いをふりはらい、せっかくの機会を楽しもうと心に決めた。

マーセデスとアリアドネに、今日の冒険のことを話して聞かせなければ。

それからしばらくして、馬車は高級住宅街にある大きく優雅な屋敷の前についた。ニックが馬車をとめると、ひとりの従僕が玄関の踏み段を駆けおりてきた。

「お帰りなさい、閣下」従僕は言い、馬を落ち着かせようと頭のすぐ横に立った。「外出は楽しかったですか」

ニックはがっしりした体にもかかわらず、猫のように軽やかに地面に降り立った。「ああ、ベル」

「そちらの美しいご婦人はどなたです?」使用人の気さくな口調に、エマは驚いた。

もうひとつ、痩せた若い従僕の左目が黒い革の眼帯で覆われ、その下の頬に長いぎざぎざの傷痕があることにも驚いた。ひどい傷を負う前は、きっと端正な顔立ちの若者だったのだろう。

だが彼は気落ちしたふうでも自信を失ったふうでもなく、屈託のない笑顔をエマに向けた。

「釣りに行ったとは知りませんでしたよ、閣下」ベルは言った。「素敵なものが釣れましたね」

ニックは唇の端をあげたが、笑うことはしなかった。「ことばに気をつけてくれ。せっかくの客人が、ここへ来たことを後悔するじゃないか」

「そうですね。ミスター・シムズからいつも言われてますよ。あまりぺらぺらしゃべるとそのうち困ったことになるぞ、とね」ベルは言い、エマのほうを見た。「わたしのことは気にしないでください。きれいな女性を前にすると、自分を抑えられなくて」

使用人となれなれしく付き合うべきでないとわかっていたものの、エマは思わず微笑みかえした。

すぐにニックが、エマが馬車を降りるのを手伝おうとした。だが手をとる代わりに、ウエストに両手をかけて体をふわりと抱きかかえた。エマは全身で脈が速く打つのを感じながら、変わった従僕の存在をすっかり忘れてニックの目を見つめた。それからしばらくして、ニックはエマを放した。

「さあ、お茶にしようか」なにごともなかったかのような口調で言った。

エマは乱れた鼓動がおさまることを祈りながら、ニックと一緒に玄関ドアにつづく踏み段をのぼった。

執事――くだんのミスター・シムズだろう――が玄関でふたりを出迎えた。ベルよりずっと使用人らしい使用人で、その礼儀正しさにエマはほっとした。

「申しわけないが」ニックは言った。「用事があるんだ。シムズが居間に案内するから、少し待っててもらえないだろうか。ぼくもすぐに行く」

それ以上なにも言わず、廊下を大股で歩き去った。

エマはその後ろ姿をながめた。

シムズは優秀な執事で、ニックがいない気まずさをエマに感じさせることなく、居間へと案内してサーモンピンクのふかふかのソファにすわるよう勧めた。

エマは部屋のなかを見まわし、立派だがやや古めかしいクルミ材の家具や、若草色のカーテン、クリーム色と青の華やかなオービュッソンじゅうたんに目を留めた。趣味のいい内装だが、ニック・グレゴリーには似つかわしくない。軽やかで女性的なしつらえだ。

やはり妻がいるのだ。

だから急にいなくなったのだろう。レディ・リンドハーストを呼びに行ったにちがいない。

エマはひざの上で両手を握りあわせ、失礼にならない程度の時間だけここにいたら、すぐに帰ろうと心に決めた。でもここを出てからどうすればいいのかわからない。大使館へ行くことを考えると、気持ちが暗く沈んだ。

まもなくニックが居間へはいってきた。「待たせたね。シムズはちゃんと失礼のないよう、きみのお世話をしたかな」

「ええ。いまお茶の用意をしてくれているわ」

ニックは満足そうにうなずくと、部屋を横切って暖炉へ近づき、薪《まき》を二本くべた。重そうな黒い火かき棒を手にとり、炎が勢いよく燃えるように薪を動かした。

「レディ・リンドハーストもいらっしゃるの？」エマは居間のドアに目をやった。

ニックは火かき棒を動かす手を止めてふりかえり、眉根を寄せた。「いや」エマの問いかけるような目を見てつづける。「母はもう亡くなった」

母？

「まあ、それは――」エマは困惑した。「お悔やみを申しあげるわ」

ニックはエマの顔を見つめたまま、かすかに首をかしげた。「ぼくが結婚していると思ったのかい？」

「だからさっき、いなくなったんじゃないの？　奥様を呼びに行ったのかと思っていたわ」

「いや。どうしてそんなふうに思ったんだ？」ニックはいったんことばを切り、桃色がかった明るいオレンジのソファにすわったエマをしげしげとながめた。茶目っ気のある笑みを浮かべる。「この部屋の色合いが、男らしくないからかな」

「そうね」エマはそっけなく答えた。「男性の好む内装には思えない」

ニックは愉快そうに笑った。「きみの言うとおりだな。でもこの部屋をしつらえたのはぼくじゃない。すべて母の趣味だ。十年以上前に、母がここを改装した。ピーターは内装を変えなかったようだし、ぼくもそうしたことには無頓着《むとんちゃく》なものでね」

「ピーター？」

「兄だ。だが――」ニックは一瞬、間をおいて、ごくりとのどを鳴らした。「数カ月前に亡くなった。田舎の領地とこの屋敷、それにたくさんの義務をぼくに押しつけて」

「そうだったの、ごめんなさい。もう一度お悔やみを申しあげるわ。そんな悲しいことがあったとは思わなくて。だってあなたは……その……」

「喪服を着ていないから?」ニックはエマのことばを引き継いだ。「ああ、そうだ。ピーターはちゃんとぼくの心をわかっている。人の目を気にして、死肉を食べるカラスのように真っ黒な恰好《かっこう》をする必要はない。社交界の連中がどう思おうと、そんなものは——」女性の前で品のないことばを言いそうになり、はっと口をつぐんだ。「つまり、好きに思わせておけばいいということだ」

エマは笑みを押し殺し、服喪の決まりに関するニックの考えに共感を覚えた。あまりに多くの人たちが、ほんとうに悲しんでいるからではなく、ただ慣習として喪服を身につけている。この人が言うように、服の色で悲しみの深さが決まるわけではない。

つまり彼はつい最近、伯爵になったのだ。そしてそのことを、まったくうれしく思っていない。

不思議だ。

「きみのもうひとつの疑問の答えだが」エマが口を開く前に、ニックは言った。「ぼくは独身で、ここにひとりで住んでいる。もっとも、十数人の使用人を数に入れなければの話だけれど」

エマはかすかに眉をひそめた。未婚の若い女性を自宅に入れてはいけないという社交界のしきたりも、彼にとってはどうでもいいことらしい。

「きみの考えていることはわかるよ」ニックはどことなく楽しそうに言ったあと、真剣な表情になった。「心配しなくていい。叔母に手紙を届けて、ここへ来るよう頼んである。すぐ近くに住んでいるし、好奇心旺盛な人だから、断わられることはないだろう」

エマがそのことについて考える間もなく、ドアをノックする音がし、シムズがお茶を持ってはいってきた。ポットや皿が乗った大きな銀のトレーをすぐそばのテーブルに置き、さっとお辞儀をして居間を出ていった。

「お願いしてもいいかな」ニックはトレーを手で示した。

「ええ、もちろん」エマは慣れた手つきで紅茶の用意をした。「ミルクとお砂糖は?」

「どちらもいらない。なにもはいっていない、濃くて熱い紅茶が好きなんだ」

それを聞いてもエマは驚かなかった。この部屋の内装とちがって、紅茶の好みはいかにもこの人らしい。熱々の紅茶をカップに注ぎ、ニックに手渡した。繊細なバターケーキと小さなサンドイッチ、甘いビスケットも皿に盛って差しだした。それから自分のカップに紅茶を注ぎ、たっぷりのミルクと、砂糖をスプーンに二杯入れてひと口飲んだ。

「それだけかい?」ニックは眉をひそめた。「まだあまり顔色がよくないようだが」

「わたしならだいじょうぶよ。いまは紅茶しか欲しくないの」

ニックは小さく鼻を鳴らした。「欲しくても欲しくなくても、なにか食べたほうがいい。ほら」身を乗りだしてサンドイッチをつまみ、皿に載せてエマに差しだした。「食べてごらん。おいしいから」

エマは断わりかけたが、ここは素直に相手の言うことを聞いたほうがいいだろうと思いなおした。少なくとも、そのふりをしたほうがよさそうだ。ニックの視線を受けながら、ひと口かじってみたところ、サンドイッチはたしかにおいしかった。鶏肉とクレソンがはいっている。エマはもうひと口食べた。

それを見てニックは安心したらしく、食事に戻った。

「さてと」干しブドウのケーキを食べ終え、カップに半分残った紅茶で胃に流しこんだ。「ぼくの話は終わった。今度はきみの話を聞かせてもらおうか」

エマは皿を持つ手が冷たくなるのを感じたが、長年の訓練の賜物《たまもの》により、内心の動揺をみじんも表に出さなかった。「わたしの?」努めてさりげない口調で言った。

「ああ、きみの。ロンドンへ来た理由は?」

〝知らない男性に嫁がされるのが怖かったからよ〟エマは心のなかで答えた。囚人みたいに閉じこめられて、気分がふさいでいたの。若い娘らしい夢をあきらめる前に、最後に一度だけ、思いきり自由を楽しみたかった。

でもそんなことを口に出すわけにはいかない。エマは目を伏せ、時間をかけて紅茶をもうひと口飲んだ。「さっき言ったでしょう。友だちに会いに来たの」

ニックは疑わしそうに片方の眉をあげた。「もう一度訊こう。ロンドンにやってきたほんとうの理由はなんだい？　その友人とやらは、きみが訪ねてくることを知らなかったようじゃないか。ご主人と家を留守にしていただろう」

エマは眉根をきつく寄せた。この人はどうしてこんなに理屈っぽくて、観察眼が鋭いのだろうか。「わたしが日にちをまちがえたの。勘違いしてたみたい」

ニックの褐色の眉が、今度は両方高くあがった。「ぼくに嘘は通用しない。友だちが留守だとわかったときの、きみの表情を見た。きみは驚き、ひどくがっかりしていた。いまでもまだ、途方に暮れた顔をしている。さあ、どうして友人のところへ身を寄せようとしたのか、話してくれないか」

エマがなにも言おうとしないのを見て、ニックはカップと皿をテーブルに置いて身を乗りだした。「いいから話してごらん。ぼくは口の堅い人間だ」低くなめらかな声で言う。

エマはそのとおりだろうと思ったが、それでも真実を打ち明ける危険を冒すわけにはいかなかった。もしも、自分が一国の王女で、つかのまの冒険を楽しむために監視の目の厳しすぎるお目付け役から逃げてきたのだと知ったら、この人はどんな顔をするだろうか。衝撃から立ちなおってわれに返ったら、すぐさま馬車で公邸へ送り届けようとするにちがいない。

エマは貝のように口を閉ざした。

「もしかして、職を失ったのかな」ニックはやさしく尋ねた。「それとも家族とけんかして、家を飛びだしてきたとか？　きみはスコットランドの出身だと言ったね」

エマはぎくりとした。屋敷を飛びだしてきたことが、どうしてわかったのだろう。もっとも、ほんとうの故郷は、オーストリア帝国の北東部国境とスイスの東部国境にはさまれた、小さな王国ローズウォルドだ。

「ええ」エマは真実を織り交ぜて言った。「つい先日、スコットランドから来たのは事実よ」

「どうしてスコットランドを離れたんだ？」

エマは口ごもった。なにかもっともらしい理由を考えなければ。さっき彼はなんと言っただろう？　たしか、職を失ったとかなんとか言っていた気がする。

「わたしは……教師だったの」

「教師？」

「そうよ。でもお察しのとおり――」おおげさなしぐさでまつ毛を伏せる。「――解雇されたの」できるだけ哀れな声に聞こえるようにつぶやいた。

「きみは家庭教師だったのか。失礼ながら、子どもに勉強を教えるには若すぎるように見えるが」

エマはさっと視線をあげた。若すぎるですって！　自分は十八歳で、もう大人だ。どうして若すぎるなんて思うのだろうか。周囲からはいつも、実年齢よりも上に見えると言われてきた。最低でも二十一歳ぐらいに見える、と。

だがこの人ほどの歳の男性からすれば、二十五歳以下の女性はみんな若く見えるのかもしれない。エマはニックをながめ、いくつなのだろうと考えた。三十歳ぐらいだろうか。男盛りの年齢だ。けれども彼の外見と歳は、いまは関係ない。

「若すぎるなんてことはないわ」エマは急いで作り話をひねりだした。「でもわたしの前の雇い主も、あなたと同じ考えを持つようになったみたい」そこで効果を狙ってことばを切った。「娘たちの家庭教師には、もっと年上の女性がいいと思ったらしくて、それで——」

「きみを解雇した」ニックは言った。「ひどい話だ。でも残念ながら、人生には不公平なことがたくさんある」いったん黙り、エマの言ったことについて考えた。「そこできみは友人のところへ身を寄せようと、ロンドンへ来たんだね？」

エマはうなずいた。「ええ。彼女も教師だったの——結婚するまでは」

「なるほど」ニックは椅子にもたれかかり、両手をあごの下で尖塔のかたちに合わせた。「そしてあの泥棒ふたりに現金を盗まれたうえ、頼みの綱の友人もロンドンにいないことがわかった。悪いことは重なるものだ」

エマはまたしても、やるせない思いでいっぱいになった。大使館に行くのも、公邸へ連れ戻されるのもまっぴらごめんだ。まだちっとも楽しんでいないのに。彼が言うとおり、これではあまりに不公平ではないか。

「万事休すというわけか」ニックは言った。

「しかたがない。しばらくここにいるといい」

3

ニックはエマの口があんぐりとあき、青い瞳が驚きで見開かれるのをながめた。

常識に照らせば、いくら一時的とはいえ、彼女を家で世話するのがふつうではないことぐらいわかっている。だがこれまでの人生でも、ふつうのことなどしてこなかった。エマはお金も家族も行くあてもないと言っている。この状況では、だれかが助けの手を差し伸べるしかないだろう。

母からはいつも、面倒見がよすぎると言われていた。子どものころは傷ついた鳥の羽を治し、大人になってからは元部下を雇いいれ、そして今度は、通りで出会ったばかりの不思議な若い女性を助けようとしている。

これが自分ではなくほかのだれかなら、彼女をホテルまで送って数ポンドの金を渡し、背中を向けて立ち去っていただろう。だがニックは二時間足らず前に知りあったばかりなのに、もうエマに親しみを感じていた。

かりになにも感じていなくても、困っている相手を見捨てることはできない。これほど美しくて純真な女性を、ひとりきりにするわけにはいかない。公共のホテルでは、どんな悪党に出くわすかわからないのだ。だれも守ってくれる人がいなければ、彼女は恰好の餌食《えじき》になるだろう。健康な男なら、これほどおいしそうな獲物に目をつけないわけがない。

では、そういう自分はどうなのか？

彼女の友人がロンドンへ戻ってくるまでの数日間、一緒にいるというだけのことだ。それから友人宅へ送り届ければ、良心が痛むようなことはなにもない。

それまでのあいだ、こちらもいい気晴らしができそうだ。書斎に閉じこもって机に向かい、ピーターがランカシャー州に残したリンド・パークの池の浚渫《しゅんせつ》に関する管理人からの手紙を読むより、エマの相手をするほうがずっといい。愛らしい客人を一週間もてなすのは、なかなか楽しそうだ。

評判という問題もあるが、彼女は家庭教師で、貴婦人でも使用人でもなく、社会的にはその中間のあいまいな立場にいる。自分は世間がなんと言おうと気にしないが、エマ自身はそういうわけにもいかないだろう。そこで叔母に手紙を届けさせた。エマをそちらで世話してほしいと頼むこともできたが、フェリシティ叔母は九十九パーセントの確率でこう答えるはずだ。

「見ず知らずの娘をうちで世話しろですって？　冗談じゃないわ、ドミニク。わたしが屋敷に人を泊めるのがきらいなことは、あなたも知っているでしょう。うちは狭くて、とてもだれかを泊めることなんてできないわ。お互いに気づまりなだけよ。それに自分と使用人が食べるぶんをまかなうのに精いっぱいで、客をもてなす余裕なんてないんだから」

フェリシティ叔母はずいぶん前に夫を亡くしたが、寡婦《かふ》給与の少なさにいつも不平を言っている。「ろうそくを買うのにも苦労してるのよ。ちゃんとした暖炉用の薪なんて、夢のまた夢ね」

もちろん、以前はピーターが、そしていまはニックが食料品や燃料や日用品を定期的に届けさせているのだが、そのことは叔母の頭から抜け落ちているらしい。だが自宅にエマを泊めることは断わっても、リンドハースト邸に何日か滞在してほしいという頼みなら、きっと承知するはずだ。嬉々として来客用の広い寝室に陣取り、使用人にあれこれうるさく指示をするだろう。

ニックはふたたびエマと目を合わせ、その顔に浮かぶ表情が変わるのを見た。思いがけない申し出について、考えをめぐらせているようだ。

「しばらくここにいるですって?」エマは疑いと驚きの入り混じった口調で言った。「とんでもないわ、閣下」

「どうしてかな」ニックはさらりと言った。「きみには泊まる場所が必要で、ぼくの屋敷にはありあまるほどの部屋がある」

エマは慎重な手つきでティーカップを脇によけ、なんと答えるべきか考えた。「ええ、閣下のお屋敷はとても立派で居心地がいいわ」お城じゃない建物にしては、と心のなかでつけくわえた。「でも問題は広さじゃない」

「だったら、なにが問題なんだ？　もし世間体を気にしてるのなら」ニックはエマがことばを継ぐ前に言った。「心配はいらない。さっき言ったとおり、叔母に手紙を届けたんだ。きっと喜んできみのそばにいてくれるだろう」

「叔母様にお願いする？　でもやっぱり、そんなの無理よ」

だがそのことばが口から出たとたん、エマはなぜ無理なのだろうと思った。たしかに彼はゆきずりの他人だが、これまでのところはとてもやさしく親切で、エマに助けの手を差し伸べてくれている。これがほかの男性なら、背中を向けて立ち去るか、あるいはこちらの弱みにつけこもうとしていてもおかしくないところだ。ろくに知らない男性を信じるのは無謀かもしれないが、どういうわけかこの人は信用できる気がする。でもいくら彼の叔母がお目付け役としてそばにいるとはいえ、この屋敷に滞在するのはどうだろう。あまりに衝撃的で危険で、常軌を逸したことではないだろうか。

それでも考えれば考えるほど、エマはニックの提案に心惹かれた。リンドハースト伯爵と――そして彼の叔母と――一緒なら、ロンドンの街にいられるのだ。ロンドンにいられれば、計画どおりに冒険を楽しむことができる。

そのあいだは素性を隠しとおすつもりだ。お目付け役のワイズミュラー公爵未亡人も大使も、そして兄も、エマがリンドハースト卿のところにいることを知るよしもない。街中で人に見られても、そもそもロンドンに知り合いはいないし、自分のことを捜しているだれもが、まさか職を失った一文無しの元家庭教師として、最近伯爵になった男性の屋敷に住んでいるとは思わないだろう。

そうだ、こんなにいい方法はない。伯爵の申し出を受ければ、自由な一週間を過ごして、やってみたくてたまらなかったことがすべてできるのだ。おまけに強くて頼りになる男性がそばにいてくれれば、安心して楽しめる。今朝、市場であんなことがあってから、ひとりで街を出歩いてもだいじょうぶだと思うほど、自分も世間知らずではなくなった。

計画を成功させたければ、この人の厚意に甘えるしかない。でもこのあまりに大胆な提案を、ほんとうに受けいれてもいいものだろうか。

エマは目を伏せた。「ご親切にありがとう、閣下。でも、そんなご迷惑はかけられないわ」

「きみの気持ちはわからなくもないが」ニックはどことなくつっけんどんな口調で言った。「ほかに選択肢はないだろう。ここを出て、どこへ行くつもりだ?」

エマはさっと視線をあげ、眉根を寄せた。

「気に障《さわ》る言いかただったら謝るよ」ニックは言った。「でもいまは、少女のようにもったいぶってる場合じゃない」

もったいぶってるですって? そんなことしてないわ!

「ぼくは事実を指摘しているだけだよ」ニックは残っていた紅茶を飲み干してカップを置いた。「その事実とは、きみにはお金も泊まるところもなく、友人もあと一週間はロンドンに戻らない、ということだ。きみをホテルに泊まらせることもできるが、それはコベント・ガーデンをひとりで歩きまわるのと同じくらい危険だと思う。今朝どんなことが起きたか、お互いによくわかっているはずだ」

「失礼なことを言うのね。あのふたりの泥棒がしたことについて、わたしが責められるいわれはないわ」

ニックは肩をすくめた。「失礼かどうかはともかく、きみをひとりで出歩かせるわけにはいかない。さあ、この話はもう終わりだ。きみは窮地に立たされ、ぼくは助けの手を差し伸べている。もちろん、きみの友人が帰ってくるまでの一週間だけだが」

それではまるで、わたしがもっと長く滞在したがっているみたいではないか、とエマは反発を覚えた。

たとえロンドンを去らなければならないとしても、ほんとうに申し出を受けたいのかどうか、急に自分でもわからなくなった。この人と一緒に街を探索することを、ついさっきまで楽しみに思っていたなんて。やはりきっぱり断わって、大使館へ行くべきなのだろう。せっかくの〝寛大な申し出〟をあっさり拒否されたら、伯爵はどれほど面食らうだろうか。

だが公邸へ連れ戻されることを考えると、エマはぞっとした。自分にも意地はあるけれど、申し出を断わって彼を驚かせ、このまま永遠に別れるのは惜しい気がする。王室の馬車の窓越しにではなく、自分の足で自分の思うままにロンドンの街を見物したいのだ。でもそのために、この人の屋敷に滞在する？　ああ、ミセス・ブラウン・ジョーンズが親戚を訪ねて留守にさえしていなければ、こんなに悩むことはなかったのに。

「黙っているということは」ニックは、もうこれで決まりだというように言った。「ぼくの提案を受けると解釈していいんだね」

エマはまたしても、つっぱねたい衝動と闘った。だが自分に残された選択肢についてもう一度、考えをめぐらせていると、ワイズミュラー公爵未亡人の冷たい笑みと勝ち誇ったような笑い声が頭に浮かんだ。やはりここは、彼の厚意にすがるのがいちばんだ。

「お邪魔だと思うけれど、一週間だけお世話になってもいいかしら」

ニックの唇にかすかな笑みが浮かび、目がきらりと輝いた。「きみさえよければ、ぼくはかまわないよ。ミス――」そこでことばを切り、首をかしげた。「きみの名前はエマとしか聞いていない。名字は？」

ホワイト《Whyte》よ。エマは胸のうちで答えた。王家のホワイト。でもほんとうの名字も、自分が王女であることも、伯爵に教えるつもりはない。いや、ちょっと待って。名前ぐらいは言ってもいいのではないか。

彼はきっと、英国人に多い〝ホワイト《White》〟という名字だと思うはずだ。いったいだれが、失業した元家庭教師で一文無しの平凡なミス・エマ・ホワイトと、ローズウォルドの王女エマリン・アダリア・マリー・ホワイトを結びつけて考えるだろう。だったらほんとうの名字を言おう。そのほうがこちらも、なんと名乗ったかを忘れなくていい。

「ホワイトです」エマは言った。「ミス・エマ・ホワイト」

ニックはエマの手をとり、口もとへ持っていって甲に軽くくちづけた。「お目にかかれて光栄です、ミス・ホワイト」

エマの肌がぞくりとし、さっきまでのいらだちが消えていった。ニックの薄墨色の瞳に見とれる。ニックはエマの手を一瞬、強く握ってから放した。

エマはどぎまぎし、手をひざに置いて目をそらした。

短い沈黙があった。

「さて、一週間ここに滞在すると決まったら」ニックは言った。「いったん寝室へ行ってひと息つくといい。女中頭が部屋を用意してくれるだろう。今朝、あんな目にあったんだから、少し休んですっきりしたらどうかな」

そうできればありがたい、とエマは思った。顔や手を洗ってさっぱりし、硬い革のハーフブーツを脱ぎたい。

「でも叔母様は？　ここに残って、ご挨拶したほうがいいんじゃないかしら」

「挨拶ならあとでできるさ。心配しなくていい。叔母はいつ来るかわからない。あと十分で来るかもしれないし、二時間しないと来ないかもしれない。フェリシティ叔母のすることは予測ができなくてね。ぼくはとうのむかしに、叔母の行動を予測することをあきらめた」

　エマは不安げな顔をした。「そうだとしたら、わたしのお目付け役として、ここに一週間滞在することを承知してくださると思う？」

「だいじょうぶだ。ぼくにまかせてくれ」ニックは平然と肩をすくめた。「それでも」考えこんだような表情を浮かべる。「ぼくが先に話をしたほうがいいかもしれない。きみは夕食の席で、叔母と初対面するんだ」

「その前にお会いするべきじゃないかしら」

「いや」ニックはきっぱりと言った。「夕食のときがいい。ぼくの言うとおりにしてくれ」

〝あなたの言うとおりにする？〟今日はもうすでに何度も彼の言うとおりにしている。見ず知らずの他人も同然の男性にここまで信頼を寄せるのは、愚かなことだろうか。でもエマの本能は、彼と一緒ならなにもおそれることはない、かならず守ってもらえると告げていた。

「わかったわ、閣下。あなたの言うとおりにしましょう」

　ニックがにっこり笑い、口もとから白い歯をのぞかせると、エマは脈がふたたび激しく打つのを感じた。心がかき乱されていることを悟られないよう、懸命に平静を装った。そしてニックが立ちあがって呼び鈴を鳴らしに行くのを、黙って見ていた。

「こちらへどうぞ」それから数分後、メイドがエマに言った。「お部屋へご案内しますので、わたしについてきてください」

エマは最後にもう一度、居間の窓のそばに立っているニックをちらりと見た。太陽の光を浴びて、かぎりなく黒に近い濃褐色の髪がかすかに赤みを帯びている。メイドのあとについて居間を出た。いよいよ一週間の冒険がはじまるのだ。

用意された寝室は素敵だったが、やや古めかしい印象を与えていた。家具は居間と同じ時期に、亡くなった伯爵夫人が選んだものにちがいない。とはいえ、けっして趣味は悪くない。明るい黄色のカーテン、天蓋付きの大きなクルミ材のベッド、空を舞う小さなルリツグミの柄《がら》の壁紙を、エマは気に入った。

これまで六年間、スコットランドの中世の城にある女学校で過ごしてきた。秋は暗くてすきま風がはいり、冬は凍えるほど寒いところだ。それにくらべると、この部屋は暖かくてとても居心地がいい。暖炉で薪がはじける音がする。掃除が行き届いて清潔で、リネンの糊のにおいと光沢剤のレモンのにおい、蜜蠟《みつろう》のにおいがただよっている。客が滞在すると聞かされた女中頭が、部屋の準備を整えて隅々まできれいにするように命じたのだろう。この屋敷の使用人の言動はかなりくだけているが、仕事に関してはみな優秀なようだ。

それに幸せそうでもある。メイドのやさしい笑顔を見ながら、エマは思った。メイドは部屋を横切って洗面器に水をそそぎ、その横にふかふかの白いタオルを何枚か置いた。

自分も幸せなひとときを過ごせそうだ。現実から逃避し、冒険を楽しむ一週間が待っている。

「さっきベルが旅行かばんを運んできたので、勝手ながらわたしが荷物をほどき、ドレスをたんすにかけておきました」メイドは気をきかせて言った。「夕食のときにお召しになりたいドレスがあったら言ってください」

つまりあの眼帯をした気さくな従僕は、旅行かばんをこの部屋へ運ぶように命じられたというわけだ。あの自信たっぷりのリンドハースト卿なら、いかにもそうしそうだ。

それにしても、あまりに自信過剰ではないだろうか。まだ尋ねもしないうちから、こちらが自分の申し出を受けると確信していたらしい。エマは思わず、メイドに荷物をまとめるように言いそうになった。だがこの屋敷に滞在することは、さっき自分で充分考えたうえで決めたことなのだ。

「先に体を洗ってさっぱりしたいわ」エマは言った。「それから少し横になりたい。どのドレスにするかは、あとで決めて呼び鈴を鳴らすわね」

「かしこまりました」メイドはひざを曲げてお辞儀をした。

「ひとつ訊きたいことがあるの」部屋を出ていこうとしたメイドに向かってエマは言った。「閣下は最近、爵位をお継ぎになったんでしょう？　お兄様を亡くされたと聞いたわ」

若いメイドの明るい表情が、ふいに悲しみで曇った。「はい。リンドハースト卿、つまり前リンドハースト卿は急死なさいました。お気の毒に、発疹チフスでした。わたしたちはみんな大変な衝撃を受けました。壮健な男性が、とつぜん病気で亡くなられたのですから。あまりにつらくてやりきれないことです。でも病は、年齢や富や家柄に関係なく、だれにでも襲いかかるものです」

エマはうなずいた。大切な人を喪《うしな》った悲しみなら知っている。エマの弟も、四歳のときにマラリア熱で亡くなった。生きていたらどんなふうに成長していただろうかと、ときどき考えることがある。いま残っている家族は、病気の父と兄のルパート、そして姉のシグリッドの三人だけだ。

姉にはもう五年以上会っていない。手紙によると、何年も前に夫を亡くして、つい最近、嫁ぎ先のイタリアからローズウォルドへ戻ったそうだ。考えてみれば、ルパートとも長いこと会っていない——今年の十二月でもう三年になる。次に姉と兄に会ったら、エマが大きく変わったことに驚くだろう。最後に会ったときは、まだほんの少女だった。ふたりもまた変わっているだろうか。ルパートの到着が遅れているので、それがわかるのはもう少し先のことだ。

でもいまはとにかく、ひと癖もふた癖もありそうなニック・グレゴリーとうまく付き合っていかなければならない。ニックのことを考えると、エマの全身がかっと火照った。彼にいらだちを覚えているせいにちがいない。だがそれだけではなく、エマはニックに興味を覚えてもいた。さっきの口ぶりからすると、あの人は伯爵になったことをかならずしも喜んでいないらしい。貴族社会に生きる男性にしては珍しいことだ。

「いまの伯爵は、爵位を継ぐ前になにをなさっていたの？」エマは自分でも知らないうちに訊いていた。

「ニック様ですか？」メイドの表情がやわらいだ。「英国海軍の大佐でした。勇敢な戦いぶりで何度も勲章を授かったのに、それを自慢するようなことはなさいません。聞いたところによると、いよいよ少将に昇格しようというときに、リンドハースト卿の訃報《ふほう》が届いたそうです。どれだけおつらかったことでしょう。お兄様を喪った悲しみと、将校をやめなければならない無念を、一度に味わったのですから」

海軍の大佐だった？　エマの脳裏に、軍艦の甲板に立つニック・グレゴリーの姿が浮かんだ。青灰色の波がうねり、白い泡をたてている。あの人によく似合う光景だ。一風変わった従僕のベルは、もしかすると海軍時代の部下だったのかもしれないと、ふと思った。

「これで失礼しますので、どうぞごゆっくり」長い沈黙ののち、メイドが言った。「なにかありましたら、遠慮なくお申しつけください」

「ありがとう。そうさせていただくわ」エマは小声で言った。メイドが出口へ向かい、ドアを閉めて出ていった。

ようやくひとりになったエマは、もう一度あたりを見まわしてから、部屋の反対側にある洗面台に近づいた。顔と手を洗い、引き出しにはいっていた歯ブラシとシナモン風味の歯磨き粉で歯を磨いた。ハーフブーツのボタンをはずし、ほっと安堵のため息をつきながら靴を脱ぎ捨て、ベッドへ向かった。

羽毛のマットレスに仰向けになると、ふかふかでとても寝心地がよかった。淡い黄色の上掛けはやわらかく、かすかにラベンダーのにおいがする。昨夜はほとんど眠っていないので、すぐに寝入ってしまいそうだ。だがそれから十分が過ぎても、エマはまだ眠れずにいた。興奮で眠れないのだ。このまま横になっていても無駄だろう。

なにをしようかと考えながら、ベッドの端から足を垂らしてぶらぶらさせ、また室内をながめた。立派なシタン材の書き物机が、窓際の日のあたる場所に置いてある。

そうだわ。アリアドネとマーセデスに手紙を書こう。そう、それがいい。エマはさっと立ちあがり、長靴下をはいた足で部屋を横切って、机の前にあるシタン材の小さな椅子にすわった。引き出しのひとつに、便箋とインクとペンを見つけた。

準備を整えてから、先端がきれいに削られた羽ペンをインクに浸した。アリアドネとマーセデスは心を許した友だちで、今回のことを一刻も早く報告したかったものの、いざ便箋に向かうと、なにから書くべきか迷った。それにこの状況では、なにをどう書けば安全であるかもよくわからない。

エマの知るかぎり、ホルテンシア伯爵夫人もほかの教師も、ふつうは生徒の手紙を読んだりしない。でももし公爵未亡人が、エマの行きそうな場所に心あたりはないかと先に問いあわせたら、この手紙も没収されて読まれるかもしれない。万が一そうなった場合、あまり詳しいことを明かしたら、あっというまに公邸へ連れ戻されるだけでなく、大切な友だちを困った立場に追いやることにもなりかねない。

エマは羽の先端で頬を軽く打ちながら、なんと書こうか考えた。

〝親愛なるアリアドネとマーセデスへ。わたしは公邸から逃げだして、今朝出会ったばかりの男性の屋敷にいます。その人は、市場でひったくりにあったわたしを助けてくれたの。とても立派な人よ……型破りな元海軍大佐を、あなたたちが立派と思うかどうかはわからないけれど。そうそう、彼は伯爵でもあるの。うっとり見とれてしまうほど魅力的で、修道女でも誓いを破るのではないかと思うくらい。もちろんわたしは、そういう意味で彼に惹かれているわけではないわ。でも、美しいものは、だれだって賞賛のまなざしで見つめるものでしょう〟

だめよ、こんなこと書けるわけがない。エマは頬がかすかに赤らむのを感じた。いくらふたりの反応が楽しみでも、そんな手紙を出すわけにはいかない。

マーセデスは驚くと同時に興味を引かれて、ニックがエマに熱烈な恋をし、献身的に尽くすことを誓うなどという空想をしそうだ。ロマンティックな彼女の頭のなかで、ニックはむかしの騎士の恰好をし、忠誠を誓った貴婦人の貞節と感謝以外はなにも求めない男性として描かれるかもしれない。

一方のアリアドネは、エマの冒険を知って興奮するだろうが、心だけはぜったいに奪われないように警告するだろう。「男というものは、火遊びの相手としてはいいけれど、愛してしまったが最後、あなたは奴隷になるのよ」アリアドネがそう言うのが聞こえてきそうだ。でもそれは、実体験から得た見解ではない。なにしろアリアドネはエマと同じように無垢《むく》で、男性と火遊びした経験など一度もないのだ。それでも結婚やセックスに関する急進的な意見を披露したり、性の悦《よろこ》びを味わうために祭壇に立つ必要などないと言ったりして、エマとマーセデスをぎょっとさせるのが好きだ。アリアドネなら、せっかくの機会だから〝未知の世界〟を少しのぞいてみたらどうかと勧めるだろう。「ただし、ぜったいに見つからないように気をつけて」

でも彼女が今回、実際にそうした意見を言うことはない。アリアドネにもマーセデスにも、ニックのことは教えないつもりだ——少なくとも、この屋敷を出てミセス・ブラウン・ジョーンズの家へ移るまでは。

エマはため息をつき、羽ペンでまた頬を軽くたたきながら、なにを綴《つづ》るべきか考えた。やがてその唇に、ゆっくり笑みが浮かんだ。

ペン先をインクに浸し、便箋の上を走らせた。

4

　その夜、七時を何分か過ぎたころ、ニックは居間で叔母と一緒にエマを待っていた。叔母は勢いよく燃える暖炉のそばの、すわり心地のいいひじ掛け椅子に腰をおろし、空気が〝ひんやりする〟ことにぶつぶつ文句を言っていた。襟の高い薄紫色のウールのイブニングドレスに身を包んでいるが、それではおだやかな秋の夜を過ごすには不足らしい。深い暗紫色から紫がかった灰色までの色合いのカシミヤの肩掛けが四枚、丸みを帯びた肩をしっかり覆っている。鋼色《はがね》の薄い髪の上に暗いなす紺色の帽子を載せたその姿は、ヒースの茂みにいるライチョウを連想させる。

　ニックはというと、濃褐色の最高級の上着とズボンを着けていた。糊のきいた白いリネンのタイは、簡単な結びかたをしてある。ニックは部屋を横切り、反対側の壁際にある飲み物の戸棚へと向かった。

「シェリーをいかがです？」叔母が文句の合間に息継ぎをしたときを狙って言った。

「ハリー？」年配の叔母は言い、薄い眉をひそめた。「ハリーってだれ？」

ニックは嘆息しそうになるのをこらえた。「ハリーじゃない――シェ、リ、ー酒だよ」辛抱強く言いながら、前回会ったときより、叔母の聴力が衰えていることに気づいた。「食事の前にお酒をどうかと思って」こぶりのクリスタルのグラスを手にとり、軽くふってみせた。

叔母は年齢を感じさせる唇に小さな笑みを浮かべてうなずいた。「少しお酒でも飲めば、この冷えきった体が温まるかもしれないわね。シェリー酒をいただくわ、ドミニク」いったんことばを切り、肩掛けの一枚の端を整えた。「ところで、さっき言ってたハリーとはいったいだれなの？」

ニックはそれには答えず、黙ってシェリー酒をグラスに注いだ。そしてふたつめのグラスの上で、デカンターを持つ手を止め、エマのことを考えた。

もう来ていてもおかしくないころだ。さっき手紙を届けさせ、叔母がこの屋敷に一週間、滞在するのを引き受けてくれたこと、夕食の前に居間で待っていることを伝えた。メイドにもう一度、様子を見に行かせようか。ニックはシェリー酒のデカンターを置き、自分のぶんのグラスにウイスキーを注いだ。

シェリー酒のグラスを叔母に渡そうと手にとったとき、かすかな物音が聞こえた。音のしたほうに目をやると、エマが入口のところに立っていた。赤いサテンのドレスに身を包み、淡い緑の肩掛けを背中にまわして両ひじから垂らしたその姿は、バラのように美しい。

ニックは、優雅な足取りで部屋の奥へ進んでくるエマに目を奪われた。手に持ったグラスのことはすっかり忘れていた。やがてはっとわれに返り、グラスをトレーに置いた。

「やあ、ミス・ホワイト。やっと来たね」

「遅れてしまったかしら？　お待たせしたのでなければいいけれど」エマは淡い金色の眉をあげた。

「ああ、だいじょうぶだよ。ちょうど食前酒を飲もうとしていたところだ。でもまずは、叔母を紹介させてくれ。ダルリンプル子爵未亡人だ」

ニックは叔母のほうを向き、ちゃんと聞こえるように声を張りあげた。「叔母上、こちらの若い女性がさっきお話ししたかたで、わが家に一週間滞在することになったミス・エマ・ホワイトです」

エマはニックが想像もしていなかったほど、上品で洗練されたお辞儀をした。

「奥様」背筋を伸ばしてから言った。「お目にかかれて光栄です。このたびはわたくしのために、閣下のお屋敷にお泊まりいただけるとのことで、大変感謝しております。ロンドンの街をわざわざ移動して来てくださるとは、なんてご親切なかたでしょう」

「なに？　ロンドンの街がなんですって？」子爵未亡人は茶色の眉をひそめた。「そうよ、社交界の人たちのほとんどが田舎の領地へ行って、暖かなお屋敷で快適に過ごしているのに、わたしはまだロンドンにいるの。ドミニク、あなたが手紙をよこしたとき、わたしが自宅にいて幸いだったわね。もしいなかったら、このお嬢さんをどうするつもりだったの？」

ニックが口を開く前に、彼女はエマに視線を移した。「さては甥《おい》が話していた若い女性のお客様というのは、あなたのことね」ニックのことばを聞いていなかったかのように言う。「さあ、こちらへいらっしゃい。お顔《え》をよく見せてちょうだい」

腹部のあたりをごそごそして柄付き眼鏡を取りだすと、顔の前に掲げてエマを凝視した。レンズのせいで、目がフクロウのように丸く大きく見える。

だがそうやって観察されているあいだも、エマは驚くほど落ち着いた顔をしていた。冷静な態度を保ったまま、ゆっくり前へ進み、フェリシティ叔母の前で静かに立ち止まった。

「きれいだわ」一分近くたったのち、叔母が言った。「ドミニクがさえない娘を屋敷に招くわけがないものね」

「叔母上――」ニックが抗議しかけた。

「あら、とぼけないで」叔母はせせら笑うように言った。「男はみんな同じよ。魅力的な美女に弱いんだから。泥のなかで転げまわるブタみたいに器量の悪い娘には、洟もひっかけないくせに」

ニックは咳払いをし、叔母の突拍子もない発言とエマの顔に浮かんだ表情に、思わず吹きだしそうになるのをこらえた。

叔母は平然として柄付き眼鏡をひざにおろした。「ニックの亡くなった軍人仲間のお嬢さんですってね。家庭教師として働いていたけれど、解雇されたと聞いたわ。でもどうしてそんなことになったのか、わかる気がする。さっき言ったとおり、あなたはあまりにきれいだし、それになにより若すぎるもの。いったいいくつなの？」

エマは背筋をぴんと伸ばし、子爵未亡人の目をまっすぐ見つめかえした。「それなりの年齢ですわ」

子爵未亡人は長いあいだ、無言でエマの顔を見ていた。「それなりの年齢ですって！　このお嬢さんはほんとうにそう言ったの？　〝それなりの年齢〟だと？」

「ああ、叔母上」ニックは言い、口もとがゆるみそうになるのを抑えて叔母の反応を待った。

「ミス・ホワイトはたしかにそう言った」

だが叔母は機嫌を損ねるどころか、大声で笑いだした。笑いすぎて肩掛けが肩からすべり落ちた。「気骨のあるお嬢さんね。気に入ったわ」エマに向かって指を一本ふってみせる。

「若かったころのわたしにそっくり。いつも周囲を翻弄していたのよ」

「いまでもそうじゃないか、叔母上」

叔母は顔を輝かせた。「そうね。ところで」肩掛けをかけなおしながら言った。「夕食はまだなの？　わざわざ飢え死にするために、ここへ来たつもりはないわよ」

「シムズがもうすぐ準備ができたと伝えに来るだろう」ニックは言った。「酒でも飲みながら待とう」戸棚のところへ戻る。「ミス・ホワイト、なにがいいかな？　カナリー（カナリア諸島産の甘口の白ワイン）はどうだろう。それとも、もっと強い酒にするかい？　叔母上はシェリー酒を飲んでいる」

エマが答える前に、叔母が口をはさんだ。「あなたたち、なんの話をしているの？　さっきのハリーとかいう人の話？　それに、カナリアがどうしたって？　わたしは鳥が大の苦手なのよ。不衛生で、羽根や口に出すのもはばかられるものを、そこらじゅうにまき散らすでしょう」

いったん間を置き、帽子の位置を整えた。「夕食が鶏肉料理ならうれしいわ、ドミニク。それが人間と鳥の正しい付き合いかたよ」

ニックはエマと目を見合わせた。海のような色の瞳が輝き、笑いをこらえようとして唇が小さく震えている。「マデイラ・ワインはどうかな」小声で尋ねた。

エマはたまらず吹きだした。

ニックもそれ以上こらえきれずに、声をあげて笑った。

それから二時間近くたち、エマはリンゴのシャルロットの最後のひと口を食べ終えた。果物とラム酒の芳醇《ほうじゅん》な風味が舌に残っている。すっかり満足し、磁器の皿にフォークを丁寧に置いた。従僕がそっと近づいてきて、食器を下げた。

右隣りではニックがくつろいだ様子で椅子に体を預け、黄金色のトカイワインのグラスを大きな手で揺らしている。フェリシティ叔母はテーブルの向かいの、暖炉にいちばん近い席にすわり、食事のあいだじゅう、ひとりでしゃべりつづけていた。エマは食事を楽しみながらその話に耳を傾け、ときどき訊かれたことに答えた。ニックも叔母が機嫌よくしゃべるのを黙って聞いていたが、できるだけエマと目を合わせないように気をつけた。もしも互いの顔を見たら、叔母の突拍子もないうえしばしば的外れな発言に、ふたりともまた笑いころげてしまいそうだったからだ。

「今夜は、男はぼくひとりだから」ニックは叔母のことばが途切れた頃合いを見て言った。「みんなで居間へ移動して、食後酒でも飲もうか。女性陣は紅茶のほうがいいかな。ぼくはもう少し強い飲み物にするよ」

「わたしはもう結構」叔母は片手をひとふりした。「長い一日で疲れたから、そろそろ寝ることにするわ。でもあなたたち若い人は、もっと楽しみなさい。六十歳以下の人間にとっては、まだ早い時間よ」

ニックは立ちあがってテーブルをまわり、叔母が椅子から立つのを手伝った。叔母はニックの隣りに立って手を伸ばし、その頰を軽くたたいてやさしい笑みを浮かべた。「あなたはやんちゃだけど、いつもいい子だった。やっと家に帰ってきてくれてうれしいわ」

ニックの目を暗い影がよぎった。「こんな事情で戻ってきたのでなければ、もっとよかったんだが。でも、叔母上とまた一緒にいられてうれしいよ」

ニックが〝家〟ということばを使わなかったことに、エマは気づいた。だが次の瞬間、なにごともなかったかのように、ニックの顔に笑みが戻った。

「ぐっすりおやすみください、叔母上」

「わたしはいつも死んだようにぐっすり眠るの――言っておくけれど、早く死者の仲間入りをしたいと思ってるわけじゃないわよ」フェリシティ叔母はエマに視線を移した。「おやすみなさい、お嬢さん。あまり夜更かししないようにね」

「はい、奥様」エマも椅子から立ちあがった。「わたしも早く休むことにいたします」

「でも早すぎてもだめよ」子爵未亡人は指を一本立ててふった。「若い人たちは体力がありあまってるんだから、毎日ぐったり疲れるまで活動しなくちゃ」ふたたびニックに目をやる。「ミス・エマを音楽室にご案内したらどう？　もし音楽を聴きたい気分じゃなかったら、肖像画の部屋でもいいし」

「いい考えだ」ニックは言った。

叔母はさまざまな色合いの肩掛けを、血管の浮きでた手でしっかりつかんでうなずいた。部屋を出ていきながら、廊下からでも聞こえるほどの大きな声で侍女を呼んだ。

叔母がいなくなると、ニックはエマのほうを見た。「さてと、どうしようか。お茶を飲むか、音楽室へ行くか。それとも、墓の下で朽ちはてているぼくの先祖の肖像画を見るかい？」

「そうね……」エマは考えた。「どれもいいわね。でも夕食が終わったばかりだから、お茶をいただこうかしら。音楽室は――」ことばを切り、尋ねるような目でニックを見た。「閣下は楽器を演奏なさるの？」

「バイオリンを少し。けれど独奏できるほどうまくはない。以前、一緒に仕事をしていた将校たちの反応からすれば、ぼくの腕前はまあまあといったところらしい。だがうまい人と一緒に演奏すると、自分までひどく上達したような気になったものだ」

「謙遜してるのね」

ニックはくすくす笑って首をふった。「まさか。ぼくは謙遜ということばとは無縁の男だ。それからバイオリンのことだが、人と一緒に演奏するのは大好きさ。そうすれば、ぼくのようにしょっちゅうまちがえる奏者でも、ほかの人の楽器の音でごまかせるからね」

エマはニックの目が輝いているのを見て、きっと冗談を言っているのだろうと思った。でも彼のことをよく知っているわけではないので、確信は持てない。

「きみはどうだ、ミス・ホワイト。音楽は好きかい？」

エマは自問したが、なんと答えていいかよくわからなかった。六歳のとき、父の宮殿の音楽室ではじめてハープシコードの前にすわり、弾きかたを教わった。それから長年にわたって何人もの先生に教わり、求められれば人前でもそれなりの演奏ができるようになった。けれども、本物の才能と音楽への愛があるかと訊かれれば、胸を張ってそうだと答えることはできない。

マーセデスのことを思いだす——天使のように楽器を奏で、まるで音楽が魂からあふれだしているかのようだった。その演奏を聴いていると、神の御前にいるような気持ちになったものだ。

ニックが返事を待っているのに気づき、エマははっとした。「楽器はいくつか弾けるけど、得意なのはピアノとハープかしら。でも閣下と同じで、もし音をまちがえても、ほかの人のせいにできるときがいちばん上手よ」

ニックの唇に大きな笑みが浮かび、深い薄墨色の目が銀色になった。「そういうことなら、わが先祖のむっつりした顔でも拝みに行こうか。でもきみはきっとあとで、紅茶にしておけばよかったと言うだろう」

「あなたのご先祖様を見たいわ。お墓の下にいらっしゃろうと、なんだろうと」

「いちおう忠告はしておいたぞ」

ニックはダイニングテーブルに手を伸ばし、大きな銀の枝付き燭台《しょくだい》のひとつを持ちあげた。蜜蠟のろうそくが九本、明るく燃えている。急に動かされて炎の朱色の先端が激しく揺れたが、すぐにおさまった。

ニックは空いたほうの腕をエマに差しだした。

エマは黙って手をかけた。なめらかで温かな上着の生地越しに、筋肉質の引き締まった腕の感触が伝わってくる。

肖像画の部屋は、建物一階の後方いっぱいを占めていた。厚い闇に覆われ、ニックが掲げるろうそくだけが唯一の明かりだ。優美な部屋で、クルミ材の羽目板が張られ、波紋のある緋色《ひいろ》のシルクの布がたっぷり使われている。四方の壁に数えきれないほどの肖像画がかけられ、油絵具で描かれた顔が額縁のなかからこちらを見ていた。

エマはそのなかのひとりに、とくに目を引かれた。いかめしい表情の面長《おもなが》の男性で、先を細くとがらせたバンダイクひげをあごに生やし、ニックと同じ深い薄墨色の目をしている。頭にかぶっているのは、手の込んだ羽飾りつきの帽子だ。胴をぴったりと包む黒いベルベットのダブレット（体に密着した上着）に、ゆったりしたベルベットのズボンと長靴下を着け、革靴を履いている。腰にさした宝石つきの重厚な剣に右手をかけて、だれかが襲ってきたら、いつでも抜く用意ができているようだ。

「初代伯爵だ」ニックは肖像画を見あげて言った。「言い伝えによると、暗殺者としてヘンリー八世につかえていたらしい。剣で刺したり、毒を盛ったり、それが真実かどうかにかかわらず、国王に歯向かう者や地位を脅かす者の謀反《むほん》の証拠を集めたりして、出世の階段をのぼったそうだ。アン・ブーリンの関係者を尋問し、王妃の処刑にひと役買ったとも言われている。血なまぐさい時代だったが、本人はうまく世渡りして伯爵位を与えられた。あまり好感の持てる人物ではないだろう？」

「そうね」エマは考えこんだ。「でも国王の歓心を買うためなら、人はときに卑劣で非道なことをするものよ。とくに国王が専制君主である場合は。あなたのところの議会は、権力の暴走を防ぐうえで、とてもうまく機能していると思うわ」

エマの祖国では、二世代前まで専制君主制をとっていたため、往々にして権力の暴走が見られた。三十年前に王位を継いだ父は、改革に取りかかったが、劇的な変化をもたらすにはいたらなかった。そして二年前、ルパートが摂政となった。それからの短い期間に、ローズウォルドを現代的な一流国家にするため、兄は初の議会を設置するなど、抜本的な政策を次々と実行した。父はいい国王だった。でも兄は自分の考えを実行できる手段さえ与えられれば、父を上まわる偉大な国王になるだろう。

ニックは不思議そうにエマを見た。「あなたのところの議会とはどういう意味だ？　まるで外国のことみたいじゃないか」

エマは自分の失言に気づき、口がからからに渇くのを感じた。だが部屋は暗いので、動揺した表情をニックには見られなかったはずだ。

エマは平静を装って答えた。「そういう意味じゃないわ。ただ、あなたは伯爵で貴族院に属しているから、ある意味ではイングランドの運命を決めるのにひと役買っているわけでしょう。もちろん、庶民院と一緒に。そのおかげで政治が安定しているんじゃないかしら」

エマはそこで黙った。若い女性がふつう口にしないようなことを言ってしまった。ちらりとニックを見たが、その顔には相変わらずけげんそうな表情が浮かんでいた。

「そういう見方もできるかもしれない」ニックはゆっくりと言った。「だが、ぼくはまだ正式に授爵《じゅしゃく》されていないから、法律の制定には関わっていないも同然だ。それに正直なところ、政治にはほとんど興味がない。それは兄の得意分野だったよ」

ニックは何歩か前へ進み、燭台を高く掲げた。「これがピーターだ。伯爵になるべくして生まれた」

エマは話題が変わったことにほっとし、ニックのそばに行った。好奇心に駆られ、彼の亡き兄の顔を見あげた。

故リンドハースト卿はハンサムだが、がっしりした体格のニックにくらべれば細身だ。弟にはあまり似ていない。あごはニックより丸く、髪は明るい茶色だ。知的でまじめそうな顔をし、ニックの特徴であり魅力でもある無鉄砲な雰囲気は感じられない。それでも目はそっくりだ――深い薄墨色の瞳は賢さと思いやりを同時に感じさせ、人の心の奥底を見抜くような光をたたえている。

エマは身震いし、ニックはどこまで真実に気づいているだろう、と思った。

「兄は母に似ている」ニックは言った。「一方ぼくは、問題の多い父方の血が濃く出たようだ。鼻つまみ者だった大叔父に生き写しらしい」

エマは口もとをゆるめ、これもまた冗談なのだろうかと思った。

「ほんとうだ」ニックはエマの心のうちを読んだように言った。「大叔父の肖像画を見せてやりたいが、小さな鉛筆画があるだけで、しかもそれはランカシャー州にあるグレゴリー一族の領地、リンド・パークの屋敷の奥にしまいこまれている。いつか訪ねてきてくれれば、見せてあげるよ」最後のほうは低くなめらかな声になった。

エマの心臓がどきりとした。ニックとふたり、田舎の邸宅の小さな寝室に立っている場面がとつぜん頭に浮かび、体がかっと熱くなった。

「とりあえずいまは」ニックはさらりと言った。「母の肖像画を見てくれ」

エマは胸の鼓動がおさまることを願いつつ、無言でニックのあとにつづいた。

その肖像画は大きく、壁の中央の目立つ場所にかかっていた。金の塗装を施された額縁は繊細で美しく、ヤマボウシの花と小さな葉の模様が彫られている。そこに描かれた伯爵夫人はしとやかで若々しい。まだ結婚したばかりで、将来への夢をふくらませていたころ、手入れの行き届いた庭園の石のベンチにすわって描かれたものらしい。黒と黄褐色の柄のスパニエル犬が、ピンクのサテンの靴の横に寝そべっている。靴と同じ色合いのドレスは、スカート部分が大きく広がったひとむかし前のデザインで、すそがもう少しで芝生につきそうだ。

温かい人。

ニックの母を見たとき、エマが最初に受けた印象はそれだった。温かくてきれいで、内側からきらきらと輝いている。ニックの明るい性格は母親譲りにちがいない。おだやかな笑顔からあふれでる幸福感と気品を、画家の筆が見事にとらえている。

「美しいかたね」エマは静かに言った。

「ああ。中身も外見も美しかった」

ニックの言ったとおり、亡くなった伯爵は母親に似ていた。髪や目の色、顔の輪郭《りんかく》もそっくりで、男か女かのちがいしかない。

「お母様がいなくなって、とてもさびしいでしょうね」エマは言った。「わたしも十二歳のときに母を亡くしたの。もし母が生きていたら、自分の人生はどうなっていただろうと、ときどき思うことがあるわ」だがヨーロッパ大陸が戦火に包まれていたことを思えば、もし母が生きていて、どういう教育方針を持っていようと、エマはいずれにせよ外国の学校へ行かされていただろう。母がどういう考えかたをしていたかは、もはや知りようがない。それでも生きかえってくれるなら、なにを差しだしてもかまわない。

ニックはエマのひじに手を添えた。「ぼくが大人になるまで母が生きていてくれて、幸せだったと思うべきなんだろうな。さあ、暗い話はもうやめにしよう。グレゴリー一族の個性豊かな面々をもっと紹介するよ」

肖像画をひととおり見終えるころ、エマはニックの先祖ひとりひとりについての愉快な——そしておそらく誇張された——話に、声をあげて笑っていた。

「次はお茶でも飲もうか」ニックは言い、手近なサイドテーブルに燭台を置いた。「癖の強い先祖たちと再会したから、ぼくはブランデーを飲みたい気分だ」

「閣下はご自分の親族に対して、少し見方が厳しすぎるんじゃないかしら。みんな魅力的なかたがただわ」

「そんなことが言えるのは、きみがだれとも直接会ったことがないからだよ。フェリシティ叔母をのぞいてはね。彼女はひときわ個性的だ」

エマはまた笑い声をあげた。「ええ、そうね」

「居間へ行こうか。それとももっと気楽に、書斎で寝酒でも飲むかい？」

そのとき廊下で時計の音が低く鳴った。

十一時だ。

都会の感覚ではまだ宵《よい》の口かもしれないが、エマにとってはちがう。女学校にいたときの生活時間が体にしみついている。夜十時にはベッドにはいり、この時間にはもうぐっすり眠っていた。エマはあくびをし、このところあまり寝ていないことを思いだした。

「寝室に下がったほうがいいかな」エマが口を覆っていた手をおろすと、ニックは言った。

「ごめんなさい、閣下。長い一日だったから」

「ニックだ」ニックはやさしく言った。「せめてふたりきりのときは、堅苦しい呼びかたはやめよう」

エマは躊躇《ちゆうちよ》した。それでもどういうわけか、断わることができなかった。「わかったわ、ニック」

ニックは微笑んだ。「エマ」

そしていきなり手を伸ばし、指でエマの頰とこめかみをなでると、ひと筋の髪を耳にかけた。

エマは肌が燃えるように熱くなるのを感じ、はっと息を呑んだ。一瞬、彼の深い銀色の瞳に見入った。

「後《おく》れ毛だ」ニックはささやいた。

「なに？」エマは蚊の鳴くような声で言い、心臓が激しく打つ音が聞こえていないだろうかと心配になった。

「ヘアピンを落としたんだろう」ニックは言った。「そのうち出てくるよ」

「あら」

ニックの唇にゆっくりと笑みが浮かんだ。ろうそくのやわらかな光のなかで、その笑顔はたまらなく魅力的に見える。

困るわ。エマは胸のうちでつぶやいた。革靴のなかで、つま先がぎゅっと丸まった。こんな笑顔は、法律で禁止してもらわなくちゃ。

ニックは手をさっと体の脇におろして一歩後ろに下がった。「そろそろ戻ろうか」

「ええ、そうね」

ふたりは無言で部屋を出た。ニックはエマに付き添って屋敷のなかを歩き、玄関ホールでいったん立ち止まって燭台を置くと、階段をのぼりはじめた。エマの寝室につづく廊下に出るまで、ふたりともなにもしゃべらなかった。召使いが廊下のテーブルに灯しておいたろうそくが、あたりをそっとやさしく照らしている。

「ここで失礼するよ」ニックはエマの目を見た。「いい夢を」

「あなたもね、閣下」

「ニックだ」ニックは小声で訂正した。

「そうだったわね、閣下」エマはいたずらっぽく言った。

「ああ、そうだよ。おやすみ、エマ」

ニックはくるりときびすを返した。

「閣下」エマはその背中に向かって言った。「ニック」

ニックは足を止めてふりかえり、ふたたびエマの目を見た。「なんだい？」

「明日のご予定は？」

「予定？」ニックは困惑顔で片方の眉をあげた。

「ええ」エマはスカートの前で両手を握りあわせた。「友だちがわたしを……その、ロンドンの街を案内してくれることになっていたの」きっとミセス・ブラウン・ジョーンズなら、そうしてくれただろう。「でもここでお世話になることになったから、あなたが案内してくださらないかと思って」

ニックの顔に笑みが広がった。「なるほど、そういうことか」

次の瞬間、その表情がかすかに曇ったが、エマはひるまなかった。

ニックはなにも答えなかった。

「それで？」エマはせがむように言った。「どこに連れていってくれるの？」

ニックは吹きだした。「どこに連れていってほしいんだ？」

「どこへでも。行ってみたいところは数えきれないほどあるわ」

ニックはまた笑った。「きみはぼくがどこへでも付き合うと信じているんだね。ぼくに明日、仕事があるかもしれないとは思わないのかい？」

「あら」エマはここで引き下がってはいけないと自分を奮い立たせた。「そうなの？」

「永遠に終わりそうもない仕事を抱えている」ニックは苦い口調で言った。「田舎の領地にいる管理人が山のような書類をよこし、日々の報告をしてくる。それに加えて、このロンドンの屋敷のことでも雑多な仕事がたくさんある。毎日、やることに追われているよ」

「だったら、少しぐらい息抜きが必要よ。ロンドンの街を見てまわるのが、いちばんの気晴らしになるわ」

「きみはひとつ忘れている。ロンドンの街なら、ぼくはとっくに見てまわっているよ」ニックは苦笑した。

「でもわたしはまだよ」エマは愛嬌《あいきょう》たっぷりに微笑んだ。「だれかを案内すれば、住み慣れた街も、いままでとはちがう新鮮な目で見られるんじゃないかしら。きっと楽しい時間が過ごせるわ」

ニックはまたしても吹きだした。「まったくきみって人は、ああ言えばこう言うんだな。家庭教師の仕事がつづかなかったのも、わかる気がするよ。どんなことでも、相手が首を縦にふるまで引き下がらなかったんだろう」

エマはスカートに両手をぐっと押しつけ、ニックのほうへ身を乗りだした。「でもあなたは断わらないでしょう？　そうよね、閣下。お願い、街を案内すると言ってちょうだい。お願いよ、ドミニク」ささやくように言った。

ニックの目に一瞬、情熱的な光が宿ったように見えたが、それはすぐに消えた。エマは目をしばたたき、いまのは見間違いだろうかと思った。目の前に立つ彼は、さっきと同じように落ち着いた表情をしている。

「一日ぐらい外で気晴らしをするのも悪くないかもな」

エマの脈が速くなったが、それは願いがかなった喜びだけではなく、もうひとつ、自分でもあまり深く考えたくない感情のせいでもあった。「ありがとう、ニック」

ニックはすでに後悔しているかのように、眉根を寄せた。

「何時に出かけましょうか」エマはニックの気が変わらないうちに言った。

「十時でどうだろう」

エマはうなずいた。「そうしましょう。叔母様も一緒にいらっしゃるわよね」

「ああ、たぶん」

エマはにっこり笑ってみせたが、心のどこかでがっかりしていた。ばかね。ひそかに自分を叱った。たしかに突拍子もない勘違いをするし、それを口に出して言ったりもするけれど、ダルリンプル子爵未亡人は愉快で感じのいい婦人だ。べつに自分はリンドハースト卿とふたりきりで出かけたいわけではない。だれと一緒であろうと、ロンドン観光ができればそれでいいのだ。

「三人だと楽しいでしょうね」エマはほがらかに言った。

「ああ、そうだな」ニックは言った。「じゃあぼくはこれで。おやすみ」

だが廊下を立ち去るニックの後ろ姿を見送りながら、エマは今夜もあまり眠れそうにないと思った。

おまえはいったいなにを考えているんだ？　数分後、ニックは浮かない表情で首をふりながら、書斎にはいった。奥の角にあるマホガニー材のこぶりの戸棚へ向かい、クリスタルのデカンターの栓をはずして、香りのよいブランデーを勢いよくグラスに注いだ。グラスを手に、暖炉のそばにあるお気に入りのひじ掛け椅子に近づき、ゆったり腰を沈めた。

ふたりの女性を屋敷に泊めることになるなど、今朝起きたときは夢にも思っていなかった。それなのに、こうして叔母だけでなく、手の焼ける若い女性の面倒まで見るはめになった。

しかも明日、ロンドン観光に連れていく約束までしてしまった。彼女の青い目の輝きからすると、一回だけの外出ではとても満足してくれそうにない。

自分の生活や屋敷の平穏を乱される事態を進んで招くなど、友人に話したら愚か者だと笑われるだろう。それでもエマ・ホワイトを一週間、屋敷に滞在させれば、こちらもいい気分転換になると思ったのも事実だ。

さて、明日はどこへ連れていこうか。

ニックは行き先について考えながら、琥珀色のブランデーのはいったグラスを揺らし、中身を半分飲んだ。のどがかっと熱くなり、口のなかに芳醇な風味が広がった。

博物館？

いや、平凡すぎる。

美術館？

きっと退屈するだろう。

ロンドン塔？

ありきたりだ。

どこかひねりがきいていて、エマが驚きではっと息を呑むような、わくわくする場所はないだろうか。

ふいにいい場所がひらめいた。

ニックは笑みを浮かべ、椅子の背に頭をもたせかけて、エマの喜ぶさまを頭に思い浮かべた。目の前で繰り広げられる光景をながめながら、ヒヤシンス色の瞳が大きく見開かれてきらきら輝き、頬がばら色に染まる。

ニックの胸が期待で躍り、そのことに自分で驚いた。船をおり、兄を葬るために戻ってきてからというもの、なにかを心から楽しいと思ったことはない。いやいやながらイングランドへ戻り、かつて必死でのがれたさまざまなしがらみを、すべて引き受けることになってからは。

この数カ月間、ニックは新たな人生と新たな義務を受けいれようと努力してきたが、そのどちらにも喜びを覚えたことはなかった。それなのに一日もしないうちに、エマ・ホワイトはニックを真に愉快な気分にさせ、新しい人生もそれほど悪くないと思わせてくれた。

今週は気を引きしめて過ごさなければならない。エマのことは気に入っている。これほど魅力的な女性に会ったのは、いったいいつ以来だろう。油断していると、彼女のことをもっと好きになってしまう。それだけは避けなければならない。

そう、一週間だけ相手をし、危険な目にあわせないように気を配り、彼女の友人がロンドンに帰ってきたらきれいさっぱり別れるのだ。

ニックはそう心に言い聞かせ、グラスに残っていたブランデーを飲み干すと、むかしの海戦について書かれた読みかけの本に手を伸ばした。革装丁の本を開き、最後に読んだページを探して読みはじめる。ところが自分でも信じられないことに、青く美しい瞳が脳裏にちらついて読書に集中できなかった。何度か自分を叱ったのち、ようやく彼女を頭から追いだすことができた。

5

その夜、エマは霧の夢を見た。深い灰色でほとんど先が見えない。そのなかを懸命に駆け抜け、なにかをつかもうとしているのだが、いつもあと少しというところで手が届かない。やがて霧がゆっくり目のかたちをとり、だんだん顔が現われて、最後に男性の姿に変わった。エマは手を伸ばしたが、男性はそれをかわし、ふたたび霧となって消えた。

エマははっとして目を覚ました。しばらくそのまま横たわっていると、奇妙な夢がだんだん遠ざかっていった。前日の信じられないできごとが、ゆっくり脳裏によみがえってくる。愛らしいルリツグミの壁紙が張られ、明るい黄色でまとめられた寝室を見まわした。それが夢でも錯覚でもないことがわかり、エマは安堵した。

ほんとうにロンドンにいるんだわ！　急にうれしさがこみあげ、両腕を頭の上に伸ばした。空には太陽が輝き、街がわたしを待っている！　しかも、ニックが案内してくれるのだ。

エマは満面の笑みを浮かべて上掛けをはぎ、ベッドからおりた。たんすに近づいて、なんとか持ちだせた数少ないドレスをながめた。どれもみな質素でおしゃれとは言いがたく、女学生が着るのにちょうどよさそうなものばかりだ。ルパートが到着したら、ロンドン社交界と婚約者へのお披露目のため、ドレスをすべて新調する予定になっている。それまでは古い服で充分だろうということになったのだ。

でも考えてみれば、着古した服しかないのは、かえって幸いかもしれない。お金のない元家庭教師が、美しいドレス、しかも王女が着るような高価なシルクやサテンのドレスを持っていたら、変に思われるだろう。

エマは青いウールのデイドレスを着ることにし、呼び鈴を鳴らしてメイドを呼んだ。

三十分後、幸せそうな笑みをまだ口もとにたたえたまま、朝食室へ行った。ニックがダイニングテーブルにつき、ひじの近くで新聞を広げている。「おはよう」エマに向かって言い、礼儀正しく立ちあがった。

「おはようございます」

エマが向かいの席につくのを見届けてから、ニックは椅子にすわった。カップに手を伸ばし、中身を飲む。

眼帯をした召使いのベルが、大きな銀のポットを持って現われた。「コーヒーをいかがです?」

「いいえ、結構よ。できれば紅茶をいただけるかしら」

「はい、もちろん」ベルはニックのカップに、湯気をたてているコーヒーを注ぎながら言った。「すぐに持ってきますから。ほかはなんにします？　卵料理？　トースト？　それともパンケーキ？　料理人がなんでも作ってくれますよ。個人的には、大佐がたったいま食べたコンビーフと卵の料理がお勧めですけどね。おいしかったでしょう、大佐？」

ニックは新聞を読みやすいように折ってひじの脇に置いた。「ああ、おいしかったよ」召使いのくだけた口調を注意することなく返事をした。

ベルがニックを〝大佐〟と呼んでいるということは、やはり思ったとおり、海軍時代の部下だったのだ。ほかにも元水兵の使用人がいるのだろうか。でもこれまでこの屋敷で会った使用人のなかに、ベルのようにざっくばらんな態度の者はいなかった。

「そんなにお勧めなら、コンビーフと卵の料理をいただこうかしら」エマは典型的な英国料理を食べてみたくなった。「それから、果物があったらお願いするわ」

ベルはにっこり笑った。「あなたは賢いお嬢さんだと思っていましたよ。ほっそりしてるけど、小食じゃない。小食の女性はきらいです。それから果物ですが、料理人がたっぷり用意してくれるでしょう。もし足りなかったら、ぼくが市場に走って買ってきてもいい」

「その必要はないと思うわ」エマは言い、自分が召使いと長い会話を交わしていることに新鮮な驚きを覚えた。そしてベルが歯を見せて笑い、ウィンクをして部屋を出ていったことに、さらに驚いた。

そのあいだじゅう、ニックは表情ひとつ変えず、新聞を熱心に読んでいた。「すまない」

顔もあげずに言う。「ベルは船上でもああいう調子でね。しゃべりすぎが原因で、営倉にほうりこまれそうになったことも一度や二度じゃない」

エマは笑みを押し殺した。「たしかに変わってるけれどきらいじゃないわ。彼はただ——」

そこでいったん間を置き、ふさわしいことばを探した。「——元気がありあまっているのよ」

ニックは吹きだした。「そうだな」カップを手にとり、まだ湯気の立ちのぼっている熱そうなコーヒーをゆっくりひと口飲んだ。

舌が鋼鉄で覆われているのだろうか、とエマは思った。それにニック自身も、とても雄弁だ。エマはふと手持ち無沙汰になり、飲み物があればと思いつつ、リネンのナプキンをひざに広げて待った。

「彼を雇ったいきさつは?」

ニックは片方の眉をあげた。「ベルのことかい?」エマがうなずいたのを見て、先をつづけた。「戦争が終結し、海軍は年金を与えてたくさんの水兵を退職させたが、新しい仕事はなかなか見つかるものじゃない。とくに負傷した元兵士にとって、状況は深刻だ。片方の視力を失ったとなれば、かりに船での仕事があったとしても、索具はもうあつかえない。陸上の仕事といっても、片目をなくした男を進んで使いたがる雇い主はそう多くない。でもベルは善良な働き者で、忠実でもある。だからここで働いてもらうことにしたんだ」

ここで働かせてやることにしたにちがいない、とエマは思った。ベルがまだ一人前の従僕でないことはあきらかだ。ニックはさも、将校なら元部下に仕事を世話してやるのは当然だというような言いかたをしているが、そんなことはない。

ニックはベルを助けたのだ。

そして昨日、自分もニックに助けられた。

エマは急になにかがのどに詰まったような気がして、ごくりとつばを呑んだ。ベルが食器や食べ物が載ったトレーを両手に抱えて戻ってきたのを見てほっとした。

ベルは小さく口笛を吹きながらトレーを置くと、緑と白の大きな磁器のティーポットを手に近づいてきて、エマのカップに紅茶を注いだ。そろいの砂糖壺とクリーム入れもテーブルにならべた。それから新鮮な果物の載った皿を持ってきた。

「どうぞ、お嬢さん。料理人がちゃんと用意してくれましたよ。オレンジと梨とパイナップルです。ぼくも厨房で我慢できずにつまみ食いしてしまいました——もちろん、この皿のやつじゃないですからね。手をぴしゃりと打たれましたけど、その価値はありました。このパイナップルは飴のように甘い。あなたもいかがです、大佐？　じゃなくて、閣下」ベルは言いなおした。主人の呼びかたをまちがえることについても、しょっちゅう注意されているらしい。

「いや、結構だ」ニックの唇の端がかすかにあがった。「コーヒーだけでいい」

「そうですか。じゃあ食事を持ってくるんで、ちょっと待っててくださいね、お嬢さん」

エマはベルが出ていくのを、息を止めて待ち、それから我慢できずに吹きだした。視線が合ったとたん、ニックも笑いだした。「もしお客様を招いてパーティを開く予定があるなら、ミスター・シムズの負担が増えて大変でしょうね」エマはひとしきり笑ってから言った。

ニックの目尻にうっすらとしわが寄った。「幸いなことに、そうした予定はないよ」

「授爵のお祝いもしないの？」

ニックの顔から笑みが消え、代わりに暗い表情が浮かんだ。「ああ。そんなものを祝うつもりはない」

エマはメイドが言っていたことを思いだした。亡くなった兄のあとを継ぐために、ニックは海軍を辞めざるをえなかったという。軍艦の指揮にまだ未練があるのだろうか。あの表情を見れば、ひと目でそうだとわかる。

エマはクリーム入れを手にとって紅茶にミルクを足し、角砂糖をふたつ入れた。ひと口飲むと、おいしさのあまりため息が出そうになった。甘くて香りもすばらしい。「叔母様は一緒に朝食をとらないのかしら。それとも、出かけるときに合流なさるの？」カップを受け皿に戻しながら尋ねた。

ニックは一瞬間を置き、表情を変えずに答えた。「いや。さっき叔母から伝言があった。昨日の移動ですっかり疲れてしまい、今日は大事をとってベッドで横になっているそうだ」

エマは眉根を寄せた。「でもお住まいはロンドン市内なんでしょう？」

「ああ」ニックは低い声で言った。「だが半マイルの旅も、叔母にはこたえたらしい」

「まあ」エマはフォークを持ち、オレンジのひと切れに突き刺した。「お気の毒に。でも十時までにはお元気になって、一緒に行くことになさるかもしれないわ」

「いや、それはないだろうな」ニックはそっけなく言った。「叔母はいったんベッドにはいると、女王のようにそこから動かない。たぶん夕食のときは姿を見せるだろう」コーヒーを飲む。「でももしかすると、夕食の席にも来ないかもしれないな」

エマはフォークを置き、がっかりした顔をした。「じゃあ今日の外出は取りやめなのね」

「その必要はないさ」ニックは言った。「もちろん、きみの気が進まないなら話は別だが」

「そんなことないわ！」エマはあわてて言った。「わたしは行きたい。もしあなたさえよければ」

「今日の予定は空けてある。二頭立て二輪馬車で出かけるなら、叔母がいなくても問題はないだろう」

「そうね」エマは口もとがほころびそうになるのを抑えた。ふたたびフォークを手にとり、まずパイナップルを、次に梨を食べた。

「考えたんだが」ニックはゆったりと椅子にもたれかかった。「アストリーへ行くのはどうだろう」

「〈アストリー・ロイヤル演芸劇場〉のこと？」エマは興奮を隠しきれずに言った。

「聞いたことがあるんだね」

「当然よ。知らない人なんているかしら」

ニックは笑った。「つまり、異論はないということでいいのかな」

「決まってるわ。大賛成よ、閣下」

というよりも、それよりいい場所は思いつかない。ロンドンの街を肌で感じたいというのが願いだったが、王女がふつう足を踏みいれないようなところへ行けるなら、なおさらいい。名前に〝ロイヤル〟ということばこそはいっているものの、〈アストリー・ロイヤル演芸劇場〉は、兄やワイズミュラー公爵未亡人が顔をしかめるような場所だ。でも流行に敏感なロンドンの若者のあいだでは人気がある。

いくら屋内とはいえ、曲馬を披露する劇場は庶民でごったがえし、品のない笑い声があがるがさつな場所だ――兄や公爵未亡人ならそう言うだろう。「ばかなことをおっしゃらないでください、王女様」こちらの顔を見おろす公爵未亡人の姿が目に浮かぶ。「王族は庶民と交わったりしないものです。どうしてそんな危険で、王室の名折れとなるようなことをなさりたがるのか、わたくしにはさっぱりわかりません」

でもこの一週間は、あえて危険なことをしてみたいのだ。王室の名折れとなるようなことをするのかどうかは……いまの段階ではわからない。

「あらかじめ言っておくが」ニックは言った。「劇場は混んでいて蒸し暑く、汗やわらや馬のにおいがする」

望むところだわ。エマは心のなかでつぶやいた。

「でも見世物はおもしろくて、一見の価値がある。行き先はそこでいいかな」

「ええ、閣下」

エマの興奮した様子に、ニックはくすくす笑った。

まもなくベルがやってきて、おおげさなそぶりでエマの前に皿を置いた。エマはとても食べられそうにない量の料理を見て、思わず目を丸くした。それでもおいしそうなにおいにお腹がぐうと鳴った。ベルがエマに紅茶のお代わりを、ニックにコーヒーのお代わりを注いだ。

「たっぷり召しあがれ」従僕は満面の笑みで言い、部屋を出ていった。

ニックはコーヒーを飲んだ。「ベルの言うとおりにしたほうがいい。今日は長い一日になるから、力をつけておかなければ」

「了解しました、大佐」エマはふざけて言った。

ニックはびっくりしたように目を輝かせ、口もとに笑みを浮かべた。新聞をめくり、ふたたび読みはじめる。

心地よい静けさのなかで、エマは食事をつづけた。

6

「ああ、心臓が止まりそう！」その日の午後、〈アストリー・ロイヤル演芸劇場〉の観客席で、エマはニックの隣りの座席で言った。

疾走する二頭の馬の背に片足ずつかけて立っている馬術師を見て、群衆がやんやと喝采を浴びせた。いつのまにか地面から拾いあげた白いハンカチを、馬術師が高く掲げて誇らしげにふっている。

いままで生きてきて、これほどすごいものは見たことがない。馬術師の一団が信じられないほど高度で大胆な技を、目の前で次々に披露する。馬術師たちも馬たちも、宣伝どおりにすばらしい。ニックが言ったとおり、劇場は混んでいて蒸し暑く、馬やわらや人の汗、それをごまかすための香水のにおいでむっとしていた。でもエマは気にならなかった。むしろそうした雑然とした雰囲気が、冒険の興奮を一層強く感じさせてくれる。

馬術師が演技を終え、カーテンの後ろへ消えた。しばらくして三人組の道化師が駆け足で舞台に現われた。顔に滑稽《こっけい》な化粧を施し、おどけた無言劇をはじめる。

ふと横を見ると、ニックの視線とぶつかった。舞台ではなく、こちらに顔が向いている。エマは微笑み、一瞬、薄墨色の瞳に吸いこまれそうな錯覚を覚えた。そのときはじめて、自分が彼の腕にしがみついていることに気づいた。馬術師がけがをしないかどうか、手に汗を握りながら見守っているうちに、思わずしがみついていたらしい。

エマはそっと右手を離そうとした。「つい夢中になってしまって」

だがニックはそれを止め、エマの手に自分の手を重ねて腕に押しつけた。「なにかを夢中で楽しめるのはいいことだ。ぼくはちっともかまわない。それに次の演目は綱渡りだから、またしがみつきたくなるんじゃないか」

ニックが茶目っ気のある魅力的な笑みを浮かべると、エマの胸の鼓動が速くなった。彼の大きな力強い手が自分の手を包んでいることを、ふいに強く意識した。長身でたくましいニックの隣りにいると、自分がとても小柄に感じられる。

エマは舞台に集中するのだと自分に言い聞かせた。でもいまは、隣りにいる男性のことで頭がいっぱいだ。

幸いなことに、まもなく綱渡りの演者が登場した。見事に綱を渡りはじめると、エマは命がけの危険な曲芸にはらはらし、いつのまにか舞台に引きこまれていた。

ニックは曲芸を見ていなかった。それよりも、エマを見ているほうがずっと楽しい。その顔に浮かぶ表情自体がすばらしい演目だ。好奇から恐怖へ、驚きから喜びへと、感情の動きに応じてころころ表情が変わる。

エマがまた腕にしがみつき、ウールの上着の袖に指を食いこませている。ニックは彼女を守るように、その手に自分の手を重ねた。だがそこにはいつものニックらしくなく、独占欲も混じっていた。

自分はけっして嫉妬深いほうではない。青二才だったころでさえ、嫉妬などするのは、まったくの時間の無駄だと思っていた。純情な娘より、大人の女性のほうが好みだ。大胆で女らしく、世知にたけていて、心の結びつきなどという面倒なことを求めずに、ただベッドで情熱と快楽を分かちあえる相手がいい。やがて潮時が来てさよならを告げるときも、泣かれたり責められたりしたことはなく、ほとんどいつも円満に別れてきた。べったりした関係は好きではない――依存してくる女性は苦手だ。でもこうしてエマにしがみつかれても、悪い気はしない。青い瞳を子どものように輝かせ、はっと息を呑んだり笑ったり、ため息をついたりしている。

それに彼女は自分よりずっと若く、あらゆる意味でまだ少女のようだ。でもそれは、年齢的なことだけが理由ではない。昨夜わかったように、無邪気で天真爛漫《らんまん》で、相手をすぐに信用し、身寄りのない若い娘としては危なっかしくてしかたがない。

それにもかかわらず、自分はエマを少女として見ることができずにいる。月と太陽の動きに合わせて潮が満ち引きするように、体が自然と反応する。問題は、その理由がわからないことだ。

彼女はたしかに美しい。でも美女ならほかにもいる。興味深い女性でもあるが、教養のある洗練されたレディなら、ロンドンをはじめ、世界の洗練された都市にはとくにごまんといる。なのにどういうわけか、エマには特別に心惹かれるところがある。

たぶん彼女の大胆さと負けず嫌いな性格が気に入ったからだろう。昨日のようなできごとに遭遇したとき、取り乱して泣きわめいたりしないのは、真の度胸がある女性だけだ。あるいは、彼女の気品とユーモアを解する心に魅力を感じているのかもしれない。それとも、瞳に宿ったやさしさと、笑ったときの愛らしい頬の線に惹かれたからだろうか。エマのことはまだなにも知らないも同然だ。でももっと知りたい、すべてを知りたいと思う。

隣りでエマが楽しそうに笑い、頬をイチゴのように赤く染めている。滑稽な衣装をつけた小型犬の一団が舞台に登場した。後ろ足で立ちあがってくるくるまわり、しきりに吠えながら、少しずつ小さくなっていく連続した輪をくぐっている。エマがそれを夢中で見ている。その唇からふたたび笑い声がもれると、ニックの腹部が硬くなり、彼女の手のかかった腕にぐっと力がはいって全身が熱くなった。

ニックは座席の上で体の向きを変えて目をそらした。

それから三十分ほど舞台はつづき、最後に戦いの寸劇が行なわれた。砲車が走って軍服を着た〝兵士〟たちが馬に乗って登場し、偽物の大砲が音と煙をたてるなか、英国軍がフランス帝国の鷲とナポレオンをとらえた。

観客が大笑いしながら拍手し、足を踏みならして歓声をあげている。エマも同じだが、さすがに育ちのいい女性らしく、足は踏みならしていない。

やがて音がやみ、人びとが帰りはじめたが、エマの頰はまだ喜びで輝いていた。「すばらしかったわ」席を立ちながら言った。「連れてきてくださってありがとう、閣下。とても楽しかった」

ニックはうなずき、エマの喜ぶ姿に目を細めている自分に気づいた。「どういたしまして。さて、軽食でもとろうか。もしよければ、ここからそう遠くないところに居酒屋がある。でも女性向けの店じゃないから、ほかの場所にしたほうがいいかもしれないな」

「そうかしら」エマは目を輝かせた。「居酒屋には行ったことがないわ」

ニックは目を丸くした。「それはそうだろう。言わなければよかった」

「でももう聞いてしまったもの。そこにしましょう」

「本気かい？〈ガンター〉のほうがずっといいと思うが」

エマは不満げな顔をした。

「たいていの女性は〈ガンター〉が好きだ」

「きっと上品なお店なんでしょうけど、冒険にはふさわしくないわ。せっかくの楽しい見世物のあとに行くところじゃない」

「なるほど、きみが求めているのはそれか——もっと楽しいものを見たいと?」

「居酒屋に行けば見られる?」

ニックはくすくす笑った。「それは無理だろうな。ただ男たちがテーブルについて世間話をし、エールを飲みながら食事をする場所にすぎない。とくに変わったことや、びっくりするようなことは起きないよ」

「だったら、わたしを連れていっても問題はないわよね」エマは言った。「そもそもあなたが一緒なんだから、わたしが危ない目にあう心配はないわ」

ニックはことばに詰まり、渋面を作った。「〈ガンター〉のほうがいいと思うけどな」

「そこへはまた別の日に行きましょう」

ニックはいらだちとおかしさが入り混じったようなうめき声をあげた。「わかったよ、居酒屋にしよう。だが店内では片時もぼくのそばから離れないでくれ」

エマはおどけた様子でニックの腕に手をかけ、ぐっと力をいれた。「ほら、もうしっかりつかまってるわ」

ちょうどそのとき、幼い子どもがふたりの横を走り抜け、そのあとを男が追いかけてきた。男が子どもの腕をつかもうと手を伸ばしたとき、たまたまエマの肩にぶつかり、エマはニックのほうへよろけた。

ニックはとっさにエマの体を抱きとめた。心臓が二度大きく打ち、全身が欲望で火照った。彼女が唇を開き、甘い息をついている。ニックの腕のなかで体を震わせたが、すぐに離れようとはしなかった。むしろこちらの胸にぐっともたれかかったように思える。

「だいじょうぶかい？」ニックはかすれた声で訊いた。

エマはうなずいた。その目が大きく見開かれて光っているのは、恐怖心ではなく別の理由からだった。

「どうもすみません、奥様。悪気はなかったんです」エマにぶつかった男が、さっきの子どもを腕に抱えて戻ってきた。「子どもというものはすぐにどこかに走っていくんで、こっちはまるで風を追いかけてるみたいです。そうだろう、ジョニー？」

当のジョニーはくすくす笑い、父親の首に顔をうずめた。

「もう一度、馬を見たいと言いまして」男はつづけた。

「気にしなくていい」ニックは言った。「幸いなことに、けがはなかった」

男は見るからにほっとした様子で、敬意を表わすように帽子に手をあてた。「では旦那様に奥様。この子を母親のところへ連れていきますんで」そう言って会釈をすると、がっしりした肩にジョニーをしがみつかせ、急いで立ち去った。

「そろそろ行こうか」ニックは言った。「ほんとうに〈ガンター〉じゃなくていいんだね？」

エマはうなずいた。「ええ、いいわ。ご覧のとおり、わたしは危険な状況を切り抜けるのが得意なの。それに居酒屋があなたの言うとおりの場所なら、退屈なぐらいなにも起こらないはずよ」

でもエマが一緒なら、退屈などするはずがない、とニックは思った。

店内は薄暗く静かで、少ない客がまばらにすわっているだけだった。エマとニックがはいっていくと、話し声がやみ、ごま塩頭のふたりの男がジョッキから顔をあげて、好奇心もあらわにエマを見た。だがふたりはすぐに目をそらした。ニックがおそろしい形相でにらんだからだ。

「席を探そう」ニックはエマの腕をしっかりとったまま、薄暗い隅へと向かった。

「窓際の席のほうが明るいわ」エマは歩調をゆるめて窓際のテーブルを指した。

「目立つ席にはすわらないほうがいい。あっちにしよう」ニックはきっぱりと言った。

エマは不服そうな顔をしたが、ニックはそれに気づかないふりをして、隅へ向かって歩いた。テーブルの前につくと、エマは腕を離して奥の席へすわろうとしたが、ニックがそっと体に触れてそれを止めた。

「きみはこちら側にすわってくれ」ニックは言い、まっすぐな背もたれの質素な木の椅子を引いた。ほかの客たちに背を向けるように置かれた椅子だ。

「どうして？」

「ぼくは空間に背を向けるのがいやなんだ。軍隊時代の癖だよ」エマのけげんそうな表情を見て言い添えた。

「そうなの」反対する理由もないと思い、エマは勧められた椅子にすわった。ニックはテーブルをまわり、向かいの席に腰をおろした。

「ここはほんとうに危ない場所なの？」エマはわくわくしながら、身を乗りだして小声で尋ねた。

我慢できずにふりかえってほかの客をながめ、どういう人が危険なのだろうかと考えた。さっき店内へはいってきたとき、こちらを無遠慮に見ていたふたりの年配の男が、エールを飲みながらタバコを吸っている。青みを帯びた灰色の煙が頭上で小さな雲を作っている。別のテーブルに三人の若者がすわっていた。指についたインクの染みや、くたびれた表情からすると、早めの食事をとっている事務員かもしれない。三つめのテーブルには、ごく平凡な四人の男がいた。飾りけのないベストと上着を身につけた姿からは、労働者か商人か、それとも職人か、見当をつけるのはむずかしい。

どの男たちもとくに危険そうに思えず、エマはがっかりした。

だが少なくとも店主だけは、好戦的に見えた。ずんぐりした体形で頭は禿《は》げあがり、羊毛の塊のようなもじゃもじゃの眉を生やしている。

店主はカウンターをふきながら、じろりとエマをにらんだ。そのときエマは、店にいる女性が自分だけであることに気づいた。

「ここはべつに危険な場所じゃないよ」エマが前を向くと、ニックが茶化すように言った。

「もしそうなら、最初から連れてこないさ」

店主が不機嫌な表情のまま、ゆっくり近づいてきた。「ご注文は？」うなるように訊く。

「わたしにエールを、こちらのご婦人に紅茶を」ニックはエマに口を開く間を与えず言った。

「紅茶ですって？」エマは不満そうにニックを見た。「紅茶ならいつでも飲めるじゃない」

顔をあげ、店主ににっこり微笑みかけた。「わたしもエールをいただくわ。小さいグラスでお願い」

「いや、紅茶を頼む」ニックは言った。「それから、この店でいちばん上等の肉とチーズの盛り合わせとパンを持ってきてくれ」

「マスタードかチャツネを添えますか？」店主が尋ねた。「女房は結婚前、父親としばらくインドに住んでいましてね。リンゴと梨の混ざったうまいやつを作るんです」

「おいしそうだな。両方ともらおうか」

店主はうなずき、最後にもう一度、とがめるような目でエマを見て立ち去った。

「感じの悪い人ね」こちらの声が聞こえないところまで店主が離れると、エマは言った。

「この店に女性が来たのは、わたしがはじめてというわけじゃないでしょうに」

「細君と、もしいるなら娘ぐらいだろうな。ここは働く女性とその連れの男が来るような類《たぐい》の店じゃない」

エマは眉をひそめた。「どういうこと？」

「なんでもない。つい口がすべってしまった」

エマはニックのことばの意味について考えをめぐらせた。「でもどんな女性が来ると――あっ――」ふいに口をつぐみ、さらに身を前に乗りだした。「身持ちの悪い女性のことかしら。あなたが言ったのは、そういうことなのね」不運な女性のことをよく知っているわけではないが、そうした人たちが存在するという噂ぐらいは聞いたことがある。

そのとき、あることに思いいたった。「まさかあの人は、あなたとわたしが……その、わたしが――」エマははっと息を呑んだ。

「いや、それはちがう」ニックは断言した。「もしそうなら、ぼくたちに出ていけと言っていたはずだ。でも店主の気が変わらないように、おとなしくして行儀よくふるまったほうがいい。二度とエールを頼んだりしないように」

エマは不満げな顔でニックを見た。「わたしの注文に横やりを入れるなんて、失礼じゃないかしら。エールを一杯飲むことの、どこがいけないの」

「まったく、きみって人は手が焼けるな。どうして家庭教師として雇われたのか不思議だよ。いままでの雇い主は、きみのことがよくわかっていなかったにちがいない。それだけははっきり言える」

エマは下を向き、内心の動揺を隠そうとした。今日という日があまりに楽しくて、ニックに聞かせた作り話のことをすっかり忘れていた――というよりも、ニックが勝手に信じた身の上話のことを。どうしよう、なんと言えばいい？

折りよく店主が飲み物を運んできた。茶色いエールのジョッキをニックの前に、ティーポットとカップをエマの前に置いた。

「ミルクとお砂糖もお願い」エマはそれらがないことに気づいて言った。

店主は不機嫌そうな顔をし、ゆっくりした足取りで戻っていった。

「ちゃんと聞こえたかしら」

ニックはにっこり笑った。「ああ、聞こえたさ。ほんとうに持ってきてくれるかどうかはわからないが」

離れたところから、木と木がこすれあう耳ざわりな音がした。テーブルについた四人の男が椅子を引いて立ちあがった。ごつい革のブーツでオーク材の厚い床を踏みならしながら、反対側の隅へ向かって歩いていく。にぎやかに談笑し、手にはそれぞれエールのジョッキを持っている。

男のひとりが木の板の前で立ち止まった。それは樽を薄く切ったような丸い板で、壁に釘で固定されていた。男は傷だらけの板の表面から、先端に白く短い羽根のついた灰色の金属らしきものを何本か引き抜いた。

「あの人たちはなにをしているの？」エマは好奇心もあらわに訊いた。

「ダーツをして遊ぶんだろう」ニックは驚いたように片方の眉をあげた。「ダーツを知らないのかい？」

「ええ。どうやるの？」

ニックはまた、かすかに不思議そうな目でエマを見た。「基本的には、技と正確性を競うゲームだ。各人が決められた本数の短い矢を的に向かって投げ、どれだけ中心に近い場所に刺さったかによって点数が決まる。矢の投げかたや点数のつけかたにはいろいろあるが、ざっと説明すればそういうゲームだよ」

いつもならしないことだが、エマは首をひねって後ろを向き、男たちがダーツをはじめるのをながめた。最初の矢が大きく的をはずれると、投げた男がうめき声をあげ、仲間たちから冷やかされた。次に投げた男はそれよりうまく、矢は輪の中心近くに音をたてて刺さった。仲間が歓声をあげて男の背中を軽くたたいた。

残りのふたりが矢を投げるのを見届けてから、エマは前を向いてニックと顔を合わせ、満面の笑みを浮かべた。「とってもおもしろそうね。あの人たちの番が終わったら、わたしたちもダーツをしましょうよ」

「だめだ」ニックはあっさり言った。「そもそもああしたゲームは、一度はじめると何時間もつづくものだ。とくに酒を飲んでいるときは」

「でもしばらくしたら、代わってもらえるかもしれないわ」

ニックはなにも答えなかった。

エマが口を開きかけたとき、店主がやってきた。肉とチーズの載った青と白の磁器の大皿をテーブルに置く。次にマスタードとつややかな黄金色のチャツネが盛りつけられた小皿を二枚持ってきた。それからパンと、エマが驚いたことに、クリーム入れと黒砂糖がいくつか載った小皿が運ばれてきた。黒砂糖は、たったいま大きな塊から削りとったばかりのように見える。

「ありがとう」エマは言った。「おいしそうだわ」

「女房に伝えときますよ」店主は言った。つっけんどんではあるけれど、この人は内心で喜んでいるのかもしれない、とエマは思った。

ニックは店主が置いていった白目《しろめ》製のナイフとフォーク、それに大皿と同じ柄の取り皿をエマに手渡した。

エマはハムをひと切れと、淡い黄色のチーズをひとかけら、皿にとった。「食事をはじめたからといって、ダーツのことを忘れたわけじゃないわよ。食事が終わるころには、あの人たちもゲームをやめているかもしれないし」

「居酒屋でダーツをするなんてとんでもない」

「だとしたら、わたしはどこでダーツをしたらいいの？」

ニックはしばらくのあいだエマの顔をじっとながめ、首を横にふった。「きみは筋金入りの頑固者だ」

エマはにっこりしてみせた。「忍耐強いと言ってちょうだい」

ニックは吹きだした。「ぼくにはその表現がふさわしいとは思えないな。さあ、いいから食べよう」

「食べたらダーツをしましょう」

「それは食べてから決めよう」ニックが牛肉とチーズとチャツネを載せたパンを口に運び、会話はそこで中断された。

ふたりは食事をしながら、さっきアストリーで観た曲芸の感想を言いあい、どの演目がいちばん好きだったかについて話した。エマは馬術師の曲芸がお気に入りで、ニックは最後の戦いの寸劇がよかったと言った。

「だがたとえナポレオンをとらえる機会があったとしても、そのために海を捨てることはしなかっただろう」ニックは言った。

「海にいるというのは」エマは尋ねた。「どんな感じなの？」

ニックは薄墨色の瞳でエマの目を見た。「解放感。高揚感。嵐のときは全身ずぶぬれになって寒さに震えるが、それでも海は美しい。そして平和だ――敵の艦船から砲撃を受けているとき以外は」

「砲撃？　まがまがしい響きね。怖かった？」

ニックはエールをひと口飲んだ。「戦闘のさなかにあって怖くないと言う人間は、嘘をついているか、自殺志願者であるかのどちらかだ」

エマはニックのことばについて考えた。「でもあなたは海軍時代が恋しいんでしょう」それは質問というよりも確認だった。

ニックは考えこむような顔をした。「いまさらなにを言ってもしかたがない。船上から領地の管理をすることはできないだろう」そう言って苦い笑みを浮かべた。

その話題はそこで終わった。

それからふたりは、ほかのさまざまなことについて語りあった。スコットランドから旅する途中で見た田園地帯の印象や、子どものころ飼っていた動物のことなどを話した。エマはキング・チャールズ・スパニエル犬を二匹と、長毛の白い猫を飼ったことがあり、ニックのところにはかつて父親が狩猟用に飼っていたイングリッシュ・フォックスハウンド犬の一群と、スペックルズという名前の愛玩用のダルメシアン犬がいた。いまは田舎の領地に黒いニューファンドランド犬がいるという――泳ぐのがなにより好きな大きな犬で、興奮するとよだれを垂らし、体高はポニーとほとんど変わらないそうだ。

「また動物を飼いたいわ」エマはため息交じりに言った。「でもいまは、とても飼える状況にないから」

結婚したら飼えるかもしれない、と心のなかでつぶやいたあと、暗い運命のことなど思いださなければよかったと後悔した。そのことを頭からふりはらい、残っている紅茶を飲んで空《から》の皿にフォークを置いた。

首をひねって後ろを見た。「ほら、見て。あの人たち、ゲームをやめるみたいよ」

男たちはダーツをやめて帰り支度をはじめた。エールを飲み干して空のジョッキを置き、出口へ向かって歩きながら、店主に親しげに別れのことばをかけている。あごがごつく、黒い髪を肩まで伸ばした男のひとりが、あざやかな青い目でエマを見た。そして驚いたことに、いたずらっぽく片目をつぶってみせた。

向かいの席にすわるニックが体をこわばらせ、おそろしい表情を浮かべて立ちあがりかけた。だが男はすでに店の外に出て、仲間となにかを話しながら大声で笑っていた。

「どうしたの？」エマは訊いた。

ニックはドアのほうをにらんだ。「あいつには礼儀というものが欠けている。きみをあんな目で見るなんて許せない」

「とくに深い意味はなかったと思うけど」

「あったに決まっている」ニックは憤然として言った。「きみをここにひとりで残してもだいじょうぶだったら、あいつを追いかけて礼儀を教えてやるんだが」

こぶしを使ってだろうか、とエマは思った。きっとそうなのだろう。胸に温かいものが広がったが、ニックが自分を守ろうとしてくれていることへのうれしさと、そのためには暴力も辞さないことへの懸念が入り混じった複雑な気持ちになった。

「あの人たちは帰ったわ」エマはなだめるように言った。「いまさらかりかりしてもしかたがないじゃない。どうせ二度と会うこともないんだから」

「それは幸いだ——あの連中にとって」

ニックはしばらくエマの言ったことについて考えていたが、やがてドアをにらむのをやめ、鋼のような色の目でエマを見た。「食事が終わったのなら、そろそろここを出よう」

「あら、まだダーツをしていないわ」

ニックの表情がふたたび険しくなった。

だがニックが口を開く前に、エマは言った。「ここにはもう店主とあのふたりの老人しかいないのよ。危ないことが起きるとは思えないわ」たしかに事務員らしき客も、エマたちが食事をしているあいだにさっさと店を出ていっていた。「何度か矢を投げさせてくれたら、おとなしく帰るから」

ニックは渋面を作った。「これまで見てきたかぎり、きみがおとなしくなにかをするとは思えないが」

エマはしかめっ面をした。「しらけさせるようなことを言わないで。お願い。きっと楽しい時間になるわ」

「むしろ面倒な時間になりそうだ」ニックは不機嫌な声でつぶやいた。

エマは魅力的に見えることを願いながら、長いまつ毛をしばたたいた。男性の前でこうしたことをするのははじめてだ。

しばらくしたのち、ニックの唇の端がかすかに動いた。

「わかった」ぶっきらぼうに言う。「でも少しだけだ。終わったらすぐに出る」

手をたたいて歓喜の声をあげたい衝動をこらえ、エマは満面の笑みを浮かべた。「ありがとう、閣下。やさしいのね」

「ああ、自分でもそう思うよ」ニックは自嘲気味に言った。「そのうえ正気を失っている」

立ちあがってテーブルをまわり、エマに手を貸して椅子から立たせた。

しなやかな茶色い革のハーフブーツを履いた足で、エマは傷のついた床の上を跳ねるように歩いた。ダーツの的の前につくと、研がれた金属の矢を引き抜こうとしたが、矢はぴくりとも動かなかった。別の矢を試してみたものの、やはり抜けなかった。

「失礼」ニックの手が横から伸びてきた。無駄のない動きで、いとも簡単に次々と矢を引き抜く。それらを手のひらに載せてエマに差しだした。「レディファーストだ」

エマは矢を受けとり、的の正面に立った。背後で男たちが見ている気配を感じたが、気にしないように努めた。丸い的に白い塗料で数字が記されている。「中心を狙えばいいのね？」

「できるだけ中心の近くに」ニックはエマの邪魔にならないよう一歩後ろに下がり、胸の前で腕組みした。

エマは一本目を投げたが、力が足りず、矢は木の的に刺さることなく音をたてて床に落ちた。きっと笑っているにちがいないと思い、横目でニックを見た。

だがニックは落ち着いた表情をしていた。「初心者にはよくある失敗だ。もう一度投げてごらん。怖がることはない」

「怖がってなんかいないわ」エマは次の矢を手にとり、的をじっと見て思いきり投げた。今度は刺さりこそしたものの、矢は先端だけでかろうじてぶらさがっている状態だった。

「見た目よりむずかしいのね」エマは言った。

「技術を必要とするものはたいていそうだ。今度はもっと力いっぱい投げてごらん。それからもう少し矢の後ろを持てば、バランスがとりやすい」

「こんなふうに？」エマは最後の矢を言われたとおりに持った。

「いや、ちがう」ニックはエマの手をとり、そっと指の位置を正した。エマの肌がぞくりとし、腕がしびれたようになった。だがニックは平然とした顔で、なにも言わずにふたたび後ろに下がった。

短く息を吸って的を見つめたとき、エマは矢の重さがさっきとはちがっているように感じた。指に力をこめて的に集中する。腕を後ろに引き、矢が手を離れた瞬間に目を閉じた。

背後から小さなうめき声が聞こえ、エマはうんざりした。今度もまた大きくはずしてしまったのだろうか。自分にはダーツの才能がないのだと思いつつ、目をあけて的を見た。

次の瞬間、目が丸くなった。

放った矢は的にしっかり刺さっているだけでなく、まさに中心を射ていた。

「やったわ！」エマは叫び、驚きと喜びで笑い声をあげた。夢中でニックの腕に手をかけ、ぐっと握った。「見た？　大成功よ」

「ああ、そうだね」ニックはつぶやいた。

「あんた、才能があるな」老人のひとりが大声で言った。「女の人があんなふうに矢を投げるのは見たことがない」

「そもそも、女がダーツをやってるところは見たことがないね」もうひとりが言った。「とにかく、たいした腕前だ」

「まぐれだよ」ニックが小声で言った。「だれにでもそういうことがある」

エマはニックの腕から手を離した。「水を差すようなことを言うのね」

ニックは愉快そうに片眉をあげた。「つまりきみは、的に命中したのは自分の腕がいいからだと言いたいのかな。目をつぶっていたのに？」

エマが目を閉じたのをニックは見ていたのだ。でもここで引くわけにはいかない。エマは背筋をまっすぐ伸ばし、つんとあごをあげて、自分より頭ひとつぶん背が高いニックの顔を見た。「そうよ、閣下。さっき成功したのは技術のおかげよ」

「技術だって？」ニックは吹きだした。「矢を三本投げて、そのうち二本は悲惨な結果だったじゃないか」

「最初の二本でこつをつかんだの」エマは虚勢を張った。

ニックはのどの奥で低く笑った。「そうか、なるほど。きみは自分のことをすばらしい腕前の持ち主だと思っているんだな。もう一度投げても、最後の矢と同じように的に命中させられると？」

エマもさすがにそんなことは思っていなかった。次に投げたら、きっと大きく的をはずすだろう。だがあからさまにおもしろがって笑うニックを見ているうちに、われながら愚かだと思いながらも、競争心がむらむらと湧いてきた。

「ええ」エマは言った。「そうよ」

「一ポンド賭けるぜ」背後から声がした。

「よし。おれは二ポンドだ」

「その二倍の額を賭ける」三人めの声がした。店主だった。「彼女が的をはずすほうに」

後ろをふりかえり、三人の男たちがテーブルにお金を置いているのを見て、エマは愕然とした。

「あの人たち、賭けているの？　わたしに？」小声でニックに訊いた。

ニックは、愉快がっているとも怒っているともつかない顔でエマを見た。「そのようだな。

でも心配しなくていい。ぼくがやめさせるから」そう言って歩きだそうとした。

エマはニックの腕に触れて止めた。「やめさせるって――でも、言いだしたのはあなたじゃないの」

「いや、ちがう。ぼくはただ、もう一度矢を投げても、三本目のようにはいかないだろうと言っただけだ。だれも本気できみが成功するとは思っていない」

「よけいな口を出さないでくださいよ、旦那。わしらはその娘っ子に賭けているんだから」

老人のひとりがしわがれた声で言った。

「相手にするな」ニックはエマの耳もとでささやいた。「代金を払ってここを出よう」

「まだ帰りたくない。もう一度、矢を投げるまでは」

「エマ」ニックは警告した。「恥をかくのがおちだぞ」

「そんなことはないわ。それより、わたしたちも賭けない？」

エマのことばが聞こえたらしく、老人のひとりが低く長い口笛を吹いた。

ニックはエマの腕をつかみ、老人たちに声が聞こえないところまで連れていった。「きみと賭けをするつもりはない」

「どうして？　わたしが勝つのが怖いから？」

ニックは顔をしかめた。「まさか。結果は見なくてもわかっている」

「だったら、なぜためらうの？」

「そもそも、きみは金を持ってないだろう」

「そうね。でも、お金以外のものを賭けることもできるわ」

ニックの目に奇妙な光が宿った。「たとえばなにを？」

エマは返事に詰まった。とっさに賭けをしようなどと言ったのは、〝恥をかくのがおち〟というニックのことばにかちんときたからだ。あんなことを言われては、王女としての誇りが許さない。

でもなにを賭けようか？

しばらく考えたが、なにも浮かんでこなかった。

「日が暮れる前に決めればいいさ」ニックがのんびりした口調で言った。

エマは腹立たしげに手をひとふりした。「いますぐには思いつかないわ。だから勝ったほうがあとで決めることにしましょうよ」

ニックはエマを見た。「勝ったほうが決める？　きみはぼくが指定したものをなんでも差しださなければならないと、わかって言っているのかな」

「わたしが指定したもののまちがいでしょう。勝つのはわたしなんだから」

ニックはエマの顔をまじまじとながめた。「本気かい？」

エマは一瞬ためらい、自分はもしかしたらとんでもないあやまちを犯しているのではないかと不安になった。どうしたらまた的の中心に矢をあてられるというのだろう。しかし、ローズウォルドのホワイト一族は、何世紀もの歴史のなかで、どんなことにも逃げずに立ち向かってきた。王女である自分が、ここで尻尾を巻いて逃げるわけにはいかない。

「ええ、閣下。わたしは本気よ」

ニックの顔にいたずらっぽい笑みがゆっくりと広がった。「わかった、きみの挑戦を受けよう。ただ、その前にひとつ言わせてくれ。きみにはあまりに簡単に他人を信じるところがある。気をつけたほうがいい」

「だとしたら、昨日、市場で出会ったのがあなたでよかったということね。どこかの悪い人じゃなくて」

ニックの瞳がやさしい色を帯び、目尻にかすかにしわが寄った。「そうだ、きみは運がよかったんだ。さて、的から矢を抜いてくるとしよう」

エマはニックが矢を集めるのを待った。そのとき背後で、また別の客の一団がはいってくる気配がした。新しくやってきた五人の男は、なにが行なわれようとしているかを知って大声をあげ、自分たちも賭けに加わると言った。老人のひとりがポケットから小さな革の手帳と鉛筆を取りだしてなにかを書きはじめたのが、エマの目の隅に映った。聞こえてくる話し声から察するに、ほとんどがエマの負けに賭けているらしい。

ニックが矢を手に隣りに立った。一本を黙ってエマに手渡す。エマは息を呑み、緊張で胃がねじれそうな感覚を覚えた。「あなたが先に投げて。実際のゲームはまだしていないから」

「わかった。でもほんとうにやるつもりかい?」ニックは静かに言った。「いまならまだ引き返せる。もっとも、見物客をこれだけ集めてしまった以上、やめるなら走って逃げないといけないな」

エマはちらりと後ろに目をやり、ニックの言うとおりだと思った。また新たにふたりの男が店にはいってきたのを見て、思わずうめき声をあげそうになった。店主が親しげな挨拶をして飲み物を注ぎはじめた。ふたりの男は、いったいなにごとが起きているのかといった不思議そうな顔で、ほかの客が集まっている場所に近づいた。

「おい、娘っ子が投げるんじゃないのかい」ニックが的の前に立つと、男のひとりが不満そうに言った。

ニックは自分とエマ以外、だれも存在しないかのように、男たちを完全に無視した。

ニックもゲームに加わっていることがわかると、男たちはまたひとしきり賭けをはじめた。さっきの老人があわただしく手帳に鉛筆を走らせている。

ニックは堂々とした態度で、的の前の決められた位置に立ち、狙いを定めて矢を投げた。矢は中心からわずかに離れたところに音をたてて刺さった。

歓声とうめき声が同時にあがり、男たちは金を手にニックが次の矢を投げるのを待った。

二本目はさらに中心に近いところに刺さった。最初の矢からほんの少し離れた位置だ。

ニックは泰然と構えて、最後の矢を投げた。

今度は中心に刺さった。

ふたたび歓声とうめき声があがった。

「すごいわ」エマは感心して言った。

ニックは微笑んだ。「何年も練習したからね」

それにくらべて自分は何分か練習しただけだ。エマはまたしても胃がねじれそうになった。

ニックが的に歩み寄って矢を引き抜き、エマのそばに戻ってきた。「準備はいいかい、エマ？」

いいえ、やっぱり無理よ。エマは心のなかで答えた。でももうここまで来たら、いまさら引き返せない。

「こちらのレディに三回投げる機会を与えよう」ニックは店内にいる全員に聞こえるように言った。「そのほうが公平だ」

「ああ」最初からいた老人のひとりが言った。「そもそも三回ずつ投げる決まりだから、そうするべきだよ」

「あんたは彼女に賭けてるから、そう言うんだろう」別の男が大声で言った。

その皮肉っぽい言いかたに、何人かが声をあげて笑った。だが一分ほど話しあったあと、男たちはみなそれで納得した。三回投げて、そのうち一本が中心に刺されば彼女の勝ちだ。

全員の目がこちらにそそがれている。エマは前を向き、ニックから一本目の矢を受けとった。エマが所定の位置に立つと、ニックは邪魔にならないよう後ろに下がって腕を組んだ。

集中するのよ。エマは小声で自分に言い聞かせた。あなたならできるわ。

だが最初の矢は大きくはずれ、的をかすりもしなかった。

エマの心は暗く沈んだ。店内は気まずい沈黙に包まれている。

ニックが黙って次の矢を手渡した。

二投目も最初と同じく悲惨な出来で、的のはるか左上方に飛んでいった。

まるで見えない手で首を絞められているように、エマはのどが詰まって息が苦しくなった。

このままでは負けてしまう。次が最後の一投だが、きっとまた失敗するだろう。ただのまぐれにすぎなかったのに、もう一度、的の中心にあてられるなどと大見得《おおみえ》を切った自分がばかだった。

男たちの声が遠くなり、店が急に狭くなったように感じられる。手が汗で湿り、胃がぎゅっと縮んだ。ニックが横に立ち、最後の矢を差しだしている。彼の顔を見たくない。ほら見たことかと、にやにやしているに決まってる。

でも臆病者にはなりたくない。

エマはニックの手から矢を受けとり、視線をあげてその目を見た。だが予想に反して、彼の顔に浮かんでいるのは励ましの表情だった。

自分たちは賭けをしているし、彼はこちらが的をはずすことをほぼ確信しているはずなのに、どうしてだろうか。まさか自分に勝ってほしいと思っているわけではないだろう。そんなことはありえない。

「一本だけだ」ニックは勇気づけるように言った。「この一本を命中させればいい」

エマの胃の痛みがおさまり、緊張が解けていった。そのときはじめて、体に力がはいっていたことに気づいた。ポケットにはいっていたハンカチで手の汗をふき、矢を持った。

さっきはどんなふうに投げただろう？

エマは無意識のうちに、うまくいったときの感覚を思いだして矢を持ちなおした。狙いを定め、男たちの声を頭から締めだし、そこが店内であることも忘れて、ただ的だけに集中した。そしてさっきと同じように腕を引いて矢を投げ、手を離れた瞬間に目を閉じた。

男たちの叫び声が聞こえたが、それが歓声なのか怒声なのか、エマにはわからなかった。

「目をあけてごらん、エマ」耳もとでニックが低くなめらかな声でささやいた。「きみの勝ちだ」

7

「フェリシティ叔母からまた伝言があって、体調がすぐれないから夕食の席には来られないそうだ」その日の夜、リンドハースト邸の居間で、ニックがエマに言った。

「そんなにご気分が悪いのなら、お医者様を呼んだほうがいいんじゃないかしら」エマは心配そうに言った。

ニックはやれやれというように片方の眉をあげた。「ぼくもまったく同じことを本人に言ったんだけど、医者なんてみんなほら吹きのペテン師だから、もし呼んだりしたらぼくには遺産を相続させないとすごまれたよ。遺産なんてべつにどうでもいいが、気持ちの問題だ。若い親戚連中は無礼だとかなんとかさんざん悪態をついて、ぼくを部屋から追いだした。見たかぎりでは、元気そのものだったよ」

「じゃあご病気じゃないのね？」

ニックは肩をすくめてみせた。「いつもと変わらない様子だった。たぶん夕食のために着替えるのが面倒だったんじゃないかな」

エマの愛らしいピンクの唇が開き、安堵の笑い声がもれた。あざやかな青い瞳が、湖面に反射する日光のように輝いている。ニックはしばらくその目を見つめていたが、やがて立ちあがって飲み物のならんだ戸棚へ向かった。

「食事の前にワインでもどうかな。シムズが午後、マデイラ島産のいいワインをデカンターに移しておいてくれた」

エマの笑みが顔じゅうに広がるのを見て、いままでワインを勧められたことはあまりないのではないか、とニックは思った。彼女の若さと家庭教師という職業を考えたら、酒を飲む機会がほとんどなかったとしても不思議ではない。

「ええ、お願い」エマは飛び跳ねて喜んだ。

ニックはエマの喜びように思わず笑いそうになった。それにしても、今夜の彼女はとても美しい。シンプルで上品な生成《きな》り色のシルクのドレスに身を包み、金色の髪をうなじでひとつにまとめて、真珠が一粒ついた金のネックレスを首にかけている。

今夜はエマを独り占めできるのだと思うと、うれしさがこみあげてきた。彼女と一緒にいるととても楽しい。いや、楽しいということばでは足りないくらいだ。今日の午後も、思いがけずダーツの試合をすることになり、はらはらどきどきさせられた。賭けに負けたことも、まったく気にならない。

ニックはワインを注いでエマのところに戻り、グラスを手渡した。エマが中身を勢いよくひと口飲んだ。ばら色の唇に深紅のワインがよく映える。こぼれそうになったワインをエマが舌の先ですくうのを、ニックはじっとながめていた。ワインで濡れて輝くあの唇は、どんな味がするのだろうか。

「気をつけて」ニックは小声で言った。「まだなにも食べてないだろう。空腹のときに飲むと、頭がくらくらするぞ」

エマは淡い金色の眉を片方あげてニックを見た。「居酒屋でたくさん食べたからだいじょうぶよ」

ニックは肩をすくめた。「そうかもしれないが、ゆっくり飲んだほうがいい」

エマはそのことばに逆らうように、わざともうひと口ごくりと飲んだ。

「へべれけになっても、ぼくの責任だと言わないでくれよ」ニックは苦笑した。

エマはきょとんとした顔で首をかしげた。「それは酔うという意味?」

「ああ、そうだ」ニックはますます愉快な気分になった。

「ご心配なく。わたしは酔わないわ。それに責任は……」

エマの声が次第に小さくなって消えた。ニックの体が熱くなり、ライラックと蜂蜜のいいにおいが鼻をくすぐった。春の陽射しと庭に吹くそよ風を思わせる、軽くて陽気な香りだ。この魅力的なにおいの肌に触れたら、酔ったようにうっとりするにちがいない。

もっとエマに身を寄せたい。唇を重ねて、甘い悦びを味わいたい。

だがニックはその衝動を抑え、相手は自分の庇護下にある客なのだと胸に言い聞かせた。彼女はまだ無垢で、情熱を分かちあう男女のゲームのことを知らないのだ。

ニックはワインをひと口飲んだ。

そのときドアを軽くノックする音がした。目をやると、執事が入口に立っていた。「お食事の用意ができました、閣下」

「ありがとう、シムズ。さあ、行こうか」ニックは言い、エマに腕を差しだした。

ふたりは仲良くダイニングルームへ向かった。

ニックはあらかじめ、細長いマホガニー材のテーブルの端と端に向かいあってすわるのではなく、隣りあった席を用意するよう命じていた。エマはニックの右隣りにすわった。マデイラ産のワインが下げられ、別の飲み物が注がれた——一皿目のカキのクリームスープに合うワインだ。

ニックはエマがワインを試飲するのを見ていた。「どうだい?」

「おいしいわ。さっきのよりも、もっとおいしいぐらいよ」

「さあ、食べよう」ニックはゆらゆらと湯気をたてているスープをスプーンですくった。

エマも自分のぶんのスープを口に運び、顔をぱっと輝かせた。「カキのクリームスープね。大好物よ。わたしがカキを好きなことが、どうしてわかったの?」

「幸運な偶然だ。カキはぼくの好物でもある」ニックは滋味のあるスープを飲み、カキには媚薬《びやく》に似た効果があると言われていることについては、黙っておこうと思った。「ほかに好きなものは？」

「たくさんあるわ」

「たとえば？」エマがそれ以上なにも言わないのを見て、ニックは答えをうながした。

エマは眉間にかすかにしわを寄せた。「急に言われても、すぐには出てこない」

「わかった。もっと具体的に訊いたほうがいいな。二十の質問（ものあてパズルゲームのひとつ）形式にしようか」

エマは不思議そうにニックを見た。「今日の午後たくさんおしゃべりしたのに、まだそんなに訊きたいことがあるの？」

「ああ」ニックは言った。彼女に訊きたいことなら、手帳一冊ぶん以上ある。

「じゃあ、あとで、わたしもあなたに二十の質問をしていいかしら」

「きみがそうしたければ」ニックは微笑んだ。

「わかったわ。はじめましょう」

ニックはいったん間を置いてから口を開いた。「好きな色は？」

エマは目をぐるりとまわした。「簡単な質問ね。紫よ」

「好きな演劇は？」

エマはもうひと口スープを飲み、ナプキンで唇をふいた。「シェイクスピア、それともほかの劇作家の作品で?」

「どちらでもいいが、シェイクスピアにしようか」

「『十二夜』よ。彼の作品のなかで、まちがいなくいちばん機知に富んでいてロマンティックだわ」

「女性はロマンティックなものに弱いからな」

「男性は弱くないものね」エマは言い、ヒヤシンス色の目をきらりと輝かせた。

ニックはワインを飲み、エマの切り返しににやりとした。「その答えから察するに、ベートーベンよりモーツァルトのほうが好みなんだろう」

「両方とも好きよ。でもどちらか選べと言われたら、やはりモーツァルトを選ぶわね」

ニックとエマはいったん黙り、スープをひと口飲んだ。「本は? 頼むから、ミネルヴァ出版の恋愛小説の愛読者とは言わないでくれよ」

エマは頬を赤らめた。「たまには読むわ。でも、若い女性ならだれでもそうじゃない?」

ニックは忍び笑いをしながらスプーンを口に運んだ。

「笑わないで。なかにはすばらしい作品もあるのよ」

「ああ、そうだろうね」

「わたしの趣味をばかにするなら」エマはわざと怒ってみせた。「残りの質問はほかの女性にしてちょうだい」

ニックの顔から笑みが消え、自分でも思った以上に真剣な表情に変わった。「ほかの女性に訊きたいことはない。ぼくがいま、興味があるのはきみだけだ。きみのことをもっと知りたい」

そう、彼女のことをもっと知りたい。自分がこんなふうに感じるようになるとは思ってもみなかった。でもそれは、お互いのためにならない。

ニックはエマの目を見つめた。やわらかな青い虹彩の内側で暗い色の瞳孔が広がり、唇が開いて小さく息がもれている。

ニックは無理やり目をそらした。「それから、きみの趣味のことだが」低い声で言う。「ばかにしているつもりはない。もしそう聞こえたなら許してくれ」

「いいのよ」エマはやさしく言った。

ニックはうなずき、ワイングラスを手にとった。「ほかにどんな作家や詩人が好きかい？ジェイン・オースティンは？　摂政皇太子でさえ、彼女の小説にはけちをつけないらしい」

「残念ながら、ミス・オースティンの作品はまだ読んだことがないの。でもウォルター・スコット卿は大好きよ。ブレイクやワーズワースもすばらしいと思う。ゲーテも好きだけれど、『ファウスト』は夜更けには読まないようにしているわ。悪夢にうなされそうだから」

「わかる気がするよ」ニックは言った。「つまりきみは、ゲーテを読むんだね。珍しいな。英国人の女性はおろか、男でもヨーロッパ大陸の作家を進んで読もうとはしないのに」

エマの顔を一瞬、奇妙な表情が横切ったが、それはすぐに消えた。「わたしの興味の対象は幅広いのよ」

「家庭教師という職業柄、ほかの人より教養が身についているんだろう」

エマはなにも言わずにグラスを手にとって口もとへ運び、縁をしばらく下唇にあててからワインを飲んだ。

ニックはまた目をそらした。

「図書室にある本を好きに読んでくれてかまわない」グラスをおろしたエマに向かって言った。「兄は読書家だったし、ぼく自身も本好きだ。いろんな場所へ行って収集した本を、兄の本棚にならべている——いや、いまではぼくの本棚と言うべきだな」

ニックは黙り、ふいに兄のことを考えた。この屋敷に住むようになって何カ月もたつのに、いまだに図書室へ足を踏みいれるたびにピーターのことを思いだし、兄のものを断わりもなく勝手に使っているような気分になる。

でもピーターがそんなことで気を悪くするはずはない。兄は生前、寛大な人だった。亡くなったからといって、その人柄が変わることはない。ニックが父親と疎遠になってからも、ピーターは態度を変えることなく、連絡が途絶えないように心を砕いてくれた。故郷と、そこに残してきた人びととのつながりを感じさせてくれる兄からの手紙を、どれほど楽しみに待っていたことか。

だが手紙は、あるときを境にとつぜん届かなくなった。

その理由を知ったのは、ポルトガルにいたときのことだった。もうピーターから手紙が届くことはない——永遠に。

ニックはつらい記憶をふりはらい、グラスを手にとってワインをぐっとあおった。ちらりと横に目をやると、エマがこちらを見ていることに気づいた。その目は驚くほど思いやりとやさしさに満ちている。

エマにはこの気持ちがわかるのだろう。身寄りがないということは、彼女もまた愛する人を喪ったということだ。

ニックは急に黙りこんだ理由を尋ねられることを、なかば覚悟していた。だがエマはさりげなく話題をもとに戻した。「あなたはどんな本を読むの？　さっき本の収集をしていると言ったでしょう」

ニックの肩からふっと力が抜けた。笑みを浮かべ、質問に答えた。

スープを飲み終えると、深皿が下げられて次の料理が出てきた——クリームソースのかかった上質の白身魚に、さまざまな彩りの秋野菜が添えてある。それを食べながら、ニックは質問のつづきをはじめた。

「好きな季節は？」

「いまよ。秋が好き」エマは言った。

「もの悲しい季節だとは思わないかい？」

　エマは首をふった。「わたしは樹木が好きなの。秋になると木の葉が赤やオレンジ、黄色に色づくでしょう。落ち葉のじゅうたんの上を、ざくざく音をたてながら歩くのも楽しいわ。まだ幼かったころは、木の葉にまぎれて森のなかへはいっていき、自由に駆けたり歩きまわったりしたいと思っていたものよ。でも子守係や家庭教師がいつもそばにいたから、実際に冒険する機会はほとんどなかったわ」

　今度はエマが黙りこむ番だった。だがしばらくして、ふいに笑顔になった。「あなたはどう？　閣下はどの季節が好き？」

「もちろん夏さ。ヨット遊びに最適な季節だからね。リンド・パークの近くに湖があって、スループ型帆船（一本マストの縦帆の帆船）で朝から晩まで遊んだものだ。八月になるころには、伯爵家の次男というよりもインドに住んでいる英国人のようだと母から言われたよ。でもそんなことはまったく気にならないぐらい楽しかった」

　エマは日焼けしたやんちゃな少年時代のニックを想像し、声をあげて笑った。

　それからも料理を口にしているとき以外、ずっと笑いつづけていた。

　ニックも同じで、会話に夢中になるあまり、料理の味もほとんどわからないほどだった。

やがてデザートが出てきてはっとした。楽しい時間はあっというまに過ぎていくものらしい。

「居間へ移動して紅茶かコーヒーでも飲もうか」

エマはうなずき、可愛い白い歯をのぞかせてにっこり笑った。

召使いがコーヒー用の銀器を居間へ運んできたが、ニックは食器棚のところへ行き、ブランデーのはいったクリスタルのデカンターを手にとった。召使いはお辞儀をして出ていった。

「わたしも一杯いただけるかしら」エマはソファにすわったまま言った。

ニックは眉を片方あげた。「ブランデーを?」

エマはうなずいた。「酔っぱらったりしないから心配ご無用よ。いえ、そんなにひどくは酔わないから」ニックの鋭いまなざしに、エマは言いなおした。

「これを飲んだら」ニックは朽葉《くちば》色の液体のはいったデカンターを示した。

「いまのことばを取り消すことになるだろう」

「味見するだけよ」エマはせがんだ。「ブランデーは一度も飲んだことがないの」

「それはそうだろう」ニックはため息をついた。「どうしてぼくの言うことを素直に聞いてくれないのかな」

エマはあどけない顔で言った。「さあ、どうしてかしら」

ニックは吹きだした。断わるべきだと思いつつも、もうひとつグラスを取りだした。そして自分のぶんのグラスにはたっぷりと、エマのぶんのグラスにはほんの少しブランデーを注いだ。

「きみを堕落させているような気分だ」ニックは部屋を横切ってエマにグラスを渡すと、向かいあった椅子のひとつに腰をおろした。

エマは瞳を輝かせた。「少しぐらい堕落しても、たいしたことじゃないでしょう」

「ほう!」ニックは大声で言った。「今度、道徳的に問題があると責められたときは、その言い訳を使わせてもらおう」

「しょっちゅうそんなことをしているの? 道徳的に問題があることを?」エマは首をかしげ、興味津々の顔でニックを見た。

ニックは口もとがゆるむのを抑えられなかった。「それはぼくだけの秘密にしておくよ」

エマが視線を落とすと、金色のまつ毛が頰に扇形の影を作った。ふいにブランデーグラスを持ちあげ、ごくりとひと口飲む。ところが一度にたくさん飲んでしまったらしく、激しく咳きこみはじめた。体をふたつに折り、口を手で覆って苦しんでいる。

ニックは急いでエマのそばへ行き、背中をやさしくさすった。「ゆっくり息をするんだ。すぐにおさまるから。水を持ってこようか?」

エマは首を横にふり、さらに二度ほど咳きこんだが、やがて胸いっぱいに息を吸えるようになってきた。その目に涙がにじんでいるのを見て、ニックはハンカチを差しだした。

エマは黙ってハンカチを受けとり、そっと涙をぬぐった。「どうしてこんなものが飲めるの?」聞きとれないほど小さな声で言う。「とんでもない代物だわ」

「慣れると好きになるよ。きみのようにごくごく飲むんじゃなく、少しずつすするようにして飲むんだ」

エマは自分を試すように、ふたたびグラスを持ちあげて中身を慎重に飲み、しばらくしてからもうひと口すすった。そして顔をしかめ、グラスをサイドテーブルに置いた。「ブランデーでわたしを堕落させる心配はないと思うわ」

ニックはソファの背にもたれかかり、エマのなめらかな頰とふっくらした唇が赤く染まるさまに見とれた。「それを聞いて安心したよ。ぼくの経歴にひとつ傷がつかずにすんだ」

エマはひざの上で手を組み、ふたたび視線を落とした。

彼女が急におとなしくなったのを見て、ニックは不思議に思った。

「さっきから考えていたの」エマはようやく口を開いた。

「考えていた？　なにを？」

「あなたへの頼みごとを。賭けに勝ったほうが欲しいものを決めていいことになっていたでしょう」

「ああ。それで、なにが欲しいんだい？」ニックはすっかりくつろいだ様子でグラスを口へ運び、ブランデーを味わった。

エマはゆっくりと視線をあげ、ニックの目を見た。「少しだけ堕落したいの。わたしにキスをしてもらえないかしら」

8

エマは心臓が激しく打つのを感じた。まるで胸のなかにたくさんの小鳥がとらわれ、自由になろうと羽をばたつかせているかのようだった。まだひりひりするのどをごくりと鳴らし、夕方からずっとニックに言いたかったことを、ついに口にできてほっとした。

その考えが頭に浮かんだのは、夕食の前に居間へ行き、ひとりでいるニックを見たときのことだった。ニックの燃えるような熱い視線に気づいて肌がぞくりとし、一瞬、キスをされるのではないかと思った。だがニックはすぐに目をそらし、いつもの茶目っ気たっぷりの表情に戻った。

それを見て、さっきの表情は見間違いだったかもしれないと思った。

でもニックがほんとうにキスをしたがっていたのであれ、自分の願望がそう思わせたのであれ、エマは彼と唇を重ねるという考えをふりはらうことができなかった。会話を楽しみながら食事をし、声をあげて笑っていたときでさえ、頭の片隅にずっとそのことがあった。賭けのことを思いだしたのはそのときだった――〝欲しいものを決める〟権利は、勝者の自分にある。

それでも賭けに勝った褒美《ほうび》としてキスをねだるのは、あまりに大胆なことだ。おそれということばの意味をほとんど知らないアリアドネでさえ、さすがに躊躇するだろう。

どうしよう？　デザートを食べながらエマは迷った。

未婚の女性が男性にキスをねだるのは、はしたないことだ。ましてや、未婚でもうすぐ婚約することになっている王女となれば、そんなことは言語道断だろう。でも、だからこそキスをしてみたいのだ。いまをのがしたら、もう二度とそんな機会は訪れない。

ニックの屋敷に滞在することに決めたとき、これが王女としての人生ではけっしてできない体験をする最初で最後の機会になるだろうと思った。ローズウォルド王国のエマリン王女ではなく、エマというひとりの娘になる唯一の機会に。実際、権威ある王族のひとりとして周囲の期待を背負って生きてきたなかで、ありのままの自分でいられたことは、憶えているかぎり一度もない。学校にいたときでさえ、自分をまわりとはちがう存在と感じていた。アリアドネとマーセデスだけが理解者だったが、それはふたりも王女だったからだ。

だがニックはそうした事実をまったく知らず、エマのことをだれかの助けが必要なふつうの若い女性だと信じている。もっとも、ニックへの頼みごとの内容を考えたら、〝ふつうの〟女性と言えるかどうかは疑問だ。

もう少しあとで切りだしてもよかったのかもしれない。でも今夜言わなかったら、二度と言えないような気がした。兄が選んだ結婚相手ではない人とキスをしてみたかった。好きだと思える男性と抱きあい、胸がどきどきしてつま先がぎゅっと丸まるような経験をしたかった。なによりも、ドミニク・グレゴリーとキスをしたら、どんな気持ちがするかを知りたかった。

そこで夕食のとき、ワインをたくさん飲んだ。その後、もっと強いお酒を飲んでみようとしたが、結局うまくいかなかった。

そしてそれ以上、自分に考える暇を与えず、思いきってその願いを口にした。

いま、そのことばがふたりの胸に鳴り響いている。

もう取り消すことはできない。

ニックが骨ばった顔に茫然とした表情を浮かべ、こちらを見ている。解けないパズルでも解こうとしているような顔でエマをながめたあと、グラスにはいっているブランデーの半分を一気に飲んだ。エマが同じ量を飲んでいたら、のどをやけどしていたにちがいない。

「さっき、きみを堕落させずにすんで安心したと言ったが、そのことばを撤回しよう」ニックはそっけなく言った。「きみは完全に酔っている」

「酔ってなんかいないわ。自分がなにを言っているかはちゃんとわかってる……なにを求めているかも」エマは静かだが、きっぱりとした口調で言った。「お酒をどれだけ飲んだかは関係ないわ」

「酒のせいであるほうがまだよかった」ニックはぼそりと言った。「なにかほかのものにしてくれ」

エマは威厳ある王族らしく一歩も引かず、背筋をまっすぐに伸ばした。「ほかのものはいらないわ」

ニックは鋭い目でエマを見すえた。「ほかのものを選ぶのがきみ自身のためだ。どうやらきみは、ふつうに分別をわきまえた人間とはちがい、自分からわざわざ面倒なことに首を突っこむ傾向があるらしい」

「自分から首を突っこんだりしないわ。面倒なことが勝手にやってくるのよ」エマはいたずらっぽく微笑んだ。

ニックの目がきらりと光り、口もとに苦笑いが浮かんだ。「そうかもしれないな。でももっと賢明になって、別の褒美を考えたほうがいい。香水はどうだろう。革の乗馬用手袋でもいい。一般的な若い女性が男から贈られるものとしては、それでも充分大胆だ」

「でもわたしは一般的な若い女性とはちがうの。そろそろあなたもわかったころだと思っていたわ。わたしのことを、あまりに無謀すぎると思ってる？　あきれているかしら」

ニックの目に温かい光が宿った。「いや」おだやかな声で言う。「でも好奇心をそそられている。どうしてキスを？」

エマはうつむき、そのときはじめて、自分が両手を強く握りしめていることに気づいた。

生成り色のスカートの上で、手が血の気を失って白くなっている。「わたしも好奇心からかもしれない」ゆっくりと視線をあげた。「キスしてくれないの、ドミニク。ご褒美はなんでもいいと言ったじゃない」

ニックはなにも言わず、ふたりのあいだに長い沈黙のときが流れた。残っていたブランデーをふいに飲み干すと、ニックは音をたててグラスを置いた。「わかった。女性のたっての願いを断わることはできないな」

エマは胸のなかでまた小鳥が騒ぎだし、のどがからからに渇くのを感じながら、ニックが近づいてくるのを待った。

だがニックは立ちあがって部屋を横切った。

「どこへ行くの？」エマは驚きと落胆のにじんだ声で訊いた。

ニックはふりかえり、いつもの愉快そうな笑みを浮かべた。「人に見られないほうがいいと思ってね。でもきみがドアを閉めなくてもいいと言うなら――」

「いいえ、そんな」エマはあわてて言った。「お願い、閉めてちょうだい」

危なかったわ。エマは心のなかで嘆息した。ドアが大きく開いていて、だれかが通りかかったら簡単になかがのぞけることを、どうして忘れていたのだろうか。ニックが思いだしてくれてよかった。さもなければ、どんな厄介な問題が起きていたかわからない。

ドアの錠が閉まる音が聞こえ、エマの背筋がぞくりとした。この部屋にはニックと自分のふたりだけしかいない。エマは目を閉じてニックが戻ってくるのを待った。不安と期待で体が震えている。やがてソファの座面が沈むのを感じ、ニックが隣りにすわったのがわかった。

エマは待った。

手の甲で頬をやさしくなでられ、エマはびくりとして目をあけた。彼に触れられた部分の肌が火照り、肺が空気を求めてあえいでいる。

「ほんとうにいいんだね？」ニックは暗い色の瞳で、静かに尋ねた。

エマはとつぜん気後れを覚えたが、ニックの熱い目から視線をそらすことも、背中を向けて逃げだすこともできなかった。「ええ」

ニックはふたたび微笑みを浮かべ、上体をかがめて唇を重ねた。

エマの耳の奥で心臓が激しく打つ音が聞こえ、リネンの糊と白檀《びゃくだん》の石けんのかすかなにおいが鼻をくすぐった。彼の温かくて力強い唇が、そっとやさしくこちらの唇に触れている。

ニックはエマをしばらく抱きしめていたが、ふたりとも唇は閉じたままだった。そしてキスははじまったときと同じように、唐突に終わった。

エマはまばたきをし、すばらしい感覚に酔いしれた。

素敵だわ。なんて素敵なの。

それでも、いまのキスにはなにかが欠けているような気がした。不満としか表現しようのない感情が、じわじわと湧きあがってきた。

「ほら、ミス・ホワイト」ニックは低い声でゆっくり言った。「約束どおりキスをしたよ。賭けの清算はすんだ」体を少し離して、ソファの背もたれに無造作に腕をもたせかけた。「もう夜も更けてきたから、そろそろ寝たほうがいい。おやすみ」

たしかに遅い時間だったが、エマはまだ寝室に下がる気になれなかった。少しも眠気を感じない。ニックはすっかりくつろぎ、なにごともなかったような顔をしている。まるでいままで天気の話でもしていたかのようだ。

彼にとってわたしとのキスは、その程度の意味しかなかったのだろうか。

きっとニックも物足りなさを感じたのだろう。わたしがあまりに不慣れなせいで、つまらなかったのかもしれない。

エマは気落ちしてソファの上でぎこちなく体を動かし、ニックに言われたとおり、精いっぱい明るくおやすみの挨拶をした。立ちあがろうとしたそのとき、ニックの頬の筋肉がこわばり、あごに力がはいっていることに気づいた。

彼はのんびりくつろいで、退屈さえしているのではないかと思っていたが、ほんとうにそうなのかわからなくなってきた。ニックはなにかを隠している？　もしかして、さっきのキスに情熱を感じていた？　彼が一瞬、片手をぎゅっとこぶしに握りしめるのを見て、エマはそうにちがいないと思った。

でもそんなことがありえるだろうか。唇を重ねているあいだ、ニックは自分を抑えていたの？　いまも懸命に平静を装っている？

それらの疑問が頭のなかを駆けめぐり、やがて確信に変わっていった。

「賭けの清算はまだ終わってないわ」エマは大胆さを取り戻して言った。「さっきのキスは、姉妹にするようにあっさりしたものだった――あるいは叔母様か」

ニックはエマを見つめた。「いや、叔母にするキスよりは情熱的だった」ニックの目が皮肉っぽく光った。「きみに求められたとおり、ぼくはキスをした。どんな種類のキスかを、きみは指定しなかっただろう」

「だからいま指定しているの。もう一度お願いするわ。今度はちゃんと本物のキスをしてちょうだい」

「本物のキス？」ニックは乾いた笑い声をあげた。「気をつけたほうがいい。きみはつけかたも知らないのに、火をもてあそぶのも同じようなことをしている。ぼくは紳士らしくふるまおうと努めているんだ。突拍子もないことを言う前に、そのことに感謝してほしい」

ニックが鋭い目でにらんでいたが、エマは視線をそらさなかった。「今夜は紳士らしくふるまってほしくない」蚊の鳴くような声で言った。「もう一度キスをして、わたしの好奇心を満たしてほしいの」

ニックの目がきらりと光った。「好奇心はときに危険だ」手を伸ばしてエマを抱き寄せる。

「いちおう警告はしておいたぞ」

次の瞬間、ニックが唇を重ねてきた。

たしかに情熱的なキスを求めてはいたが、これほど欲望もあらわに強く抱きしめられるとは、エマも予想していなかった。

彼がわたしを求めている。それ以外の表現は見つからない。ニックが重ねた唇を動かすと、エマはぼうっとして体から力が抜け、めまいを覚えた。肌がうずいて熱くなったかと思うと、今度はぞくぞく寒気がして全身が震える。彼の唇はブランデーの味がする。男らしいさわやかなにおいは、今夜飲んだどのお酒よりもわたしを酔わせてくれる。

ニックはエマをぐっと抱きしめ、顔を傾けてその唇をむさぼるように吸った。エマは陶然とした。ニックの警告は正しかった。彼のすることのひとつひとつが、いままで知らなかった甘い衝動と悦びを与えてくれる。

ニックが自分を抑えていたのも無理はない。そっと唇を重ねるだけで、もっと欲しくてたまらなくなる。彼のキスはまるで魔法の薬だ。いくら味わっても、これで満足ということがない。

エマは夢中でニックの胸に身を寄せ、上質なやわらかい上着に指を食いこませた。がっしりした肩にしがみつき、おずおずとキスを返した。自分がなにをしているのか、実際にはよくわかっていなかった。なにしろこれがはじめてのキスなのだ。エマは目を閉じ、本能が命じるままに唇を動かした。

全身が欲望の炎に包まれ、息をすることすらできない。思いが千々《ちぢ》に乱れ、ニックとそのすばらしい抱擁以外、なにも考えられなくなっていく。

やがてニックは激しく唇をむさぼるのをやめて、甘く濃厚なキスをした。

「唇を開いて」そうささやき、唇をしっかりと、だがやさしく押しつけた。

エマははっと息を呑み、言われたとおりにした。

彼の舌が口のなかへはいってきて、頰の内側をさぐると、エマはふたたび息を呑んだ。ニックの舌は温かくてベルベットのようになめらかな感触がする。エマは身震いし、上着に爪を食いこませた。

快楽の海に溺れながら、ニックのすることをまね、次々と新しい情熱の世界の扉をあけた。ようやく唇を離したころには、すっかり息が切れて体が震えていた。ニックが彼女の頰を片手で包み、こめかみとあご、敏感な首筋にくちづけた。そして脈が激しく打っているのどもとに顔をうずめた。

しばらくして顔をあげ、エマの体を放して背筋を伸ばした。

エマは口をきくことができなかった。いままでうずくことなど知らなかった場所がうずいている――秘められた場所が、慰められることを求めている。さらに困惑することに、ボディスの下で乳首がつんととがっているのが、痛いほど感じられた。

エマはニックの目をのぞきこみ、その奥にまだ暗い欲望の炎が燃えていることに気づいた。

もしかしたら、もう一度キスをされるかもしれない。そうなっても自分は抵抗しないだろう。でも彼がそれ以上のことを求めてきたらどうしよう？　拒否できるかどうか自信がない——自分自身の情熱を抑えられるかどうかも。

だがそれ以上なにも起こらず、エマは安堵と失望の入り混じった気持ちになった。「もう行ったほうがいい」ニックは淡々と言った。「これ以上、反論は受けつけない」

エマは震える息を吸った。欲望に身をまかせて行きつくところまで行くのがどれほどたやすいことであるか、わかった気がした。ソファのひじ掛けをつかんで立ちあがる。

「お——おやすみなさい、ドミニク」

ニックが返事をしないのを見て、エマは出口へ向かって歩きだした。

「エマ」ニックがかすれた声で言った。

エマは足を止めてふりかえった。「なに？」

「いい夢を」

今夜はひと晩じゅうニックの夢を見るにちがいない。それはつまり、甘美な夢だということだ。

エマが部屋を出ていくと、ニックはソファの背もたれに頭を乗せて目を閉じた。大理石の廊下に響く彼女のやわらかな足音に耳を澄ませる。やがて階段をあがり、足音が遠ざかっていった。

ニックはエマのあとをついていくところを想像した。彼女が寝室にはいり、髪からピンをはずす。ニックも部屋にはいってドアを閉める。豊かな金色の髪が波打ちながらまず肩へ、それから優美な曲線を描くほっそりした背中へ落ちていく。まるで溶けた金のように輝く髪だ。ニックはエマに近づいて、つややかな髪をまとめて片側へよけると、腰をかがめて首筋にくちづけ、しなやかな体に後ろから両腕をまわす。手を上へ向かわせて胸を包み、やわらかな乳房を愛撫する。女らしい丸みをなぞり、親指でさすると、ふたりとも悦びに体を震わせる。ドレスのボタンに手を伸ばして、ひとつずつはずし……

い、いい、やめるんだ！　ニックは悪態をつき、ソファにまっすぐすわりなおして頭を激しくふった。だが体はなかなか言うことを聞かず、股間が硬くなっていた。

なんということだ。おまえは抑制ということばを忘れたのか？　知りあってまだ二日なのに、もう彼女と火遊びをして欲望を感じているとは。

やはりキスなどしてはいけなかったのだ。われながら正気を失っていたとしか思えない。それでもエマだけを責めるわけにはいかない。たしかに誘ってきたのは向こうだが——彼女はまちがいなく積極的だった——こちらは経験を積んだ大人の男なのだ。彼女より年上で、分別をわきまえているはずだ。良識も備えている。

成熟した大人だ。

だが今夜は、とても自分のことを成熟した大人だと思えない。十六歳の若者のように、激しい欲望にさいなまれている。もし紳士らしくふるまうという約束を自分にしていなければ、いまごろは階段をあがってエマの部屋へ行き、スカートをまくりあげて思いを遂げていただろう。

さっきはあのまま彼女を奪っていてもおかしくなかった。エマは春の若草のように初々しい。いまでもまだ、震える彼女をこの腕に抱いていた感触を思いだす。なんて甘いくちづけだったことか。エマは恥じらいながらも、夢中で唇を動かしていた。

そう、問題はそこにある――彼女は無垢なのだ。

そして自分は良心の呵責《かしゃく》を感じている。

エマはただの家庭教師かもしれないが、それでも育ちのいい娘であることに変わりはない。紳士は育ちのいい娘を誘惑したりしないものだ。

もしこれが単純に肉欲だけの問題なら、解決する手段はほかにある。ロンドンには男の欲望を満たしてくれる女がごまんといる。でもゴールドフィンチやクーパーとはちがって、どんなに魅力的な女がいようと、ニックは売春宿が好きではなかった。

その代わりにここ何年か、戦死した将校の未亡人と、互いに縛られない気楽な関係を楽しんでいる。ときどき彼女のもとを訪ね、やさしいことばをかけて情熱的な時間を過ごし、あとから食料品や現金を送っている。いまから行っても歓迎してくれるのはわかっているが、どうしてもその気になれない。

欲しいのはエマだ。

自分はエマを求めている。

それがニックにとって、おそらくもっとも驚くべきことであり、頭を抱えることでもあった。

自分は彼女の体だけが欲しいのではない。彼女のすべてが欲しいのだ。

あの笑い声。

あの聡明さ。

打てば響くような反応とやさしい微笑み。温かい光の宿る青い瞳と伏せたまつ毛。どこか謎を秘めているようで、それを知りたくてたまらない。

知りあって間もないのに、こうした感情が芽生えることがあるのだろうか。気をつけないと、いつのまにか恋に落ちてしまいそうだ。

ニックは髪を手でかきむしった。

エマがここを出ていくまで、くれぐれも注意しなければならない。理性を働かせて自分を抑えるのだ。彼女とのあいだに適度な距離を置くのが賢明だろう。今夜のようなことが二度とあってはならない。エマ・ホワイトは今後、この屋敷に一時的に滞在しているただの客人で、それ以上でもそれ以下でもない。

ニックは首に結んだタイをいらだたしげに引っぱり、数インチゆるめた。もう寝室へ行って寝る時間だ。でもいまは、とても眠れそうにない。ブランデーを飲みながら本でも読むことにしよう。忘れたいことがあるとき、家ではいつもそうしている。

ニックは立ちあがってグラスを手にとり、部屋を横切ってブランデーを注ぎに行った。

9

それから三日後の夜、エマが主階段の最後の一段をおりて玄関ホールへ向かうと、ニックとフェリシティ叔母がすでに待っていた。

「劇場へ行くには寒すぎる夜だわ」叔母は言い、執事の手を借りて薄紫色の分厚いマントを羽織った。九月のおだやかな夜より、一月の凍える夜にふさわしい上着だ。「でも若いあなたがたが楽しみにしているのに」叔母はことばを継ぎ、近づいてきたエマに向かって微笑んだ。「やめようなんて言えないものね」

「ぼくたちのことを考えてくれて、叔母上はなんて寛大な人なんだ」ニックが言い、正装用の白い手袋をつけた。「劇場への道中、快適に過ごしてもらえるように最善を尽くすよ。ベルに頼んで、温めたレンガとひざかけを馬車に積んである。そうすれば暖かく過ごせるだろうと思ってね」

叔母はますます大きな笑みを浮かべ、ニックの腕を軽くたたいた。「まあ、やさしい子ね。あなたはほんとうにいい子だわ」

エマは伏せたまつ毛の下からニックを見た。子どもっぽいところはどこにもなく、成熟した大人の男性そのものだ。夜会服に身を包んだその姿は、ハンサムということばではとても言い足りない。黒い燕尾服と半ズボン、しわのないぱりっとしたシャツに糊のきいたタイ、装飾の少ないベストを着け、優雅で洗練された雰囲気をただよわせている。頰のひげはきれいにそられているが、あごにほんの少し青い影が見える。あの温かな肌に指を這わせたら、どんな感触がするだろうか。

エマはふいに目をそらし、シムズが外套を手に近寄ってくるのを見てほっとした。メリノ羊毛のちりめん生地でできたマントを羽織り、ボタンをかける。マントの藍色が生成り色のシルクのドレスを引き立てている。ニックとキスをしたあの夜、着ていたのと同じドレスだ。あのとき以来、ニックはエマに指一本触れようとせず、情熱的な抱擁をしたことについてもなにも言わなかった。

ニックとキス――エマにとってははじめてのキス――をした日の翌朝、エマは不安を胸に朝食室へ足を踏みいれた。ニックと顔を合わせたら、気まずい雰囲気に包まれるだろうか、それともなごやかな時間が流れるだろうか。彼は親しげな笑みを浮かべるだろうか、それとも苦々しい後悔の表情を浮かべるだろうか。あれからエマはニックのことばかり考え、予想どおり、ひと晩じゅう彼の夢を見た。

だがニックは軽やかな声で朝の挨拶をすると、またすぐ新聞に目を落としてトーストをかじった。エマはそれをどう考えていいのかわからなかった。しばらくしてニックに話しかけてみた。気さくな答えが返ってくるものの、前夜の親密さはすっかり消えていた。

「閣下」ニックが朝食を終えて椅子から立とうとしたとき、エマは言った。「今日、またロンドン観光ができないかしら」

ニックの顔になんらかの感情が浮かぶかと思ったが、彼は表情ひとつ変えなかった。

「叔母様はあまり長い外出をなさりたがらないようだし、あなたが付き合ってくれないかと思って」

ニックはテーブルに視線を落とした。「ぼくには仕事がある。そのことはもう伝えたと思うが」

「ええ、でもあと一日か二日、延ばすのは無理かしら？　迷惑はかけないと約束するわ」

ニックの褐色の眉が片方あがり、エマは一瞬、冗談めかしたことばが返ってくるのではないかと思った。だがニックは静かに椅子にもたれかかった。「もしほんとうに厄介なことを起こさないと約束するなら、滞在客をもてなす主人として、きみをロンドンの名所へ案内する時間を捻出してもいい。ただし、これ以上、面倒なことはごめんだ」

エマはニックの目を見つめ、そのことばの真意をはかりかねた。そしてすぐに、ふたつのことを理解した。まず、ニックは昨夜の情熱的なキスをなかったことにするつもりであること。そしてもうひとつ、エマも昨夜のことを忘れるという条件なら、ロンドン観光へ連れていってもいいということ。

遠まわしな言いかたではあるが、交換条件であることに変わりはない。エマはしばらくのあいだ、そのことを問いただそうかと考えた。

でもプライドがそれを許さなかった。

ニックが昨夜のことを後悔していたとしても、それがどうだというのだろう。あれはエマの好奇心を満たして、賭けの清算をするためのキスにすぎなかったのだ。それが終わったのだから、以前と同じようにふるまうのが当然ではないか。自分がロンドンにいるのは観光をするためだし、ニックは案内すると言ってくれている。それに文句をつけるのは理屈に合わない。

そもそも、自分はなにを期待していたのだろう。ふたりの関係が、ただの知り合いから発展することなどない。こちらは王妃になることを運命づけられた王女で、相手はただの貴族にすぎない——しかも、英国人の貴族だ。ニックに対して特別な感情は抱いていない。彼に恋をして、これからの人生をともに過ごしたいなどと願っているはずもない。

でも、ほんとうにそう言いきれる?

頭のなかでそうささやく声が聞こえ、エマは自分で思う以上に動揺していた。ニックがキスのことを忘れ、以前の関係に戻りたがっていてよかったと、ふいに思った。そのほうがお互いのためだ。ここを出ていく日が来たとき、心の痛みや後悔を覚えないほうがいいに決まっている。

立ちなおりの早いエマはそう自分に言い聞かせ、つねに笑みを絶やさずに、親しげだがどこか他人行儀なニックの態度に合わせてきた。なにごともなかったふりがニックにできるのなら、自分にだってできるはずだ。

そしてロンドンで過ごす残りの時間を満喫しようと心に決め、ひとつひとつのできごとを思うぞんぶん楽しんだ。フェリシティ叔母もようやく部屋から出てきたものの、その日の午後、エマたちに同行することはしなかった。自分はひとりでだいじょうぶだから、ふたりで楽しんでいらっしゃい、と言って手をふり、エマとニックを見送った。

ふたりはまず、探検家のウィリアム・ブロックが建てた〈エジプシャン・ホール〉へ行った。ピカデリーの平凡な通りにあるその博物館は、とても変わっていた。建物の正面はエジプトの神殿を模した設計で、巨大な片蓋柱《かたふたばしら》がエジプトの神イシスとオシリス——入館してからニックに教えられた——の像を支えている。なかへはいり、人工遺物や古美術品、象形文字の刻まれた碑、ピラミッドとスフィンクスの複製、それにキャプテン・クックが南洋への航海で持ちかえってきたさまざまな品を見学した。アフリカや南北アメリカから来たものもあった。はじめて目にする珍しいものばかりで、とても数時間ですべてを見ることはできない。

翌日はエルギン卿の館へ行き、卿がギリシャから運んできた大理石の彫刻を見物した。午後になると、ニックは約束どおりエマを〈ガンター〉へ連れていった。空気は冷たかったが、エマは有名なアイスクリームを注文することにした。そしてかすかに震えつつ、レモンに青リンゴ、パイナップルのアイスクリームに舌つづみを打った。ニックは熱いブラックコーヒーを飲みながら、愉快そうな笑みを口もとにたたえていた。

今朝、エマは朝食の席で頼みこみ、馬市場《タッターソール》へ連れていってもらうことになった。ニックは今日の競売にぜひとも参加するつもりだった。どこかの貴族がカードゲームに負けて、資産を売却せざるをえなくなったのだが、そのなかにはすばらしいサラブレッドの馬たちも含まれているという。ニックはエマをそばから離さないように注意した。ハイド・パーク・コーナーの競売会場はにぎやかで、土くさい馬のにおいがただよい、掘り出し物を見つけようと集まった男たちでごったがえしていた。

入札過程は興味深く、エマは夢中になった。やがてニックがつややかな毛並みと利口そうな茶色の目をした一組のすばらしい鹿毛《かげ》の馬を落札すると、エマは思わず歓声をあげた。ニックは勝利の喜びに満面の笑みを浮かべ、馬が届いたら、二頭立ての馬車に乗せてやると約束した。

そして今夜はこれから、待ちに待った観劇に出かける。演目はエマの大好きな『十二夜』だ。ニックがその芝居を選んだのがただの偶然か、それとも以前、エマが好きだと言ったのを憶えていたからなのかはわからない。でもそんなことはいまさらどうでもいい。この屋敷にいるのは、明日が最後なのだから。

エマはその朝、ミセス・ブラウン・ジョーンズに手紙を出して、ロンドンに戻ってきているかどうかをたしかめなければと考えていた。もし戻っていたら、あさってには荷物をまとめてここを出ていこう。

そのことを思うと胸に鋭い痛みが走った。だがエマはそれを無視し、もの思いに沈むのをやめ、劇場へ行く支度に集中することにした。黙って白いシルクの手袋をはめた。

「準備ができたなら、そろそろ出発しよう」ニックが言った。

「ええ」フェリシティ叔母が言った。「準備はできてるわ。さあ、そのたくましい腕を貸してちょうだい、ドミニク。馬車まで連れていって」

ニックは笑顔でちらりとエマを見た。「さあどうぞ、叔母上」

エマはニックがフェリシティ叔母に腕を貸すのを待ってから、ふたりのあとについて、外で待っている馬車へと向かった。

ニックは暗い劇場のボックス席にすわっていた。眼下の舞台で芝居がつづいている。エマがシェイクスピア作品のなかでとくに好きだと言っていた『十二夜』だ。

そのときの会話をニックは鮮明に憶えていた。というよりも、エマの言動のすべてを憶えていると言っても過言ではない。あの夜、交わした会話はとくに印象に残っている。そのあとキスをしたからだ。いまごろはもう、あの夜のことを脳裏から消し去っているはずだったのに、いくらそうしようと思っても、忘れることができない。

右隣りにすわるエマがばら色の唇に笑みをたたえ、役者の演技に見入っている。早口のせりふのかけあいに、瞳を輝かせている。

少し離れた左隣りの座席に叔母がすわり、口をあけてときどきいびきをかいていた。芝居がはじまって五分もたたないうちに舟をこぎはじめ、たまにはっと目を覚まして困惑した表情を浮かべては、またすぐにうとうとするのだった。

以前のニックなら、叔母の芝居への無関心ぶりをおもしろく思っていただろう。だが最近では、すべてが以前とちがっているように感じられる。とくに自分の人生が百八十度転換し、激しく揺さぶられているようだ。

エマと出会ったときから、なにもかもが以前と変わってしまった。

ニックは舞台に視線を移し、芝居に集中しようとしたが、オーシーノとヴァイオラの滑稽な行きちがいを少しもおもしろいと思えなかった。この芝居の内容は知っているし、前にも観たことがあるので、身がはいらないとしても不思議ではない。だがわずか数分後、ニックはそれが嘘であることを自分に認めざるをえなかった。

身がはいらないのは演目のせいではない。

エマのせいだ。

遠く離れた太陽の引力に引かれる惑星のように、視線がエマに引きつけられた。なんて美しいのだろう。舞台に灯されたろうそくの明かりが反射して、幻想的な輝きを彼女に与えている。その姿は天使を思わせる。結いあげた金色の髪が後光のように光り、肌は白くてなめらかだ。ピンクの花びらのような唇は、ふっくらとして愛らしい。

ニックは反射的に息を吸い、とつぜん手が火照るのを感じた。やさしい頰の線、優美な首筋をなでたい。エマのやわらかな肌に触れ、蜂蜜の味のする唇にくちづけた記憶がよみがえり、指がうずいた。

熱い視線に気づいたかのように、エマがふいに横を向いてニックの目を見た。青い瞳が星のように輝いている。

ニックは目をそらそうとしたができなかった。自分の人生がかき乱されていようとも、エマから目を離すことができない。

舞台では役者が演技をつづけていたが、ニックは上の空だった。頭にあるのは、隣りにいる若い女性のことだけだ。

エマ――つい先日、知りあったばかりの女性。

エマ――これほど好意を抱き、抑えきれない欲望を感じるようになるとは、夢にも思っていなかった。

彼女がリンドハースト邸で過ごすのは、明日が最後だ。約束の一週間はもう終わろうとしている。常識的に考えれば、手をふって送りだし、以前の生活に戻るのがいちばんいいに決まっている。でも自分の人生に消えない跡を残した彼女を、どうしてこのまま行かせられるだろう。エマがいると屋敷のなかまでちがって見える。もしいなくなったら、火が消えたようにさびしくなるにちがいない。

ニックは急にいても立ってもいられなくなった。

別れてもまた会う機会はあるだろうか。だが、彼女がどこか遠く離れた地で家庭教師の職を見つけたら、もう会えなくなるかもしれない——永遠に。

まるで軍艦の甲板に立ち、敵の砲撃を受けたかのように、耳の奥で心臓の激しい鼓動が聞こえた。

「す——すばらしい芝居ね」エマがささやいた。「いきいきした演技だわ」

「ああ」ニックは心ここにあらずの口調で言った。いまは芝居のことなどどうでもいい。

「行かないでくれ」気がつくと、そうつぶやいていた。

「なんですって？」

「あともう何日か滞在を延ばしたらどうだろう。叔母も喜んで残ってくれるはずだ」

左隣りの座席で、自分の予定が勝手に決められていることも知らずに、フェリシティ叔母が舟をこぎつづけている。

「まだ大英博物館に行ってないだろう」ニックは言った。「それにロンドン塔も、戴冠《たいかん》用宝玉も見ていない。もうすぐロンドン近郊の村で、秋祭りがあるという記事を新聞で読んだよ。行ってみたくないかい？」

エマの顔にゆっくりと笑みが広がった。「ええ、ぜひ行ってみたいわ」

「だったらどうする？」

「ほんとうにいてもいいの？」エマは不思議そうに尋ねた。「わたしはてっきり……」

「てっきり？」

エマは口ごもった。「あなたは屋敷に滞在客がいることにうんざりしていて、早くわたしを追いだしたがってるとばかり思ってたから」

そうだったらどんなによかっただろう。ニックは胸のうちで答えた。いまごろは、早く自由の身になることを待ち望んでいるはずだった。でもがらんとした屋敷で自由を取り戻したところで、もはやなんの意味もない。

「そんなことはないさ」ニックは言った。「きみも叔母上も、大歓迎だよ」

「どれくらい滞在を延ばしていいの？」

ニックは肩をすくめた。「数日。あるいは、一、二週間」

きみに感じているのが、ただの欲望かどうかを見きわめるまで。そして万が一、それ以上の感情を抱いていることがわかったら、その先どうするかを決めるまで。

エマは黙りこみ、愛らしい顔に真剣な表情を浮かべて考えていた。やがてニックがもうこれ以上、沈黙に耐えられないと思ったとき、ようやくうなずいた。「ええ、わかったわ。もう少しお世話になるわね」

ニックは微笑み、自分はいったいどうしたのだろうと思った。それでも、滞在の延長を申しでたことを後悔していなかったし、エマがそれを受けたことに困惑もしていなかった。

「そうか」ニックはやさしい声で言った。「よかった」

ふたりは舞台に視線を戻した。だがニックの耳には役者のせりふはまったくはいらず、頭はエマのことでいっぱいだった。

10

秋とはいえ冬のように寒いスコットランドで、マーセデス王女は、校舎の数多くある石造りの廊下のひとつを小走りに進んでいた。腕には革表紙の教科書を二冊といくつかの楽譜、それに届いたばかりの郵便物を抱えている。

すれちがった数人の女学生に微笑みかけて会釈をしたが、ことばを交わす時間も惜しみ、アリアドネを捜した。午前中、東棟で一緒に歴史と地理の授業を受け、昼食をとってから別れた。午後からアリアドネは上級イタリア韻文を勉強し、マーセデスはピアノの練習をすることになっていた。いまでもまだ、ベートーベンの「ピアノソナタ第十四番嬰《えい》ハ短調」の調べが頭のなかに流れ、指が無意識のうちに本の背表紙をたたいている。

まず、談話室へ行ってみたところ、女学生が六人ほど椅子をならべて暖炉を囲んでいたが、アリアドネの特徴的な赤みがかった金髪の頭は見えなかった。次に図書室へ行ったが、そこにも彼女の姿はなかった。ほかに行きそうな場所がひらめき、階段をのぼって、石とガラスでできた古い日光浴室を訪ねてみた。みんなもっと現代的な設備の整った場所を好むため、いまではほとんど使われていない部屋だ。

「やっと見つけた！」マーセデスは言い、石の長椅子にすわるアリアドネの隣りにどさりと腰をおろした。

アリアドネは本から顔をあげ、淡い金色の眉をひそめた。「わたしを捜していたの？」

「そうよ！　エマから手紙が来たわ。たったいま届いたの」

アリアドネは興味を引かれ、読みかけのページに紙片をはさんで本を脇に置いた。「さあ、見せてちょうだい。なにが書いてあるの？　殿下がやっと到着なさったのかしら、それともエマはまだ、土牢のようなお屋敷に閉じこめられているのかしら」

マーセデスは眉根を寄せた。「とても美しいお屋敷だと、エマは言っていたじゃない。きっと快適に過ごしているはずよ」

アリアドネは小さく鼻を鳴らした。「どんなに快適でも、牢獄にしか思えない場所はあるものよ。でもいまは、そのことを話すのはやめておきましょう。早く開封して。エマの近況を知りたい」

マーセデスは教科書や楽譜を置き、赤い封蠟をはずして羊皮紙の手紙を開いた。

アリアドネは待ちきれない様子で、マーセデスの肩越しにのぞきこんだ。眼鏡が鼻の先にちょこんと乗っている。数分後、あきれたように言った。「どうせまた到着が遅れると思ってたわ」

「国王の病状が深刻だから、殿下は摂政皇太子になられたのよ。重大な責任をたくさん負ってるんでしょう。とくにいまは大変な時期だから」

アリアドネはやれやれという顔をした。「大変な時期ならもうずっとつづいているじゃない。それにいまは戦争が終わったんだから、銃撃される心配も、とらえられる心配もないのよ。そう、あのかたは傲慢で思いやりがないの。こんなことになるとわかっていたら、あんなに早くエマを学校から去らせる必要はなかったはずだわ」

アリアドネがエマの兄をあまりよく思っていないことを、マーセデスは知っていた。個人的には、なぜそこまでルパート皇太子をきらうのかわからない。まだ二度しか会ったことはないが、皇太子はいつも感じがよくて礼儀正しく、魅力的だとさえ言える男性だ。それでもアリアドネは皇太子が一緒のときや、その話題が出るときには、ハリネズミのように毛を逆立たせて気色《けしき》ばむのだった。

マーセデスは一度、どうしてそんなにルパート皇太子を目の敵《かたき》にするのか訊いたことがあった。

「あの人がどういう類の人か、わたしにはわかるの。それで充分でしょう」

ルパートは摂政皇太子という立場にある人で、そのことは全員が承知している。だがそれ以上の理由は、アリアドネ自身にも説明できないようだった。

アリアドネは訳知り顔で言った。「エマは内心ではいやでたまらないくせに、平気なふりをしているんだと、前にわたしが言ったじゃない。ほら、ごらんなさい。まったく、あのじゃじゃ馬娘ったら。やはりわたしの思ったとおりだったわ」

なにが思ったとおりだったのだろう、とマーセデスは思った。

急いで手紙を読み進めると、アリアドネが指していると思われる箇所に行きあたった。

「公邸を出て別の場所に滞在してるとは、いったいどういうことなの！」

アリアドネは笑い声をあげた。「ついに反旗を翻《ひるがえ》したのよ。いいことだわ」

マーセデスは顔をしかめた。「いいことのわけがないじゃない。もし逃げだしたのなら、見つかったときにどんな厄介なことになるか」

アリアドネはまたしても笑った。「もし見つかったらね。逃げて正解だったわ。エマもようやく目が覚めて、兄から押しつけられた結婚を拒否することにしたのね」

「いろんなところに大きな影響がおよぶのに、拒否なんかできるわけがないでしょう。エマ自身、自分には王女としての義務があるし、祖国の未来が今回の結婚にかかっていると言ってたのよ」

アリアドネは片手をひとふりし、マーセデスのもっともな反論を退《しりぞ》けた。「アメリカ人によると、人はだれでも幸せになる権利があるそうよ。義務なんかくそくらえだわ」

「アリー！　だれかに聞かれたらどうするの？　先生がたがそうした急進的な考えをどう思っているか、あなただって知らないわけじゃないでしょう。しかも、そんな下品なことばを使うなんて」

「だれもここには来ないわ。でもたとえ聞かれたとしても、わたしはかまわない」アリアドネはにっこり笑い、口もとから白い歯をのぞかせた。「それから下品な物言いのことだけど、わたしはかまわない」あなたが顔面蒼白になりそうなことばを、わたしはもっとたくさん知ってるのよ」

「ええ、そうでしょうね。夜中にこっそり厨房へ行き、使用人とおしゃべりするのはやめたほうがいいと思うけど」

「夜遅くまで起きていて温かいミルクを飲み、髪をざっくり結んだりするよりも、あの人たちと話してるほうがずっと楽しいもの」

「わたしが夜更かしするのは日曜礼拝の前日だけよ」マーセデスは言った。「でもいまはそんなことどうでもいいわ。わたしはエマのことが心配なの。なにか悪いことが起きたらどうしよう？　イングランドに信頼できる知人なんていたかしら？」

アリアドネは一考した。「むかしの先生がいるかもしれない。ミス・プールがロンドンに住んでるんじゃなかった？　もっと先を読んでみて。信頼できる立派な人のところにお世話になってると書いてあるから」

「ああ、ほんとうだわ」マーセデスは手紙のその箇所に目を留めた。「でもその人がほんとうに信頼できるなら、どうして名前を秘密にしているのかしら。だれの屋敷にいるのか、ひと言書いてくれればすむ話じゃない。その人はいったい何者なの？」

「あのいけ好かないワイズミュラー公爵未亡人に、公邸へ連れ戻されたくないのよ」

「そうね。でも、秘密にしてほしいことをわたしたちがけっしてだれにも言わないことぐらい、エマだってわかってるはずなのに」

アリアドネはしばらく無言で考えた。「たぶん」ゆっくりと言う。「エマの面倒を見てくれている人が、素性を知られたくないと思っているのかもしれない。王室からの報復をおそれているのよ」

マーセデスは黙っていた。またひとしきり、ルパート皇太子の悪口を聞かされてはたまらない。

「でもやっぱり」アリアドネはつづけた。「エマは慎重になってるだけじゃないかしら。もともと彼女にはそういうところがあるし、だれかを守ろうとしているときはとくにそうでしょう――今回の場合は、助けてくれた人と自分自身、そして友だちであるわたしたちを守ろうとしているのよ。居場所を知らなければ、だれもわたしたちを問いただすことができないから」

マーセデスはあごをあげた。「知ってたって言わないわ。わたしは大切な人を裏切ったりしない」

「わたしもよ」アリアドネがきっぱりと言い、ふたりの意見がようやく一致した。「いまはこれ以上やきもきしてもしかたがないわね。そのうちまた連絡があり、なにも問題はないとわかるはずよ」
マーセデスはうなずき、エマならだいじょうぶだと自分に言い聞かせた。それでもやはり不安な気持ちは消えなかった。いまはエマの身の安全ではなく、その将来が心配だった。

「ほら、揚げたてのリンゴのフリッターだ」田舎の秋祭りの人込みのなかで、ニックは隣りに立つエマに言った。二週間近く前の夜、劇場でニックが言っていた祭りだ。こうして約束どおり連れてきてもらい、エマの楽しい冒険の一覧表に、またひとつ新たな項目が加わった。

はやる心を抑えつつ、紙で包んだお菓子をニックが渡してくれるのを待った。茶色い包み紙の表面に、油がすでににじみはじめている。エマはうれしさを隠そうともせず、手袋をした手でお菓子を注意深く持つと、ひと口小さくかじった。

黄金色に揚がり、湯気をたてているシナモン風味のリンゴのお菓子が口のなかでとろけ、あやうく舌をやけどしそうになった。だがエマは気にならなかった。このお菓子は秋祭りという催しだけでなく、今日という日にぴったりの食べ物だ。

十月初旬の午後の空気はさわやかでひんやりし、コマドリの卵のように青い空をときおり雲がゆっくりと流れていく。一張羅《いっちょうら》のドレスを着た少女のように、オークやブナやカエデの木々が、ごく淡い金色から燃えるようなあざやかな赤まで、さまざまな色の葉を誇らしげにまとっている。

美しい自然のなか、即席の村が作られ、農民や芸人や商人がやってきて、商品を売ったり芸を披露したり取引をしたりしている。あらゆる階級のあらゆる気質の人びとが集まり、胃袋と好奇心を満たすために小銭を落としていた。

エマは品なく口をあけて見とれたりしないよう気をつけながら、この二時間、祭りを満喫していた。ニックとふたりで屋台から屋台へとぶらぶら歩き、途中で足を止めて、曲芸師が彩色の施された木の棒を空中へ投げるのを見物した。また、別の芸人が小話をするのにも耳を傾けた。集まった人びとがどっと笑い、目尻ににじんだ涙をふいた。

そのあいだじゅう、ニックはエマが珍しいものを目にしては感嘆の声をあげるのを、微笑みながら見ていた。やがてエマが空腹を訴えると、食べ物を売っている屋台へ連れていき、肉入りパイとジャガイモのローストを買った。

そしていま、ふたりは食事の締めくくりに甘いリンゴのお菓子を食べていた。

「おいしい？」ニックは訊いた。

「絶品だわ」エマは言い、息をふいて冷ましてから、もうひと口食べた。

ニックは熱くても平気らしく、あっというまにそれを平らげ、ハンカチを取りだして指についた油をぬぐった。

「もっと食べるかい？」エマがお菓子を食べ終えると、ニックは包み紙を捨てて訊いた。

「それともまた屋台を見てまわろうか」

「そのほうがいいわ。もうこれ以上、なにもはいりそうにない」

「さっき横目で見ていた飴菓子《タフィー》も？」

エマは迷った。「そうね、あれはたしかにとてもおいしそうだったわ。少しだけ買って、持ちかえりましょうか」

ニックは声をあげて笑い、エマの腕をとって自分の腕にかけると、飴を売っている屋台に向かって歩きだした。

いけないことだとわかっていたが、エマは今日、ニックとふたりきりで出かけられたことを内心で喜んでいた。フェリシティ叔母は、秋祭りなど老体には過酷すぎるし、ごろつきだらけだから行きたくないと言って断わった。

そして朝食後、手をふってふたりを送りだし、土産《みやげ》話を楽しみにしていると言った。ニックが請けあったとおり、叔母はリンドハースト邸での滞在を延期することをふたつ返事で引き受けた。最初のうち、エマはあと数日だけこの屋敷にとどまり、ニックが言っていた名所のうちのいくつかを訪ねるつもりだった。

だが朝が来るたび、見たいものやしたいことが新たに出てきて、ずるずると滞在を延ばしていた。

一週間がいつのまにか二週間になり、それでもエマはまだミセス・ブラウン・ジョーンズに手紙を出していなかった。もうとっくにロンドンへ戻ってきているころだろう。連絡をしなければならないことはわかっているが、もし手紙を出せば、ミセス・ブラウン・ジョーンズはニックの屋敷を出て自分の家へ来るように言うはずだ。

あるいは、公邸へ戻るように言われるかもしれない。お目付け役のワイズミュラー公爵未亡人はもちろん、ローズウォルドから到着した兄も待っているかもしれない公邸へ。ミセス・ブラウン・ジョーンズはエマの置かれた状況に同情してくれるだろうが、最終的には戻るべきだと言うだろう。王家の名誉を守り、ご家族の言うとおりにするように、と。

だが家族の言うことなら、よくわかっている。これまでも折りに触れ、王室の人間としてのありかたを説かれてきた。

王家に生まれるということは、どんなことを犠牲にしてでも守るべき栄誉であり、それに付随する義務は当然のごとくはたさなければならない。

特権と権力には責任がともなう。個人の気持ち、とくに愛は、重んずるに値しないものだ。祖国の安定と力、そして王家の血筋を守ること以上に大切なものはなにもない。

だからこそエマは、ミセス・ブラウン・ジョーンズに手紙を書けなかった。そして現実から目をそむけ、はじめて手に入れた自由を謳歌《おうか》していた。

それ以上に、ニックと一緒にいられる喜びを。

彼のことを知れば知るほど好きになっていく。毎朝、ベッドを出るとき、またニックに会えるのだと思うと自然に笑みがこぼれる。夜が来ると、別々の寝室を――別々のベッドを

——使う必要がなければいいのに、と思う。

そうしたことを考えるたび、エマの顔は紅潮して体が火照った。

あれから一度もキスはしていない。ニックは誘ってさえこない。

それでもときどき、エマはニックがキスをしたがっていると感じることがあった。こちらに気づかれていないと思っているとき、じっと熱い視線で見ていることがある。そんなときの彼は情熱的な表情で、薄墨色の目もほとんど黒に近い色になっている。

もしわたしを求めているのなら、どうしてそう言わないのだろう。

キスがしたいのなら、どうして誘ってこないのだろう。

それはニックが高潔な人で、わたしに手を出してはいけないと考えているからだ。

お目付け役の子爵未亡人が屋敷にいるものの、その気になればニックはいつでもわたしを誘惑できる。そしてわたしも自分に正直になるなら、ニックの誘いに応じるだろう。考えたくはないが、エマは魂の奥で、自分の心がすでに奪われていることを認めざるをえなかった。

わたしはニック・グレゴリーに恋をしている。

だがエマもニックもなにも言わず、ふたりとも一緒にいられる喜びを噛みしめつつ、日々が流れるにまかせていた。

ニックがタフィーのはいった円錐形《えんすい》の小さな紙の包みを手渡し、エマは微笑んでその顔を見あげた。心臓がひとつ大きく打つのを感じた。ニックはやさしくこちらを気遣う表情をしているが、そこにはもうひとつ、別の感情が浮かんでいるような気がした。

エマはふいに思った。ニックはわたしに求愛しているのだろうか？

心臓がまた大きく打った。もしそうなら夢のようだけれど、そんなことはありえない。

エマは視線をそらして手に持った包みをのぞき、どの飴にしようか迷っているふりをしたが、実際のところその目にはなにも映っていなかった。

「あ――ありがとう、閣下」静かに言った。

「堅苦しい呼びかたはもうやめたんじゃなかったかな」

エマは視線をあげてニックの目を見た。「そうだったわね。ありがとう、ニック」

ニックは満足そうな顔をし、ふたたびエマの腕を自分の腕にかけて歩きだした。

ここに到着してから数時間のうちに、さらに見物客が増えて、人が押しあうようにして歩き、あたりは喧騒をきわめていた。

ニックはエマを守るようにしっかり脇に抱き寄せた。

騒々しい少年の一団が列になって、人込みのあいだを縫うようにして走り、何人かにぶつかった。ぶつかられた男性のひとりがよろけて、リンゴのはいった箱につまずいた。怒った小売商が飛んできて、腕をふりまわしながら罵声を浴びせた。ほかの見物客も文句を言いはじめ、新たに口論がはじまった。騒動の原因を作った当の少年たちはというと、もうとっくにいなくなっている。

エマはロンドンにやってきた最初の日に、泥棒にあったことを思いだした――あのときニックが助けに来てくれたのだ。

いまもあの日と同じように、エマを守ろうとしている。脇にしっかり抱き寄せて、屋台と屋台のあいだの狭くて陰になったところへ連れていった。ふたりは安全なその場所で、騒動が鎮まるのを待った。

エマは首をひねって人込みをながめた。数ヤード離れたところに、きらりと光る真鍮《しんちゅう》のボタンと、見覚えのある緑と黒の服があるのが目に映った。ローズウォルドの軍装と兄の護衛兵の制服を思わせる。

でもそんなことがあるはずはない。錯覚に決まっている。そもそも、ルパートの護衛兵がイングランドの田舎の祭り会場でなにをしているというのだろう。

エマは自分の見間違いだったことを確認しようと、もう一度後ろを盗み見た。その瞬間、道の反対側にいる男の姿が目にはいり、はっと息を呑んだ。個人的に知っている人物ではないが、あの制服と軍人然としたふるまいは見間違いようがない。離れたところからでも、黒い筒形軍帽についた金色のヒョウの紋章が見える――ローズウォルドの王家の象徴だ。

悲鳴がのどまで出かかったが、エマはかろうじてそれを呑みこんだ。絶望的な考えが頭のなかを駆けめぐる。

ルパートの護衛兵がいるということは、兄がイングランドに来ているということだ。そして公邸へ行って妹が行方不明であることを知り、すでに家来に命じて捜索を開始したのだ。

けれども、どうしてこの祭り会場に？　もしかして……。

この場所が公邸の近くかもしれないという可能性に、まったく思いいたらなかった自分が情けない。ニックはロンドン近郊で祭りがあると言い、村の名前を教えてくれたが、エマにはまったく聞き覚えがなかった。それで安全だと思いこんでしまった。第一、気まぐれな王女を捜しに田舎の祭り会場へ行く者など、いるわけがないと思った。

でもそれはあまりに浅はかな考えだった。

エマは身震いし、さらに薄暗い奥へと下がった。

ニックもエマにひきずられるかたちで後ろに下がった。「こわがらなくていい。ここなら安全だ」

安全じゃないのよ。エマは心のなかで言った。少なくとも、自分を捜している男たちに見つかったらただではすまない。もっとも、向こうがエマを見て、すぐに王女だと気づくかどうかは疑問だが。

ローズウォルドを離れたときにくらべると、エマは大きく変わった。もう子どもではない。だが昨春、ルパートはエマの細密肖像画を描かせた。そのときはわからなかったけれど、いまにして思えば、未来の花婿から頼まれたのだろう。もし兄が肖像画の写しを持っていたら、それを護衛兵に見せるだけですむ。

取り乱して人目を引いてはいけない。いま大切なのは護衛兵に姿を見られることなく、ニックと一緒にロンドンへ戻ることだ。

兄の家来のだれかに気づかれて、公邸に連れ戻されそうになったら、どんな事態になることか。ニックはエマが逃げてきたことはもちろん、その家族が軍の護衛隊を抱えていることなど知るよしもない。そんなことは夢にも思っていないはずだ。ニックがエマを守るためならどんなことでもするのは目に見えている。もし彼が傷を負うようなことがあれば、エマは一生自分を許せないだろう。

ニックが首をひねって人込みを見た。「騒ぎはおさまったようだ」エマのほうを向いて言う。「またぶらぶら歩こうか」

「だめよ！」エマはニックの腕をつかんだ。

ニックは片方の眉をあげた。

「まだだめよ」エマは落ち着いた声で言いなおした。「ね――念のため、あと少し待ちましょう」

「きみがそう言うなら」ニックはエマの好きなようにさせることにした。

エマはニックの肩越しに、黒い筒形軍帽をかぶった護衛兵を盗み見た。見慣れた緑と黒の制服を着た別の護衛兵が、同僚に近づくのが見えた。兄は何人の家来をここへ送りこんだのか。ふたりの護衛兵はしばらく話をしていたが、やがて人びとの顔を鋭い目で見ながら歩きだした。

ふたりがこちらへ近づいてくる。エマは恐怖で凍りつきそうだった。あと一分もすれば、この前を通りかかるだろう。

なんとかしなければ。エマはとっさにニックの首に両腕をまわした。つま先立ちになり、彼の顔を引き寄せて唇を重ねた。

あまりにとつぜんのことに、ニックの体がこわばったのがわかった。エマの全身で脈が激しく打った。あのふたりが通りかかったまさにそのとき、ニックが体を離しでもしたら大変なことになる。エマは首にしがみつく腕に力を入れ、唇を動かしてなんとか彼を誘惑しようとした。自分が未熟なのはわかっていたが、それでも必死だった。

ところが予想に反してニックはたちまち魅了されたらしく、エマの背中に腕をまわして抱きしめた。体と体を密着させてなにかをつぶやいたが、エマには「ああ、なんてことだ」と言ったように聞こえた。それから、ずっと願いつづけてきたことがかなったかのように、夢中で彼女の唇をむさぼった。

乾いたたきつけに火がついたように、エマの全身が一気に情熱の炎に包まれた。あの夜、はじめてキスをしたときと同じ欲望が湧きあがってきた。彼の唇は最上級のチョコレートのようにほろ苦くて甘い味がする。エマは恍惚とし、ニックのこと以外、なにも考えられなくなった。どうしてこちらからキスをしたのかも思いだせない。ただ悦びが全身からあふれている。

キスが濃密さを増し、世界がまわりはじめた。ニックが唇を開くようにうながしている。またあの危険なゲームへと誘っているのだ。エマはニックの腕に抱かれて、舌をからませながら快感に打ち震えた。

ニックが体の向きを変え、エマの背中を屋台の側壁に押しつけた。マントの下に手を入れて胸を探りあて、じらすように手のひらで包む。

エマは熱に浮かされたような声を出し、自分でも正体のよくわからないものに突き動かされて、しきりに身もだえした。そして親指で乳房にゆっくり大きな円を描かれると、頭をのけぞらせてあえいだ。胸の先端が硬くとがってうずいている。

ニックの唇がやわらかな曲線を描く首筋を這い、次に上へ向かって、あごと頬とこめかみに触れた。エマの閉じたまぶたの裏に、ぼんやりと赤いものが見えた。唇がしっとり濡れて震え、キスを求めている。

無意識のうちに彼の後頭部に手をやり、なめらかな濃褐色の髪に指を差しこんだ。ニックがふたたび激しいキスをし、ふたりは心も魂もひとつになったかのように抱きあった。もっと彼が欲しい。そうした感情がどんなに危険なものであっても、彼への愛があふれて止まらない。

「ちょっと、あんたたち」うっとりしているエマの耳に、怒声が聞こえた。「ここはそんなことするための場所じゃないよ」男のどら声だ。

この人はなぜ文句を言っているのだろう。エマはぼんやりした頭で考えたが、いまやすぐそこに人がいるのがわかったにもかかわらず、ニックから唇を離すことができなかった。

「家族連れだっているんだぞ。子どもたちにそんなところを見せるんじゃない」

エマは眉根を寄せた。さすがに男の言っていることの意味がわかってきた。

ニックはびくりとし、ふいに顔を離した。呼吸が少し乱れている。

それでもエマを放さずにぐっと抱き寄せて、相手に顔を見られないようにした。エマは目を閉じてニックのやわらかな上着に顔をうずめ、男が早くいなくなることを願った。

「申しわけない」ニックはしばらくしてから言った。「わたしと……その……妻は新婚旅行中なんだ。ここならだれにも見られないと思ってね。のぼせあがっていると責められてもしかたがない」

妻ですって！

エマは仰天して体を引き離そうとしたが、彼女を抱くニックの腕は鉄の棒のように硬く、びくともしなかった。

「新婚さんか」男の口調がとたんにやわらいだ。「まあ、まだとくに厄介なことは起きていないからな。でもこんなに人の多いところで、こそこそ物陰に隠れてさっきみたいなことはしないほうがいいぞ」

「きみの言うことはもっともだ」ニックは同意した。

「とはいえ」男はのんびりと言った。「あんたたちみたいに愛しあってる若い男女には、していいことと悪いことの区別がつかなくなるときがあるもんさ」

「ああ、そうかもしれない」

驚いたわ。エマは思った。一瞬、自分たちが本物の新婚夫婦で、ニックにほんとうに愛されていると錯覚しそうになった。ニックにこれほどやすやすと芝居ができるとは思わなかった。弁解する口調まで、決まりが悪そうな新郎そのものだ。もし彼が伯爵でも元海軍大佐でもなかったら、役者になるように勧めていたかもしれない。

男が手に持った金属製のなにかを指で打って鳴らすのが聞こえた。売り物のひとつだろうか。「今回は大目に見ることにして、警吏《けいり》を呼ぶのはやめとこうか」

「そうしてもらえたら、ほんとうに助かるよ」ニックのことばは、今回ばかりは真に迫っていた。

エマは体をこわばらせた。警吏、あるいは治安判事から事情を聞かれることだけは、ぜったいに避けなければならない。万が一、地元当局が兄か護衛兵と話をしていて、エマの正体に気づいたら――。

ああ、天の神様《マイン・ゴット・イム・ヒンメル》！

ニックのキスに酔いしれ、ルパートの家来のことを完全に忘れていた。護衛兵に見つかりたくない一心で自分から唇を重ねたのに、なんということだろう。でも理由がなんであれ、心のどこかでは、ただ純粋にニックとキスをしたかったのかもしれない。この二週間というもの、しょっちゅうそのことを考えていた。

だがいまはそれどころではない。大切なのは、自分の作戦が成功したかどうかだ。ルパートの家来はまだ人込みのなかに王女の姿を捜しているだろうか、それともあきらめて退散しただろうか。

エマが狼狽《ろうばい》していることに気づいたらしく、ニックが背中をやさしくさすった。「少し待ってもらえないかな」屋台の店主に向かって言った。「花嫁を落ち着かせたい。きみの厚意につけこんで、長居したりはしないと約束する」

店主はどうしようか迷っているように大きく息をついたが、やがて向きを変えてゆっくり歩き去った。

「もうだいじょうぶだ」数分後、ニックは言った。「さっきの男はいなくなったから」

ええ、でもルパートの家来は？ エマは胸のうちで尋ねた。

ニックの肩にうずめていた顔をあげ、彼の顔にどんな表情が浮かんでいるか不安に思いながら、その目をのぞいた。エマははっと息を呑んだ。そこに浮かんでいるのは、温かさとやさしさだった。

「それにしても」ニックは愉快そうに言った。「こんなことになるとは思ってもみなかったな。とくに――」そこでことばを切り、エマの頬を指でなぞった。「――騒ぎの原因となったできごとについては、想像もしていなかった」

エマは黙っていた。あんなことをした理由を説明できるはずもない。

「ひとつ言っておこう。次のときは」ニックはやわらかく深みのある声で言った。「ぼくがとつぜんキスをして、きみを驚かせるから」

エマの脈がひとつ飛び、それから激しく打ちはじめた。「次があるの?」思わず小声で尋ねた。

ニックはエマの唇に視線を落とした。「ああ、期待していてくれ」

今度は呼吸が乱れた。

ニックは小さく忍び笑いをしながら、エマの腕を自分の腕にかけた。「そろそろ帰ろうか」

「ええ」

ニックはエマを連れて人込みのなかへ戻ろうとしたが、エマはそれを止めた。「ニック」

ニックはけげんそうに片方の眉をあげた。

「反対側から行かない?」エマは屋台の背面のほうの明るい出口を示した。「人込みは疲れたわ」

ニックはうなずき、エマの言うとおりにした。

出たところはがらんとした場所で、何人かが所在なげに歩いているだけだった。エマはニックにぴたりと体を寄せて顔を伏せ、わき目もふらずにさっさと歩いた。ニックはなにも訊かずに黙ってエマの歩調に合わせ、長い脚ですばやく馬車へと向かった。

エマの緊張がようやく解けたのは、馬車の座席にニックと隣りあわせにすわり、秋祭りの会場からかなり離れてからだった。

それでも不安な気持ちは消えていなかった。今日はなんとか逃げおおせることができたが、ルパートの家来はこれからも王女の捜索をつづけるだろう。そしていつか自分は見つかってしまうだろう。それはたんなる時間の問題だ。ルパートがあきらめることはありえない。エマが見つかるまで、あらゆる手段を使って徹底的に捜索するに決まっている。兄の性格からすると、それはまちがいない。

近いうちに公邸へ戻るしかない。

あとはただ、そのときに心が壊れないことを祈るばかりだ。

11

「ふたりとも今日は楽しかったみたいね」その日の夜、フェリシティ叔母がエマとニックに言った。三人はリンドハースト邸の細長いダイニングテーブルについていた。

エマは、ホロホロチョウのローストとパースニップのホイップクリーム和え、栗のスフレの載った皿に視線を落とし、ニックのほうを見ないようにしていた。もし目が合ったら、どんな感情を読みとられるかと思うと怖かった。

当然のことながら、ふたりともその日の午後の激しいキスのことはいっさい口にしなかった。代わりに秋祭りで見た芸人や商人、食べ物屋のことなどを話した。

フェリシティ叔母に知られたら大変だ。とはいえ、ニックも今日あったことのすべてを知っているわけではない。

叔母はひとりで機嫌よくしゃべりつづけ、エマとニックはほとんど口をはさむ間もないほどだった。

だがエマはあまり話をしなくてすむことに、内心でほっとしていた。料理人が作った見事な料理にもほとんど手をつけず、ほんの少しつまむ程度だった。

叔母からなにかを訊かれたとき以外は、ニックもほぼ無言で、料理とワインをゆっくり口にしながらなにかを考えこんでいた。ときおりその胸のうちを探るように、エマの顔をじっと見た。

エマはニックにぎこちなく微笑みかけ、感情を表に出さないように努めた。午後、屋敷に帰ってきてからずっと考えつづけているものの、これからどうするか、まだ決心がつかずにいる。

それでも心の奥では、答えはすでに出ていた。

選択肢はひとつしかなく、それからのがれることはできない。

みぞおちを殴られたように、胃がきりきりと痛んだ。もうひと口も食べられそうになく、エマはふいにフォークを置いた。

それからしばらくして夕食が終わり、三人で居間へ移動すると、エマはひそかに安堵の息をついた。

あと一時間、長くても二時間我慢すれば、寝室に下がることができる。ひとりになったら、この体に少しずつ広がっている氷の塊のような悲しみを隠して、無理に表面を取り繕う必要もない。

エマの苦悩に気づいたのか、ニックがけげんそうな目で見た。だがなにも訊こうとはせず、叔母にシェリー酒を手渡した。フェリシティ叔母は明るい笑みを浮かべて礼を言った。いつものようにさまざまな色合いの肩掛けにくるまり、ソファに腰かけている。エマはその隣にすわっていた。

ニックはブランデーを手に、向かいの椅子にゆったり腰をおろした。

エマはティーカップを口もとへ運んだ。お酒を勧められたが断わっていた。温かな紅茶がのどを通りすぎるのを感じながら、やはりお酒にすればよかったとちらりと思った。それでもいまは、頭をすっきりさせておいたほうがいい。

エマもニックも、フェリシティ叔母のおしゃべりを黙って聞いていた。叔母の言うことは例によって苦笑を誘うもので、本人にそのつもりはないのだろうが、思わず吹きだしたくなるときもあった。だが今夜のエマは笑いをこらえるのに苦労することもなく、早く時間が過ぎることだけを願っていた。

「ところで、明日はどこへ行こうか、ミス・ホワイト」叔母がとうとうしゃべり疲れてくると、ニックは言った。「まだ行ってない美術館や展覧会が、ひとつやふたつあるだろう」

エマは視線をあげ、またすぐにそらした。ティーカップをテーブルに置く。「そのことだけど、閣下。今日は遠出して疲れたから、明日はお屋敷でゆっくりするのもいいかと思って。もしあなたさえよければ」

「ああ、かまわないよ」ニックはまたけげんそうな目をしたが、そこにはかすかに驚きの色が混じっていた。ここにやってきてからというもの、エマが外出するより屋敷にいたいと言ったのは、これがはじめてだった。

だが、兄のルパートがいなくなった妹を懸命に捜しているいま、ロンドンはもはや安全な場所ではなくなった。たしかに広大な都会ではあるが、これまで見つからなかったのは運がよかったからにすぎない。兄の家来のひとりに顔を見られたが最後、すべてが終わる。これ以上、ニックを巻きこむわけにはいかない。この屋敷にいることを知られたら、いくらお目付け役のダルリンプル子爵未亡人が一緒だとはいえ、兄がなにをするかと考えるだけでぞっとする。

ここは外国なので、ルパートがニックの拘留や逮捕を命じることはできない。それでも親しくしている英国政府のだれか、場合によっては摂政皇太子その人に話をして、ニックになんらかの報いを受けさせようとするかもしれない。あるいは自分の手で決着をつけようとすることも考えられる。ふたりが決闘する場面を想像し、エマは血の気が引いた。

こうなったらミセス・ブラウン・ジョーンズの情けにすがり、この三週間、王女はずっと自分のところにいたと嘘をついてもらうしかないだろう。

もしミセス・ブラウン・ジョーンズが――そしてその夫も――協力してくれなかったら、兄にどんなに問いつめられても、これまでどこでなにをしていたかについては、貝のように口を閉ざすことにしよう。なにがあっても、ぜったいにニックの名前だけは出さない。彼に迷惑をかけることだけはしたくない。

つまり、とるべき道はひとつしかないということだ。どんなにつらく悲しくても、早くここを出ていかなければ。

エマは深いため息をついた。

顔をあげると、ニックがグラスの縁越しにこちらを見ているのに気づいた。

しばらくして重そうなまぶたをしたフェリシティ叔母が、ハンカチを口にあててあくびをした。「そろそろ失礼して、お先に休ませていただくわね。くたびれちゃった」

ニックが立ちあがり、叔母に手を貸して立たせた。

エマも立ちあがった。

「ミス・ホワイト」叔母を出口まで送りながら、ニックが言った。「ちょっと話したいことがある」

エマは足を止めた。ふたりは叔母の足音が聞こえなくなるまで待った。

「閣下、話したいこととはなにかしら」

「堅苦しい話しかたはやめよう。いまはふたりきりだ。召使いももう下がった」ニックはエマに近づいた。「どうしたんだ、エマ。今夜はやけに静かじゃないか」

静かすぎる、とニックは胸のうちで言いなおした。

エマはほんの少し肩をすくめ、壁にかけられた油絵のひとつに目をやった。そこに描かれた田園風景の安らかさといまの自分の心境には、あまりに大きな隔たりがある。「少し疲れただけよ」

「もしかして、今日の午後のことで動揺しているのか？」

エマはさっと視線をあげてニックの目を見た。

いまのはどういう意味だろう。兄の護衛兵がわたしを捜していることに、ニックが気づいているなどということがありえるだろうか？　そもそも、わたしの正体すら知らないのに。

エマは単刀直入に訊く代わりに、しらばくれてみせた。「なんのことかしら」

ニックは眉を片方あげた。「キスのことだ。ほかになんのことだと？」

「ああ、キスね。もちろんわたしもそのことだと思ったわ。ただ――」ただ、なに？　エマはニックのいぶかるような視線に気づき、必死で頭を働かせた。「――あなたが言っているのがそのことだと、確信が持てなかったから」最後のほうは弱々しい口調になった。

ニックは眉根を寄せ、長いあいだエマを見つめていた。「きみはなにかで悩んでいる。屋敷に戻ってきてからずっと口数が少なかった」

彼は観察眼が鋭い、とエマはつくづく思った。それでもその気遣いに心を打たれずにはいられなかった。「いいえ、キスのことじゃないわ。秋祭りはほんとうに楽しかった」エマはまつ毛を伏せた。「とくに屋台のあいだの陰で、ふたりきりで過ごした時間はすばらしかったわ。そのことで怒ったりなんかしていない」

ニックの腕に抱かれたあのひとときは、人生で最高の時間だった。きっと一生忘れられないだろう。

「そもそも、あなたが責められるいわれはないでしょう。キスをしたのはわたしのほうからだもの」エマは頬を赤らめた。

「ああ」ニックは真剣な口調で言った。「でもぼくは熱い抱擁をした――きみが望んでいないことまでしてしまったんじゃないだろうか」

エマはゆっくりかぶりをふった。「いいえ、わたしが望まないことを、あなたはひとつもしていない。わたしがいやがることは、なにひとつも」

むしろ求めてやまないことだった。あなたを求めてやまないように。愛してる、ニック。

彼と別れなければならない運命を思い、エマの心に小さな亀裂がはいった。

ニックはエマの返事にほっとし、肩から力が抜けるのを感じた。「じゃあ、どうしたんだ？　きみの様子がおかしいことはすぐにわかるよ」エマとの距離を縮め、その手をとった。

「話してくれ、エマ」

そうできたらどんなにいいことか。ニックの胸に飛びこみ、真実をひとつ残らず打ち明けられたなら。だがそんなことは不可能だ。まず、ニックは嘘をつかれたことに腹をたてるだろう。それから、ルパートに直接かけあうなどの愚かな行動に出るかもしれない。本人が望んでいない結婚を無理強いするべきではないと、ニックがルパートに詰め寄る場面が目に浮かぶ。祖国と王政の安泰を守るためなら、ほかにも外交的手段があるはずだと、ルパートを説得しようとするだろう。だがそんなことをしても、ニックが厄介な立場に追いこまれるだけだ。いくら善意からした行動であっても、結局のところ、なにも変えることはできない。

エマは熟練の舞台女優のように唇に笑みを浮かべた。元気がないことを隠す必要がないのを幸いに思いながら言った。「ちょっと頭が痛いの。それだけよ。いままで黙っていたのは、叔母様を心配させたくなかったから。きっと大騒ぎになると思って」

ニックの心配そうな表情が少しやわらいだ。「たしかに。きみをさっさとベッドに寝かせ、ラベンダーの湿布と頭痛に効く薬をかき集めて、メイドに持っていかせただろうな」

「それから三十分ばかり、頭痛以外の症状はないかと質問攻めにされていたわね。万が一、風邪やマラリア熱だとしたら大変だから」

「あるいは流感か」ニックはわざと深刻ぶった口調で言った。「叔母はいつも流感を心配していて、寒い屋敷は感染の危険が高いと言っている」

ふたりはしばらく顔を見合わせて微笑んだ。エマは胸のなかに小さな太陽の光が射したような気がした。だがすぐに、頭痛を装った理由を思いだして暗い気持ちになった。

「申しわけない」ニックの顔からも笑みが消えた。「体調が悪いのに、こうして引きとめたりして。部屋まで送ろう」

「いいえ、わたしならだいじょうぶよ。まだブランデーが残って――」

「あとで飲むさ」ニックは有無を言わさず、エマの手を自分の腕にかけて居間を出た。
だがエマは急に寝室へ行きたくなくなった。
このままニックと話をしていたい。
これからなすべきことをすべて忘れて、屈託なく笑いあいたい。
残された時間はあとわずかだ。ならばニックと一緒にいたい。
けれどもほかならぬ自分のついた嘘のせいで、それもできなくなった。早ければ明日には
ここを出ていくのだと、告げる勇気もない。
今夜、手紙を書こう。一通は元教師のミセス・ブラウン・ジョーンズへ。公邸へ戻る前に、
一度訪ねるつもりであることを伝えよう。もう一通はフェリシティ叔母へ。お目付け役に
なってほしいという頼みを快く引き受けて、この屋敷へ来てくれたことへのお礼を伝えよう。
ときどき愚痴をこぼすことはあったけれど、やさしくて楽しい人だった。
そして最後の一通はニックへ。
でもなにを書けばいいのか、正直わからない。礼儀正しい別れの挨拶では物足りないし、
愛の告白はあきらかに行きすぎだ。最後の、そしてもっとも大切な手紙については、ひとり
になってからじっくり考えよう。やがてふたりはエマの寝室の前についた。「ありがとう、
ニック。わたし……」
だがエマの声は次第に小さくなり、こみあげる感情と伝えたい思いで胸がいっぱいになっ

た。眉根をきつく寄せて、悲しみをこらえた。

「また痛くなってきたんだね？」ニックは低い声で訊いた。

ええ、そうよ。でも痛いのは頭じゃない。

エマはなにも言わず、小さくうなずいた。

ニックはふいに、少しごつごつした長い指の先をエマの額にあて、やさしく弧を描くようにさすった。エマの体が震え、肌がぞくりとした。ニックになでられ、眉間にはいった力が抜けていく。

「少しはましになったかな」

エマは口を開いたが、ことばが出てこなかった。黙ったままかすかにうなずき、そっとまぶたを閉じた。

ほんとうに頭痛だったら、これで治っていたはずだ。ニックが触れたところには、甘い悦びしか残らないのだから。

ニックは最後に親指でエマの眉に触れ、しばらくなでてから手をおろした。「メイドに頭痛の薬を持ってこさせようか。すぐに用意させるよ」

エマはニックの手が自分から離れたさびしさをこらえて目をあけた。「い――いいえ、いらないわ。薬は好きじゃないの」

それにいま必要なのは薬ではない。

「ほんとうにだいじょうぶかい」

「ええ、だいじょうぶよ」

ニックは一本の指の背でエマの頬をなでた。「じゃあぐっすりおやすみ」

「あなたもね、ドミニク」

ニックは微笑み、くるりと向きを変えた。

エマはドアにもたれかかり、ニックが立ち去るのを見ていた。その姿が見えなくなってから、手の震えを抑えて寝室にはいった。

12

午前一時を少し過ぎたころ、エマは浅い眠りから目を覚ました。追ってくる人影から逃げる感覚がまだ残っている。

夢だわ。エマは上体を起こした。

ただの夢。

羽毛のマットレスの上で身を乗りだし、サイドテーブルに乗った火口《ほくち》を探してろうそくを灯した。やわらかな光があたりを照らし、暗闇と悪い夢を追いはらってくれた。

不安とおそれのせいで、あんな夢を見てしまったのだ。ほんとうの悪夢は明日、太陽が昇ってからやってくる。ニックとフェリシティ叔母に別れを告げるときだ。

数時間前、寝る準備を整えながら、エマは出発を引き延ばしてもなんの意味もないと自分を納得させた。避けられない運命を先送りにしたところで、別れがよけいにつらくなり、決心が鈍るだけだ。ニックとその叔母をこれ以上、巻きこむわけにはいかない。それでは恩を仇《あだ》で返すことになる。

そこでメイドが寝室を出ていくと、美しい書き物机の前にすわり、便箋とペンとインクを探して手紙を書きはじめた。

書き終えた手紙はいま、机の上に積んである。すぐそばのごみ箱には、書き損じて丸めた紙があふれている——ニックへの手紙を綴ろうとして、何度も何度も書きなおした。

とてもうまく書けそうにないとあきらめかけたが、ようやく礼儀正しい感謝と親しみのこもった別れの挨拶がちょうどいい具合に交じった文章が浮かんできた。ほんとうの気持ちについては、なにも書かなかった。プライドは保ったままにしておきたかった。たとえ心はここに置いていくとしても。

こんなことになるとは思っていなかった。それに相手の気持ちもわからない。それでも、自分の心はいまやニックのものだ。

それなのに、別の人と婚約する運命が待っている。

エマはベッドの上でひざをぎゅっと抱いて、頭《こうべ》を深く垂れた。みぞおちと胸にうつろな痛みが走ったが、それをふりはらい、つらい運命を直視するのはあとでいいと自分に言い聞かせた。

家族のもとへ戻ってから。

未来の花婿に紹介されてから。

それに、もしかするとオットー王はやさしく善良な人で、王妃が心から自分を愛さなかったとしても、べつに気にしないかもしれない。

エマは上掛けをはらい、ベッドを出た。とても寝つけそうにない。温かいミルクと本があれば、少しは心が安らぐだろう。もっとも、こんな時間に召使いを起こすわけにはいかないので、厨房の場所がわかるかどうかが問題だ。

やはりミルクはあきらめて、本だけにしよう。もし無事に厨房にたどりつけたとしても、自分はこんろのつけかたひとつ知らないのだ。

一階の図書室へ行き、なにか気がまぎれそうな本を探そう。それほどおもしろい内容でなくても、それならそれで眠気を誘われて好都合かもしれない。

エマはお気に入りの古い茶色のカシミヤのガウンを羽織り、ウエストのひもを結ぶと、やわらかな革の室内履きに足を入れた。ろうそくを持って部屋を出る。

屋敷のなかはしんと静まりかえり、深い闇に包まれていた。慎重に階段をおりて一階へ行き、屋敷の後方にある図書室に向かった。近づくと、彫刻の施された両開きのドアの隙間から、かすかに光がもれている。

足音を忍ばせてなかへはいると、暖炉で炎がまだ赤々と燃えていた。室内が暖かく居心地がいいことがわかり、エマはほっと安堵の息をついた。床から天井までの高さの書棚が壁を占め、革装丁の本がぎっしり詰まって、古い紙とインクの独特のにおいがする。群青色と茶色のフラシ天のオービュッソンじゅうたんが磨かれた木の床に敷かれ、クッション張りの大きなソファと椅子が、すわりやすそうな配置でならんでいる。

椅子の上から、だれかがじっとこちらを見ていた。ひざの上で本を開き、すぐそばの小さなテーブルに、ブランデーらしき液体がはいったクリスタルのグラスを置いている。

「ニック！」エマは図書室の真ん中で足を止めた。「まだ起きていたの？」

ニックが片方の眉を高くあげた。「きみのほうこそ、まだ起きていたのか」

いまは上着を脱いで、白いシャツとベストと黒いズボンというくつろいだ恰好をしている。タイも上着と一緒にほうられ、シャツのボタンはいくつかはずしてあった。開いた胸もとからのぞくたくましい体と、そこに生えた波打つ褐色の毛に、エマの目は釘づけになった。

ニックが見目麗《みめうるわ》しい男性であることはわかっていたけれど、今夜は息を呑むほど魅力的だ。

「こんなところでなにを？」ニックはエマの胸のうちにはまったく気づいていないようだった。「まさか体調が悪化したんじゃないだろうね」

悪化？　そう、彼は頭痛のことを言っているのだ。

「いいえ」エマはウエストの前で両手を握りあわせ、ニックのほうをあまり見ないようにした。「体調はだいぶよくなったわ。でも目が覚めて眠れなくなってしまったの。だから本をお借りしようかと思って。図書室の本を好きに読んでいいと前に言ってくれたでしょう」

「ああ。どれでも好きなのを持っていくといい。どんな本がいいかな？」

エマは肩をすくめた。ニックと一緒にいる時間が長くなるにつれ、眠れるかもしれないという期待が遠ざかっていく。彼といると気分が高揚する。それでもいますぐ本を持って寝室に戻れば、どうにか二、三時間の睡眠がとれるかもしれない。

だがこうしてニックを目の前にしたいま、もう本を読みたくも眠りたくもなくなった。ふたりでいられる時間はどんどん短くなっていく。できるだけ長く彼と一緒に過ごしたい。

ニックはわたしがあと数時間でこの屋敷を出ていくことを知らない。そしてわたしもそのことを告げるつもりはない。

今夜だけは。

エマは部屋のなかを見まわし、無数の本をながめた。亡くなった兄が読書家で、膨大な蔵書があると言ったニックのことばはおおげさではなかった。それでもローズウォルドの宮殿の図書館にある蔵書とくらべたら、まだ少ないほうだ。

「そうね、あまりおもしろすぎない本がいいわ」エマは言い、部屋の奥へ何歩か進んだ。「でも途中で投げだしたくなるほどつまらない本でも困るし。眠気を誘う程度に退屈な本はないかしら。わたしの言いたいことがわかる？」

ニックは忍び笑いをした。「読む人の好みにもよるけれど、きみの出した条件を満たす本はそれなりにある」読みかけの本を置いて立ちあがり、近くの本棚に歩み寄った。背表紙をざっとながめ、二冊を取りだした。

「このあたりなんかどうだろう」エマに近づいた。「一冊はさまざまな時代に関する随筆を集めたもので、もう一冊は日常生活における心構えを記したものだ。どちらを選んでも、すぐに眠くなると思うよ」

「ええ、そうね。でもさっき言ったとおり、退屈すぎる本はごめんだわ。この二冊はちょっとね」

「さっき言ったとおり、本は読む人によって退屈にも興味深くもなる。残念ながら、兄は小説をあまり読まなかった。きみの好きなミネルバ出版の本は一冊もないな」

エマは足を前に進めてニックとの距離を縮めたが、本を受けとろうとはせず、その薄墨色の瞳に見入った。「よかったわ。ミネルバ出版の本があったら、ひと晩じゅう読みふけってしまうから」

ニックもじっとエマの目を見つめかえした。「別の本を探してみようか」

「ええ」エマは小声で言ったが、もはや本への興味は薄れていた。「あなたこそどうしてこんな時間まで起きてるの？　まだ理由を聞いてなかったわ」

ニックは眉根を寄せ、どことなくばつの悪そうな表情を浮かべた。訊かれたくないことを訊かれたような顔だったが、どうしてなのかエマには見当もつかなかった。

「寝つけないんだ」ニックは言った。「いろいろ考えごとがあってね」

エマは唇を開いた。「そうだったの」だがそれを聞いても、さっきの不可解な表情の理由はわからなかった。

「ブランデーを飲みながら本でも読めば、少しは眠くなるかと思って」

「効果はあった？」

「ああ、多少は。そろそろ寝室へ戻ろうかと思っていたら、ちょうどきみがやってきた」

「お邪魔してしまってごめんなさい」

ニックは本を置き、ふたたびエマの目を見つめた。「いや、むしろうれしかった」

エマの胸の鼓動が速くなった。「ほんとうのことを言うと、わたしもあなたがいるのを見てうれしかったわ」

ニックの目が光るのを見て、エマは彼の不眠の理由について考えをめぐらせた。もしかして、わたしのせいで眠れないということはないだろうか。

ふと、そうだといいのにと思った。

ふたりとも無言で、暖炉で薪がはじけるやわらかな音だけが聞こえていた。早くこの場を去らないと、取りかえしのつかない愚かなことをしてしまいそうだ。それでもエマは動こうとしなかった。

その場に立ちつくしていた。

じっと動かずに。

「ほかの本を探そうか」ニックは言った。

「ええ」エマはささやいた。「そうしていただけるかしら」

だがふたりとも動かなかった。

ふいにニックが片手を伸ばしてやさしく頬を包み、エマははっと息を呑んだ。うっとりして目を閉じ、彼の手のひらに頬を押しつけた。愛とせつなさがこみあげてくる。でもそれを隠すことはもうしない――これが一緒にいられる最後の夜なのだから。

「次はぼくの番だと言っただろう」ニックがベルベットのようになめらかな声で言った。「キスをするのはぼくのほうからだと」

そう言うと唇を重ね、甘く情熱的なキスをした。エマはなにも考えず、すべてを忘れてキスを返した。彼と強く抱きあい、悦びのかぎりを味わいたい。

ニックの腰に腕をまわし、がっしりしたその体にもたれかかった。ニックの体温が伝わってくる。まるで炎の前にいるように暖かい。

というよりも、火の海に飛びこんだように、全身が抗《あらが》えない欲望で燃えている。エマは無意識のうちにベストとズボンの隙間に指を入れていた。エマの手とニックの肌を隔てているのは、いまや薄いシャツの生地だけだ。

ニックは電流にでも打たれたように背中を弓なりにそらし、唇を離した。エマは浅い息をつきながら彼の目を見た。ニックの呼吸も乱れ、まぶたがなかば閉じている。これほど荒々しい彼の表情を見るのははじめてだ。

だがエマは怖くなかった。ニックのキスが欲しくて体を寄せた。知らず知らずのうちに、唇を舌の先でなめていた。ニックの目がきらりと光り、くすぶる煙のような暗い色になった。次の瞬間、ニックはエマを強く抱きしめ、うめき声をあげて唇を重ねた。ふたりの体は密着し、ひとつに溶けあったかのようだった。

エマは彼にしがみつき、ブランデーのにおいのするくちづけに酔いしれた。そしてニックに導かれるまま官能の世界へ足を踏みいれた。ふたりの抱擁がだんだん激しさを増していく。エマは震えながらさらにニックへ身を寄せて、思いのたけをこめてキスをした。そうしているうちにウエストのひもがゆるみ、片方の肩からガウンがすべり落ちて白い綿のネグリジェがのぞいた。

ニックはいったん唇を離し、頬や鼻、あごやのどにくちづけた。そして感じやすいのどもとに顔をうずめた。

その部分の肌をやさしく噛まれ、エマは大きく目を見開いた。次にじらすように吸われると、ふたたびまぶたを閉じた。

体がぞくぞくし、すすり泣くような声が唇からもれている。ニックにくちづけられている場所と直接つながってでもいるように、脚のあいだがうずいている。ひざが震えて力が抜け、力強い腕に抱かれていることに感謝した。

ニックはエマの体を抱きなおし、のどからうなじへとゆっくり唇を動かした。そしてさっきと同じようにうなじの肌を吸った。そうする一方で、開いたガウンの下へ手をすべりこませ、大きな手のひらで乳房を包んだ。

エマの唇からまた声がもれた。その日の午後、秋祭りでされたのと同じ愛撫を受け、全身で脈が激しく打ちはじめた。親指で円を描くように何度も何度も乳首をなでられ、エマは頭がどうにかなりそうだった。でももっと欲しい――〝もっと〟がなにを意味するのか、わからないけれど。

ニックがつんととがった乳首を指先でつまむ。一度、二度、三度。それと同時にうなじに舌を這わせる。そっと軽く噛まれると、エマはびくりとしてあえぎ声をあげ、全身を包む情熱の炎が激しく燃えさかるのを感じた。

ニックは舌を動かしながら、また別の場所へ唇を移した。女らしい曲線を描く胸もとでいったん止め、やさしく肌を吸う。

まるでわたしにしるしをつけているようだ。エマはぼんやりした頭で思った。ほかの男性が触れることを許さず、わたしをずっと自分のものにしようとでもいうように。

次の瞬間、エマはそのとおりであることを悟った。

わたしがニック以外の男性を求めることはけっしてない。

今夜ここへ来たとき、わたしはすでにニックを愛していた。もう二度と会うことはないが、この心はずっと彼のものだ――永遠に。

明日、自分を待ち受けていることを思い、ほろ苦い悲しみが胸にあふれた。だが頭からそれを追いだし、いまは現実を忘れることにした。

今夜は夢にひたりたい。

夢と歓喜に。ニックの腕に抱かれる安心感と幸福感を失っても、この思い出だけは消えることがない。

すべてを忘れて悦びにひたることに決めたものの、エマの態度にどこかおかしなところがあったらしく、ニックがふいに顔をあげてその目をのぞきこんだ。

ニックの顔は紅潮し、頬骨のあたりがとくに赤くなっていた。ふだんより呼吸が荒く、瞳には見間違いようのない欲望の光が宿っている。

「ああ、エマ。きみはぼくから理性を奪ってしまう」ニックは言った。「きみと一緒にいるとなにも考えられなくなる。少しでも分別があれば、いますぐこんなことはやめて、きみを寝室に戻らせるべきなのに」

それでもエマに触れるのをどうしてもやめられず、豊かな胸を手のひらで包んで愛撫をつづけた。そして額からこめかみ、頬にくちづけ、最後に唇を重ねて魂が奪われるような長いキスをした。

しばらくしてニックは身震いして顔を離すと、勇気をふりしぼってエマの胸に触れるのをやめた。だが手と乳房のあいだは一インチも離れていなかった。

「やめろと言ってくれ、エマ」ニックはかすれた声で、懇願するように言った。「きみがそう言えば、いますぐやめるから」

エマはニックの目を見つめた。いまならまだ引き返せる。引き返すべきなのだ。でもニックのそばにいると、理性も分別もどこかへ行ってしまう。彼が欲しくてたまらない。狂おしいほど。

心の底から。

ニックと一緒にいること以外、なにもかもどうでもいい。彼のすべてが欲しい。未来の夫のために純潔を守らなくてはならないのはわかっているが、最初の男性はニックであってほしい。

心のなかの夫はニックだ。もし自分に生涯をともにする相手を選ぶ権利があるなら、迷わず彼を選んでいただろう。この体を捧げる自由があるなら、たとえどんな結末が待っていようとも、ニックにすべてを与えたい。いまが彼とひとつになるたった一度の——最初で最後の——チャンスなのだ。公邸から逃げだしたとき、したいことをなんでもするのだと自分に誓った。そのときの誓いどおり、今夜、夢のようなひとときを過ごそう。

エマはニックの手に自分の手を重ね、胸に押しつけた。「できないわ」そうささやく。「お願い、ニック。やめないで。わたしを離さないで」

ニックの全身が震えた。自分との最後の闘いが終わったかのように、なにかが彼のなかで壊れ、意志の力をつないでいた鎖が切れた。エマを力強く抱きしめ、やけどしそうなほど熱く濃厚なキスをする。

エマは部屋が回転しはじめたような気がした。ニックがさっと彼女を抱きかかえてソファへ連れていき、ガウンを脱がせてクッションの上に横たえた。

そして自分のベストにならんだ銀のボタンを引きちぎるようにしてはずしはじめた。とれかかっていたボタンがひとつはずれて床に落ちたが、それを気にも留めずベストを脱いだ。次にシャツを頭から脱ぎ、ベストと一緒にほうり投げた。

ニックのたくましくしなやかな体に、エマは目を奪われた。エルギン卿の館で、大理石でできたギリシャの彫像を見たが、ニックの前にはすべてかすんでしまうだろう。

ほれぼれするほど素敵だ。

長い腕は筋肉で覆われ、厚い胸にはさっきちらりと見えた褐色の短い巻き毛が生えている。平らな腹部にも同じ毛が生えているが、胸よりも細い線を描きつつ、ズボンの奥へと消えていた。

大きく突きだしたズボンの前が目にはいり、エマははっと息を呑んで目をそらした。顔が火照るのを感じ、木からもぎとられるのを待つ熟れたリンゴのように赤くなっているにちがいない、と思った。

だがニックはなにも言わず、靴を脱ぎ捨ててエマの隣りに横たわった。

ぐっと抱き寄せられ、エマのなかから不安もとまどいも消えた。彼がネグリジェの前にならんだボタンに手をかけると、心臓の鼓動が激しくなった。

ニックはエマに唇を重ね、ゆっくりキスをした。一線を越える覚悟を決めた以上、めくるめくひとときを心ゆくまで味わおうとしているかのようだ。

ボタンをひとつひとつはずしながら、それに合わせるように濃厚なキスをする。最後のボタンに彼の手がかかったとき、エマは文字どおり息を呑んだ。ニックはすべてのボタンをはずし終えると、温かな手でネグリジェの前を開いて、彼女の震える体をあらわにした。

しばらくのあいだ、謎めいた表情でじっとその体を見ていた。彼はなにを考えているのだろうとエマはいぶかった。熱い視線を受けて、胸の先端がさらに硬くとがった。

とっさに手で胸を隠そうとしたが、ニックがそれを止め、エマの腕をそっとやさしくつかんだ。頭をかがめて唇を重ねると、次に首筋にキスをし、だんだん下に向かって左右の乳房に交互にくちづけた。片方の乳首を吸われ、エマの口からかすれたあえぎ声がもれた。

甘い悦びに打ち震えながら、ニックの手をふりほどいてその髪に指を差しこみ、頭をぐっと自分のほうへ引き寄せた。ニックは彼女の胸を口に含んだまま微笑み、先端を舌で転がした。エマの背中が弓なりにそり、そのせいで乳房がニックの顔に密着した。

情熱的な愛撫に呼応するように、全身を包む欲望の炎がさらに激しく燃えさかる。もう耐えられそうにないと思ったそのとき、ニックがいったん口を離してもう片方の乳房に唇を移した。

エマはクッションの上でしきりに頭を動かし、脚をもぞもぞさせた。

「だいじょうぶだ」ニックがなだめるように言うと、その息が濡れた肌をくすぐった。「力を抜いて。ぼくを信じてまかせてくれ」

まかせるってなにを？　エマはぼんやりした頭で考えた。

これ以上の快感がまだあるのだろうか？

すでに天上にいるような悦びに包まれているのに？

エマには信じられなかった。それでももしほんとうにこの先があるとして、どうやったら耐えられるというのだろう。キスと愛撫だけですでに拷問のようだ――すばらしく素敵ではあるが、拷問であることにちがいはない。

もう少しゆっくり進めてほしいと言おうとしたそのとき、ニックがエマのむきだしの脚に手を這わせた。足首からふくらはぎ、ひざから太ももへと、じらすようになでている。彼の手が上へ向かうにつれ、ネグリジェのすそがめくれあがっていった。

全身をぞくぞくした感覚が駆け抜け、肌がひやりとしたかと思うと熱くなる。

これがさっきニックの言っていたことなのだ。

だがまもなく、エマはそれがまちがっていたことに気づいた。彼の手が太ももの内側の繊細な肌をまさぐり、いままで触れられることなど想像もしなかった場所に触れている。

エマはぱっちり目をあけた。

「ドミニク！」ニックの長い指が体のなかにはいると、エマは思わず叫んだ。

そこから先はなにも考えられなくなった。ゆっくりと指を出し入れされ、開いた唇から荒く浅い息がもれた。だがニックはそれだけでは満足せず、頭をかがめてふたたび乳房を口に含み、指の動きに合わせて愛撫をつづけた。

エマは腰とソファの背もたれのあいだにあるシルクのクッションに指を食いこませた。体の奥から欲望が湧きあがり、クッションをつかむ手にぐっと力がはいった。

唇と舌と指の愛撫を受け、あまりの快感に体が砕け散ってしまいそうだ。ニックがいったん指を抜くと、エマは狂おしさで身もだえしたが、すぐに二本の指がはいってきて彼女をいっぱいに満たした。

エマが熱に浮かされたような声をあげると、ニックが唇を重ねてそれを呑みこんだ。エマは快楽の波にもみくちゃにされて体を震わせた。

大好き《リープリング》。エマは幼いころにはじめて覚えたことばを、頭のなかで叫んだ。

雲の上に浮かんでいる感覚に包まれ、情熱的なキスを返した。ニックがエマの長い髪をなでて手首に巻きつけ、そっと顔を上に向けさせてから、激しく脈打つ首筋に顔をうずめた。

エマの唇から小さな笑い声がもれた。快感を抑えることができなかった。

ニックは顔をあげてエマの目を見つめた。「気に入ったんだね」かすれてはいるが上機嫌な声で言う。

エマは笑みを浮かべたままうなずいた。

「よかった」ニックはいたずらっぽく微笑んだ。「じゃあアンコールに応えよう」

そう言うとエマにそのことばの意味を考える暇も与えず、ふたたび指を二本差しこんで動かしはじめた。親指で禁断の場所をさする。エマの腰が浮きあがり、彼の指がさらに奥まではいった。熱いものがあふれだし、脚のあいだをしっとり濡らしている。

本来なら恥ずかしく思うところだが、そのときのエマは夢中でなにも考えられなかった。ニックも気にしている様子はない。

震える太ももを開き、夢のような愛撫に身をまかせた。

ふいにニックが耳たぶを軽く噛み、それからうなじにくちづけた。「さわってくれ」耳もとでささやく。「ぼくに触れてほしい」

エマは目をあけた。「ど――どこに?」

「どこでも」ニックはエマのなかで指を動かしながら、顔や首筋にキスの雨を降らせた。「体じゅうに。ぼくに触れてくれ」

エマは震える両手をあげ、むきだしの背中に触れた。手をおずおずと動かすと、彼が身震いし、のどの奥で小さくうめいた。

ニックの体はがっしりしているがなめらかで、肌もエマほどではないがすべすべしていた。

エマは好奇心の命じるままに手を這わせ、筋肉質で骨太の温かい体をなでた。

だんだん大胆になり、大きな肩をさすってから、硬く引き締まった胸に手をおろした。そこに生えた短い毛をなでると、驚くほどやわらかくて弾力があった。それから片方の乳首を指ではじき、ニックにうめき声をあげさせた。

「もう一度」ニックはうなるように言った。「頼む」

エマが言われたとおりにすると、筋肉が小刻みに震えるのが伝わってきた。ニックの指の動きが激しくなり、エマの手にぐっと力がはいった。浅く荒い息をつきながら、快感がどんどん高まっていくのを感じる。

あと少しで頂点に達しそうになった。

そのときなんの前触れもなく、ニックが指を引き抜いた。エマはうずく体を抱えて茫然とした。

どうしてやめたのだろう。お願い、戻ってきて。

エマの上でニックがズボンのボタンをはずしはじめた。ズボンを脱ぐと、大きく突きだした男性の部分があらわになった。

まさか、あんなものがはいるはずがないわ！

ニックはエマのあごに手をかけて上を向かせ、その目をのぞきこんだ。「怖がらないで」やさしく言った。「これまでしたことは、どれも気に入っただろう？」

エマはぼんやりとうなずいた。

「だったらこれも気に入るはずだ。至福の世界へ連れていくと約束する」ニックは言った。

「ぼくを信じてくれ」

エマはニックを信じていた。それだけでなく、愛していた。彼が求めるものはなんでも差しだそう。そう思うと緊張がほぐれた。ニックが彼女の太ももを開いてひざの位置を整えた。

エマはなされるがままになっていた。心臓が激しく打つ音が、彼にも聞こえていないだろうか。

ニックは彼女の上に覆いかぶさって唇をむさぼりながら、ゆっくりと腰を沈めた。

彼はあまりに大きく、自分はあまりに小さい。それでもエマはじっと我慢し、ニックにうながされて脚を高くあげ、その背中に巻きつけた。

ニックは両手をついて体を支えながら、少しずつ彼女のなかにはいっていった。エマはかすかに身をよじり、唇の端を噛んで痛みをこらえた。ニックができるだけやさしくしてくれているのはわかっている。それでも、その痛みは耐えがたいものだった。

「あとひと息だ」ニックが唇を重ねたまま言った。「もう少し」

そして強くひと突きすると、ふたりは完全にひとつになった。

エマは荒い息をしながら、これが早く終わること、そしてニックが満足を覚えていることを願った。彼さえ満足ならばそれでいい。

ところがニックはそのまま動かず、濃厚なキスをしてきた。しばらくしてエマがキスを返すころには、体が彼を包んでいることに慣れてきた。エマは甘い吐息をつき、ニックの髪に手を差しこんで、痛みが遠のいていくのを感じた。

何度かキスをしたあと、ニックはふたたび体を動かしはじめた。いったん腰を引き、すぐに深く突く動作をくり返す。

エマは緊張し、ふたたび痛みに襲われると思って身構えた。ところがいまや痛みはほとんど感じず、快感がそれに取って代わっていた。数分前には想像もしていなかったが、ニックに強く深く突かれるのは気持ちがよかった。

気持ちがいいどころじゃないわ。エマは悦びに打ち震えながら思った。彼に体を貫かれるたび、どんどん快感が高まっていく。

不死鳥が灰からよみがえるように、ふたたび激しい欲望が体の奥から湧きあがってきた。全身がとろけていく。苦痛が至福に代わる。体をからませてふたりでひとつになっていることのひとときは、美しいとしか表現のしようがない。

恥ずべきことでも、罪深いことでもない。

ここにはただ幸福だけがある。

そして愛が。

この幸せをかけらでも味わえるなら、命を何度差しだしても惜しくはないだろう。けれどもいま、この幸せはわたしのものだ。

エマはニックの背中に脚をきつく巻きつけ、無意識のうちに腰を突きあげていた。なめらかな背中を両手でなでて、その筋肉が収縮したり動いたりする感触を楽しんだ。

ニックののどから低いうめき声がもれ、全身が震えた。

そしてとつぜん唇を重ねると、いくら吸っても足りないというように、甘く情熱的なキスをした。彼女の唇を開かせ、舌をからませる。下半身の動きと合わせるように、舌を出し入れする。

エマの体が震え、極上の悦びに思考が停止した。ニックの愛の営みは完璧で、心と体だけでなく、魂まで奪われてしまったようだ。

エマはただ彼にしがみつき、全身を打つ嵐のような快感に陶然とした。

ニックの動きが速さを増し、エマは息が止まりそうになった。世界がぐるぐるまわりはじめ、どちらが上でどちらが下かもわからない。

まもなく体が砕けそうな感覚を覚えた。ニックが体を密着させたまま腰を動かしている。次の瞬間、エマの頭が真っ白になり、悦び以外のすべてが消えた。

やがて意識がはっきりしてくると、自分がつかのま気絶してしまったように感じた。でも気を失ったとしても、ほんの一瞬だったにちがいない。ニックがまだ深く速くこちらの体を貫いている。

そのときニックがとつぜん体をこわばらせ、激しく震えながらかすれたうめき声をあげた。まるで咆哮《ほうこう》のような声だった。

エマがニックにしがみついたまま快楽の波間をただよっていると、ニックが崩れ落ちてきた。彼の体は重く、まだなかにはいったままだったが、エマは意に介さなかった。汗で湿った肌をなでながら、愛する人とひとつになれた喜びにひたっていた。

「きみを押しつぶしてしまいそうだ」しばらくしてニックは言い、エマの上からおりようとした。

だがエマはニックをその場にとどめ、さらに強く抱きついた。「だめ」しっかり抱きながら言った。「まだこうしていて」

いつまでもずっと。エマは心のなかでつぶやいた。

ニックはしばらくそのまま彼女の上に乗っていたが、やがてふたりで向かいあって横たわった。エマの顔にかかった髪をはらい、やさしくくちづける。「疲れただろう」ニックはささやき、まるでエマに触れるのをいっときもやめられないというように、指でその顔をなぞった。「準備ができたらここを出よう」

そうしなければならないことはわかっているけれど、まだこのままでいたい。エマの胸に鋭い痛みが走った。あなたと離れたくない。

エマの体に鳥肌がたち、必死に手放すまいとしていた幸福感を寒気が奪っていった。その顔に悲しみの表情が浮かんだ。

「どうしたんだ？」ニックが訊いた。

「なんでもないわ」エマは嘘をついた。

ニックはエマのあごに指をあてて目をのぞきこんだ。「不安な気持ちはわかるが、心配しなくていい。今夜こんなことがあったのに、ぼくがきみをこの屋敷から追いだすつもりだとでも？　そんな気はまったくない。きみはぼくに純潔を捧げてくれた。そのことを軽く考えてはいない。エマ・ホワイト、これから先、きみはずっとぼくだけのものだ」

唇を重ねて、誓いと所有欲が入り混じったような濃厚なキスをした。エマの頭がまたくらくらし、ニックに触れられるといつもそうなるように、体がとろける感覚を覚えた。そう、彼の言うことは正しい。

わたしは彼のものだ。いまも、これからも、ずっと。

ニックはようやく顔を離した。「いま話をしたいところだが、もう夜も更けたし、きみも疲れているだろうから早く寝たほうがいい。朝になったら、これからのことをきちんと話しあおう。いまはとにかくなにも心配せず、ぐっすり眠るんだ。なにも不安に思うことはない」

いいや、ニックの言うことはまちがっている。不安なことなら数えきれないほどある。いちばんの問題は、彼のもとを去る勇気をどうやって絞りだすかということだ。ニックは、朝になったらこれからのことをきちんと話しあおうと言った。それはどういう意味だろう。まさか結婚を申しこむつもりだろうか。

エマの胸がほろ苦い喜びと痛みでぎゅっと締めつけられた。けっしてイエスと答えることのできない問いを、ニックの口から聞いてみたい。でもまだ正式に婚約していないとはいえ、自分は別の男性に嫁ぐことになっている。ニックと結婚することはできない。家族はけっして自分たちの関係を認めてくれないだろう。王女であるエマは、別の王室の男性と結婚することを運命づけられている。たとえ裕福な貴族であっても、英国人との結婚を許してもらえるはずがない。

そう、もうすぐニックのもとを去らなければならない。きっと胸を切り裂かれ、心臓を取りだされるくらいの苦しみを味わうだろう。だがどんなにつらく苦しくても、そうするしかないのだ。

でも、どうしたらそんなことができるだろうか。

朝になってニックに別れを告げるのはだめだ。キスをされて、二言、三言説得のことばをささやかれたら、簡単に決心が鈍るのは目に見えている。

残された選択肢はひとつしかない――黙って出ていくのだ。

涙があふれそうになったが、エマはまばたきをしてごまかした。「ええ、そうね」その声は自分の耳にもうつろに響いた。「疲れたから寝るわ」

でも今夜、エマのもとに眠りは訪れないだろう。激しい心の苦悶に耐えながら、朝を迎えることになる。

エマはぎこちない笑みを浮かべ、ニックの手を借りて身支度を整えた。太ももの内側についた大きな血の染みを、ニックがズボンのポケットから取りだしたハンカチでふくと、エマの顔が真っ赤になった。純潔を失ったことで、いずれ厄介な問題が起きるのはわかっていたが、ニックにすべてを捧げたことを後悔する気持ちはみじんもなかった。むしろ、はじめての男性がニックでよかったと心から思った。

わたしのはじめての人。

最初の——そして最後の——愛する人。

ニックはネグリジェのすそを引きさげ、ガウンを上から着せてひもを結んだ。

エマはニックがシャツを着てズボンのボタンをかけるのをじっと見ていた。ニックが微笑みながら手を差しだす。「さあ、上へ行こう。このソファより、ぼくのベッドのほうがずっと寝心地がいい」

ぼくのベッド！

エマはうれしさで身震いしそうになったが、危険を冒すわけにはいかなかった。夜が明けたら、まだだれも起きてこないうちに、この屋敷を黙って出ていくしか方法はない。

「それはだめよ」エマは言った。

ニックは片方の眉をあげた。「どうしてだ？　ぼくがきみを寝かせないとでも思っているのかい？」

エマはしばらくニックを凝視した。そんなことは考えてもみなかった。あわてて首をふる。「そうじゃないわ。わたしもあなたと一緒にいたい」――そう、心から――「でも叔母様がいらっしゃるのだから、けじめはつけないと」

ニックの唇の端があがった。「けじめをつける？　もう手遅れじゃないかな」

「恋人どうしになったからといって、そのことをひけらかす必要はないでしょう。そもそも、わたしがあなたのベッドにいるところを使用人に見られたら、あっというまに噂が広がるわ」

ニックは真顔になった。「ここの使用人はみんな口が堅い。とはいえ、きみの言うことにも一理あるな。夜明け前にこっそりきみを寝室に送っていこう」

せめてあと数時間、ニックの腕のなかで過ごせたらどんなにいいことか。でもこのまま一緒にいるわけにはいかない。それに自分が屋敷を出ていくとき、目を覚ましたニックが物音に気づかないともかぎらないのだ。

「やめましょう」エマは言った。「今夜は自分の寝室で寝るわ」

ニックはいったん間を置き、反論しようかどうしようか迷っているような顔をした。「わかった、きみがそう言うなら。きみには睡眠が必要だし、ぼくもあとでぜったいに起こさないと言いきる自信はない」

ほっとするべきなのだろうが、エマはニックと離れることを思うと心が引き裂かれそうだった。「ニック」小声で言った。

「なんだい」

「キスして」エマはすがるように言った。「別れる前に、もう一度だけ」

「ぼくはすぐ近くの部屋にいるのに」ニックは笑った。「寝る場所について気が変わったら、いつでも歓迎するよ」

でもそれはできない。どうしても。

「キスして」エマは懇願し、涙がこぼれそうになるのを、またまばたきをしてこらえた。

ニックはやさしい笑みを浮かべ、エマをぐっと抱きしめてくちづけた。エマも情熱的なキスを返した。これが最後のキスになる。

顔を離したとき、エマのなかでなにかが死んだ気がした。目に涙は浮かべなかったものの、心のなかで泣きながら、ニックと一緒に階段をあがった。

13

翌朝、ニックの寝室の窓の向こうで、木の枝にとまった小鳥がさえずっていた。明るい十月の陽射しが、ガラス越しに部屋にふりそそいでいる。

ニックは満面の笑みを浮かべたが、それは小鳥のさえずりのせいでも、陽光のせいでもなかった。

幸せだったからだ。

これほど幸せな気分になったのは、いったいいつ以来だろうか。

いつも心に暗い影を落としているピーターの死でさえも、いまのニックの気分を損なうことはなかった。

今日はちがう。

昨夜のことがあってから。

ニックはシーツの上で大きく伸びをした。前夜の記憶がよみがえり、全身を熱い血が駆けめぐって下半身が硬くなった。

エマが横にいてくれたら、どんなにいいだろう。ただ抱きたいからだけでなく――もちろん昨夜の経験はすばらしかったし、次もきっとそうであることはまちがいない――彼女と一緒にいるだけで、ことばにできない純粋な幸福感に包まれるのだ。

いますぐエマが欲しい。

そして結婚したい。

その考えがいつ頭に浮かんだのか、ニック自身も正確にはわからなかった。ただ、昨夜エマが図書室へやってきてからのどこかの時点で、彼女こそ自分の花嫁になる女性だと確信した。

最初は自分の心の動きに抵抗し、読書に集中しているふりをしたが、ほんとうはエマからほとんど目を離すことができなかった。飾りけのないガウンを着て、金貨のように輝くやわらかな髪をウエストのあたりまで垂らした彼女は、あまりに美しく魅力的だった。あの豊かな長い髪に手を差しこみ、手首に巻きつけて、自分から離れられないようにしたいと思った。彼女を奪い、自分のものにしたかった――永遠に。

そして結局、そのとおりのことをしてしまった。純潔を奪ったニックに対し、エマはその十倍のものを返してくれた。ニックを信頼し、美しい体を捧げた。知性とユーモアにあふれ、人柄も温かい。

彼女はぼくを愛しているのだろうか？ ニックは抱きあっているときの、エマの青い瞳の輝きを思い浮かべながら考えた。

そうだとしたら、どんなにいいだろう。

そしてぼくは、彼女を愛しているのか？

もしもエマに抱いている感情が、まだ愛と呼べるほどのものではないにしても、すぐにそうなるのは目に見えている。これまで会った女性のだれよりも彼女が好きだ。エマはニックの好奇心を刺激し、元気づけ、笑わせてくれる。彼女に魅了されているのはまちがいない。こうしてエマのことを考えているだけで、下腹部にかかったシーツが大きく突きだしてしまうのがなによりの証拠だ。

いったん薬指に指輪をはめたら、エマの魅力の虜《とりこ》になってしまうだろう。

いや、もうすでにそうなっている。ニックは胸のうちで苦笑した。まるで恋煩《わずら》いにかかった少年のように、エマのことばかり考えているのだから。

だが、それもまたいいではないか。海軍をやめ、後ろ髪を引かれる思いで軍艦をおりたとき以来、これほど幸せな気分になり、将来に対して明るい展望を抱いたのははじめてだ。エマさえそばにいてくれれば、陸での人生もそれほど悪いものではないだろう。それに陸にいるからこその利点もある。

もし自分が海軍将校だったら、航海のときは長期間、エマと離ればなれで過ごさなければならない。だが貴族なら、毎日——そして毎晩——一緒にいられる。やがて子どもが生まれたら、日々の成長をこの目で見ることができる。海にいれば、手紙で様子を知ることしかできず、毎回、家に帰ったときにその成長ぶりに驚くことになるのだ。

そう、エマとの結婚にはいいことしかない。

もちろん社交界のなかには、持参金のない彼女を色眼鏡で見る連中もいるだろう。だが、そもそも自分は良きにつけ悪しきにつけ、社交界の人びとの言うことなど歯牙《しが》にもかけていなかったのだから、いまさらどうということもない。エマが良家の子女であることはまちがいないし、きっとすばらしい伯爵夫人になるだろう。

エマは優雅で上品で、身分の高いほかのどんな女性よりもずっと貴婦人らしい。聡明で興味深く、礼儀作法も完璧だ。晩餐会やパーティを見事に取り仕切り、人びとの賞賛を浴びる姿が容易に想像できる。

家庭教師として教育と訓練を受けてきたことも、屋敷を上手に切り盛りし、いつか生まれてくる子どもをしつけるうえでおおいに役に立つはずだ。

それでも、子どもを持つのはもう少し先でいい。長く甘い蜜月期間を過ごし、一日じゅうベッドのなかで互いの腕に抱かれる悦びを味わいたい。エマのことは思いきり甘やかすつもりだ。ドレスや宝石や毛皮を好きなだけ買ってやり、旅行にもパーティにも連れていく——エマが欲しいもの、望むもののすべてを与えるのだ。

ニックははじめて、伯爵になってよかったと思った。ピーターが膨大な財産を残してくれたおかげで、妻に贅沢をさせるお金に困ることはない。いままでつましい生活をしていたにちがいないエマだが、これからは伯爵夫人として、安全で豊かな暮らしを送ることができる。二度と不安な思いをすることなく、ニックの愛妻として満ち足りた幸せな人生を過ごすのだ。

なんということだ。自分はすっかりエマにのぼせあがっている。

ニックは笑いながらシーツをはいでベッドをおり、呼び鈴を鳴らして近侍を呼んだ。そのまま洗面室へ行って冷たい風呂を浴びると、丁寧にひげを剃ってから念入りに歯を磨き、髪をきれいにとかした。パドルメアに命じて、日中用のいちばんいい服を用意させよう。エマに結婚を申しこむのにふさわしい、きちんとした恰好をするのだ。

それから一時間を少し過ぎたころ、ニックは大股で朝食室にはいった。淡黄褐色のズボンとオリーブグリーンの上質な上着をつけ、糊のきいた白いタイをオリエンタル・ノットに結んである。金とベージュの縞《しま》柄のベストに、真っ白なシャツを着て、磨きこまれた黒い革靴を履いている。これがニックの考える〝求婚用の服装〟だ。

もちろんパドルメアには今回の計画のことを話していない。だが一張羅を用意するよう命じられ、近侍が不思議そうな顔をしたのはわかった。でもエマが正式にプロポーズを受けてくれるまで、使用人にはなにも言わないほうがいいと思ったのだ。

ニックはエマがすでにテーブルについていることをなかば期待していたが、その姿はなかった。きっとまだ寝ているにちがいない。昨夜、図書室のソファで激しく愛しあったことを考えれば、それも無理のないことだ。これから先、あのソファをいままでと同じ目で見ることはできないだろう。

ニックは頬をゆるめて席につき、テーブルに置いてあった銀のポットを手にとってコーヒーを注いだ。

一分後、従僕がはいってきた。

ニックは顔をあげた。「ベル、ミス・ホワイトのメイドに命じて、目が覚めて身支度ができたら、できるだけ早くここに来るよう伝えさせてくれないか。話したいことがあるんだ」

元水兵はニックをじっと見た。眼帯をしていないほうの茶色い目に、驚きの色が浮かんでいる。「ミス・ホワイトですか、大佐——じゃなくて、閣下」

ニックはコーヒーを口いっぱいに含んで飲みくだし、カップを置いた。「ああ、ミス・ホワイトだ」ベルの奇妙な反応をけげんに思いながら言った。

しばらく待ったが、ベルはなにも答えなかった。ニックはますます不審に思った。ベルは口から先に生まれてきたような男なのに、今朝はほとんど押し黙っている。

「ミス・ホワイトだよ」やがてニックは、不可解な長い沈黙を破った。「ここに滞在している若い女性だ。いったいどうしたんだ、ベル。具合でも悪いのか?」

「いや、元気ですよ、大佐。ただ、もうご存じかと思ってたもんで」

「なんのことだ？」

「あの可愛いお嬢さん——いえ、ミス・ホワイトのことです」ベルはあわてて言いなおした。「今朝、ほかのみんながまだ寝ているときに出ていきました。たまたま玄関ホールで見かけましてね。あの小さな旅行かばんを持っていましたよ」

ニックは渋面を作った。「それで——？」

「貸し馬車を呼んでほしいと頼まれました。あなたにはもう昨夜、挨拶もすませているし、早く出発したいから、と言われまして。馬屋に行って馬車を用意させると言ったんですが、聞いてくれませんでした。とにかく貸し馬車を呼んでくれ、の一点張りで」

ニックは眉をひそめた。「それできみは、引きとめようとしなかったのか。彼女が出ていこうとしていることを、だれかに伝えることもできたはずだ」

ベルは自分が重大なあやまちを犯したことに気づき、大きな足をもぞもぞさせた。「すみません、大佐。ミス・ホワイトがこっそり出ていこうとしていることがわかってたら、あなたを起こしていたのですが。わたしはその……さっきも言ったとおり、もうご存じだと思ってたもので」

ベルがそれ以上なにを言おうとしていたかはわからないが、その声は次第に小さくなって消えた。ニックの形相におそれをなしたにちがいなかった。

エマが出ていっただと！　ニックは信じられない思いだった。いったいどこへ行ったのか。

それよりなにより、どうして出ていった？

ニックはエマがいなくなったことを、どう考えればいいのかわからなかった。昨夜のできごとを、ひとつひとつ頭に思い浮かべる。

エマが図書室へやってきた。

ふたりで話をした。

ニックが彼女にキスをした。

そして懸命に自分を抑え、それ以上のことに発展しないよう努力した——結局、無駄に終わったが。

だが、エマもいやがっているそぶりをみじんも見せなかった。むしろニックと変わらないくらい積極的だった。無垢であるにもかかわらず、ためらうことなく官能の世界へ足を踏みいれて、めくるめくひとときに身をゆだねていた。

そのあと彼女を寝室の前まで送っていき、最後にもう一度、甘いくちづけを交わすと、エマは眠そうな顔でおやすみなさいと言って部屋へはいっていった。

自分はどこかでエマの反応を見誤ったのだろうか。ほんとうは傷ついていたということはないだろうか？　よくよく考えてみると、エマはいつになく口数が少なく、最後のほうはこちらと目を合わせようとさえしなかった。

そのときは、純潔を失って身も心も混乱しているせいだろうと思っていた。どんな女性にとってもはじめての経験は衝撃的にちがいないし、エマのようにうぶな娘にとっては、なおさらそうだろうと思った。

朝になったらきちんと話しあうことを約束して、エマの不安を取り除いたつもりだった。自分の考えはちゃんと伝えたし、結婚を申しこむつもりであることはわかってくれたと信じていた。もしかしてエマは勘違いしたのか。あれだけはっきり言ったにもかかわらず、こちらの真意がまちがって伝わったのかもしれない。

それで出ていったのか？

さっき飲んだコーヒーでふいに胸やけがした。エマはきずものになった自分を、ニックが愛人として囲うつもりであると考えたのだろうか。あるいは結婚を申しこむつもりではあるものの、それは愛情からではなく、罪悪感からだと思ったのかもしれない。

そうした誤解を一刻も早く解かなければ――エマを見つけ次第、すぐに。

なんてつまらない思いちがいをしてくれたんだ。あと数時間待ってさえいれば、こんなばかげたことにはならなかったのに。

ニックは椅子を引いて立ちあがった。エマの行き先として考えられる場所はひとつしかない。恩師である友人の家だ。ニックはまだその住所を覚えていたので、もう一度訪ねるのはたやすいことだった。いますぐ行けば、フェリシティ叔母が起きてくる前に、エマをリンドハースト邸に連れて帰ってくることもできるかもしれない。

ベルの視線を無視して朝食室を横切り、出口まであと半分のところまで来たとき、ドアのところにメイドが現われた。

「失礼します、閣下。これをお持ちしました」メイドは手紙を差しだした。きちんと折りたたまれたクリーム色の羊皮紙に、赤い封蠟がついている。表に流麗な黒い字でニックの名が記されていた。「ミス・ホワイトのお部屋にあったんです。子爵未亡人宛てのものもありました」

置き手紙というわけか。

手を伸ばして手紙を受けとり、使用人に背中を向けて窓際へ歩いていった。ベルとメイドは足音を忍ばせてそっとその場を離れた。ニックは手紙を開いた。

中身に目を走らせるにつれ、渋面が戻ってきた。礼儀正しさを保ちつつも、親しみのこもった気どらない文面だった。だがほんの数時間前、裸で情熱的に抱きあった男にあてて書く手紙ではない。エマはそのなかで、手厚くもてなしてくれたこと、友情を示してくれたことへの礼を述べたあと、別れの挨拶をし、これからも元気で幸せに暮らしてほしいと書いていた。

元気で幸せに暮らしてほしいだと！　ニックは愕然とした。なんという戯言《たわごと》だ。

文面から察するに、エマがこれを書いたのは、おそらく図書室で偶然会う前のことだろう。

今日ここを出ていくことは以前から決めていて、切りだす機会を待っていただけのように思える。

きっとそうにちがいない。

彼女は図書室に足を踏みいれる前から、今日この屋敷を去ることに決めていたのだ。

でも、どうして今日なのか？

昨夜、愛しあったばかりなのに。

あのひとときはエマにとってなんの意味もないことだったのか。それとも、なにかほかの理由があるのか？

さっきまではエマが去った理由がわかったつもりでいたが、いまはもうなにを信じていいのかわからない。彼女の行動はまったく不可解で、どうして急に姿を消したのかを説明する合理的な理由が見つからない。

しかもエマは、最初から面と向かって別れを告げるつもりすらなかったということか。直接、話をする機会をくれれば、行かないように説得することもできたのに。

エマがなぜこんなことをしたのか、いくら頭をひねってもさっぱりわからない。

彼女との距離が縮まったと感じていたのは、自分の思いちがいだったのか。エマの気持ちを完全に誤解し、感謝の念を好意だと勘違いしてしまったのだろうか？　欲望を愛だと？

だが昨夜、抱きあっているときのエマのヒヤシンス色の瞳は悦びできらきら輝き、やわらかな唇には幸せそうな笑みが浮かんでいた。あの表情は彼女の本心を映しだしていた――愛情だ。

ニックは手紙を半分に折って上着のポケットに入れ、大股に歩いて朝食室を出た。エマは姿を隠すつもりだろうが、なんとしても見つけだしてみせる。そしてふたりでじっくり話をするのだ。たとえ、どういう結論に達するにしても。

自分はエマと結婚するつもりだ。それ以外の結末は考えられない。

「申しわけありませんが、奥様はだれともお会いになりません」一時間後、ブラウン・ジョーンズの屋敷の玄関先でメイドが言った。前回、ここを訪ねたときに応対したのと同じメイドだった——三週間近く前、コベント・ガーデンの市場でエマと出会った日のことだ。

「いや、どうしても会ってもらいたい」ニックはきっぱり言った。「リンドハースト卿が大切な話があると言っていると伝えてくれ」名刺を差しだした。

メイドは目を丸くし、リンドハースト伯爵の名が流麗な字で書かれた厚い長方形の羊皮紙を受けとった。長いあいだそれをまじまじとながめているのを見て、もしかして字が読めないのだろうか、とニックは思った。

「その……」メイドはゆっくりと言い、名刺から目をあげた。「たとえどなたであっても、奥様はお目にかからないと思います。今日はぜったいにだれも取り次がないよう、きつく命じられていますので」

エマがいるからだろうか？

いまこの瞬間にも、上階のどこかにいるのかもしれない。

「わたしはふつうの客人ではない」ニックは食いさがった。「きっと会ってくれるはずだ」もしだめだと言っても、どうにかして気を変えさせてみせる。そうすれば、きっとエマにも会えるにちがいない。

ニックは一歩前へ進み、ドアに手をかけて少し押した。メイドはとっさにドアから手を離し、何歩か後ろへ下がった。

「ここで待っているから、ミセス・ブラウン・ジョーンズを呼んできてくれ」

ニックは後ろ手に玄関ドアを閉めた。

メイドは非難がましい目でニックを見たが、それ以上なにも言わずに名刺を握りしめ、くるりと背を向けて階段をあがっていった。

ニックもそのあとをついていきたかったが、ぐっとこらえた。まもなくエマに会えるのだ。

両手を後ろで組み、何歩か右へ歩いてまた左に戻った。そうしていると少し気持ちが落ち着いた。海軍時代、船の甲板を行きつ戻りつするのが癖だった。もちろんこの屋敷の床は船橋《せんきょう》のように揺れたりしないし、空気に湿り気はなく、潮のにおいもしない。

それから五分たつかたたないかというころ、階段のほうから足音が聞こえ、顔をあげるとさっきのメイドとは別の女性がおりてくるのが見えた。琥珀色の紋織り絹のドレスを着たその女性は、三十代前半ぐらいで、整った女らしい顔立ちをしていた。

ほっそりした顔に、くぼんだ灰緑色の目をしている。階段をおりたところで立ち止まり、ニックをまっすぐ見た。「リンドハースト卿でいらっしゃいますね？」

ニックは短いお辞儀をした。「ミセス・ブラウン・ジョーンズですね。お会いくださって感謝します。来客は受けつけないと言っていたそうですが」

ミセス・ブラウン・ジョーンズはニックのやや無礼な物言いに、茶色い眉を片方あげた。そのしぐさはいかにも元学校教師らしかった。「ええ、そのつもりでした。でもメイドによりますと、どうしてもわたくしに会いたいと言ってお譲りにならなかったそうですね。わたくしが急いで玄関ホールへまいらなければ、閣下が階段をあがっていらっしゃるのではないかとメイドが心配しておりましたわ」

メイドの読みはあたっていたが、ニックはそのことを口にしなかった。「今日お訪ねしたのは――」

「ご用件ならわかっております」ミセス・ブラウン・ジョーンズはおだやかな声でさえぎった。「だからこそ、閣下とお目にかかるのを先延ばしにしたかったのです。でも、もうしかたありませんね」そう言って近くのドアを手で示した。「居間へご案内しますのでついてきてください、閣下。そこでお話ししましょう」

ミセス・ブラウン・ジョーンズの口調は事務的で、やはり元学校教師であることを思わせた。だがニックはもう立派な大人で、生徒の役を演じる気分ではなかった。

それでも言われたとおり、黙ってあとをついていった。

「閣下が訪ねていらっしゃるかもしれないと、エマが言っていました」ミセス・ブラウン・ジョーンズはまわりにだれもいない場所につくと、前置きもなしに切りだした。「いいえ、まちがいなくいらっしゃるだろう、と」

「どこにいるんです？　エマはどこだ？」ニックは木材と漆喰《しっくい》越しにエマの姿が見えるかもしれないとでもいうように、思わず天井に視線を向けた。ばかげていることはわかっていたが、そうせずにはいられなかった。

ミセス・ブラウン・ジョーンズは値踏みするような目でニックを見た。「ここにはおりません。もういまは」ニックが口を開く前につけくわえる。「たしかに今朝わたくしを訪ねてきましたが、少し話をしたらすぐに出ていきました」

「どこへ行ったんです？」

ミセス・ブラウン・ジョーンズは悲しげな笑みを浮かべた。「あなたがそうお尋ねになるだろうとも言っていましたが、残念ながらわたくしも知らないのです」

「知らないのか、それとも教えるつもりがないのか」

ミセス・ブラウン・ジョーンズの顔から笑みが消えた。「歯に衣を着せぬ物言いをなさるのですね、閣下。質問のやりなおしをお願いできますか」

今回ばかりはニックも自分の非礼を認めざるをえなかった。「失礼な訊きかたをして申しわけない。わたしはただ……エマ――ミス・ホワイト――が今朝、なにも言わずに屋敷を出ていったので、話がしたいと思っただけです」

ミセス・ブラウン・ジョーンズはしばらくのあいだ、ニックの目をじっと見ていた。その顔には不安と、かすかではあるが見間違いようのない非難の色が浮かび、眉間にしわが寄っている。「エマとどうして知りあったのかは訊かずにおきましょう。そしてどうして閣下のお宅に滞在することに――」

ニックが口を開きかけたが、ミセス・ブラウン・ジョーンズはその前に言った。「ええ、閣下の叔母上がお目付け役となり、作法を破っていないことは存じております」

いや、そうとも言いきれない。ニックは胸のうちで苦笑した。いちばん大切な作法は破ってしまった――彼女の純潔を守るという作法を。

だが、そのこと自体は問題にならないはずだ。自分はきちんとけじめをつけるつもりでいる。エマに会ったら、本人がどんな思いちがいをしているのであれ、その誤解を解いて結婚を申しこむのだ。

「わたくしは、おう――エマ――のことを閣下よりずっと前から知っています」ミセス・ブラウン・ジョーンズは言ったが、途中で一瞬、ことばに詰まった。

ニックはそのことに気づいていた。エマのことを別の呼びかたをしようとして、あわてて訂正した。たしか、おうのあとになにかつづいていたが、うまく聞きとれなかった。なんだったのだろう。

だがそのあとミセス・ブラウン・ジョーンズが言ったことに、ニックは一瞬、頭が真っ白になった。

「――エマが閣下のもとを立ち去ったのは、正しい判断だったと断言いたします。それが本人にとっても閣下にとっても、最善のことでした」

ニックは驚きと不信感を隠せずに、元教師の顔をまじまじと見た。「最善のこと？」そうくり返す。「なんの説明もせず、そっけない手紙を残しただけで、逃げるようにいなくなったことが？　いや、それはおかしい。わたしには、せめて理由ぐらい聞かせてもらう権利がある」

「どうしてですか、閣下。彼女はただの滞在客で、それ以上でもそれ以下でも――」

「ただの滞在客などではありません。エマはわたしがどれだけ彼女を大切に思っていたか、まったくわかっていない。そうでなければ、このようなかたちで出ていくわけがない。わたしはエマと結婚するつもりです。居場所を教えてもらえたら、いますぐに求婚する」

ミセス・ブラウン・ジョーンズの灰緑色の目が丸くなり、口があんぐりとあいた。だがすぐに気を取りなおして口を閉じた。

「お願いします」ニックは静かに言った。「エマのご友人として、居場所を教えていただけませんか」

ミセス・ブラウン・ジョーンズの表情が曇った。ニックの見間違いでなければ、そこには悲しみと同情の色が浮かんでいた。「申しわけありません、閣下。それはできかねます。エマの信頼を裏切るわけにはまいりませんので。かりにお教えしたくても、それがいい結果を生まないことはわかっております」

ニックは眉根を寄せた。「〝いい結果を生まない〟とはどういう意味です？　わたしには、どういうことだか――」

「お知りにならないほうがいいでしょう」ミセス・ブラウン・ジョーンズは思いやりのにじんだ声音で言った。「彼女のことは忘れ、ご自分の人生を歩んでください。エマもすでにそうしています――すべてを忘れて、なすべきことをなそうと」

ニックの体がふいに凍りついたように動かなくなった。

なすべきことをなす？　いったいなんのことだ？

しかしニックにわかるのはただひとつ、ミセス・ブラウン・ジョーンズによれば、エマがニックを忘れることにしたということだけだった。彼女は自分の人生を歩むために立ち去ったという――ニックのいない人生を。

すべてを忘れて。

つまり、ニックを置き去りにして。

自分はまちがっていたのだろうか。昨夜のことは、エマにとってなんの意味もなかったのか？　情熱に突き動かされて衝動的に体を許したものの、いまになって後悔し、立ち去ったということか。

なにも言わずに。

自分を恥じながら。

それがエマのほんとうの気持ちなのだろうか。きちんとさよならを言う気にもなれないほど、一刻も早く姿を消したかったのか。

ニックは苦いものがのどまでこみあげるのを感じた。どうにかそれを飲みくだし、食道が焼けるような不快感に耐えた。

しかし、エマが自分のしてしまったことの重大さにおそれおののき、激しい後悔の念にとらわれたのがかりに事実だとしても、ニックはどうしても腑《ふ》に落ちなかった。一緒にいるときの彼女はとても幸せそうだったのに、なぜ急いでもとの人生に戻らなければならなかったのだろう。エマは家庭教師の職を解かれ、いま目の前に立っているこの女性以外、だれも頼る相手はいないと言っていた。

あれは嘘だったのか。

ほかにもあてがあったのか。

頼れる相手が？

ニックはパズルの重要なピースが欠けている気がしてならなかった。それはいったいなんだろう。ミセス・ブラウン・ジョーンズはなにを隠している？

無理やり聞きだすことができたら、きっとそうしていただろう。でもこの女性は鋼のような意志を持っていて、言わないと決めたことはぜったいに言わないという気がする。

「新しい仕事を見つけたとか？」ニックは相手の不意を衝《つ》くように言った。「もし焦ってそうしたのなら――」

ミセス・ブラウン・ジョーンズは首を横にふった。「そういうことではないのです。エマは安全ですし、これからもちゃんとやっていけます。お忘れください、閣下。エマのことを忘れるのです」

エマのことを忘れる？　そんなことができるわけがない。エマはこちらのことを忘れられるかもしれないが、自分はぜったいに無理だ。

そのときニックは気づいた。これからどういう運命が待っているにせよ、エマ・ホワイトは死ぬまで自分の心に住みつづけるだろう。

「もしできないと言ったら？」ニックは挑むようにあごを突きだした。

「いくらがんばっても無駄ですから、閣下が失望なさるだけです」ミセス・ブラウン・ジョーンズはウエストの前で腕を組み、生徒たちを震えあがらせてきたにちがいない鋭い目でニックを見すえた。

だがニックはあきらめなかった。「ではせめて、わたしが訪ねてきたことをエマに伝えてもらえませんか」

「承知いたしました。ですがいつまた連絡がとれるか、わかりませんけれど」

「その機会があったときで結構です」

ミセス・ブラウン・ジョーンズはしぶしぶうなずいた。「わかりましたわ、閣下。そろそろお引き取りいただけるでしょうか。出口までご案内いたします」

「それにはおよびません。では失礼します、マダム」

「さようなら、閣下」

そのことばが最後通牒《つうちょう》のように聞こえ、ニックはミセス・ブラウン・ジョーンズをもっと問いつめたい衝動を抑えた。両手を体の脇で握りしめ、大股で部屋を出ていった。

上階の家族用の居間で、エマは白いレースのカーテン越しに外を見ていた。玄関ドアが開いてふたたび閉じる音が、屋敷じゅうに鳴り響く。これでほんとうに終わりなのだ。

悲しみと期待で心臓が激しく打つのを感じながら、ニックが現われるのを待った。そしてニックが玄関の踏み段をおり、屋敷の前で待っていた馬車へ向かうのを、食い入るように見つめた。その姿が視界にはいったとたん、息が止まりそうになった。帽子を手に持ったままなので、濃褐色の髪があらわになっている。そのとき十月の冷たい風が、恋人の手のようにニックの髪を乱した。

エマはその額にかかった髪をなでつけたくて、手がうずうずした。最後にもう一度だけ、あの人に触れたい。

だがエマにできるのは、ただその姿をながめることだけだった。彼はもうすぐいなくなり、これから先、永遠に会うことはない。

エマはもう少しで窓をあけ、ニックの背中に向かって叫びそうになった。どうにかその衝動を抑えて一歩後ろに下がり、体が粉々に砕けそうになるのを食い止めるかのように、両腕でぎゅっと自分の体を抱いた。

胸に鋭い痛みが走って頭がくらくらし、全身が震えた。

そのときニックがふいに立ち止まってふりかえり、ついさっきまでエマがいた窓を見あげた。エマはさらに後ろへ下がり、カーテンの陰に隠れた。それでも彼から視線をそらすことはできなかった。ニックが憤懣《ふんまん》やるかたない表情で、太ももに帽子を打ちつけている。

あの人はわたしがいなくなって、さびしいと思ってくれるだろうか？　それとも、そのうち気持ちが落ち着いたら、いなくなってよかったと安堵するだろうか。

いまとなっては、もうどちらでもいい。どのみち、自分たちに未来はないのだから。

ニックが背中を向けて馬車へ乗りこんだ。胸の痛みが強くなり、エマは息をするのもやっとだった。

ニックが手綱をひとふりすると、馬車が動きだし、あっというまに視界から消えていった。馬車が見えなくなってからも、エマは窓枠にもたれていた。どれくらいのあいだ、そうしていただろうか。背後でドアが開く音につづいて、スカートの衣擦《きぬず》れの音がぼんやりと聞こえた。

エマは無言で、通りを行き交う人や馬車や馬を見るともなしに見ていた。

「お帰りになりましたよ、王女様《ユア・ハイネス》」ミセス・ブラウン・ジョーンズが小声で言った。

エマはなにも答えなかった。

「仰せのとおりにしました」ミセス・ブラウン・ジョーンズはつづけた。「どうしてもあなたに会いたいと言って、かなりねばられましたが、もうここにはいないと申しあげました。少々苦労しましたけれど、最終的には納得してお帰りいただきましたわ」

涙があふれそうになったが、エマはまばたきしてこらえた。泣いてはいけない。人前で涙を見せるなどということは許されない。いくらこの場で泣き崩れてしまいたくとも、王室に生まれた人間は、人前で感情をあらわにしてはいけないのだ。あとでひとりになったとき、泣きたいだけ泣けばいい。

でもいったん感情に身をまかせたら、二度と立ちなおれなくなりそうな気がして怖い。いまでも体をふたつに裂かれたように苦しいのに、あふれだす悲しみを抑えることができるだろうか。

「善良なかたのようですね」ミセス・ブラウン・ジョーンズはおだやかな声で言った。「わたくしも好感を覚えました。でも、あなたのご家族は……きっと認めてくださらないでしょう」

窓の外の通行人を見ているのにも耐えられず、エマはそっとまぶたを閉じた。

「こんなことを申しあげても慰めになるかどうかわかりませんが、王女様は正しいことをなさいました。これが最善の選択ですわ」

だれにとって最善なの？　エマは心のなかで尋ねた。

家族にとって最善の選択であることはまちがいない。

それから祖国にとっても。自分が予定どおり結婚すれば、国民に安全で安定した未来が約束される。

オットー王も、それがなんであれ、今回の結婚で得たいと思っているものが手にはいる。

そしておそらくニックにとっても、こうすることがいちばんいいのだろう。ずっとだまされていたことを知ったら、彼はますます傷つくにちがいない。

そう、だれにとっても、これが最善の道なのだ。

自分以外のだれにとっても。

エマは深呼吸をして背筋を伸ばした。「ありがとう、ミス・プール」きっぱりとした口調で言った。「いいえ、ミセス・ブラウン・ジョーンズ。兄が差しむけた馬車が到着したら、知らせていただけるかしら。それまで少し横になっていたいの」

「ええ、もちろんですとも。もしなにかわたくしにできることがあれば——」

「いいえ、なにもないわ」

そう、だれにもなにもできない。心が幾千ものかけらに砕け散り、二度ともとには戻らないというのに、だれになにができるだろう。

心のなかまで見通すようなミセス・ブラウン・ジョーンズの視線を避け、エマはくるりと向きを変えて居間を出ていった。

14

「エマからまた手紙が来たわ！」三週間後、アリアドネが自室の窓際に置かれた椅子の上で言った。

午後の弱い陽射しがゴシック様式の細長い窓からそそぎこみ、部屋のそこかしこにろうそくが灯されている。大きな石の暖炉で炎が勢いよく燃え、十一月初旬の寒さをやわらげていた。ウールの敷物と、群青色と深緑色のカーテンも冷気をさえぎり、石造りのいかめしい雰囲気の寝室に温かみを添えている。

「ああ、よかった。それで、エマはなんですって？」マーセデスがドアを閉め、小走りに近づいてきて、すぐそばの椅子に腰をおろした。「まだロンドンにいるの？」

アリアドネは鼻に載せた眼鏡を上にずらし、手紙に顔を近づけると、エマの流れるような細い字に視線を走らせた。

「ええ、まだロンドンにいるみたい」文字を目で追いながら言った。「でも、もう前回の手紙で書いていたところにいるわけじゃないそうよ。なんですって！　まさか、嘘でしょう。

ありえないわ」

「どうしたの?」マーセデスは王女らしくもなく、ひざに両ひじをついて身を乗りだした。

「戻ったんですって」アリアドネは、風船が鋭いピンに刺されてしぼむように、気分が急速に沈むのを感じた。「エマは公邸へ戻ったわ。さんざん待たせたあげく、皇太子がやっとロンドンに到着したのね」

マーセデスはしばらく黙り、そのことについて考えた。「でも、それでよかったんじゃないかしら」おずおずと言った。「家族がぎくしゃくするのはつらいことだもの」

また沈黙があった。風が窓枠を軽く揺らす音がする。

「皇太子はエマが許可なく公邸を離れたことに、怒っていらしたんでしょう?」

「さあ、知らないわ」アリアドネはいらだちを抑えきれず、勢いよく立ちあがった。「エマは公邸から逃げだしたのよ。尻尾を巻いてすごすごと戻る前に、もう少しできることがあったでしょうに。ほら、どうぞ」手紙を差しだす。「これ以上、読む気になれないわ」

マーセデスは、アリアドネが不機嫌なときはいつもそうするように、目を丸くして唇をぎゅっと結び、手紙を受けとった。

アリアドネは淡いラベンダー色のスカートを揺らしながら、暖炉のほうへ歩いていった。音もなく立ち止まり、黒ずんだ石の火床で真っ赤に燃える炎を見つめている。

「読みあげましょうか?」マーセデスは訊いた。

アリアドネはふりかえることなく、片手をひとふりした。

マーセデスはわかったというしぐさをした。「一カ月近く前に公邸へ戻ったのね。ルパート皇太子も最初は激怒して、エマに罰を与えようとしたそうだけど、結局は許してくださったみたい。ずっとミセス・ブラウン・ジョーンズのお宅にいたと書いてあるわ」そこでことばを切って顔をあげた。「いまにして考えれば、真っ先にミセス・ブラウン・ジョーンズのことを思いだすべきだったわね」

マーセデスは指を口もとへ持っていき、爪を噛んだ。「でももしそうだとしたら、なぜエマはわたしたちに居場所を教えなかったのかしら。どうしてそのことを黙ってたの？」

「もしわたしの勘があたっているなら、それが事実じゃないからよ。少なくとも、ずっとミセス・ブラウン・ジョーンズのところにいたわけじゃないと思うわ」

マーセデスは眉根を寄せ、手紙に視線を落とした。「ドレスをすべて新調してるんですって。もうすぐ宮殿へ伺うそうよ。英国王室が皇太子とエマを歓迎して、盛大な舞踏会を開くらしいわ。婚約のことについては、まだなにも書かれてない。おそらく……オットー王はクリスマスシーズンが近くなったらロンドンへ行き、それからすぐ婚約を発表するつもりじゃないかしら」

「つまり、エマはこのまま結婚するってこと？」

「ええ。でもこの手紙は――」マーセデスのことばが次第に小さくなって消えた。

アリアドネはゆっくりとふりかえった。「手紙がどうしたの？」

マーセデスは視線をあげ、アリアドネの目を見た。「文面がとても暗いわ」

「年配の男性と結婚させられるなら、あなただって暗くなるでしょう」

マーセデスは首を横にふった。「そうかもしれない。でも、それだけじゃない気がするの。エマはなにかを隠している。もちろん、手紙だけでなにもかもはわからないから、わたしの勘違いかもしれないわ。けれども、なんとなく……この手紙に、エマの絶望を感じるのよ」

アリアドネは眉間にしわを寄せて手を差しだした。「もう一度、見せてちょうだい」

無言ですばやくエマの手紙を読み、なにが書かれ、なにが書かれていないかをたしかめた。

マーセデスの言うとおりだ。

エマは近況を詳しく綴っているが、この文面には感情も生気も感じられない。もし本人の署名がなかったら、別のだれかが書いたのではないかと思うほどだ。

アリアドネは不安に駆られ、部屋を横切って机の前にすわった。引き出しをあけて便箋を取りだし、羽ペンとインク壺に手を伸ばす。

「なにをしているの？」

「ルパート皇太子に手紙を書くのよ。いくらあのかたでも、妹を友だちに会わせないほど冷酷ではないと思うから」

「でも、授業はどうするの？」

「今学期はもうすぐ終わるわ。数日早くお休みをとったって、たいした問題ではないでしょう。出発の準備が整うまでに学課を終えるの。ふたりでエマに会いにイングランドへ行くのよ。そうすれば、なにがあったのかわかるわ」

「たびたび申しわけありません、王女様。あと一インチほど、腕をあげていただいてもよろしいでしょうか」

はっとして体を動かすと、針の先端がかすかに肌を刺し、エマはもの思いから引き戻された。うつろな目を小柄な仕立屋に向け、そのときまで彼女の存在をすっかり忘れていたことに気づいた。

この小一時間ばかり、仕立屋と助手の女性たちがあわただしく動きまわって、ひっきりなしに小声でことばを交わしながら仮縫いをしていたが、エマはずっと別の世界に逃げこんでいた。公邸へ戻ってからの一カ月のあいだに、エマはまわりでなにが起きていても、自分の世界にこもることがますますうまくなっていた。体はその場にあっても、心はいつも別のところをさまよっている。

周囲の人たちは、そのことにあまり気づいていないようだった。おおやけの場に出なければならないこともたびたびあるが、それは摂政皇太子である兄に敬意を表すために開かれる、比較的少人数のパーティや晩餐会がほとんどだ。

「どうしてほしいですって？」エマは仕立屋の顔をまっすぐ見た。

仕立屋は一瞬、口をつぐんだ。白墨と巻尺を小さな両手で握りしめ、針がぎっしり刺さった細長い紙をヘビのように首にかけている。申しわけなさそうにかすかに微笑んで目をそらす。「もうすぐ終わりますわ、王女様。あと少しです」

エマは肩をすくめたくなるのをこらえた。仮縫いが早く終わろうが遅く終わろうが、どうでもいい。最近はどんなことをしていても——あるいはしていなくても——なにも感じない。朝起きたら洗面をして服を着替え、食事をし、夜になったら眠る。次にどこへ行き、なにをすればいいのか、女官に言われるまま動いている毎日だ。ときどき、だれかが王女である自分を演じているのを、遠くからながめているような気がすることがある。自分が自分でないように感じることも多い——いや、なにも感じないと言ったほうが正しいかもしれない。

自分の人生なのだから、もっと積極的に関わるべきだということはわかっている。でも心の扉をあけて、人間らしい感情を取り戻そうとするたびに、悲しみと苦悩が一気に押し寄せてきて呑みこまれそうになるのだ。だからあわてて扉を閉め、また別の世界へ逃げてしまう。

あの人のことは考えないようにしている——少なくとも、意識的に思いだすことはない。ところが夜になるとふっと気がゆるみ、思い出がいつのまにかよみがえってくる。そして涙で頬を濡らし、禁断の名前をつぶやきながら目を覚ます。

だが彼はもう過去の人だ。どんなにつらくても、記憶の奥に葬り去らなければならない。

エマはおとなしく腕をあげた。

仕立屋が仮縫いを再開した。

またぼんやりしはじめたとき、大きな両開きのドアが勢いよく開いたかと思うと、淡い金髪のほっそりした女性がはいってきた。明るい青のサテンでできたドレスのすそが華奢な足首のまわりで揺れ、ドレスと同じ色合いのサファイアの首飾りと腕輪がまばゆい輝きを放っている。右手には、サファイアに負けず劣らず見事な真珠の指輪をはめていた。自分を育《はぐく》んだ貝の殻を割れるのではないかと思うほど大きな真珠だ。左手の薬指を飾るシンプルな金の指輪は、その女性がかつて結婚していたこと、そしていまは未亡人であることを示している。未亡人であり、ふたりの娘を持つ母親であるにもかかわらず、女性はまだ二十七歳と若かった。クリーム色の肌は社交界にデビューしたての若い女性のようにすべすべし、とても美しい顔立ちをしている。くぼんだ青い目とこぶりのつんとした鼻はエマにそっくりで、ふたりが姉妹であることはだれの目にもあきらかだ。

その女性、シグリッドことタスカーニ公爵未亡人は、きびきびした足取りで部屋の奥へと進み、エマの数フィート手前で立ち止まった。頭のてっぺんから足の先まで視線を走らせ、女らしい曲線を描く胸の前で両手を握りあわせた。

「すばらしいわ」シグリッドは言った。「今度の土曜日の舞踏会で、みんなあなたに目が釘づけになるわね。英国の摂政皇太子も、あなたに挨拶しようと急ぐあまり、足がもつれてしまうでしょう」

今回ばかりは、エマも肩をすくめずにいられなかった。そしてそのせいで、ドレスの生地を仮留めしている針の一本が肌に刺さった。エマは顔をしかめ、ふいにいますぐこの場を離れて寝室へ戻り、ベッドにもぐりこみたくなった。

「仕上がりは間に合うんでしょうね？」シグリッドはエマのささやかな抗議を無視し、仕立屋に声をかけた。

「はい、奥方様」仕立屋は請けあった。「助手もわたくしも、王女様のお召し物を急いで仕立てるために、昼夜を問わず働いております」

シグリッドは優雅なしぐさで首をかしげた。「わたしのお願いしたぶんもそうかしら。場合によっては仕上がりが多少遅れてもいいものもあるけれど、舞踏会で着る予定の深紅のサテンのドレスだけはかならず間に合わせてちょうだい。あのドレスじゃないとだめなのよ」

仕立屋はうやうやしくうなずいた。「あのお召し物も最優先で仕立てております。奥方様のドレスを縫うためだけに、新しく五人のお針子を雇いました」

シグリッドは当然だというように鼻を鳴らし、スカートをなでつけた。いま身につけているドレスも、イングランドへ来てから新調したうちの一枚だ。

ドレスの生地やデザインを選んで仕立てさせることは、エマにとっては退屈そのものだったが、シグリッドは楽しくてたまらないようだった。姉は新しいドレスを作るのがなによりも好きなのだ。いや、それよりも愛してやまないものがひとつだけある。宝石だ。幸いなことに、亡くなった公爵の家族は、シグリッドがイタリアを離れるとき、信じられないほど高価な数多くの宝石を持っていくことに異議を唱えなかった。

「わたしが持っている宝石は、どれもみんなカルロからの個人的な贈り物よ」姉は言った。「そもそも、先祖代々伝わるあんな古くさい宝石をわたしが欲しがると思う？　あれほど趣味が悪い宝石は、あとにも先にも見たことがないわ。だから結婚したあと、カルロに新しい宝石を買ってもらったのよ」

新しいドレスについては、くたびれた古い服ではとても摂政皇太子の前に出ることはできないと言って、ルパートを説得した。自分がいま持っているのは未亡人が着る喪服ばかりで、喪が明けたのにそんなものを着ていては英国の摂政皇太子に失礼だ、と主張した。いるはずのエマが公邸にいなかったことに、ルパートは当初、激怒していたが、いったん怒りがおさまると、シグリッドの頼みを快諾した。そしてエマのことも許し、豪華な美しいドレスを新調できることを、姉と同じように喜ぶだろうと考えた。エマは兄にお礼を言ったものの、ドレスを新調すること自体はうれしくもなんともなく、むしろうんざりした。そこで大喜びしてはしゃぐのは、姉のシグリッドにまかせた。

あのワイズミュラー公爵未亡人が解雇されたことを聞いても、思ったほど喜びの感情が湧いてこなかった。公邸を逃げださずにはいられないほど、公爵未亡人が妹にみじめな思いをさせたと知って、ルパートはかんかんに怒ったそうだ。ルパートとの面談のあと、ふだんものごとに動じない公爵未亡人は真っ青な顔をし、懸命に涙をこらえているように見えたという。その翌朝、公爵未亡人の荷物がまとめられ、ローズウォルドへ向かう馬車が外で待っていた。ルパートとシグリッドはもちろんのこと、面目を失って去る元お目付け役を見送る人はだれもいなかった。

これまで幾度となく衝突したことを考えれば、ワイズミュラー公爵未亡人がいなくなったことに、小躍りしていてもおかしくないところだった。それでもエマはほんの少し安堵感を覚えただけで、公邸へ戻ってからずっと暗く沈んだ日々を送っていた。エマが青ざめた顔をし、黙りこんでいるのを見て、許可なくロンドンへ行ったことを妹は心から反省しているのだろう、とルパートは思いこんでいるようだ。

ニックとその叔母のことは、ひと言も口にしていない。兄にはロンドンにいるあいだじゅう、ミセス・ブラウン・ジョーンズの屋敷にいたと言ってある。ルパートにほんとうのことを伝える必要はない。数週間後にイングランドを発ってしまえば、ニックやダルリンプル子爵未亡人とばったり出くわす心配もなくなる。彼の屋敷で——そして腕のなかで——過ごした時間は、いろんな意味でなかったことになる。ニックはただの他人で、自分たちふたりの人生が交わった過去は存在せず、これからも永遠に交わることはないのだ。

まるで強烈な一撃を受けたように、エマの全身に鋭い痛みが走り、呼吸ができなくなった。

それでも自分を奮い立たせ、両腕で自分の体を抱いて泣き崩れたい衝動を抑えた。

だめ！　エマは自分に命じた。彼のことを考えるのはやめなさい。

いま、この場所では。

いや、いつどこであろうと、ニックのことを考えてはいけない。

このところ身にまとうようになった、無感情という名の暖かな毛布の端を必死で握りしめながら、エマは目を閉じて外の世界を締めだそうとした。

「さあ、できましたわ《ヴォワラ》！」まもなく仕立屋がうれしそうに言った。エマは目をあけ、仕立屋が後ろに下がって最後にもう一度、仕上がりを確認するのを、ぼんやりとながめた。「ようやく終わりました」仕立屋は満面の笑みをエマに向けた。「窓間鏡（ふたつの窓のあいだにかける等身大の姿見）を見てご確認くださいませ、王女様。これでよろしいでしょうか」

エマはなにも答えなかった。ありがたいことにシグリッドが前へ進みでて、ドレスの出来栄えをおおげさすぎるほど褒めたたえ、報酬をはずむと約束した。それを聞いた仕立屋は目を輝かせた。

芝居がかったしぐさで両手を握りあわせて言う。「さあ、あなたたち、エマリン王女のお召し替えをお手伝いしていらっしゃい。終わったら急いで帰るわよ。やることが山のようにあるんだから！」

エマは寝室に下がり、仕立屋の助手ふたりが舞踏会用のドレスを脱がせて、淡い桃色のシルクのデイドレスを着せるあいだ、じっとおとなしくしていた。ふたりが針だらけのドレスを抱え、別れの挨拶をしたことにも、ほとんど気がつかなかった。

広い部屋にならんだ背の高い開き窓のひとつに近づき、カーテンを閉めて横になろうかと考えた。昼寝をしても、だれもなにも言わないだろう。午後に仮眠をとってから、夕食用のドレスに着替える貴婦人はたくさんいる。公邸へ戻ってくるまで、エマ自身には昼寝をする習慣がなかったが、それはたいした問題ではない。

夕方までそっとしておくよう女官に告げようと、呼び鈴に手を伸ばしかけたとき、ドアを軽くノックする音がした。エマが返事をする間もなく、姉が部屋へはいってきた。

エマはため息を呑みこんだ。

「いま仕立てているドレスは、どれも最高に素敵ね」シグリッドはくだけた口調で言い、部屋の奥へと進んだ。「舞踏会の日に着飾ったあなたを見るのが、いまから楽しみでたまらないわ。ところで、あなたに似合いそうなダイヤモンドと真珠のティアラがあるの。わたしの部屋に来て試してみない？」

「ええ、そうね」エマは上の空で答えた。

「よかった。いまからどう？」

いい、いまから？

エマはとっさに首を横にふりそうになった。これから仮眠をとるつもりだったのだ。

姉のことは愛しているが、ひとりでいたいというこちらの気持ちを察し、出ていってくれたらいいのに、と思った。とにかく眠りたい。心だけでなく、体までおかしくなってしまいそうないま、数時間だけでも無の世界へ逃げこみたい。

「あとでもいいかしら」エマは申しわけなさそうな笑みを浮かべた。「夕食のときまで、しばらく横になりたいの」

シグリッドはなかば気を悪くしたような、なかば心配そうな顔でエマを見た。「あなたは十八歳なのよ。仮眠が必要な年齢じゃないでしょう。わたしが十八歳のころは、日中は昼食会やお茶会などのいろんな集まりに顔を出し、夜は夜で連日ダンスを楽しんだものよ。一週間の睡眠時間を合わせても、いまのひと晩ぶんにもならなかったんじゃないかしら」

「楽しくてよかったじゃない」エマはつい皮肉めいた口調で言った。

シグリッドの顔から不機嫌さが消え、心配そうな表情だけが残った。「どうしたの、エマ。いったいなにがあったの？　だって……ロンドンへ遊びに行ってからというもの、あなたはどこか変わってしまったわ。向こうでつらいことでもあった？」

エマの体が凍りつき、心臓の鼓動が激しくなった。シグリッドはなにか感づいているのだろうか。まさかニックのことを知っているはずはあるまい。ミセス・ブラウン・ジョーンズはけっして信頼を裏切るような人ではないし、ほかにロンドンでのできごとを姉に耳打ちできる人はいない。そう、だいじょうぶに決まっている。脈がふつうの速さに戻ってきた。シグリッドがニックのことを知っているわけがない。姉はただ、こちらから話を引きだそうとしているだけだろう。

「いいえ」エマは落ち着いた口調で言った。「なにもなかったわ。ロンドンはとても楽しかった。わたしが以前と変わったように見えるなら、それはわたしが十八歳になったからじゃないかしら。もう何年も会ってなかったじゃない——最後にお姉様に会ったのは、わたしがまだ子どもだったころだもの」

シグリッドは眉根を寄せた。「もちろん会いたかったけど、あのおそろしい戦争のせいで訪ねていけなかったのよ。カルロが旅を許してくれなかったし、娘たちもいたでしょう。ふたりを置いていくことはできなかった。まだ赤ん坊だったもの」

「わかってるわ」エマはやさしく言い、波打つ濃褐色の髪にすべすべした小麦色の肌、それに愛らしい笑顔を持つふたりの姪《めい》のことを思いだした。「お姉様が訪ねてこられなかった理由はもっともだし、そのことに傷ついたりはしていない。でもローズウォルドで一緒に暮らしていたときから長い年月がたち、そのあいだにいろんなことがあったわ」

シグリッドは下を向き、しばらく自分の手を見つめていた。「そうね、いろんなことが変わったわ。あなたの言うとおりよ」ふたたび顔をあげる。「でもだからといって、午後じゅう仮眠をとるなんてだめよ。外に出て楽しまなくちゃ」

「どこで楽しめるというの？　この公邸で？　この場所は退屈そのものよ」

シグリッドは笑い声をあげた。「ここは都会じゃないものね」

「そうよ」

「もうすぐロンドンへ発つわ。向こうに行ったら、あなたもあちこちを忙しく飛びまわり、もっと笑顔が増えるでしょう」

笑顔が増える？　エマはぞっとした。それでもなんとか唇の端をあげて笑みらしきものを浮かべ、うなずいてみせた。

シグリッドはひとまず安心したようだった。「あなたがそう言うなら、そろそろ行くわね。でも今夜はカードゲームをするわよ。いやとは言わせないから」

「わかったわ、カードゲームね」

なんとか乗り切ろう、とエマは思った。いま短い時間でもひとりきりになれるなら、カードゲームでもなんでも我慢しよう。

だがシグリッドはすぐに立ち去ろうとせず、思いやりのこもった目でまたエマをじっと見た。「ほんとうにだいじょうぶ？　仮縫いのあいだじゅう、とても疲れた顔をしていたわ」

「ええ、ただ……その、いま月のものの最中なの」

数日前に月のものがはじまったとき、エマは愚かだと知りつつも、がっかりした。想像もつかないほどの大騒ぎになるとわかっていても、心のどこかで身ごもっていることを望んでいた。そうすれば、彼とまた会う口実ができるからだ。

でも身ごもってはいなかった。

ふたりをつなぐものは、もはやなにもない。

シグリッドの肩からふっと力が抜けたのがわかった。「どうして言ってくれなかったの。恥ずかしがることはないのに。女性はみんな悩まされてるわ。痛みはある？　湿布とトディ（ウイスキーやブランデーなどのお湯割りに砂糖やレモンを加えた飲み物）を持ってこさせましょうか。さあ、横になって。あとはわたしにまかせてちょうだい」

エマはふと、シグリッドにすべてを打ち明けたい衝動に駆られた。姉の胸に飛びこみ、やさしい慰めのことばをかけてもらえたなら。でももしかすると、慰めのことばどころか、厳しい叱責を受けるかもしれない。

エマとシグリッドはある意味において、他人どうしとあまり変わらない関係でもある。あまりに長いあいだ離れて暮らしていたので、エマには姉がどういう反応をするか見当がつかなかった。妹である自分を愛し、幸せを願ってくれていることはまちがいないが、秘密を打ち明けて苦しい胸のうちを吐露《とろ》するのは、やめておいたほうがよさそうだ。

それでも姉に向かって、今度は心からの笑みを見せた。そしてくるりと向きを変えると、つかのまの静寂と眠りを求めてベッドへ歩いていった。

15

「わたしが言うことじゃないんでしょうが、あの執事と近侍は大佐よりもこの屋敷の主人のようにふるまってますね」二日後の午後、ゴールドフィンチが言った。ふたりはニックの書斎で、向きあった椅子に腰をおろしていた。「たしかにわたしは老いぼれの船乗りで、ただの凡人にすぎませんけど、人をこばかにしたような態度はとりません。ベルはどうしてあんな連中と一緒にいられるんだろう——いや、悪気があって言ってるんじゃないですよ」

ニックは元部下の顔をウイスキーのはいったグラスの縁越しに見ると、口もとがゆるみそうになるのを我慢した。ゴールドフィンチがさっきこの屋敷についたとき、ふたりの使用人からどういうあつかいを受けたか、だいたい想像がつく。この男は勝手口ではなく、正面玄関の扉をたたいたのだ。とくに執事のシムズは、ニックの前ではっきり口にすることこそないものの、ゴールドフィンチが商人用の勝手口を使わないのを不満に思っているようだ。

ニック自身はそのことを気にしていなかった。扉はしょせん扉にすぎない。だが使用人には使用人の決まりごとがあるのだから、それを尊重することは大切だ。とはいえ、どんな身分であろうともゴールドフィンチは客人なのだから、礼を失した態度をとるのは許されない。あとであのふたりに、そのことについて話をしよう。

「シムズとパドルメアは、それぞれ自分の仕事に大きな誇りを持っている。兄がこの屋敷の主人だったころから、それは変わらない」ニックは言った。「もし尊大に見えるとしても、ふたりは伯爵家の威厳を守らなければいけないと、前のめりになっているだけなんだ」

ゴールドフィンチはふんと鼻を鳴らし、ウイスキーを一気に飲んだ。「ここの主人はあなたでしょう。どうしてあのふたりが仕切っているのか、わたしにはさっぱりわかりません」

「とにかく、次に訪ねてくるときも正面玄関を使ってくれ。これはわたしからの命令だ」

年老いた水夫はにやりと笑い、加齢とタバコのせいで黄ばんだ歯を口もとからのぞかせた。犬歯の一本が欠けている。「ありがとうございます、大佐。相変わらず立派な紳士でいらっしゃる」

ニックは手に持ったグラスをなんとなく揺らした。「ベルは使用人として働くのがはじめてであるにもかかわらず、みんなとうまくやっているようだ」

「なるほど、ベルらしいですね。あいつはだれとでも仲良くできますから。ちょっとお調子者だけど、人柄がよくて頭の回転も速い」

ニックも今度は笑みを浮かべた。クリスタルのグラスを持ちあげてウイスキーをもうひと口飲むと、音をたてて机のうえに置いた。「ところで、調査の進み具合はどうだ。コベント・ガーデンに行ってなにかわかったか？」

ニックは祈るような気持ちでゴールドフィンチの返事を待った。可能性が高くないことはわかっていたが、それでもなにか情報が得られることを願わずにはいられなかった。鼓動が少し速くなり、いやな予感がした。

ゴールドフィンチは首を横にふり、すまなそうな顔をした。「すみません、大佐。クーパーとわたしとで、片っ端から人に尋ねてみたんですが、だれもなにも知りませんでした。大佐に言われたとおり、あまり詳しい特徴を説明しなかったせいもあるでしょうけど、それにしてもその女性がコベント・ガーデンに行ったことがあるとは思えませんでしたね。金髪の美しいレディを市場で見かけたという人が、だれもいないんです——つまり、あの近辺のあやしい館にいるかわいこちゃんじゃなくて、本物のレディを」

ニックの脈がいつもの速さに戻った。もともと勝率の低い賭けであることは承知のうえだった。それでも、やってみる価値はあると思った。エマがいなくなってからというもの、ニックはばかげているうえに無駄なことだと思いつつも、彼女を捜しだすという考えにとりつかれていた。

「ほかに見つける方法は、ほんとうにないんですか？」ゴールドフィンチが訊いた。「なにか思いついたことがあれば、喜んでやりますよ。クーパーもわたしも」

ニックはゴールドフィンチとクーパーに、エマに関する情報を必要最小限しか与えていなかった。捜索はここに来て完全に手詰まりだ。考えられる手をすべて尽くして、全力でエマを捜してきたのに、なぜ見つからないのか。

「ああ」ニックは嘆息した。「もうほかに方法はない。でもきみたちの協力には感謝しているよ。ほら、手間賃だ」ニックは上着のポケットから小銭入れを出そうとしたが、ゴールドフィンチが激しく首をふってそれを止めた。

「そいつはしまってください、大佐。あなたはわたしたちに、充分すぎるほどのことをしてくださった。金なんかいりませんよ。クーパーもわたしも、ちゃんと職を見つけました――それほど安定した仕事とは言えませんが、なんとかやってます。わたしたちは大佐の力になれることに、喜びと誇りを感じているんですから。ただ、あなたの恋人のことではなんの役にも立てなくて残念です」

ぼくの恋人か。でももういまはちがう。ニックは胸のうちで暗くつぶやいた。いや、あれほど情熱的に抱きあったのに、ほんとうの意味で恋人だったことなど一度もない。

「たいしたことじゃないよ」ニックは嘘をつき、こぶしに握った手をひざにおろした。「忘れ物をしていったから、返したいと思っただけだ」

だが顔をあげたとき、老いた水兵の目に同情の色が浮かんでいるのが見えた。エマとニックがどういう関係だったか、詳しいことはなにも知らないかもしれないが、ゴールドフィンチはばかではない。自分がエマを必死で捜しだそうとしていることは、だれの目にもあきらかだろう。

ゴールドフィンチは、ニックがその女性に恋焦がれていることにも気づいているだろうか？

かつての上司の元大佐が、ようやく理想の相手に出会い、恋に落ちたことがわかっているのだろうか。

ニックはまた目をそらし、ひそかに自分を呪った。もし自尊心があるなら、ミセス・ブラウン・ジョーンズに言われたとおり、エマのことを忘れるべきだろう。だがいくら努力しても、彼女を頭から——そして心から——追いだすことができない。

はじめのうちは、かならず忘れられると自分に言い聞かせていた。エマはただの若い女性だ。美しくて興味深く、頭もいいうえにやさしい性格だが、そうした娘はほかにもいる。ちょっと探せば、エマの代わりはすぐに見つかるだろう。自慢ではないが、相手ならたぶんよりどりみどりだ。これまでも女性の気を引くのに苦労したことはなく、しかもいまや爵位まで手に入れた。その気になりさえすれば、若くて美しい独身のレディたちの心をつかむのは簡単だ。そしてそのレディたちは、自分こそがリンドハースト伯爵に選ばれ、花嫁になれることを天に祈るだろう。

だが悲しいことに、ほかの女性を求める気はまったくない。相手がエマでないかぎり、花嫁などいらない。

ニックは二週間近く、エマを捜したい気持ちを抑えていたが、とうとう我慢できずにふたたびミセス・ブラウン・ジョーンズの自宅を訪ねた。ところがそこにエマの友人の姿はなく、屋敷には鍵がかかって玄関扉のノッカーも取りはずされていた。どうやらジョーンズ夫妻は雲隠れしたらしい。

ニックはあきらめず、残った使用人が屋敷を出入りする様子を、馬車のなかからじっとうかがった。そしておだやかな顔立ちをした中年女性に声をかけた——荒れた手から察するに、おそらく料理人だろう。料理人はとても協力的だったが、残念なことになにも知らなかった。

「ご主人様と奥様は黙っていなくなりました。どこに行かれたのか、お戻りになるとしてもいつなのか、だれにもわかりません」

ほかの使用人もみな、事情を知らないという。ニックは引き下がるしかなかった。

そこで自分の力でエマを捜すことにし、ふたりで訪ねた数々の場所に行ってみたが、手がかりはつかめなかった。はじめて出会ったコベント・ガーデンの通りにも行き、露天商に尋ねてまわったものの、だれもエマのことを知らなかった。近辺の馬車宿も片っ端から訪ねて、エマらしき女性がロンドンを発つ郵便馬車の切符を買わなかったかどうかを確認した。

それも無駄に終わった。

彼女はまるでこの世から忽然と消えてしまったかのようだ。

そして最後に一縷《いちる》の望みをゴールドフィンチとクーパーに託し、自分がこれまで捜した場所をもう一度訪ねて、なにか見落とした手がかりはないか、ほんとうは知っていることがあるのに黙っていた人物がいないかどうか、たしかめてくれと頼んだ。ゴールドフィンチとクーパーには、人が隠したがっていることを探りだす才能がある。あのふたりにエマの居場所に関する情報がつかめなければ、だれにもわからないということだ。

ニックは希望が断たれたという現実に直面し、心が暗く沈むのを感じた。もはや打つ手はなにもない。

エマは完全に自分の手が届かないところへ行ってしまった。それが彼女の望みだったのだ。

ニックは気をまぎらわせたくて、ゴールドフィンチとしばらく世間話をした。やがて話題が尽きると、たくましい水夫は立ちあがり、聞いているこちらが気恥ずかしくなるほど心のこもった別れの挨拶をした。ニックは微笑みながらゴールドフィンチと握手をしたが、明るいふるまいは演技だった。

ひとりになると、椅子の背にもたれかかってまた物思いにふけった。さまざまな考えが頭に浮かんでは消え、ますます気が滅入ってきた。

いいかげんにしろ！　ニックは自分を叱った。ロンドンを離れたほうがいい。この屋敷《タウンハウス》を閉めてリンド・パークへ行こう。ランカシャーの田舎は一年のこの時期、とくに静かだ。霜と降りはじめた雪が丘を覆い、朝の湖は薄く張った氷できらきら輝いている。

そこで散歩をしよう。

馬にも乗ろう。

天気がよければ、ヨットを出すのもいい。

リンド・パークなら頭が働いて活力が戻り、どうにかしてエマを忘れられるかもしれない。

この屋敷では、どの部屋にいても彼女のことを思いだしてしまう。あれ以来、図書室にはまったく足を踏みいれられなくなった。あそこに行くと、ふたりで過ごしたたった一夜の思い出と、一度は頭に描いた未来、もうけっして実現することのない夢が一気によみがえってきそうで怖かった。

フェリシティ叔母もすでにこの騒々しい都会を離れて田舎へ旅立った。もうすぐはじまるホリデーシーズンを、そこで友だちと一緒に過ごすそうだ。

エマがとつぜんいなくなったことを知ったとき、叔母は驚いて少し困惑していたが、ニックとはちがって、自分宛ての置き手紙を読んでもがっかりしていないようだった。それどころか、彼女の文章はうまいうえに思いやりにあふれていると感心し、心からの愛情をこめてエマのことを話した。

「いなくなってとても残念だわ」エマが出ていった日の夜、叔母は言った。「でも、きっとまた訪ねてきてくれるわね。次は春ごろかしら？」

ニックは、おそらくもう彼女には会えないという現実を、叔母に伝えることができなかった。エマが自分たちの人生から永遠に立ち去り、二度と戻ってこないことを、ことばにする勇気がなかったのだ。

いったいどこにいるのだろう？　ニックは何千回となくくり返した問いを、また自分に投げかけた。なぜ出ていったのか？

小声で悪態をついてグラスに残ったウイスキーを飲み干し、のどが焼けるように熱くなる感覚を楽しんだ。そうしながら、机の上の招待状に目をやった。分厚い便箋に、英国王室の金の紋章がついている。

宮廷で開かれる舞踏会への招待状だ――というよりも、命令書と言ったほうがいいだろう。もし選択の余地があるなら、なにか理由をつけて断わるところだが、王室からの招待を拒むことはできない。いや、もうすぐ授爵式が控えているのでなければ、まだどうにかして断われたかもしれない。だが堅苦しい儀礼などどうでもいいと考えるたび、失望で表情を曇らせたピーターの顔が脳裏に浮かぶのだ。

ともかく、忌々しい舞踏会とやらは明日の夜だ。我慢して出席し、王室の人びとに正式な挨拶をすませたら、さっさと出発の準備を整えよう。この時期にロンドンを留守にしても、だれも文句は言うまい。フェリシティ叔母と同じように、すでに社交界の多くの人びとが、家族や友人とホリデーシーズンを楽しもうと暖かな田舎の領地に帰っている。

ニック自身の親戚はもうほとんど残っていないが、それでも急にリンド・パークへ帰りたくてたまらなくなった。もう長年帰っていない。父と仲たがいをしてからは。そしてピーターが亡くなってからは。つらい記憶がよみがえるのがいやで、ずっとリンド・パークに帰ることを避けてきた。それでも一方で、少年だったころのいい思い出もある。楽しくて笑い声に満ちた日々もあったのに、父との関係がぎくしゃくしはじめてから、故郷に足が向かなくなった。大人になったいまなら、あの場所に安らぎを見いだすことができるかもしれない。慣れ親しんだ懐かしい故郷が、心を慰めてくれるのではないだろうか。

少なくとも、領地に関する仕事を片づけることはできる。もう何カ月も前から、管理人に早く帰ってくるよう催促されている。

領地についたら、溜まった仕事を片づけたり体を動かしたりして、毎日忙しく過ごすことになるだろう。へとへとに疲れれば、きっとまた眠れるようになる。エマの夢に悩まされ、心をすり減らすこともなく。

そう、いままで以上に努力してエマのことを忘れ、彼女なしで生きていく道を見つけなければならない。

16

「とてもきれいだよ、エマリン」翌晩、エマとシグリッドをエスコートし、英国摂政皇太子の居宅であるカールトン・ハウスの玄関の踏み段をあがりながら、ルパートは言った。

その日の午後、エマたちはセント・ジェームズ宮殿への初の公式訪問をすませていたが、今夜の舞踏会はいまひとつぱっとしないその宮殿よりも、こちらの邸宅で開くほうがいいということになったそうだ。

「ここは広いばかりで、じつにつまらない宮殿でして」老齢の王妃に謁見《えっけん》したあと、摂政皇太子は言った。肉づきのよい胸に、儀式用の金属の記章と飾りひもが輝いている。「でも母は古いしきたりを守るべきだと申しますし、議会も新しい宮殿を建てる資金を出し惜しみしています。そこで今夜は、カールトン・ハウスで舞踏会を開くことにいたしました。大幅に改修しましたので、なかをご覧になればきっと気に入っていただけると思います。ホランド（英国の新古典主義の建築家）が改修を手がけたことはご存じですか」皇太子が誇らしげに胸を張ると、ベストのボタンがはじけそうに見えた。

いいえ、とエマは胸のうちで答えた。そんなことは知らなかったし、とくに興味もない。いまはただ、早く一日が終わって解放されることを願っているだけだ。ルパートやシグリッドが心配しないよう、エマは兄の褒めことばに、ぎこちない笑みを浮かべてみせた。「お兄様にそう言っていただけてうれしいわ」

たしかに仕立屋は、報酬以上の仕事をしてくれた。流行を熟知した彼女がエマのために作ったドレスは、純白のシルク素材で、丸首の襟のまわりと五分丈のそでの縁に幾何学模様の金の刺繡が施されている。スカートは胸の下からすとんと落ちるデザインで、足首の長さのすそ部分には紫色のスミレが散りばめられ、それぞれの花の中央に小さなダイヤモンドがあしらわれている。

「思わず見とれてしまうよ」ルパートはがっしりしたあごを引き締めて微笑みかえした。濃紺の瞳は真剣で、そのことばがお世辞ではないことを示していた。「おまえと姉上はわが一族と国民の誇りだ。ふたりの前では、ほかの貴婦人はみんなかすんでしまうだろう」

シグリッドは声をあげて笑った。真っ赤なサテンのドレスを着た姉は、とても上品で洗練されていた。舞踏会に出席する人びと、とくに男性の目を引くために、特別にあつらえたドレスなのだ。「そうでないと困るでしょう。そもそも、今夜の舞踏会はわたしたちに敬意を表して開かれるんですもの。思うぞんぶん、みんなの注目を浴びるつもりよ」

ルパートはやれやれというように金色の髪の頭をふった。「小言を言うのはやめておこう。

きみたちはみんなを魅了していればいい。ぼくはその間、われわれを快く思わない連中が万が一にも敵にまわることがないよう、手まわしすることに専念するよ」

「そんなことがあるはずがないわ」シグリッドが励ますように言った。「ローズウォルドは同盟国としてとても重要な存在ですもの。そもそも、わたしがなぜお気に入りのティアラをエマに貸したと思う？　あなたが言ったとおり、ふたりでみんなを魅了するのよ」

だがエマは人びとを〝魅了する〟ことにまったく関心がなく、ただ礼儀正しく微笑みながら、だれかを紹介されるたびに完璧な挨拶をすることで頭がいっぱいだった。今夜の主賓であるエマたちは、来賓を迎える列で摂政皇太子の横にならんでいた。

ほとんどの招待客はにこやかで感じがよく、興味津々の顔でローズウォルド王国について二言三言なにか言ったり、質問をしたりした。なかには大胆な招待客がいて、エマの発音に訛りがないことを指摘した。ある年配の紳士は、自分が知っている英国レディの多くより、エマの発音のほうが英語らしいとすら言った。エマは気を悪くすることもなく、母国語が英語である乳母に育てられたこと、スコットランドにあるホルテンシア伯爵夫人女学校で学んでいたことを説明した。

挨拶が四十五分近くつづくと、さすがにうんざりしてきた。適当な理由をつけてこの場を離れようと思い、人の波が一瞬途切れたときを見計らって、兄のほうを向いた。驚いたことに、兄はまだひとりの紳士と話しこんでいた。オーストリア大使だ。どうせ話が長くなることはわかっているのだから、あとで別室に下がってお酒と両切り葉巻を楽しむときまで、どうして待てないのだろうか。

執事長が次に到着した人の名前を呼ぶ声がぼんやりと耳にはいったが、よく聞きとれなかった。エマはため息を押し殺し、ふたたび顔に笑みを貼りつけて来賓のほうを向いた。

その人物が目にはいった瞬間、全身が凍りついた。

ゆうに四秒は心臓が止まったように感じられた。薄墨色の瞳を見つめる――懐かしくて恋焦がれた瞳。最後に見たのは、情熱的な甘いキスを交わしたあとだった。

ニックもエマと同じくらい驚いたらしく、はっと息を呑んだのがわかった。長身のたくましい体が固まり、衝撃のあまり動けないようだ。

エマが叫び声をあげてニックの足もとに崩れ落ちずにすんだのは、ひとえに、長年にわたる王女としての訓練のおかげだった。

そうでなければ、気絶していたかもしれない。

気をたしかに持つのだ。意識を失って大理石の床に倒れたりしたら、貴婦人たちが気つけ薬を手に駆け寄ってきて、その一部始終をここにいる全員に目撃されることになる。

エマは目をそらすことができず、ニックの瞳に見入った。

ニックも見つめかえした。

無言で見つめあったまま、どれくらいの時間がたっただろう。でもそれほど長くはなかったはずだ。兄は相変わらずオーストリア大使と話しこんでいるし、姉は別の来賓とにこやかに挨拶を交わしている。広間の反対側から、おおぜいの人の頭越しに、執事長の声がふたたび響いた。

その声にニックがふとわれに返り、あごをこわばらせて目を細くすがめた。自分が知っているはずのエマと、今夜ここにいるエマが同一人物である事実を、なんとか呑みこもうとしているように見える。

生活に困った元家庭教師の若い女性が、王族にかこまれて来賓を迎える列にならんでいることを、ニックはどう思っているだろうか。

四週間前の肌寒い十月の夜、図書室のソファの上で純潔を奪った娘が、舞踏会の主賓のひとりとしてここにいることを。

慎重にことばを選びながら書いたと思われる手紙だけを残して、なにも言わずにとつぜん姿を消した娘と、思いもよらない場所で再会したことを。

エマは目を伏せた。ニックの顔を見るのが怖かった。

そしてなによりも、自分の顔に浮かんだ表情を見られるのが怖かった。

エマが沈黙していることに気づいたらしく、ふいにシグリッドがこちらを向いた。「エマリン？」小声でやさしく言う。「だいじょうぶ？」

返事をするのに数秒かかった。

「ええ、だいじょうぶよ」まるで首を絞められているようだったが、エマはなんとか声をしぼりだし、なにごともなかったかのように答えた。周囲の人たちに聞こえないのが不思議になるくらい、心臓が激しい鼓動を打っている。それでもエマの声も態度も、いつもどおり落ち着きはらっていた。

少なくともエマはそうであることを祈った。シグリッドがなにかおかしいと感づき、妹のまなざしからニックとの関係をあやしむのではないかと、急に心配になった。だれにも知られるわけにはいかない。とくにシグリッドとルパートにだけは。もしも自分とニックとのあいだになにかあると疑われでもしたら、どんなおそろしいことになるか想像もつかない。

「こちらの紳士とご挨拶をしようとしていたところよ」エマは無頓着を装って言った。「えと……？　ごめんなさい、さっきお名前が呼ばれたときに聞きとれなくて」

勇気をふりしぼり、まるで知らない相手を見るように、ニックと目を合わせた。

一瞬、ニックの目がわずかに見開かれ、一気に息を吸ったように鼻孔がふくらむのを見て、エマは万事休すかと思った。しかしニックはすぐに気を取りなおし、なんの感情も読みとれない、慇懃《いんぎん》な表情になった。

「リンドハーストと申します、王女様。リンドハースト伯爵です」一歩後ろに下がり、優雅で完璧なお辞儀をする。

「はじめまして」エマは手袋をはめた手を差しだした。

ニックはその手をとり、ぐっと力を入れて痛いほど強く握った。

エマの背筋がぞくりとした。彼の手に触れられただけでうれしかったものの、それはまるでこちらに罰を与えようとしているような握手だった。もう少し強く握られたら、きっと骨折するだろう。

だがニックはすぐにエマの手を放し、これが初対面であるかのようにふるまった。

エマはずきずきする手を脇におろした。

シグリッドが満足そうにうなずくのを見てほっとした。姉が向きを変え、中断していた年配の女性との会話に戻った。

エマは当たり障りのない話題を探した。「この邸宅は暖かいですね。今日のように寒い晩にはありがたいですわ」

ニックは濃褐色の眉を片方あげた。その顔には〝ほう、天気の話でもしようというわけか〞と書いてある。

エマは調子を合わせてくれるよう、目で訴えた。

ニックのあごがこわばるのがわかったが、それはエマの知るかぎり、よくない予兆だった。

それでもふたたび口を開いたニックは、無難な返事をした。「ええ、十一月とはいえ、今晩はことさら寒いですね。おっしゃるとおり、カールトン・ハウスはとても快適な邸宅です。

でもダンスがはじまったら、窓をあけたいとお思いになるかもしれません」

エマは小さく微笑んだ。

「わたしと踊っていただけませんか、王女様。ワルツはいかがでしょう」

エマの顔から笑みが消え、脈がまた速く打ちはじめた。目をそらし、どうやって断わろうかと考えた。いったんこの列を離れたら、もうニックと話をすることなどできない。それはあまりに危険すぎる。そして、あまりに心をそそられる。

ルパートのほうを見ると、ようやくひとりになっていた。「まあ、兄とオーストリア大使のお話がようやく終わったようですわ。お目にかかれて光栄です、閣下」

ニックの目がガラスのようにきらりと光った。「ダンスはいかがでしょう、王女様。のちほどわたしと踊っていただけませんか」

「あいにくワルツは踊れなくて」エマは言った。

それは嘘ではなかった。ホルテンシア伯爵夫人は、若いレディには刺激的すぎて好ましくないと言い、ワルツを踊るのを認めなかった。そのため、ダンスの授業からワルツは除外されていた。だがかりに踊れたとしても、ニックの申し出を受けるわけにはいかない。

しかしニックは引き下がらなかった。「では、カドリール（四組の男女で方形を作って踊るフランスの舞踏）かコティヨン（二組または四組の男女で踊るステップの複雑な舞踏）はいかがでしょうか。それなら王女様も踊りなれていらっしゃるでしょう」

エマは顔をしかめたくなるのを我慢した。ふたりとも、エマが罠にかかったことをわかっていた。もちろん、きっぱり断わることもできる。王族の特権として、エマにはどの申し出を受けてどの申し出を受けないかを決める自由がある。でもニックのことだから、断わったところで簡単にあきらめはしないだろう。どうにかして近づいてこようとするはずだ。ダンスの申し出を受けるのが、いちばん無難かもしれない。

「ではカドリールを」エマは言った。「楽しみにしていますわ」

「こちらこそ楽しみにしております」

ニックはもう一度、優雅にお辞儀をして立ち去った。


大広間の隅の柱にもたれかかり、ニックはシャンパングラスを手にエマを見ていた。もの憂げにグラスを口に運んだものの、舌の上でシャンパンの泡がはじけたのにも、ほとんど気がつかなかった。この三時間でかなりの量のアルコールを飲んだにもかかわらず、まだ体に衝撃の余韻が残っている。ニックはまるで水でも飲むように、心身の混乱を鎮めてくれる酒を求めてグラスを重ねていた。

身も心も激しく混乱している。

顔をそむけるべきだとわかっていたが、ニックはエマから目を離すことができなかった。いまでもまだ、今夜エマと再会したこと、彼女がじつは王女だったことを、うまく受けとめられずにいる。

エマが——ぼくのエマが——王女だと？

そんなことはありえないし、また信じられもしないが、彼女はたしかに生身の人間としてそこに立っている。記憶のなかの彼女よりもさらに美しい。エマのふるまいに、どこか高貴な身分の者特有の雰囲気を感じてはいたが、まさか王族だったとは。

今夜はじめて彼女を見たとき、目が錯覚を起こしているのだろうと思った。もうすぐ紹介されることになっているその若い女性——ローズウォルド王国のエマリン王女——は、エマに生き写しだった。髪の色も体形も瓜ふたつで、しぐさまで酷似していた。顔も一卵性双生児のようにそっくりだ。

エマがいなくなってから、金髪の若い女性をみな彼女だと錯覚してしまうほど、自分はおかしくなったのだろうか。王女の実姉のタスカーニ公爵未亡人ですら、どことなくエマを思わせる。

そのとき王女がこちらを向き、目と目が合った。彼女の瞳はエマと同じ、珍しいヒヤシンス色をしていた。

まったく同じ色だ。

それはそうだろう、王女はエマなのだから！

そのことは自分の名前がわかっているのと同じくらい、たしかなことだった。

大広間がぐるぐるまわりだし、世界が急速に縮んで、エマ以外のだれも見えなくなった。

自分はエマを必死で捜した。

恋焦がれた。

無事でいるだろうか、元気だろうかと心配した。

それなのに、よりによってこんなところにいるとは。摂政皇太子《プリンス》の主催する舞踏会で、見るからに高価そうなシルクのドレスに身を包んでいる。花の刺繍が施され、もし自分の目が正しければ、本物の小さなダイヤモンドがあしらわれたドレスだ。明るく輝く金色の髪を結いあげ、宝石の散りばめられた王冠のようなティアラをつけている。

他を圧倒する華やかさだ。それがまさにエマの身分を表わしている――王女という身分を。さっき再会したとき、ニックは一瞬われを忘れて、エマを抱きしめそうになった。頭にあるのは、ようやく彼女を見つけたということと、彼女を愛しているということ、そしてもう離さないという思いだけだった。

でも次の瞬間、エマの顔に浮かんだ表情を見て、驚愕するとともに骨の芯まで凍りついた。お願い、気をつけて――エマの目は、自分たちがすでに知り合いで秘密を抱えた仲であることを、明かさないでほしいと訴えていた。

エマがしらじらしい演技をはじめると、ニックの全身が怒りに包まれた。エマはこれが初対面であるようなふりをしたのだった。

やはりたいした女優だ、とニックは思った。彼女はまんまと自分をだまして、貧しく窮地に陥った、天涯孤独の身の上で頼る相手もないかわいそうな娘だと思いこませた。

ところが、実際は王女だったのだ！

莫大な富に恵まれ、独立国家の強大な力を持った王家の娘として、何不自由なく生きている。ヨーロッパの国々の君主や妃のおよそ半分に、その血が流れているような一族の一員だ。甘やかされて育った、軽率な娘だ。

そんな彼女を、家庭教師だと信じていたとは！

エマは心のなかでどんなに笑っていたことだろう。

ニックはグラスの脚を危険なほど強く握りしめ、もう少しで割りそうになった。残っていたシャンパンを飲み干すと、脚の部分に小さなひびがはいっていることにも気づかず、音をたててグラスを置いた。

またエマに目をやると、今度は広間の向こう側で三人組の紳士と話をしていた。みな彼女の気を引こうと競いあっているようだ。

エマはいかにも王女らしい気品と威厳をただよわせ、三人の相手をしている。

だがニックは、あの瞳が情熱の炎で輝くのを、あの金色の髪が顔のまわりで波打つように広がるのを、あの唇がキスでしっとり濡れて赤くなるのを見たことがあった。

だれも見たことがない彼女の一面を知っている。

彼女の体を貫き、その唇から絶頂に達した喜悦の声がもれるのを聞くのが、どんな感じであるかを知っている。

あれからエマはほかの男をベッドに招いたのだろうか？　ニックは体の脇におろした手をぐっとこぶしに握った。いまもここにいる男たちのなかから、次の相手を探しているのだろうか。

ここへ到着したときに〝挨拶〟をして以来、エマはあきらかにニックを避けていた。次から次へと別の紳士と踊ったかと思うと、オーストリアの支配下にあるどこかの公国の君主にエスコートされて、晩餐会場へ向かった。

約束どおり踊ってくれと声をかけることもできたが、ことエマに関するかぎり、ニックは自分を完全には信用できなかった。それにカドリールの複雑なステップを踏みながら、だれが聞き耳をたてているかもわからない状況で、こみいった話ができるとは考えにくい。

だからエマはダンスの誘いを受けたのか。カドリールなら安全だと？　何分か相手をしてこちらをなだめたら、くるりと背中を向けて、自分の人生から永遠に締めだすつもりだったのか？

ニックは柱にもたれたままエマを目で追いながら、もう一杯飲もうかと考えた。シャンパンより強い酒がいい。そのときエマが優雅にうなずき、三人組の紳士に向かって小さく微笑むのが見えた。

そして彼女は歩きだした。

人込みのあいだを縫うようにして、姉のいるほうへ進んでいく。だが姉のところに行くのではなく、控えの間のひとつの前で立ち止まった。次の瞬間、その姿が扉の奥へと消えた。

ニックは折れないのが不思議なほど強く歯を食いしばった。

密会の約束でもしているのか？

だれであるかは知らないが、相手の男はここで酔っぱらっていればいい。今夜、エマが密会する相手は自分だ。

17

なんという夜だろう。エマは心のなかで嘆息し、大広間につづくだれもいない控えの間にはいった。どこへ行くつもりなのか、自分でもわからなかったが、少しのあいだだけでいいからひとりになりたかった。

そのまま足を前へ進めたが、贅を凝らした藍色の内装や、両側の壁にずらりとならんだ巨大な絵画にはほとんど目もくれなかった。部屋の奥まで来ると、凝った絵が描かれた大きな両開きの扉が片方あいていた。エマはそこも通りぬけ、さらに歩きつづけた。

大広間の喧騒がだんだん遠くなり、やがてどこからともなく聞こえてくるハチの羽音程度になった。

だがいまは、ハチの羽音ほどの音も我慢できない。

エマはひたすら歩き、次の豪華な装飾が施された広い部屋へはいった。その奥にあるつづき部屋に足を踏みいれたところで、ついになんの物音も聞こえなくなった。

そこは安らかな静寂に包まれていた。

エマはようやく足を止め、あたりを見まわしてほっとした。壁にならんでいるのは絵画ではなく書物で、広さもほどよくて落ち着ける空間だ。エメラルド色の繻子《しゅす》織りの壁紙が全面に張られ、木造部分は金色に塗られている。英国摂政皇太子が好きな中国風装飾様式《シノワズリー》だ。おだやかな表情をした東洋人の男性の小立像が目に留まり、エマは顔をしかめた。足首まで隠れる丈の外衣を着て、優美な長いひげを垂らしている。

どうしてそんなに満ち足りた顔をしているの？　苦々しい思いで、ひそかに問いかけた。もちろん、自分がいま世界のだれよりも苦しい立場に追いこまれていることは、この東洋人のせいでもなんでもない。

ああ、どうしてニックは今夜ここに来たのだろう。彼が来賓のひとりとして招かれている可能性に思いいたらなかったのは、うかつだった。でもまさかこんなところでばったり再会し、これまで必死に抑えてきたさまざまな感情が大波のように押し寄せてくるなんて、想像もしていなかった。

いまもまだニックのことを考えると息がうまく吸えず、すぐそこにいるのに手が届かないせつなさに胸が苦しくなる。

あれだけ何度もダンスをしたいと言ったのだから、機会をうかがってすぐにでも声をかけてくると思っていた。ところがニックは、まったく近づいてこなかった。それでも混んだ大広間の向こうから、彼がじっとこちらを見ているのがわかった。その顔に浮かんだ冷たい表情を見て、体に震えが走った。

そこでエマはできるだけニックを避け、またしても心が切り裂かれたことなどみじんも表に出さずに、平然とふるまっていた。

いますぐ馬車を呼んで帰りたい。でも自分がそんなことを言ったら、心配したシグリッドとルパートから理由を尋ねられ、ますます面倒なことになるだろう。

ここでひとり、少しだけ休憩しよう。そうすればこの場を乗り切る力が湧いてくるかもしれない。舞踏会が終わり、ニックとふたたび別れる――遠くから互いを見ているだけだが――ときが来たら、張り裂けそうな胸を隠して、なにごともなかったようにここを出ていくのだ。

ニックのもとへ駆け寄って、すべてを説明したいという気持ちもないわけではないが、耳を貸してもらえる自信がない。そもそも、いまさら自分になにが言えるだろうか。これほどひどいかたちでだましたのに、どう説明すれば許してもらえるというのだろう。

あまり長く姿が見えないと、みんなに不審に思われる。覚悟を決めて大広間に戻ろうとしたとき、ドアのほうから音が聞こえ、エマはふりかえった。

ニックがそこに立っていた。

復讐の神さながらの迫力をたたえ、がっしりした肩はドア枠の幅いっぱいありそうに見える。やはりほれぼれするほど素敵だ。きりりとした黒と白の夜会服が、肌や髪や瞳の色、それにたくましい体を引き立てていた。表情は冷静そのもので、よそよそしくさえ感じられる。ニックの目を見た瞬間、エマは思わず息を呑んだ。

彼の薄墨色の瞳に荒々しい光が宿ったところなら、何度か見たことがある。だが今夜、その目は激しい怒りで燃えていた。エマの背筋を冷たいものが走った。これまでさまざまな表情のニックを見てきたが、このような顔ははじめてだ。そんなことがあるはずはないけれど、もし瞳の奥に小さな稲妻が走ったとしても驚きはしないだろう。

「ひとりかい？」ニックはけだるそうに言い、部屋の奥へと進んできた。「てっきりだれかと一緒だと思っていたが」

エマは眉根を寄せた。「いいえ、しばらくひとりになりたかったの。大広間はとても――」

息苦しい。

うんざりする。

飾りたてられた地獄も同然だ。

「――蒸し暑くて」エマはことばを継いだ。「それでここへ涼みに来たのよ」

ここがどこなのかは知らないけれど、と心のなかでつけくわえた。この館のどこまで奥に来てしまったのか、正確なところはよくわからない。

「ああ、そういうことか」ニックは皮肉たっぷりに言い、さらに足を前に進めた。「人の集まった大広間から何百ヤードも離れた部屋へ涼みに来るのは、ごくふつうのことだからな。

それで、うまくいったのかい？」いったん口をつぐみ、特大の暖炉で赤々と燃えている炎を鋭い目で見すえた。

ニックが怒っていることは――当然だ――わかっているが、いったいなんのことを言っているのだろう。それにカーテンや椅子の下にだれかが隠れているとでもいうように、あたりを見まわしているのはなぜだろうか。

「だいぶ気分がよくなったわ」エマは言った。「でもあえて言わせていただければ、いくら大邸宅だとはいえ、あなたのお国の皇太子は人を招きすぎじゃないかしら。たしかに寒い季節だけれど、窓をあけて新鮮な空気を入れれば、みんなもっと快適でしょうに」

ニックは長いあいだエマをじっと見ていた。「ぼくの国の皇太子？　じつに興味深い言いかただな。だがたしかにきみの言うとおり、彼はぼくの国の皇太子だ。きみの兄上はきみの国の皇太子だろう、エマリン王女？」

ニックが自分の名前をののしりと蔑《さげす》みが入り混じった口調で呼んだことに、エマは渋面を作った。でも自分がエマリン王女であることは、まぎれもない事実だ。それをとうとうニックの前で認めるときが来た。

「ええ、ルパートはわたしの国の摂政皇太子よ。だから英国の摂政皇太子と混同しないようにと思って」

ニックはエマに向かってお辞儀をしてみせたが、そこには敬意よりもあざけりの念が感じられた。「王女様《ユア・ハイネス》」背筋を伸ばし、室内をまた見まわす。「ほんとうにひとりなのかい？」

エマはわけがわからず、さらに眉をひそめた。「そうよ」

「そいつに待たされているのか」

エマは困惑した。「だれのことを言ってるの？」

ニックは冷たい目でエマを見た。「何者かは知らないが、きみとここで落ちあう予定の男のことだ。相手はいったいだれだ？　さっき晩餐をともにしたあの公爵じゃないことを願うよ。あれだけ脂《あぶら》ぎっていたら、そこらじゅうがべとべとしそうだ」

エマは落ち着こうとひとつ大きく息を吸い、ようやくニックの言わんとしていることを理解した。彼はまさか嫉妬しているのだろうか。わたしと別れて、ほんの少しでも心の痛みを感じているということがあるだろうか？

「だれも来ないわ」エマは口調をやわらげた。「あんなことがあったあとに、どうして……」

ニックと過ごした夜のことが脳裏によみがえり、エマの声が次第に小さくなって消えた。

「あんなこと？　なんのことだ？　もしかして、ぼくたちの秘密のことを言っているのかい？」ニックは乾いた笑い声をあげた。「あの夜のできごとで、きみがどれだけ深く傷ついたかはわかってるよ。なにしろきみは、なにも言わずにとつぜん出ていったんだから」

「手紙を置いていったわ」

「ああ、そうだった、置き手紙があった」ニックは冷笑した。「もし叔母宛ての手紙と入れ替わっていても気づかないぐらい、親密な文面だったね」

エマは後ろめたさを覚えた。たしかにニックの言うとおりだ。あの手紙の文面は慎み深く、甘く情熱的な時間を共有した相手に宛てたものにしては、あまりに他人行儀だった。でもあのときは、勇気を奮い起こしてほんとうの気持ちを伝えることも、ましてや真実を打ち明けることなどとてもできなかった。

卑怯な別れかただったことはわかっている。でもニックには真実を知らせないほうがいいと思った。よかれと思ってくだした決断なのに、今夜の舞踏会のおかげですべてが台無しになってしまうとは、なんて皮肉なことだろう。

「ニック、わたしは――」

「わたしは、なんだ？」ニックは険しい声で言った。「どうしてあんなことをしたんだ、エマ。悪ふざけのつもりで芝居をしていたのか？　きみが平民を演じていた数週間、ぼくと叔母はちゃんと脇役の務めをはたせたかな？　ぼくはまんまとだまされて、きみのことを大都会に目を丸くしている無邪気な若い女性だと思いこみ、いろんなところへ連れていった」

「そんなんじゃないわ」だがニックの言うことはもっともで、エマの反論は自分の耳にもむなしく聞こえた。

ニックの顔にあざけるような表情が浮かんでいる。エマの声に、迷いを感じとったのだろう。「それで、どうだったかい」ニックは言った。「宮殿で生まれ育ったきみにとって、ただの屋敷《タウンハウス》での生活は物珍しかったんじゃないか？　毎晩、枕に顔をうずめて質素な暮らしを笑っていたんだろう。なにしろ、近いうちに勝手気ままで贅沢三昧《ざんまい》の人生に戻れるんだから」

エマの表情がこわばった。「わたしの人生について、なにも知らないくせに」

「そうかな。ぼくの読みはこうだ。きみは退屈していて、兄上もまだイングランドに到着していなかった。そこできみはお目付け役の目を盗んで公邸を逃げだし、気晴らしをしようと考えた」

エマは驚きで目を丸くした。「あのときルパートがロンドンにいなかったことを、どうして知ってるの？」

「ぼくには耳も脳みそもある。新聞だって読んでいる。殿下がロンドンへやってきたのが十月の初旬だったということぐらい知ってるさ。きみがぼくの前から姿を消す少し前だ」

エマはニックに図星を指されてことばを失った。

「まだある」ニックは冷たい声音でつづけた。「きみはひとりでロンドンへ逃避行をするのがどれほど大変なことか、わかっていなかった。あのふたりの泥棒の目にきみは恰好の餌食として映り、ハンドバッグと現金を盗まれた。それから共謀者であるミセス・ブラウン・ジョーンズが留守にしていることがわかったとき、きみは心底驚いた」

ニックは胸の前で不敵に腕組みした。「教えてくれ。そもそも、彼女はほんとうに教師だったのか、あるいはそれもまた嘘だったのか。きっと彼女の正体は、変装したシバの女王なんだろう。今夜ここできみを見てから、もうどんなことを聞かされても驚かない」

ニックのあからさまな侮辱に、エマは背筋をまっすぐに伸ばした。「ミセス・ブラウン・ジョーンズはほんとうにわたしの先生だったし、今回のことにはまったく関係ないわ」

「ぼくに嘘をついたじゃないか」

「それがあなたのためだったからよ」

「いや、ちがう。彼女はきみに言われたとおりのことをぼくに伝えたんだ」ニックは腕を脇におろし、さらにエマへと近づいた。その体温と、全身からにじみでる怒りが伝わってくる。「きみは彼女になにを言ったんだ？　ぼくたちのことを教えたのか？　出ていく日の前夜、ぼくに体を許したことを？」

エマの顔が真っ赤になった。

「自分からネグリジェのすそをまくりあげて、ぼくと図書室のソファで激しく交わったことを言ったのかい？」

エマは唇を開いたが、ことばが出てこなかった。

「どうしてもわからないのは、きみがそんなことをした理由だ。なぜぼくに純潔を捧げた？あれも冒険の一環にすぎなかったのか？　退屈をまぎらすために、あとひとつ思いきったことをしてみようとでも考えたのか」

エマの全身に悪寒が走った。「あなたはわたしのことをわかった気でいるようだけど、まったくわかってないわ」小さな声で言った。

ニックの顔に皮肉めいた表情が浮かんだ。「ああ、そのとおり。あの夜以来、きみのことがさっぱりわからなくなった。ぼくがソファの上で愛した女性は、やさしくて心が温かくて誠実だった。その女性の名はエマだ。でもエマリン王女であるきみのことは、まったくわからない」

すでに亀裂のはいっていたエマの心が、またしても粉々に砕けた。愛する人、いまでも夢に出てくるその人が、わたしのことを憎んでいる。それぱかりか、軽蔑さえしている。あの朝、黙って姿を消した理由を聞こうともせず、わたしをとんでもない女だと決めつけて、いいところを見つけようともしないのだ。

「お腹に子どもは?」ニックはぶっきらぼうに言い、エマをまた愕然とさせた。「少なくともそのことについては、ぼくは真実を知る権利がある」

怒りをあらわにすることも、答えを拒むこともできたが、エマはニックが思っているように駆け引きができる人間ではなかった。

「いないわ」淡々と答えた。「その件については安心してちょうだい、閣下。あなたの子を身ごもってはいないから」

ニックの表情からはなんの感情も読みとれず、彼がそれを聞いて喜んでいるのかどうか、エマにはわからなかった。

「つまり、今夜きみが男に愛想をふりまいているのは、たんなる戯《たわむ》れだというわけか」長い沈黙ののち、ニックは言った。「それとも次の獲物を物色しているのかい。きみがだれを選ぶか見ものだな」

エマの体から寒気が吹き飛び、激しい怒りがそれに取って代わった。「ひどいわ!」

「この部屋にはぼくたちしかいない」ニックはわざとらしくあたりを見まわした。「もしもお望みとあらば、ぼくが喜んでお相手をさせていただくよ。また図書室のソファで愛しあうのも一興だ」

エマはとっさに手をふりあげた。だが頰を打つ前に、ニックがその手をつかんだ。そしてさらにエマとの距離を縮め、ウエストに手をかけて抱き寄せた。その息から、かすかにアルコールのにおいがする。「お酒を飲んでいたのね」エマはとがめるように言った。

「ああ、そうだよ」ニックは悪びれたそぶりもなく、うすら笑いを浮かべた。「今夜ここにいる人のほとんどがそうだ」

だがニックにはエマの言わんとしていることがちゃんとわかっていた。

「どうする?」ソファをあごで示す。「きみの答えは?」

エマは体をこわばらせた。「わたしの答えは、今夜のあなたは最低だということよ」ふいに身をよじって抵抗したが、ニックはエマをしっかりつかんでその場にとどめた。「放して!」

だがニックはウエストにまわした腕に、さらに強く力を入れた。つかめない真実の一片を探そうとでもいうように、心のなかまで見通しそうな目でエマの瞳をのぞきこんだ。

「きみを放す？」ニックは言った。

その声からは怒りが消えていた。まるで自分自身に問いかけているような謎めいた口調だ。

「どうしたらそうできるのか、ぼくにもわからない」

そう言ったかと思うと、いきなり唇を重ねてきた。

エマは乱暴なキスをされるだろうと思った。

それならば、抵抗することができる。

ところがニックのキスはやさしく、どこか静かな絶望と渇望のようなものが感じられた。

いますぐ彼を押しのけなければ。でもこんなに素敵なキスを、どうしてやめられるだろう。

荒々しく奪うようなキスになるはずだったのが、なぜこれほど悦びにあふれたものに変わったのだろうか。

エマは熱い抱擁に身をまかせた。ニックが唇を開くよううながし、ますます情熱的なキスをする。

エマのなかから怒りが消え、全身が快感に包まれた。

ああ、このキスをどれほど恋焦がれたことか。

そしてニックを。

さっきあれだけひどいことを言われたにもかかわらず、彼なしではもう生きていけそうにない。

エマはふとわれに返った。情熱の命じるままに抱擁をつづけたら、二度と越えてはいけない線をまたあっさりと越えてしまうのが目に見えている。

エマは燃えるような長いキスを返したあと、唇を離して顔をそむけた。ニックがふたたび唇を近づけてくる。「やめて」エマはとぎれとぎれに言った。「こんなことをしてはいけないわ」

「どうしてだ。きみもぼくとのキスが好きだろう」

「ええ。狂おしいほどにね」エマはふたたび身をよじり、ニックの腕をふりほどこうとした。

今度はニックもエマを放した。

エマは何歩か後ろへ下がり、ニックの手の届かないところまで離れた。それからずきずきうずく胸を両腕で抱いた。「あなたはわたしが気晴らしを求めて公邸を逃げだしたと思っているようだけど、それはちがうわ。わたしが逃げたのは、怖くて混乱していたからよ」

「なにが怖くて混乱していたんだ?」ニックはわけがわからず、濃褐色の眉をひそめた。

「将来よ。わたしについて、あなたがまだ知らないことがあるわ」エマは震える息を吸った。

「わたしは結婚することになっているの。一度も会ったことがなく、まったく知らないも同然の国王と。祖国の主権を守るため、兄のルパートが決めた政略結婚よ」

「まさか――」

エマは首をふってニックのことばをさえぎった。彼が信じてくれるかどうかはともかく、すべてを打ち明けてしまいたかった。「あなたの想像どおり、わたしはルパートがまだイングランドへ来ないうちに公邸を抜けだしたの。逃げられる可能性が少しでも残っているうちにね。むかしの先生の家でお世話になり、短いあいだでいいから現実を忘れたかった。そう、最後に一度だけ、自由を楽しむつもりだったの。そしてあなたに出会った」

不覚にも目に涙がにじんだ。エマはまばたきしてこらえようとしたが、涙はどんどんあふれ、やがてひと筋が頬を伝った。「毎日、あなたにほんとうのことを話したいと思っていたわ。でもそうすればすべてが終わってしまう。わたしはもとの人生に戻らなければならなくなる。あなたと特別な関係になるなんて、最初は思ってもみなかった。お互いに傷つくことなく、ただの友人どうしとして楽しい時間が過ごしたかったの。兄のもとへ戻ってなすべきことをなす前に、ささやかな冒険がしてみたかった。けれどもいつのまにか、すべてが予想もしなかった方向へ進んでしまったわ」

ニックは青ざめた顔でエマを見た。

エマはよけいなことまで言わないうちに、あわてて話を締めくくろうとした。「でも、いまさらそんなことはどうでもいい。あなたとわたしのあいだになにがあったにせよ、それはもう完全に終わったことだもの」自分の胸を抱く腕にぎゅっと力を入れた。「わたしのことをどうぞ自分勝手な冷たい女だと思ってちょうだい。そのほうがきっとあなたのためだわ。わたしを憎んで、閣下。そして赤の他人も同然の相手だと思うのよ。だってこれからわたしたちは、他人どうしとして生きていくんだから」

それだけ言い残すと、ニックに動く暇も口を開く暇も与えず、くるりときびすを返して、地獄の門の番犬に追いかけられているかのように走り去った。

18

「エマリン王女、また花束が届きましたわ！」

翌日の午後、居間のソファに腰かけて本を読むふりをしていたエマは、ページを広げたまま、その声に顔をあげた。女官のひとりが、大きな花びんに活《い》けられた温室栽培のピンクのバラを抱えて居間へはいってくる。すでにたくさんならんでいる生花の甘いにおいに、バラの香りが新たに加わった。

「だれからなの？」刺繍をしていたシグリッドが顔をあげて尋ねた。

同じソファの両端にすわり、同じ金色の髪をした姉と自分は、枝にとまる一対の小鳥のように見えるにちがいない、とエマは思った。

同じく金髪のルパートも、すぐそばの椅子でくつろいでいた。丁寧にアイロンがかけられた『ロンドン・ガゼット』紙の一部を折り、なにかの記事を読んでいるが、ときおりわざとらしく咳払いをしていることから察するに、あまり気に入る内容ではないらしい。

「ライモントン公爵からのようです」女官のジマー男爵未亡人は言った。「本日届いたお花のなかでも、とくにきれいですわ」

たしかに見事なバラだ。エマは眉根を寄せ、贈り主の男性のことを思いだそうとしたが、どうしても頭に浮かんでこなかった。まったく記憶にない。あの片眼鏡をかけた褐色の髪の人だろうか、それともタイにワインの染みをつけていた人だろうか。

あるいは、そのどちらでもないかもしれない。

正直に言って、昨夜会った紳士はみな頭のなかでごちゃまぜになり、だれがだれだかよく思いだせないのだ。

というよりも、昨夜の記憶自体がどこかぼやけている。ただひとつ、ニックと過ごした時間をのぞいては。あのひとときのことは、鮮明すぎるほどはっきり憶えている。たとえ百歳まで生きたとしても、昨夜のひとつひとつのできごと、彼のことば、そして甘くせつないくちづけを忘れることはないだろう。

図書室を出たあと、エマは女性用の休憩室に行き、大広間へ戻ってもだいじょうぶなように気持ちを落ち着かせた――少なくとも、自分ではそのつもりだった。だが戻ってからわずか十分で、もうそれ以上、そこにいることに耐えられなくなった。そこでシグリッドに頭痛がすると告げたところ、姉はすぐに公邸へ帰って手当てをしようと言い、馬車を用意させた。

寝室にはいると、ジマー男爵未亡人が眠り薬を用意してくれた。エマがもっとも必要としていたものだ。でもそれを飲んでも眠りは訪れず、張り裂けそうな胸を抱えてじっと横たわっていた。涙が次々と頬を伝って止まらなかった。

もうすぐ夜が明けようというころ、ようやくうとうとしはじめたが、前夜ニックと図書室で口論した場面がくり返し夢に出てきた。くちづけを交わした場面の夢も見た。その唇にもう一度、触れることができたと思ったとたん、ニックはとつぜん目の前からいなくなるのだった。

朝食の席についたエマはすっかり疲れはて、トーストをひと口食べて紅茶をほんの少し飲むことしかできなかった。だがシグリッドに医者を呼ぼうかと訊かれると、無理に元気にふるまってみせた――屋敷で一日、静かに過ごせばだいじょうぶよ。昨夜の舞踏会で、ちょっと疲れたみたい。

そしていま、エマは兄や姉と一緒に居間の椅子に腰をおろし、本を読むふりをしていた。でも実際は、同じページをめくっては戻すことを延々とくり返しているだけだった。読む気がないわけではない。ただ、本に集中しようとするたび、文字が視界から遠ざかり、気がつくとまたニックのことを考えている。

彼の姿。

彼のことば。

そしてわたしは、彼の前から走り去った。

でもあの人は追ってこなかった。おそらく、二度と連絡してくることはないだろう。

ニックの驚きと怒りを思いだし、エマは氷の息を吹きかけられたように肌が冷たくなるのを感じた。ニックの顔は青ざめ、目には大人の男性をも震えあがらせるようなおそろしい表情が浮かんでいた。それでもエマは、おそれずに正面から向きあった。

そして真実を打ち明けた。ニックが耳を傾けてくれたかどうかはわからない。けれども、いまとなってはどちらでもいい。昨夜言ったとおり、わたしを憎むのがおそらくニックにとってはいちばんいいことなのだ。自分たちふたりに幸せな未来など来ないのだから。

エマはジマー男爵未亡人がまだ部屋にいることに気づいた。バラに対する自分の感想に王女がなにか言うのを待っているのだろう。エマは炉棚に置かれたピンクのバラに目をやった。

「ええ、きれいだわ。なんて美しい色なのかしら」

「これでいくつになった？」男爵未亡人がいなくなると、ルパートが言った。「おまえとシグリッドにそれぞれ十束ぐらい届いたのかな」

「エマに十一束よ」シグリッドが答えた。「それからわたしに八束。こんな年齢の未亡人にしては、これで上出来だと思わなくちゃいけないのかしらね」

ルパートは片方の眉をあげた。「こんな年齢だって？　そろそろ初老を迎えようとしているみたいな言いかたじゃないか。ローズウォルドに帰ったら、寡婦の邸宅を建ててやろうか？」

「やめてちょうだい」シグリッドは唇をとがらせた。「あなたも知ってのとおり、わたしは小別荘で充分満足しているの」

シグリッドが〝小別荘〟と言ったその館は、むしろ大邸宅と呼ぶにふさわしく、部屋数は四十五、使用人の数も六十人にのぼる。

ルパートは不機嫌そうになにかをつぶやいたあと、シグリッドに向かって言った。「だれかが言い寄ってきても、その気にさせないでくれよ。これまで見てきたかぎり、ここには姉上にとって有利な再婚相手はいない。それからエマだが、英国人の男の関心を引いてもなんの意味もない。すでに結婚相手が決まっているのだから」

「ええ、でも婚約が発表されるのはまだ数週間先のことでしょう。エマの歓心を買おうとする男性たちにも、それまでのあいだ希望を持たせてあげてもいいじゃない。もちろん、結局は骨折り損になるわけだけど。けれどエマだって、祭壇に立つ前に、少しぐらい紳士とダンスや会話を楽しんでもいいはずよ。女性としてさらに磨きをかけるためにもね」

シグリッドは生地から針を引きぬいていったんことばを切り、エマを安心させるように微笑んだ。しかし姉がよかれと思って言ったことは、エマの心をますます暗くさせた。自分はもうすぐ結婚という名の牢獄に入れられ、背後で独房の扉が閉まる音を聞くのだ。

「きみたちの哀れな求愛者のことはともかく」ルパートは言った。「せめてこの愛情の証の花をどうにかしてくれないか。居間が葬儀屋のようなにおいになって、鼻が曲がりそうだ」

「品のないことばはきらいよ」ルパートの青い瞳がきらりと光った。シグリッドの亡き夫は、女性が同席していても、平気で悪態をついていた。シグリッドはそのことを思いだし、いやな気分になったのだろう。ルパートはそれ以上なにも言わず、新聞をきっちり四分の一に折りたたんでまた記事を読みはじめた。

エマも読書に戻ろうとしたが、やはり集中することができず、読んだ文字がそのまま頭から抜けていった。

ソファの反対側の端ではシグリッドが刺繍をつづけている。

五分後、男爵未亡人がふたたび居間のドアをノックした。「また花束が届きました。シグリッド様宛てに赤いカーネーション――」

「まあ、早く持ってきてちょうだい」シグリッドが鈴を鳴らすような声で言い、刺繍道具を脇に置いた。「新しい求愛者はいったいだれかしら」

新聞の向こうで、ルパートが小さく鼻を鳴らした。

シグリッドはそれを無視し、うれしそうに微笑みながら大きな花束を受けとった。

男爵未亡人はエマに向きなおった。「そしてこちらが王女様宛てです。率直に言わせていただければ……一風変わったお花ですね」小さな花束を差しだして唇を引き結んだ。一国の王女に贈るのにふさわしいものではない、とでも言いたげな表情だ。

エマは男爵未亡人から花束を受けとった。大きな花びんに活けられた仰々しいほど豪華なほかの花束とはちがい、それは質素で、凡庸《ぼんよう》とすら言えるものだった。陽気な紫と黄色の花びらをながめているうちに、胸が騒ぎはじめた。

スミレだ。

「スミレなの？」シグリッドが言い、エマの持った花束に目をやった。「変わっているわね。だれから届いたのかしら」

かつて交わした会話が脳裏によみがえってきた。エマはダイニングテーブルにつき、ニックから次々と質問を受けていた。

〝好きな色は？〟

〝好きな本は？〟

〝好きな季節は？〟

二十の質問をするなかで、ニックは花についても尋ねてきた。そしてエマがありふれた野生の花、とりわけスミレが好きだと答えると、意外そうな顔をしていた。

でもこの花束がニックからのものであるはずがない。あの人はわたしをきらっているのだ。花束など贈ってくるわけがない。でも少しのあいだだけ、これがニックからの贈り物であると思うことにしよう。エマは花束を両手で握り、可憐な花を顔に近づけた。やわらかな花びらにそっと頬を寄せる。

「それで、だれからだった？」シグリッドが言った。「カードはないの？」

その声にエマは現実に引き戻されて目をあけ、ため息を呑みこんだ。「どうかしら」しかたなく、花を束ねた白いシルクのリボンを調べた。たしかに内側に小さなカードがはさんである。それを取りだし、頭をかがめて読んだ。

エマリン王女へ
ようやくお目にかかれて光栄です。
N

エマの心臓がふたつつづけて打ち、硬い羊皮紙を持つ手がかすかに震えた。矛盾するふたつの感情が堰《せき》を切ったようにあふれだした。花束がニックからのものだったうれしさと、カードに皮肉がこめられている悲しさと。

ほかの人の目には、これはふつうの礼儀正しい文面にしか見えないだろうが、それはまちがっている。カードを読みかえし、エマは頬が紅潮するのを感じた。痛烈な皮肉がさりげなくこめられたこのことばを、ニックが甘くなめらかな声で口にするのが聞こえてくるようだ。喜んでいいのか悲しんでいいのか、それとも怒るべきなのか、よくわからない。だがくやしいことに、自分はその三つの感情を同時に覚えている。

エマの視界の隅に、シグリッドがこちらを見ている姿が映った。女官の男爵未亡人が問いかけるような目をしている。ルパートまでもが、読みかけの新聞をおろしていた。

「だれからだった?」シグリッドが催促した。

エマは内心の動揺を懸命に隠し、無造作に肩をすくめてみせた。「わからないわ。だれだか知らないけど、Nという人よ」

カードをシルクのリボンに差しこみ、興味がなさそうなそぶりで花束を男爵未亡人へ渡した。「ほかの花と一緒に置いといてちょうだい」

女官は小さな花束を受けとると、部屋を横切って目立たないところへ置いた。

エマは無理やり目をそらした。

「Nですって?」シグリッドは言い、ふたたび刺繍道具を手にとった。「いったいだれかしら。昨夜会った紳士のなかで、そんなふうに名乗りそうな人に心あたりはないわ。ナイトマザー卿の頭文字はNだけど、あのかたは結婚しているし、祖父でもおかしくない年齢だから、それはなさそうね。どう思う?まったくの謎だわ」

エマはまた肩をすくめた。「正直に言うと、昨夜紹介された人たちの半分は憶えてないの。贈り主がだれであろうと、どうでもいいわ」花束が飾られた場所を手ぶりで示す。「ルパートの言うとおり、あとで片づけたほうがいいわね。お姉様宛ての花束はともかくとして、わたしに届いたぶんは。食卓や寝室にきれいな花を飾れたら、使用人も喜ぶんじゃないかしら」

シグリッドは微笑んだ。「それはいい考えね。わたしもみんなに少しおすそ分けするわ」

「ああ、とてもすばらしい考えだ」ルパートが言った。

シグリッドはルパートをちらりと見ると、またひとしきり、じゃれあうような口論をした。

エマはふたたび本を開き、読んでいるふりをした。


それから何時間もたち、みなが寝静まったころ、エマは階段をおりて居間へ行った。たくさんの花束が消えているのを見て、一瞬どきりとした。大きな花びんに活けられた花々は、エマが提案したとおりに持ち去られていた。

だがすぐに、目当てのものが見つかった。小さな花束が忘れ去られたように隅に置いてある。エマは駆け寄ってそれを手にとった。

水を与えられていなかったので、可憐な野の花のほとんどがしおれ、シルクのリボンのなかでぐったりしている。それでもよく見てみると、まだくたびれていないものが何本かあった。色鮮やかな花びらはふっくらとして美しく、生気にあふれている。

エマはそのなかからいちばんきれいな花を選び、そっとやさしく抜きとると、ガウンのポケットからハンカチを取りだしてそれを包んだ。寝室に戻ったら、分厚い本にはさむことにしよう。今日読もうとして読めなかった本でもいいかもしれない。

カードの太くて力強い筆跡から、ニックの恨みの念が伝わってくる。まだ怒りがおさまらないのだ。自分をだましたわたしのことを、まったく許していないらしい。けれどそれも当然のことだろう。本人の立場から見てみれば、彼はまったくの被害者なのだから。

もし自分に分別とプライドが少しでもあるなら、カードをびりびりに破いて暖炉へほうりこんでいるところだ。壊れやすいガラスのようにそっと手のひらに載せている花も、同じように燃やしていたにちがいない。

だがエマはそうする代わりに、カードに書かれた流麗で力強い文字を指先でなぞった。ニックもこの羊皮紙に触れたのだ。ペン先をこの上に置き、インクで文字を綴った。エマはわれながら愚かだと思いつつも、カードを顔に近づけてそのにおいを吸った。ほんのかすかに、白檀の石けんのにおいと、それに混じって世界じゅうにひとつしかないにおいがする。

ニックのにおいだ。

エマはそれ以上、自分に考える暇を与えず、カードも一緒にハンカチで包んだ。残りの花をもとあった場所に戻すと、急いで居間を出た。

ニックは激しいダブルパンチを立てつづけに繰りだした。そのうちのいくつかが、相手の防御をかいくぐってみぞおちにあたった。練習相手《スパーリングパートナー》の男はよろけてうめき声をあげると、口から流れる血をリングにまき散らしてひざを床につき、片手をあげて降参の意を示した。

ニックは大きく息をついて後ろに下がり、グラブをはめた手をだらりと脇に垂らした。腕を大きくふり、むきだしの胸に汗を流しながら、相手が三人めの介添人《セコンド》の手を借りてよろよろとコーナーへ向かうのをながめた。

　そろそろ体力の限界に達していてもおかしくないころだが、ニックは疲労を感じていなかった。両のこぶしを打ちあわせながら、軽い足取りで何歩か前へ進んで所定の位置につき、次の練習相手がリングに現われるのを待った。「次を頼む、ジャクソン」近くの壁にもたれかかって打ち合いを見ていた、屈強そうな年長の男に向かって言った。「まだ打ち足りない」

「今日はもう充分でしょう、閣下」〝紳士《ジェントルマン》のジャクソン〟がリングに近づいてきた。「うちのボクサーの半分がけがをし、残りの半分は、今日の閣下には近づきたくないようです」

　ニックは不機嫌な顔でジャクソンを見た。「今日のわたしがどんな状態であろうが関係ないだろう。わたしは打ち合いをするためにここへ来た。そしてきみは、わたしにふさわしい練習相手を提供するためにここにいる。ボクシングに関しては情け容赦ないという評判のきみなら、もっと手ごわい相手をよこしてくれてもいいはずだ」

　ジャクソンはまったくひるまず、ニックの目を見すえた。「ここにいるのは才能と経験豊かな者ばかりで、今日も閣下に勇敢に立ちむかいました。ただ、うちのボクサーはけっして相手を血まみれにしたりはしません。もし閣下が審判なしでどちらかが失神するまで闘うことをお望みなら、血の気が多くてたちの悪い連中がいる路地をお教えしますよ」

「わたしがそういう連中にかなわないと決めつけているような言いかただな」ニックは挑む

ようにあごをあげた。

「今日は閣下が勝つほうに賭けますよ。たとえ相手がこのうえなく狂暴なやつであっても」ジャクソンはしぶしぶ認めた。「でも憂さ晴《ば》らしをなさるのなら、もっと安全な方法をお勧めします」

「かりにわたしに憂さとやらがあったとしても、きみには関係のないことだ」ニックは冷たく言った。

ジャクソンはまっすぐニックの目を見た。「閣下がここへはいってきた瞬間にわかりました。さあ、グラブをはずしてお帰りください」

「わたしを追いだす気か?」ニックは目を細くすがめた。

「今日はそうさせていただきます。うちのボクサーや常連のお客様にけがをさせないよう、もう少しご機嫌のいいときにいらしてください」

ニックはのどまで出かかったののしりのことばを呑みこんだ。グラブのひもを歯で引っぱってほどき、分厚い革の手袋を脱いだ。それを床に投げ捨ててもう片方のグラブも同じようにしてはずすと、周囲の人びとの視線を気にも留めず、ゆっくり大股に歩いて練習用リングをおりた。

筋肉が小刻みに震え、このところずっとつきまとっているやり場のないいらだちが爆発しそうになった。激しく体を動かして、練習相手からも何発かパンチをくらったが、気分はまったくすっきりしない。ボクシングでもすれば、頭が空っぽになると思った。たしかに、そうした瞬間もあった。ところがいま、一気に記憶がよみがえってきている。そうするまいとどんなに努力しても、エマのことしか頭に浮かばない。

そのことが自分を苦しめている。

あざけっている。

呼吸をひとつするごとに、心臓がひとつ打つごとに、自分がいかに愚かであるかを思い知らされる。そしてこの期《ご》におよんでもまだエマを求めている情けない男であることを。ローズウォルド王国のエマリン王女。

ニックは両手をこぶしに握り、なにかほかに殴れるものがあればいいのにと思った。それでもそのまま悠然とした足取りで更衣室へ向かい、ジャクソンの勇気ある部下のひとりからタオルを受けとった。洗面器に近づき、汗まみれの顔や首、胸や腋の下を冷たい水でさっと洗うと、適当にふいてからタオルを脇へほうった。それから服が用意されている場所へ行った。

十分後、体の熱こそ冷めてきたものの、頭はまったく冷めないまま、ニックは分厚い外套をひったくるようにとって〈ジェントルマン・ジャクソンズ・ボクシング・サロン〉を出た。二頭立て馬車のそばで退屈そうに待っていた馬丁《ばてい》が、あわてて気をつけの姿勢をとった。ニックは舗道の真ん中で足を止め、馬丁と馬車を見た。

馬車に乗ってまっすぐ屋敷に戻ってもいいが、まだ帰りたくない気分だ。クラブへ行けば、酒を飲みながらカードゲームができるが、それも気乗りがしない。さっきジャクソンがにべもなく指摘したとおり、今日は他人と一緒にいないほうがよさそうだ。さまざまな事情でロンドンに住むことになった、海軍時代の友人を訪ねることもできる。だが、いまさら昔話に花を咲かせてもしかたがない。もしだれかに機嫌が悪い理由を尋ねられたとしても……エマのことだけはぜったいに口にしないつもりだ。たしかに自分はエマに裏切られたが、彼女に同じことをするつもりはない。エマが自分の屋敷に滞在し、一度は男女の仲になったことは、けっしてだれにも言わない。

「先に屋敷へ戻ってくれ」ニックは馬丁に命じた。「わたしは歩いて帰る」

「ほんとうにそれでいいんですか？　もうすぐ雨が降りだしそうですよ」

「わたしは十年以上、海の上で過ごした男だ」ニックはぶっきらぼうに言った。「多少濡れたところで、どうということはない」

若い馬丁は顔を赤らめた。「わかりました、閣下。馬たちを連れて帰ります」

ニックは短くうなずくと、外套のポケットに両手を入れ、ゆっくりした足取りでその場を去った。

行き先も決めずにぶらぶら歩いた。それからしばらくしてふと気がつくと、そこはハイド・パークのなかだった。いつもはおだやかなサーペンタイン池の水面に、鈍い灰色の三角波がたっているのが見える。いつのまにか水のある場所へ引き寄せられていたらしい。でもこれは、自分がいま、のどから手が出るほど求めている荒れた海ではない。

ああ、船に乗れたらどんなにいいことか。それが無理ならヨットでもいい。海上にいると、かならずいい知恵が浮かんでくる。海水のしぶきを顔に受けて風に髪をかき乱されながら、身も心も帆の調整に集中し、頭を空っぽにするのだ。ハイド・パークの有名な人工池は、手こぎ舟や軽舟で遊ぶぶんには問題ないが、本格的なヨットには向いていない。深さも広さも不充分なこの池では、気をまぎらすことはできないだろう。

エマが憎い。

そして彼女を忘れられない自分も。

ニックはなぜまだエマのことが気になるのか、自分でもわからなかった。彼女が言ったことのすべてが嘘だった。よく考えてみれば、そんな女性から逃げられたのは運がよかったとも言える。でも心の底からそう思えないのはどうしてだろうか。彼女のことを忘れて、前へ進めないのはなぜだろう？　舞踏会の夜にエマが言ったとおり、これから先、自分たちは互いに赤の他人も同然の存在になる。ましてや彼女は、どこかの国の王族と婚約しているのだ。

ニックは両手をこぶしに握って悪態をついた。その声が風に乗って流れていった。ふたりの幼い子どもを連れた乳母が、子どもたちの耳をふさいであわてて通りすぎていく。乳母はずっと非難がましい目でニックを見ていたが、やがてその姿はふたりの子どもとともに視界から消えた。海の男のことばでだれかを不快にさせたとしても、そんなことはどうでもいい。最近はなにもかもがどうでもよく思えてしかたがない。領地に関する仕事も日常生活もおざなりだ。

エマもぼくのことを考えているだろうか？　ニックはふと思い、そんな自分に無性に腹がたった。

考えているわけがない。いまごろはきっとみずからの常軌を逸した行動と、英国貴族とつかのまの情事を楽しんだことを思いだし、声をあげて笑っていることだろう。

それでもあの舞踏会の夜、図書室から走り去る直前のエマの表情、その目に浮かんでいた深い悲しみの色が頭から離れない。思わず追いかけそうになったが、プライドがそれを押しとどめた。プライドと怒り、それに彼女はけっして自分のものにならないというあきらめが。

エマは自分のことを他人だと思い、出会ったことも忘れてくれと言った。でも毎晩夢に出てくるのに、どうしてそんなことができるだろう。朝になるとエマの名前をつぶやきながら目を覚まし、思い出のなかの彼女を抱きしめていることに気づくのだ。

エマはなぜニックに体を許したのか、危険を承知で純潔を捧げる決断をしたのか、ひと言も口にしなかった。それだけはまったく不可解で、納得できる答えが見つからない。たんに情熱に呑みこまれ、最後にもう一度、思いきった冒険をしてみただけなのか？　それとも、なにかほかに理由があったのだろうか。ひょっとして、こちらに特別な感情を抱いていたということはないだろうか？

だがエマの言ったとおり、そんなことはいまさら関係ない。彼女は手の届かないところへ行ってしまった。しかも王女という、自分よりはるかに高い身分で、友情を結ぶことすら許されない相手なのだ。

そのことがなによりもニックの心を追いつめ、怒りといらだち、そして枝の枯葉を落とす冷たい秋風にも似たむなしさを感じさせていた。

ニックはそんなことを考えている自分にとつぜん嫌気がさし、屋敷に帰ることにした。そのとき冷たく大きな雨粒が空から落ちてきた。でもニックはそれを気にも留めず、相変わらずゆっくりした足取りで屋敷に向かって歩きだした。

19

「ほんとうに一緒に買い物へ行かないの？」四日後、シグリッドが言った。「ここで待っているから、寝室に行って着替えてきたら？」

エマは本から顔をあげた。今日はなんとか文字が頭にはいってくるが、それでもときどき心がどこかへさまよってしまう。「ありがとう。でもやめておくわ」エマは笑顔を作った。「新しい帽子も手袋もいらないもの。それに本も――」そう言って読みかけの本を持ちあげる。「――読みきれないほどたくさんあるし」

「あなたがそう言うなら……」シグリッドはそこでことばを切り、愛らしい唇をとがらせた。「買い物だけじゃなくて、〈ガンター〉にも寄るつもりだったのよ。とてもおいしいお菓子があると聞いているわ。あなたもいい気晴らしができると思ったんだけど」

エマはまつ毛を伏せて唇を結び、〈ガンター〉のお菓子はたしかに絶品だと姉に教えたくなるのをこらえた。あの店にはニックと一緒に行ったので、よけいなことは言わないほうがいい。

ニックのことを思いだして胸に鋭い痛みが走ったが、エマはそれを無視した。彼のことをしばらく考えていなかった自分を、心のなかで褒めた——今回は三分間も思いださなかった。

「魅力的なお誘いだけれど、今日はここでこうしていたいの。帰ってきたら、いろいろ話を聞かせてね」

シグリッドはがっかりした顔でエマを見た。

もし姉がひとりで買い物や食事をすることになるのなら、エマも一緒に行くと言っていただろう。でもシグリッドは、途中で貴族の女性たちと合流するつもりでいるらしい。いかにも楽しげに声をあげて笑い、つねに微笑みを顔に貼りつけて過ごさなければならないと思うとぞっとする。どうしても出席せざるをえない午後の集まりや晩餐会だけでもうんざりしているのに、これ以上、社交の場に出るのはごめんだ。

今日はほとんどの時間を自分の好きなように使うことができる。ひとりでぽつんと公邸にいるよりも外に出たらどうかと言われても、耳を貸す気はない。シグリッドはロンドンの街を思う存分楽しめばいい。でも自分はここで本を読むつもりだ。

「わかったわ」シグリッドは言い、片方の手袋を引きあげた。手染めのサーモンピンクの手袋だ。いま着ている防寒用のマントとそっくりの色合いで、その下の金色とクリーム色のドレスを引きたてている。よくなめされた淡黄褐色の靴を履き、宝石はシンプルな金の十字架のネックレスと、耳もとで揺れる真珠のイアリングだけにとどめている。いつものことながら、ファッション雑誌から抜けだしてきたようないでたちだ。

「お菓子をいくつかお土産に買ってくるわね」シグリッドは言った。上体をかがめ、サーモンピンクのリボンと白い羽飾りのついた麦わら帽子を手にとると、しゃれた角度に傾けてかぶった。

「ありがとう。やさしいのね」

「ええ、われながらそう思うわ」シグリッドは言った。「でも一日じゅう本を片手に過ごすなんてだめよ。気をつけないと、文学かぶれの娘みたいになってしまうわ」

エマはうなずいた。「どうぞご心配なく。シルクとサテンと羽にかこまれて、楽しい一日を過ごしてね」

シグリッドはにっこり笑い、くるりときびすを返して出口へ向かった。

二分後、屋敷のなかがふたたび静かになり、エマは心が重く沈むのを感じた。

ため息をつき、本のつづきを読みだした。

しかし、もはや物語の世界に集中できなくなっていた。窓の外を見つめながら、いつのまにかニックのことを考えていた。

あの人はいまごろどうしているだろう。まだロンドンにいるのだろうか、それとも多くの英国貴族と同じように、ホリデーシーズンを過ごすために領地へ帰ったのだろうか。あるいは田舎の邸宅でのパーティに招かれて、いまこの瞬間にも、彼の歓心を買おうとしている魅力的な若い女性にかこまれているかもしれない。そしてそのなかのひとりと、庭を散歩しているかもしれない。美しい女性がニックの腕に手をかけ、彼が冗談を言うたびに笑い声をあげる光景が目に浮かぶ。ニックも一緒になって笑っている——かつて自分たちがそうしていたように。

ニックはわたしのことを考えるときがあるだろうか、それともわたしのことはもう記憶の彼方に消えつつあるのだろうか？　いまもまだ自分をだましたわたしのことを憎んでいるだろうか。もしかすると、わたしのことなどもうどうでもいいと思っているかもしれない。

〝N〟から二度と花束が届くことはないとわかっていたものの、エマはさびしさを感じずにはいられなかった。あれから手紙も来ない。たとえこちらを責めるようなとげとげしい文面であっても、あの人からの手紙というだけでうれしかっただろう。でもニックはわたしの別れの意思を尊重し、一切の連絡を絶つことに決めたらしい。

これでよかったのよ。エマは自分に言い聞かせた。なのになぜ、こんなに苦しい気持ちになるのだろう。

胸がまたぎゅっと締めつけられるのを感じ、エマは心臓に手をあてて浅い息をついた。そんな自分を叱りつけ、ふたたび本に目を落とした。

ところがやはり読書に集中できず、シグリッドに言われたとおり、外に出て庭を散歩でもしようかと考えた。そのとき廊下のほうから、だれかの足音とひそひそささやきあう声が聞こえてきた。

ドアをノックする鋭い音がした。

「どうぞ」エマは声をかけた。

ジマー男爵未亡人が部屋にはいってきたが、その顔にはかすかに困惑の表情が浮かんでいた。「失礼いたします、王女様。お客様がお見えになりました。いらっしゃることはまったく聞いておりませんでしたが、お部屋の支度を整えたほうがよろしいでしょうか」

お客様？　いきなり訪ねてくるなんて、いったいだれだろう？

エマは本を脇に置いて立ちあがった。「どなたなの」

だが男爵未亡人が答える前に、ドアが大きく開き、ふたりの若い女性がずんずん歩いて部屋の奥へと進んできた。エマが当分のあいだ会えないだろうと思っていたふたりだ。

「アリアドネ！　マーセデス！」エマはふたりに駆け寄り、それぞれの体を長いあいだぎゅっと抱きしめた。「どこから来たの？　それにどうやって？　わたし……ことばが出ないわ」

「あら、そんなことないでしょう。ちゃんとしゃべっているじゃない」アリアドネがからかうように言って笑った。「それからいまの質問の答えだけど、スコットランドから馬車で来たのよ。驚いた？」

「もちろんよ！」エマは大声で言った。

「喜んでくれてるならいいんだけど」マーセデスが言った。

「ええ、決まっているでしょう」唇がかすかに震え、エマはふたりの親友と再会できた喜びをしみじみと噛みしめた。このふたりに会えなくてどれだけさびしかったかを、あらためて思い知らされた。

「お茶を持ってきてちょうだい。それから、こちらの王女様たちのお部屋を用意して」エマは男爵未亡人に命じた。「わたしの寝室のある棟にしてもらえるかしら。黄色とばら色の特別室がいいわ」

「かしこまりました」女官はうやうやしくお辞儀をして立ち去った。

「疲れたでしょう」エマは大きなソファを手で示してふたりにすわるよう勧め、その向かいの椅子に腰かけた。「お茶の前に寝室で少し休んで、さっぱりしてもらったほうがよかったかしらね。スコットランドからの道のりがどれほど遠いか、そしてどれだけくたびれるものか、わたしもよくわかっているわ」

アリアドネはマーセデスと顔を見合わせた。「だいじょうぶよ。昨日、途中で一泊して、今朝そこを発ったの。夜通し馬車を走らせるには、少し遠すぎる距離だったから」

「快適な宿屋だったわ」マーセデスが言った。「想像以上にいいところだった。その前は各地にある貴族の邸宅でお世話になって、おもてなしを受けたのよ。毎日、ぐずぐずしてはいけないと自分に言い聞かせて、後ろ髪を引かれる思いで出発したわ。だってわたしたちの目的は、あなたに会うことだったから」

エマはふたりの顔をじっと見た。「あなたたちに会えて心からうれしく思っているけれど、どうしてこんなところまで来たの？　まだ今学期は終わってないでしょう」

「ええ、まだ終わってないわ」アリアドネが言った。「でもホルテンシア伯爵夫人と話をして、あなたに会うために早く学期を終える許可をもらったの。万が一、到着が遅れるといけないから、ルパート皇太子にはわたしたちの計画を内緒にしてほしいとお願いしたのよ。どうやら皇太子は約束を守ってくださったようね」

「兄に手紙を出したの？」

「そうよ」アリアドネは言った。

「皇太子が今回の旅の手筈《てはず》を整えて、わたしたちが快適に過ごせるように気を配ってくださったの」マーセデスが笑みを浮かべた。「なんてやさしいかたなのかしら」

「だれだってそれくらいのことはするわよ」アリアドネが反論した。「でもまあ、それなりに快適な旅ではあったけれど」

エマはなにも言わなかった。アリアドネはルパートのすることを、けっして褒めたりしないのだ。

アリアドネがふいに立ちあがり、出口のところへ行ってドアを閉めた。急ぎ足で戻ってきて、ソファに腰をおろす。心配そうに眉間にしわを寄せ、エマのほうへ身を乗りだした。

「あなたの手紙を読んで、マーセデスもわたしもすぐ会いに行くべきだと思ったの」

マーセデスがうなずいた。「なにかがおかしいと、ぴんと来たわ」

「さあ、わたしたちにすべてを話してちょうだい」アリアドネがうながした。「あなたが不幸そうな顔をしているのは見たくない。わたしたちは姉妹以上の仲でしょう？」

エマはふたりをまじまじと見つめ、とつぜんわっと泣きだした。

マーセデスが悲しげな表情でのどに手をあて、アリアドネは黙ってハンカチを差しだした。

エマはシルクのハンカチを受けとって顔をうずめ、これまでずっと抑えつけてきた苦悩と悲しみが一気にあふれだすのにまかせた。

数分後、マーセデスが立ちあがり、急ぎ足でソファをまわってエマの隣りにすわった。そっと腕をまわし、エマの背中と肩をやさしくさする。「だいじょうぶ、なにもかもうまくいくわ」

だがエマは、そんなことはありえないとわかっていた。マーセデスの肩にもたれかかり、さらに激しく泣きじゃくった。

やがてお茶が運ばれてくると、アリアドネが入口でトレーを受けとり、召使いだかジマー男爵未亡人だかを室内に入れなかった。ドアをしっかり閉めてから、アリアドネはソファのあいだに置かれた小さなテーブルにトレーをおろした。

てきぱきと三つのカップに紅茶を注ぎ、そのうちのひとつをすべらすようにしてエマの前に置いた。「これを飲んで。落ち着いたら、話を聞かせてちょうだい」

エマはなんとか泣きやもうとしたが、ようやく落ち着いて話せるようになるまで、それから二分ばかりかかった。涙でいっぱいの目をふき、作法も気にせず思いきり洟をかんだ。どのみち長年の付き合いのふたりには、これまでも行儀の悪いところを何度も見られている。

「ほら、紅茶よ」アリアドネがやさしく言い、カップをさらにエマのほうへ押しやった。

「ぬるくなってなければいいんだけど」

エマは震える息を吸って手を伸ばし、カップを口に運んだ。温かな紅茶を飲むと、号泣したせいで苦しかったのどが少し楽になった。

マーセデスとアリアドネはそれを辛抱強く見守った。

「あなたたちは飲まないの？」エマはかすれた声で言った。

マーセデスとアリアドネは目を見合わせたあと、カップを手にとって紅茶を飲んだ。

「ビスケットは？」マーセデスが言った。

エマは首を横にふり、視線をひざに落とした。

「あなたの抱えている問題は、お兄様の了承を得ずにロンドンへ行ったことと関係があるんでしょう」アリアドネが訊いた。

「ええ」

「そしてほんとうは、ミス・プールのところにはいなかった」

エマは目を丸くした。友人たちの鋭い勘に、驚きといらだちを同時に覚えた。「そうよ、ずっといたわけじゃないわ」

「やっぱりね」アリアドネは得意げに言った。「それで、彼はなんという名前で、どこで出会ったの？」

エマは口をあんぐりとあけ、またすぐに閉じた。「どうしてそのことを？」

アリアドネとマーセデスは訳知り顔で目を見交わした。「道中、ふたりでずっと考えていたのよ」マーセデスがどこか申しわけなさそうに言った。「そしてそれ以外の理由はありえないという結論に達したの」

「手紙一通で、そこまで見抜かれるなんて。あなたたちを心配させないよう、充分気をつけて書いたつもりだったのに」

「わたしたちに隠し事はできないと、そろそろわかってもいいころじゃないかしら」アリアドネはとがめるような目でエマを見た。「そもそも、あなたは気持ちを隠すのが下手なんだから。わたしたち相手にそんなことをしても無駄よ」

エマはうなずいた。アリアドネの言うとおりだ。彼女たちはエマのことを表も裏も知りつくしている。だからこそ、このふたりに手紙を書いたのかもしれない。

自分が不幸のどん底にあることに気づいてもらいたくて。

そのわけを尋ねてもらいたくて。

「名前はニックよ」エマは言った。「公邸を抜けだしたその日に出会ったの」

それから三十分ほどかけて、エマはすべてを――ほとんどすべてを――打ち明けた。だがいくら大の親友だとはいえ、ふたりに話さなかったことがふたつだけあった。

ひとつは、ニックの肩書と名字だ。彼の身もとは明かさないほうがいいだろうと思った。そうしても話をするうえで支障はない。重要なのは、ニックが王族ではないという一点だけなのだ。

そしてふたつめは、ニックに純潔を捧げたことだった。あの夜、自分たちのあいだにあったことはふたりだけの大切な秘密で、口にすべきではないという気がした。それに自分が夫でもない男性とベッドをともにしたことを、マーセデスはとくによく思わないだろう。

マーセデスは結婚などの社会的な制度を重んじている。以前、結婚の誓いはこのうえなく神聖なもので、夫になる人とは魂の絆で結ばれたいと言っていたことがある。そんな彼女だから、すでに純潔を失った体で初夜を迎えることなど想像もつかないだろう。もしエマのことがわかったら、大きな衝撃を受けるにちがいない。

一方のアリアドネは、そうしたことにまったく頓着していない。一度など、愛人を持つという考えにとても魅力を感じると、エマにこっそり打ち明けたことがある。結婚は牢獄でしかなく、囚人としてとらわれるのはまっぴらなのだそうだ。

さらにアリアドネは、男性と快楽を味わうことが悪いとは思わないと言い、エマを驚かせた。アリアドネが本気になって探せば、性の悦びを教えてくれる魅力的な男性がすぐに見つかるだろう。だが学校にいるのは六十歳を越えた男性ばかりなので、アリアドネはまだ無垢のはずだ。

そこでエマは、ニックと愛しあったことをふたりに教えなかった。でもアリアドネには、自分がなにかを隠していることに感づかれた気がしてならなかった。明るい緑色の目がきらりと光り、なんでもお見通しだと言っているかのようだ。

だが彼女はそれ以上、なにも訊いてこなかった。

「あなたのするべきことははっきりしているわ」エマが話を終えると、アリアドネは言った。「お兄様に、オットー王とは結婚できないと告げるのよ」

エマはアリアドネの顔を凝視した。「そんなこと、できるわけがないでしょう」

「いいえ、できるわ。皇太子のところへ行って、気が変わったことを伝えるの。ちゃんと説明すれば、きっと許してくださるはずよ」

「なにを説明するというの？」エマはかちりという小さな音をたててティーカップを置いた。「ほかの人に恋をしていることを？　もともと出会うはずなどなかった男性に？　わたしの家族はけっしてニックのことを認めないわ。ルパートは激怒するに決まってる。そして……」エマの声が小さくなった。「わたしを勘当するでしょうね」

「むしろ好都合じゃない」アリアドネは言った。「そうすればニックと結婚できるんだから」

「いいえ、それは無理よ。まず、わたしはまだ未成年で、結婚するにはルパートの許可が必要だわ。でも兄がそんなことを認めるわけがない。それに、ニックはわたしを愛していないのよ。たぶん……いまはわたしを憎んでいる」

「相手の本心はわからないわ。手紙を書くのよ。あなたとまた会いたいと思っているかどうかをたしかめるの」

「そんなことをしてなんになるの？」エマは勢いよく立ちあがり、窓際に行った。「もうどうすることもできないわ」

「やってみないとわからないじゃない。たとえ、あなたの言うとおりニックという人が」アリアドネはそこでいったん間を置いてからつづけた。「あなたを愛していなかったとしても、オットー王と結婚したくないという気持ちに変わりはないでしょう。今回の結婚はなかったことにしたいと、お兄様にはっきり伝えなければ」

エマは一瞬、アリアドネの言うとおりかもしれないと思った。「でもルパートはわたしをオットー王に嫁がせたいのよ。それが祖国のためだから。いまさら今回の縁談を取り消すことを許してくれるとは、とうてい思えないわ」

「だったら皇太子を説得する方法を考えるのよ。正式に婚約を発表したわけじゃないんだから、いまならまだ間に合うわ」

「無理よ。ねえ、アリー、そんなことをしても無駄だとどうしてわからないの？」エマは両手をあげた。

「アリーの言うことも、もっともじゃないかしら」それまで沈黙していたマーセデスが、ついに口を開いた。

「なんですって……？」

「わたしの言うことが……？」

エマとアリアドネは同時に言い、マーセデスの顔をまじまじと見た。

マーセデスはふたりの驚いた様子にかまわずつづけた。「お兄様に話すべきよ、エマ――」

「いままでなにも聞いてなかったの？」エマはマーセデスのことばをさえぎった。

「もちろん聞いていたわ。あなたがどれほどつらい思いをしているかもわかってる。お兄様と話をして。オットー王との結婚について考えが変わったことを、きちんと伝えるの」

「うまくいきっこない」エマは陰鬱な声で言った。「ルパートは理由を知りたがるだろうけど、ニックのことを言うわけにはいかないもの」

「だったら言わなければいいだけよ。もっと抽象的な話をするの。迷いやとまどいがあるから、いますぐには結婚したくないと言えばいいわ。ニックへの想いを、わざわざ持ちだす必要はないでしょう」

「許してもらえるわけがないわ」エマはそう言ったものの、胸にかすかな希望の光が灯るのを感じた。

「そうかもしれない」マーセデスは静かに言った。「でも、やってみなければわからないでしょう」

20

翌日の午後、エマはルパートの執務室に足を踏みいれた。ルパートは一階にあるその豪華なつづき部屋を、イングランド滞在中の執務室にしていた。

エマは先延ばしにせず、勇気がくじけないうちに思いきって兄にぶつかることに決めた。だがいざ一歩を踏みだしてみると、ほんとうに来てよかったのだろうかと迷いが生じた。兄のことは愛しているが、病に倒れる前の独裁的だった父よりも怖く感じることがときどきある。それでもマーセデスとアリアドネが指摘したとおり、手遅れになる前に試してみる価値はあるだろう。

自分とニックのあいだに未来があるかどうかに関係なく、オットー王との結婚は望んでいない。かりにヨーロッパじゅうでいちばん寛大な君主だったとしても、ベッドをともにすることや、まして人生をともにすることなど考えられない——ニックを知ってしまってからは。

ニック以外の男性にさわられるところを想像し、エマはぞっとした。彼はたしかに消すことのできないしるしをわたしにつけ、ほかの男性に触れられないようにした。

部屋を横切り、重厚なサテンノキの机の前にふたつ置かれたチッペンデール様式の椅子の片方に腰かけて、机の向こうにすわる兄が気づくのを待った。

ルパートは執務に集中していた。大きな羊皮紙の上に覆いかぶさるようにして、すばやくペンを走らせている。しばらくして羽ペンを置き、慎重な手つきで砂をかけて紙面を乾かすと、それを脇に置いた。そしてようやく顔をあげ、鼻にかけた半月形の眼鏡の縁越しに、青い瞳をエマに向けた。

笑みを浮かべてゆっくり眼鏡をはずし、書類と同じように脇へ置いた。「待たせたね。急ぎの仕事があったんだ」

「わかってるわ。こちらこそ、お邪魔してごめんなさい」

「かまわないさ。おまえは辛抱強く待っていた。もし重要な用件でなければ、話があるなどと言わなかっただろう。まさか新しいドレスやエメラルドで飾られた靴が欲しくて、小遣いを上げてほしいなどと言うんじゃないだろうね?」

「ちがうわ」エマはびっくりした。「エメラルド付きの靴を買うお金が欲しいと、お姉様はほんとうに言ったの?」

「いや。いつのまにか買って、請求書をぼく宛てに届けさせた」

エマは口もとをゆるめて視線を落とし、思わず笑いだしそうになるのをこらえた。シグリッドときたら、遠慮というものをまったく知らないらしい。

「小遣いじゃないとしたら、いったいなにが欲しいんだ？」ルパートは尋ね、美しい装飾の施されたひじ掛け椅子の背にもたれかかった。

笑い声をあげたい気持ちがたちまち失せ、エマは自分を奮い立たせて切りだした。「お兄様にお願い……相談というか……したかったのは、その、わたしの婚約の件なの」

「ほう。言ってごらん」

エマはひとつ深呼吸をして目をあげた。「今回の縁談はなかったことにしてほしいの。オットー王とは結婚したくない」

ついに言えた。

ルパートは長いあいだ、表情ひとつ変えずに沈黙していた。やがて目を細くすがめて身を前に乗りだした。「理由は？　どうして気が変わったんだ？」

「変わったんじゃないわ。これまでも、乗り気だったことは一度もなかった」

「いままで何週間もあったのに、おまえはなにも言わなかったじゃないか。婚約することに同意しただろう」

「いいえ」エマは小声で言った。「同意なんかしていない。わたしはただ——拒否しなかっただけ」

ルパートはいったん間を置き、謎めいた表情をした。それから悲しげな笑みを浮かべた。

「たしかにそのとおりだな。おまえは婚約のことを知らされただけで、気持ちを尋ねられはしなかった。ぼくの落ち度だ」

エマはおずおずと微笑みかえした。目の前がぱっと明るくなり、希望で胸が高鳴るのを感じた。

こんなにあっさり解決するとは思わなかった。もっと早くルパートと話をし、本心を伝えていればよかった。勝手にあきらめて不幸のどん底にいたなんて、われながら滑稽だ。

「わたしの気持ちをわかってくれたのなら」エマは言った。「婚約の話はなかったことになるんでしょう？」

ルパートは眉間にしわを寄せた。「いや、エマリン。残念だが、それはできない」

「でもお兄様は――」

「ぼくはただ、おまえの気持ちを聞くべきだったと言っただけだ。ほかに選択肢があるとはひと言も言っていない」

エマの唇が開き、全身から血の気が引いて手足が冷たくなった。浅く乱れた呼吸をしながら、兄が残酷なことばの罠をしかけてきたこと、妹の気持ちを顧《かえり》みようともしないことへの怒りを覚えた。これがほかの若い娘なら、めそめそ泣いていてもおかしくないところだが、エマのプライドはそうした幼稚なことをするのを許さなかった。

「なるほど」エマはあごをこわばらせ、硬い声で言った。「つまりわたしは、取引材料のひとつとして嫁がせられるのね」

「そういうことじゃない。おまえはかけがえのない存在だし、王族にふさわしい尊敬を受けて大切にあつかわれるべき人間だ。しかも、結婚したら王妃になれるんだぞ」

「王妃になることに興味はないわ」

ルパートは片手をさっとひとふりしてエマの反論を退けた。「ばかばかしい。おまえは不安になっているだけだ。だがそれも、いまのおまえの立場ならしかたのないことかもしれない。オットーに一度会ってみれば、きっと彼の花嫁になれることをうれしいと思うにちがいない」

「思うわけがないでしょう」エマは声を荒らげた。

ルパートは片方の眉をあげた。「人柄について心配しているなら、その必要はない。オットーは立派な人物で、活力と知性を兼ねそなえている。使用人に対しても国民に対しても思いやりがある。オットーの宮殿でなら、安楽で快適で贅沢な生活が送れるだろう。ぼくの力でも与えてやれないほどのすばらしい生活だ」

でもエマにとっては、贅沢な生活などどうでもいいことだった。心も魂もない物質がどうしてそんなに重要なのだろうか。ものは夜になっても抱きしめてはくれない。悩みがあるときに慰めてくれるわけでも、不安を取り除いてくれるわけでもない。ずっとつづく本物の幸せを運んできてはくれないのだ。「愛はどうなるの?」エマは思わずつぶやいた。

ルパートは短く笑った。「おまえはずっとそのことが言いたかったのか。愛を求めていると?」苦い笑みを浮かべる。「だいじょうぶだ、愛は時間とともに育まれる。いつか気がついたら、オットーに愛情を感じるようになっているさ」

エマは鋭く険しい目で兄を見すえた。「もしそうならなかったら?」

ルパートは目をそらし、なめらかな銀のペーパーナイフを手にとると、これといった理由もなく裏に返した。「それでも、すばらしい人生を送ることはできる。妻を悲しませるような男におまえを嫁がせるつもりはない。その点については安心してだいじょうぶだ。それから愛についてだが、われわれ王族はかならずしも願ったものが手に入れられるわけじゃない。義務と栄誉の人生を送り、祖国と一族に尽くすために生まれてきた。それは王族に与えられた特権であると同時に、背負うべき荷物でもある。祖国の独立を守れるかどうかは、ひとえに今回の結婚にかかっている。望もうが望むまいが、おまえがその鍵を握っているんだ」

エマは氷のように冷えきった指をからみあわせ、のどにこみあげてきた苦いものを飲みくだした。

「ぼくだってほんとうはつらいんだよ」ルパートはやさしく言った。「でもわかってくれないか。ぼくもいずれは義務をはたすため、政治的、財政的な都合で妃《きさき》をめとることになる。将来の花嫁と恋に落ちたいなどとは、夢にも思っていない。ただ誠実で気丈で、王妃として誇りに思うことができ、勇敢な息子と心の温かい娘を産んでくれる相手であればそれでいい。それ以上のこと、たとえば本物の愛情などは、最初からあきらめている。万が一、互いのあいだに愛が芽生えたなら、それはまさに神の祝福というべきだ」

自分たちはなんて悲しい星のもとに生まれたのだろう、とエマは思った。まるで檻に入れられた動物園のライオンのようだ。王でありながらとらわれている。そう、自分の意思で動くことを許されない王者だ。

長い沈黙ののち、エマはようやく口を開いた。「それがお兄様の最終的な答えなのね。わたしはオットー王と結婚しなければならない、と」

ルパートはペーパーナイフを置いた。「命令が必要かな?」

エマは兄の目をまっすぐ見た。「ええ。そうしてもらえるかしら」

ルパートは背筋を伸ばした。「いいだろう。では、おまえにオットー王との結婚を命じる」

エマの全身が凍りつき、胸に灯っていた希望の光が消えた。手足がしびれるほど冷たくなり、感覚がなくなった。

「わかったわ、殿下」感情のこもらない声で言った。椅子から立ちあがり、なんとか姿勢を保った。「これで失礼してもいいかしら」

「ああ、エマリン」ルパートはさびしげに言った。

エマはひざを曲げてお辞儀をすると、ゆっくりした足取りで部屋を出ていった。


「どうだった?」

「お兄様はなんですって？」

マーセデスとアリアドネは、上階の自室へ戻ってきたエマに駆け寄り、同時に尋ねた。だがエマの顔を見るなり、ふたりとも口を閉じた。

「まさかそんな」マーセデスは目を見開いた。

「あの血も涙もない男ときたら。あなたを自由にしてくれなかったのね」アリアドネは両のこぶしを腰にあてた。「いますぐあの人のところに行って、自分がどれだけ理不尽なことをしているのか――」

「ルパートにはなにも言わないで」エマはきっぱりと言ったが、その声には生気が感じられなかった。「今回のことについて、兄と話をするのはやめてちょうだい」

アリアドネは口をあけかけて閉じ、また開いた。腰にあてていた両手を体の脇におろす。

「でも――」

エマはふたりの横を通りすぎると、ばら色のダマスク織りのソファに腰をおろし、刺繍道具に手を伸ばした。

アリアドネとマーセデスは一瞬ためらったのち、その向かいのソファにすわった。

エマは二本どりの緑の絹糸を針穴に通し、布に刺した。

「だったら」アリアドネは言った。「別の方法を考え――」

「もうだめよ」エマはアリアドネのことばをさえぎった。

「でも、エマ――」

「だめだと言ったのよ」エマは顔をあげ、アリアドネの緑色の瞳を見た。

「兄にお願いしたら断わられた。それで終わり」

「でもと何度もくり返すのはやめてくれる？」ようやく感情のこもった声で、エマは言った。

「でも――」

「い、いもう終わりだと言ったでしょう」

　アリアドネは腕組みした。「このまま黙ってオットー王と結婚するつもり？」唇を突きだして言いかえす。「ニックのことはどうするの。あなたはてっきり彼のことを愛していると
ばかり思ってたわ」

　エマの顔がさっと青ざめ、刺繍をしている手が震えた。「言いすぎよ」

　アリアドネはばつが悪そうに目を伏せた。「ごめんなさい。わたしはただ、大切なあなたに幸せになってほしくて」

「だったらわたしの言うことを尊重してちょうだい。これでいいのよ、アリー」

　ふたりのあいだに沈黙がおりた。しばらくしてアリアドネはしぶしぶうなずいた。

　マーセデスが身を乗りだした。「こんなことになって残念だわ。わたしたちみんな、考えが甘かったのね。ほんとうにごめんなさい。あんな提案をして……いいえ、皇太子に話をするよう勧めたりして。ぜんぶわたしのせい――」

エマは首を横にふった。「いいえ、兄には一度、ちゃんと話をしなければならなかったのよ。そして話は終わり、兄の答えもわかった」ふたたび針を手にとり、刺繍をはじめた。それから五分もたたないうちに、エマはため息をついて刺繍道具を脇に置いた。「疲れたわ」また感情も生気も感じられない声に戻っていた。「少し横になるわね」

そう言うとふたりの友人の顔を見ることなく立ちあがり、その場を離れて隣りの寝室につづくドアを閉めた。寝室にはいると靴を脱ぎ捨ててベッドに横になり、上掛けを引きあげた。体を丸めて目を固く閉じ、眠りが訪れるのを待った。

隣りの居間で、アリアドネとマーセデスはソファにそのまますわっていた。やがてドアの向こうの部屋から、なにも音が聞こえなくなった。

マーセデスはがっくり肩を落として嘆息した。「やっぱり責任を感じるわ」小さな声で言った。「わたしがエマをけしかけたりしなければ――」

「どうなっていたというの？　エマは会ったこともなければ、結婚したくもない相手と婚約させられるのよ。どうしてこんなことになってしまったのかしら。だれかを責めたければ、あの冷血漢の悪――いえ、エマのお兄様を責めるといいわ。あの人はエマを殴ったのも同然よ。ある意味ではそのとおりね。ただ、使ったのがこぶしではなくてことばだというだけ。あんなに沈んだエマは、いままで見たことがないわ」

「ええ。エマの顔を最初に見たとき、わたしも愕然としたもの」マーセデスはひざの上で指をからめた。「でもいまはつらくても、オットー王は思ったほど悪い相手じゃないかもしれないわ。もしかすると、驚くほどやさしくて興味深い男性かもしれない。実際に会ってみたら、エマが王に好意を抱くことだってありえるでしょう」

アリアドネは淡い色の眉を片方吊りあげた。「そんなこと、女学校の裏庭にいる動物たちに羽が生えて飛び去るよりもありえないわ。たとえオットー王がやさしくて興味深く、好感の持てる男性だったとしても、彼はエマが愛する人じゃないのよ」

「そうね」マーセデスはため息交じりに言った。「かわいそうなエマ」

「だからわたしたちふたりで、エマをニックという人に会わせる方法を考えましょう。どこのだれかは知らないけれど」

マーセデスは思わず息を呑んだ。「でもエマの言ったことを聞いたでしょう？　ルパート皇太子の決意は固いわ。エマを自由の身にしてくれるとは思えない」

アリアドネは無造作に肩をすくめた。「どうにかなるでしょう。いい方法はまだ考えつかないけれど、そのうち頭に浮かんでくるはずよ」

「アリー、やめて。エマのことばを思いだして」マーセデスは叫ぶように言った。「エマ本人は干渉してほしくないのよ」

「そうかしら。人はときどき、自分にとってなにが最善なのかわからなくなることがあるものよ。わたしはごくささやかなお節介をするだけで、あとは運命の女神にまかせるわ」

「エマの運命は、オットー王と結婚することかもしれない」

アリアドネは憐れむようなまなざしでマーセデスを見た。「運命の女神はそれほど残酷じゃないと思うけど」そこでいったん口をつぐみ、眉根を寄せて考えをめぐらせた。「さてと、どうやってニックという人を見つけだそうかしら。なによりも、その人とエマをどうやって会わせるかを考えなくちゃ」

21

「いいかげんにふさぎこむのはやめてくれないか」それから一週間ちかくたったある日、ルパート皇太子は居間のなかを行きつ戻りつしながら言った。「これまで我慢してきたが、おまえが姿を見せない言い訳をするのにも疲れてきた」

エマは椅子に腰かけ、ひざの上で手を組んで窓の外に広がる庭園を無言でながめていた。

ルパートは渋面を作った。「そろそろおおやけの場に顔を出してくれ。シグリッドやぼくと一緒だと気が進まないというなら、友だちと出かけたらいいじゃないか。興味の持てそうな催しが、なにかひとつぐらいあるだろう?」

エマは言いかえしたくなるのをこらえた。なにを訴えたところで、兄がわかってくれるはずもない。

エマが黙っているのを見て、ルパートは腹立たしげにため息をついて両手をさっとあげた。「自分で選べないならぼくが選んでやろう。五歳児のようなふるまいはやめるんだ」

乾いた笑い声がエマののどまで出かかった。

子どもじみていると責められるとは、なんと皮肉なことだろうか。まだ幼い少女だったころでも、子どもっぽくふるまったことは一度もない。それは許されないことだった。憶えているかぎり、いつも実際の年齢よりずっと大人びたふるまいをしてきた。人形などの可愛らしいおもちゃで遊びたい盛りのころでさえそうだったのだ。

「それは命令なの？」エマはゆっくりとルパートに視線を移した。

ルパートは二週間ほど前にエマと執務室で交わした会話を思いだし、顔をしかめた。「ああ、必要ならばそうするよ」

エマは目をそらした。「ご命令であればもちろんしたがいますわ、皇太子殿下」

他人行儀な話しかたが兄をいらだたせることは知っていた。いまのような状況であれば、なおさらそうだ。つまらない意地で、これこそ子どもじみているとわかってはいたが、少しぐらい反抗せずにはいられなかった。

これくらいしか抵抗のすべはない。

自分の望みとは正反対の将来を勝手に決められたうえ、いまや個人の権利まで制限されようとしている。これからは私生活などないも同然だ。内心では外の世界になどまったく興味がないのに、英国貴族の前で顔に笑みを貼りつけ、王女としての自分を演じなければならない。ほんとうはそんなことよりも、寝室へ下がる時間になるまで本を読んだり昼寝をしたり、アリアドネやマーセデスと他愛ない話でもしていたい。

婚約が正式に発表されるまでの短いあいだ、おだやかで静かなときが過ごせたらどんなにいいだろうか。だがきっと心の準備もできないうちに、その日はすぐにやってくる。いくらエマでも、オットー王がホリデーシーズンにイングランドへ来ることぐらいは聞いていた。田舎にあるどこかの公爵の邸宅でエマたちと合流し、みんなでクリスマスを祝うのだという。すでにルパートから、人前ではつねに笑みを絶やさず、明るくふるまうように言われている――とくに未来の花婿の前では。

だがこんなに心がぼろぼろなのに、どうしたら明るくふるまえるというのだろう。考えただけでいやでたまらない男性の前で、どうやったら愛想のいい笑みを浮かべられるだろうか。

前回オットー王から届いた手紙には、肖像画が同封されていた。でもエマはそれに一瞥《いちべつ》をくれただけで、さっさとベルベットの小袋に戻した。シグリッドは王のことを〝どこか謎めいた魅力がある〟と評したが、エマにはなんの感想も関心もなかった。

実際のオットー王がシンデレラに出てくる王子のように見目麗しくても、トロール（北欧神話に出てくる奇怪な妖精）のように醜くて野卑でも、自分を待ち受ける運命は変わらない。オットー王の存在は不吉な運命そのもので、いったん祭壇に立って結婚の誓いを交わしたが最後、自分の人生は終わるのだ。

エマはこれから先、愛のない生活が死ぬまでつづくことを考えまいとした。

そしてニックのことを――たいていの場合うまくいかなかったが――考えまいとした。感情のすべてを捨ててでも、彼を過去に葬らなければならない。

それ以外にどうすればいいというのだろう。ルパートは、ほかに選択肢はないと断言した。そしていま、兄は子どものようなふるまいはやめろと言っている。でも子どもだったら、心から求めているたったひとつのもの、心の底から愛しているものをぜったいにあきらめはしない。

エマは唇にかすかな笑みを浮かべて立ちあがった。「これで失礼するわ」兄に向かって言った。「今夜着ていくドレスを選ばなくちゃ。外出する予定があるの」


ニックは馬車を降り、冷たい夜気に身をさらした。重いため息をついて、〈ロイヤル・ドルリー・レーン劇場〉の円柱のならんだファサードを見あげた。

どうしてここへ来てしまったのか自分でもよくわからないが、たぶん退屈のせいだろう。数人の友人から今夜は外で食事をしないかと誘われたものの、ニックはとっさに劇場へ行く予定があると言い訳して断わった。そしてこうして、たいして興味のない芝居を観に劇場までやってきた。

つかつかと建物のなかへはいり、階段をあがって伯爵家専用のボックス席に向かった。たどりついて座席にすわったとき、芝居はすでにはじまっていた。ニックは二、三分のあいだ舞台をながめていたが、やがてつまらなくなってきた。ほかのボックス席にいる観客を見るともなしに見た。

ひとつかふたつ、見知った顔がある。ひとりは若くて美しい侯爵夫人で、夫は祖父でもおかしくない年齢だ。彼女が男盛りの紳士と火遊びをするのが好きなことは、よく知られた事実だった。数週間前、あるパーティの席で顔を合わせたことがあるが、彼女はあきらかに思わせぶりな態度をとっていた。いまもまた、ニックに向かってなまめかしい笑みを浮かべながら、誘うように扇をあおいでいる。

ニックは一瞬、侯爵夫人の誘いに乗ろうかと考えた。彼女の寝室で一夜を過ごせば、いい気分転換になるかもしれない。だが、このところ女性とベッドをともにしていないにもかかわらず、ニックの心は動かなかった。侯爵夫人は自分にとってどうでもいい存在だ。かりに抱いたところで、それは別のだれかの代わりでしかない。

自分が求めている女性はひとりだけだ。ニックはあきらめにも似た気持ちで思った。その女性だけが、悦びと平穏を同時に与えてくれる。

ニックはふたたびほかのボックス席をなんとなくながめたが、次の瞬間、激しく殴られでもしたように心臓がひとつ大きく打った。

エマだ。

じっと目をすえたままその名前をつぶやき、会いたいと願うあまり、脳が幻を見せているのではないかと思った。でもしばらく見ているうちに、そこにいる彼女が自分と同じ生身の人間であることがわかってきた——まぎれもなく本物のエマで、ことばで言いあらわせないほど美しい。

淡青色のシルクのドレスに身を包んだ彼女は、気高くて遠い存在に感じられ、どこから見ても王女そのものだ。優雅に結いあげられた金色の髪が、劇場のやわらかな明かりのなかで大天使ガブリエルのように輝いている。

ニックののどが締めつけられた。太ももに置いた手を固く握りしめて、エマのもとへ駆け寄らないよう、自分にきつく言い聞かせた。とはいえ、本人と対面したところで、なにを言えばいいのか見当もつかない。ニックはエマがこちらを向き、自分に気づいてくれることをひそかに願った。ところがエマはまっすぐ前を向き、芝居に見入っている。

だがニックの目には、芝居も観客も映っていなかった。

ただエマのことだけを見つめていた。

「ねえ」アリアドネはエマに身を寄せ、まわりに聞こえないように耳打ちした。とくに通路をはさんで反対側の、一列後ろの席にいる男爵未亡人に聞かれては大変だ。

「なに？」エマは小声で訊きかえしたが、視線は舞台に据えたままだった。

ほんとうに舞台に夢中になっているのではなく、あとで男爵未亡人が今夜のエマの様子を細かくルパートに報告することがわかっていたからだ。兄には自分が外出を楽しんだと思わせておけば、もっと社交の場へ出るようにとうるさく言われずにすむかもしれない。

「向こう側のボックス席にいる男性が」アリアドネは低い声でつづけた。「あなたのことをずっと見ているわ」

エマの体がこわばった。知らない相手にじっと見られるのは大の苦手だ。とりわけ王女という肩書と権威に興味を持った男性にじろじろ見られるのは。

「そんな人は無視して、芝居を観ましょう」エマは言った。

「いつもならわたしもそうするけど、でも……」アリアドネの声が尻すぼみになった。「なんだかあの人を見ていると……」

「なんなの?」

「彼じゃないかという気がして」

エマは横目でアリアドネを見た。「彼って?」

「彼よ」アリアドネは意味ありげに言った。「あなたのニック」

ニックの名前にはっとし、エマはとっさに薄暗い劇場内に視線を走らせた。

そのとき彼の姿が目にはいった。劇場の右手上方のボックス席にひとりですわっている。浅黒くて男らしく、息を呑むほど魅力的だ。エマはその慣れ親しんだいとしい顔の輪郭と目鼻立ち、ボックス席の暗がりに浮かぶたくましい体の線を目でなぞった。

ニックがこちらを見つめかえしている。まるで劇場内にいるのがエマひとりであるかのように、みじろぎもせずまっすぐこちらを向いている。急にのどが渇いてきた。目をそらしたが、両手が震えて止まらず、ひざのあいだに入れて押さえたくなった。

どうしてあの人がここに？　エマはうれしさと狼狽を同時に覚えた。彼がこちらを見ていることに、だれかが気づいたらどうしよう？

でも劇場に来ている人たちの多くは、役者だけではなく、ほかの観客のこともよく観察しているものだ。こちらが見つめかえしさえしなければ、だれもとくに不審には思わないだろう。それからニックがここにいる理由は、芝居を観るためだ。

なんて残酷な運命のいたずらだろうか。自分はどうして今夜にかぎって、芝居を観ることにしたのだろう。しかも、よりにもよってこの劇場とこの演目を選んでしまうとは。

エマはまた小刻みに震えながら、ニックのほうを見たい衝動をこらえた。

「どう？」エマがなにも言わないのを見て、アリアドネが返事をうながした。

「いいえ、ちがうわ」エマは嘘をつき、アリアドネがそれを信じてくれることを願った。

「ほんとうに？」アリアドネは疑わしそうに言った。「だったらどうしてあの人は、砂漠で迷った旅人がオアシスを発見したような目であなたを見ているの？　エマ、彼はまちがいなくあなたを飲みたがってるわ」

「アリー！」エマは声をひそめて抗議した。「静かにして。まわりに聞かれたらどうするの」

不安に駆られてななめ後ろにちらりと目をやり、男爵未亡人が芝居に夢中になっているのを見て安堵した。

「これ以上、嘘をつかないと約束してくれたら黙るわ」アリアドネは引き下がらなかった。「あなたの嘘はすぐにわかる。眉間にうっすらとしわが寄るから。ほら、いまもそうよ」

「しわなんてないわ」

しかし、たしかにエマの眉間にはかすかなしわが刻まれていた。額の真ん中に大きなLの字が刻まれているかもしれない、とエマは思った。嘘つき《ライアー》の〝L〟が。

隣りでアリアドネが訳知り顔で返事を待っている。

「はいはい、わかったわ」エマは言った。「あなたの言うとおりよ。でも、どうしようもないでしょう」凍える風のような悲しみがエマの体を吹き抜けた。「あの人は、大海原で隔てられたくらい遠く離れたところにいるの」

「そんなに離れていないと思うけど」アリアドネはやさしく言った。「向こう側の座席にいるだけじゃない。手を伸ばせば届くほどの距離よ」

だがエマは、とぼけた言いかたこそしているものの、アリアドネがこちらの真意をちゃんと汲みとっていることがわかっていた。

うつむいてかすかに首を横にふる。「その話を蒸しかえすのはやめて。もう手遅れなのよ」

「そんなことは――」

「なにをひそひそ話しているの？」後ろの座席にいるマーセデスが身を乗りだした。「いったいなにごと？　あなたたちの話し声で気が散っちゃうわ」

「幕間のときに説明するから」アリアドネが肩越しにささやいた。

そのとき男爵未亡人が横を向き、三人をけげんそうに見た。

マーセデスは男爵未亡人に微笑みかけ、アリアドネとエマは素知らぬ顔で芝居に見入っているふりをした。

「キーン（英国の悲劇俳優）の演技は見事じゃないこと？」マーセデスは言った。

男爵未亡人はマーセデスを見てかすかにうなずくと、安心した様子で舞台に視線を戻した。

マーセデスは座席にすわりなおし、アリアドネは安堵の笑みをエマに向けた。

だがエマは微笑みかえすことができなかった。

ニックのほうをふたたび見る勇気もなかった。

「少し歩いてこようかしら」幕間になるとエマは言った。「長いこと席にすわりっぱなしだと疲れるわ」

アリアドネは励ますような目でエマを見た。エマがお目付け役の目をかいくぐってニックに会おうとしているのだと、てっきり思いこんでいるらしい。

「ついてきていただけるかしら、ジマー男爵未亡人」エマは言った。

アリアドネがさっと表情を曇らせ、あきれたような、がっかりしたような視線をエマに向けた。

「ええ、もちろんですとも」男爵未亡人は言った。エマとアリアドネが無言で交わしているやりとりには、まったく気づいていないようだ。立ちあがってくるりと背中を向け、ボックス席の扉のところで待っている。

エマはクリーム色のサテン地に真珠が散りばめられた小さなバッグを手にとると、立ちあがって出口へ向かおうとした。そのときアリアドネも席を立ち、すばやく動いてエマの行く手をさえぎった。その場に立ち止まり、何食わぬ顔でスカートをなでつけている。

ふたりの前に立つマーセデスがけげんそうな顔をし、早く教えてと目で訴えた。だがお目付け役がいては自由に話ができないことに気がつき、あきらめたようにため息をついて出口に向かって歩きだした。

アリアドネが急いでマーセデスの後ろにつき、どこか決然とした様子で足を大きく踏みだした。次の瞬間、マーセデスが後ろから急に引っぱられたようによろめいたかと思うと、絹を裂く音がした。

「まあ、マーセデス！」アリアドネは叫び、両手を頬にあてた。「ああ、どうしましょう。ほんとうにごめんなさい。わたしったら、なんてそそっかしいのかしら。あなたのドレスのすそを破いてしまったみたい。ちょっと見せてもらうわね」

マーセデスは首を後ろへめぐらせ、問題の箇所を確認しようとした。不安と困惑で顔が赤くなっている。「どう、破れてる？　どれくらい？」

アリアドネが腰をかがめてドレスを調べると、シルクの生地に大きな穴があいていた。

「応急処置が必要みたい」アリアドネは言い、恥じ入ったように首をふった。「わたしのせいだわ。どうぞ許してちょうだい」

「これは事故だもの。許すも許さないもないでしょう」

エマはアリアドネがさっと目をそらすのを見た。

「女性用の休憩室へ行って、直してもらったらどうかしら」アリアドネは言った。「この劇場には、ドレスの応急処置をしてくれる女性がいるはずよ」

もう一度、謝罪のことばをつぶやいてから両手を握りあわせた。「ジマー男爵未亡人、マーセデス王女をひとりで行かせるわけにはいかないわ。同行していただける？」期待に満ちた微笑みを浮かべる。「あなたが戻ってくるまでの短いあいだ、エマ王女とわたしのことなら心配はいらないから」

男爵未亡人は迷っているように唇をすぼめた。三人の顔を交互に見たあと、ようやくうなずいた。「ええ、アリアドネ王女のおっしゃるとおりにいたします。わたくしはマーセデス王女に付き添って、ドレスを修理させてまいりますわ。終わったらすぐに戻りますから、このままここでお待ちいただけますか」

「ふたり一緒ならだいじょうぶよ」アリアドネは手を伸ばし、エマとしっかり腕を組んだ。「そのへんを少し歩いてくるだけだから。まわりにいらっしゃるのは社会的地位の高い立派なかたたちばかりだし、なにも問題はないでしょう」

いかたたちばかりだし、なにも問題はないですって？　エマは胸のうちで苦々しくつぶやいた。ここで二言三言、口をはさめば、アリアドネの計画を台無しにすることができる。でもそれでは、友だちの告げ口をすることになってしまう——たとえその友だちが、よけいなお節介を焼こうとしているのだとしても。

男爵未亡人がまたふたりをじっと見た。「ここからあまり遠くに行かないでください」そう言うとマーセデスに微笑みかけた。「王女様、まいりましょうか」

マーセデスはがっかりした顔でふたりを見ると、男爵未亡人と一緒に立ち去った。

エマはふたりがいなくなるまで待ってから、アリアドネに食ってかかった。「いくらなんでもやりすぎよ。わかってる？　マーセデスのドレスをわざと破るなんて信じられない。彼女はあのドレスが大のお気に入りだったのに。しかも、嘘までつくなんて。マーセデスはほんとうに事故だったと信じているわ」

「そのことは申しわけなく思ってる。でも、ああするしかなかったの」

エマはぶつくさと小声で文句を言った。

アリアドネはそれを無視した。さっきまでの恥じ入った表情が消えている。「ドレスのことなんて、たいした問題じゃないわ。マーセデスは文字どおり山のようにドレスを持っているし、なんだったらわたしが新しいのを買ってあげてもいい。大切なのは、あなたを男爵未亡人から引き離すことだけだった。まさかあなたが彼女を後ろにしたがえてボックス席を出ていこうとするなんて、思ってもみなかったわ。お目付け役がそばにいたら、ニックと話をすることなんてできないでしょう」

「そのつもりはないわ。だからこそ、男爵未亡人に同行を頼んだのよ。ねえ、アリー、どうしてこんなにひどいことをするの？　あの人ともう一度会ったって無駄なだけだと、なぜわかってくれないの」

それも向こうに会う気があればの話だ。ニックはこちらをにらみつけてはいないように見えたが、この薄暗さでは確信が持てない。まだわたしに怒っているだろうか？　エマはあばらを蹴られたかのように、胸がずきずきうずくのを感じた――劇場の向かいにいる彼を見ただけでこのありさまだ。面と向きあったら、自分がどうなるか自信がない。

「逃げてもなんの解決にもならないわ」アリアドネは言った。「あなた自身のためにも、そしてニックという人のためにも、せめて直接会って誠心誠意、話をするべきよ。自分のことを無視して平気な顔をしているなんて、彼に思われたくないでしょう？」

エマはボックス席の薄いじゅうたんをつま先でこすった。「それはそうだけど」

そう、ニックを傷つけることだけはしたくない。

「だったら」アリアドネはことばを継いだ。「廊下に出て、ニックのボックス席のほうへ歩いていきましょう。そうすれば、ばったり顔を合わせても偶然を装えるわ」

「もし向こうがわたしを捜していなかったら？」

「ばかなことを言わないで。捜してるに決まっているじゃない。あんなまなざしであなたを見ていたのよ。こうしているあいだも、人込みをさりげなくかきわけてあなたのことを捜しているかもしれない」

エマはアリアドネの思い描いている光景に、思わず苦笑した。「ばかなことを言ってるのはどちらかしらね」

アリアドネはただ微笑んだだけで、エマを廊下へ連れだした。ふたたび腕を組んで歩きだす。「じつを言うと」しばらくしてささやいた。「あなたの恋人に会うのが楽しみでしかたがないの。遠くからでも、よだれの出そうな男性だとわかったわ」

「アリー！　なんてふしだらなことを」

アリアドネは気にする様子もなく肩をすくめた。「わたしは思ったことを言っただけ。それのどこがふしだらなの？」

「彼は恋人なんかじゃないわ。わたしの左手の薬指は、ほかの人のものになる予定なの。わかった？」

「それは予定であって、いまそうなっているわけじゃないでしょう。あなたの未来はまだ決まっていないのよ。そのことをぜったいに忘れないで。ほら、見て」アリアドネは視線を先に向けた。「わたしの見間違いじゃなければ、あなたのニックがおでましよ」

エマは顔をあげた。廊下は人で混雑していたが、すぐさまニックの姿が目にはいった。長身でたくましい彼が堂々とした足取りで歩いてくるのを見て、心臓が口から飛びだしそうなほど激しく打ちはじめた。黒と白の夜会服をまとったその姿は、アリアドネが言ったとおり、よだれが出そうなくらい魅力的だ。しわひとつない黒い上着ががっしりした肩を包み、筋肉質の太ももをズボンが第二の皮膚のように覆っている。

かつてエマに触れた肌を。

魂が奪われるほど情熱的に愛しあったとき、エマの動きに合わせて動いた筋肉を。

ニックが近づいてくるにつれ、エマはこみあげる感情に圧倒されそうになった。なんとかそれに抗い、冷静で落ち着いた態度を保とうとした。

世間は自分とニックが他人も同然の関係だと思っている。

アリアドネでさえ、自分たちが互いの腕に抱かれて忘れられない夜を過ごしたことはもちろん、キスをしたこともないと――疑念は抱いているかもしれないが――思っている。

エマとアリアドネはゆっくり足を止めた。

ニックも立ち止まった。

エマを見て、腰を深く曲げてうやうやしくお辞儀をする。「王女様。こんばんは」

エマは作法に則って会釈を返した。「閣下」

その顔を記憶にとどめておこうとでもするように、しばらくのあいだじっとニックを見つめた。やがて小さな咳払いが聞こえ、アリアドネがいることを思いだした。

「そうだわ」エマは現実に引き戻された。「閣下、こちらの貴婦人を紹介いたしますわ。ノーデンブルクのアリアドネ王女です。王女、こちらはリンドハースト伯爵よ」

ニックがお辞儀をすると、アリアドネは温かな笑みを浮かべた。

「はじめまして。観劇を楽しんでいらっしゃいますか」

「ええ、とても――」ニックはエマに視線を移した。「――刺激的な夜です」

「ここでおしゃべりを楽しみたい気持ちはやまやまですが、幕間はあまりに短くて」アリアドネは人込みをさっとながめまわした。「あら、あそこに親しい知人がおりますわ。ちょっとご挨拶したいので、これで失礼してもよろしいかしら。おふたりはどうぞ話をつづけて」

「アリー」腕をほどいたアリアドネに、エマは小声で抗議した。

ここロンドンにアリアドネの〝親しい知人〟がいるとは考えられない。まだパーティに二、三回出席したぐらいで、とくに親しくなった新しい友人はいないはずだ。きっとエマとニックに、できるだけ長くふたりきりの時間を過ごさせようと思っているのだろう。とはいえ、周囲は人でごったがえしているので、厳密に言うとふたりきりになれるわけではない。

エマは不安で胃がぎゅっと縮むのを感じながら、アリアドネの後ろ姿を見送った。それからニックに向きなおった。

ニックもエマを見たが、その目は意外なことに欲望で光っていた。「元気だったかい」

「ええ、とても」壊れた心を除けば、と胸のうちでつけくわえた。「あなたは？」

「ああ。元気だ」

ニックがそこで口をつぐみ、ふたりのあいだに沈黙がおりた。コベント・ガーデンで出会ってからというもの、ふたりで一緒にいてことばに詰まったのはこれがはじめてだ。

「舞台を楽しんでいるかな」

「ええ」エマは答えたが、実際のところ、演目も話の内容もまったく憶えていなかった。

ニックのあごが伸びはじめたひげでかすかに青くなっている。指先で触れたら、記憶どおり温かくてざらざらしているだろうか。エマはみぞおちの前で両手を握りあわせた。「花束が届いたわ。贈り主はあなたでしょう？ 〝N〟という人は」

ニックの唇の端が片方あがった。「カードを見て、その場で投げ捨てたんじゃないのかい」

「ええ、もちろんそうしたわ」エマは言いかえした。「それでも、スミレはきれいだった」

ニックの目が嵐の空のように暗い色を帯びた。「きみの好きな花だろう」

エマの手首で脈が強く打った。「そうよ。憶えていたのね」

「なにもかも憶えている」ニックは意味ありげに言った。

ふたたび沈黙があった。ふたりは知らず知らずのうちに、ほんの少し前へ進んで互いに近づいていた。それでも周囲の目には、世間話をしているようにしか映らない程度の距離だ。

「まだわたしのことを怒ってる？」

「そうして当然だと思うが」ニックは言った。「でもどういうわけか、いまは怒りを感じないんだ」

ふたりはまたしばらく黙った。

「手紙を出してもいいだろうか」ニックが沈黙を破った。

エマはさっとニックの目を見つめ、うれしさのあまり心臓がひとつ大きく打つのを感じた。だが次の瞬間、ルパートのことを思いだし、ニックから手紙が届くようになったときの兄の反応を想像した。「やめたほうがいいと思うわ」

ニックはあごをこわばらせた。「そうか」

彼があっさり引き下がったのを見て、エマの胸がふたたび締めつけられた。このままなにも言わず、こちらにはまったくその気がないと、ニックに思わせておいたほうがいいということはわかっている。それでも、エマは口に出さずにはいられなかった。「あなたに手紙を書かないでほしいわけじゃないの。ただ、わたしの家族がよく思わないから」

そのことばに、ニックの目がきらりと光った。「そういうことならば、書かせてもらうよ」

エマは首を横にふった。「やめてちょうだい。今夜こうして話していることだってまずいのに」

「どうしてだ。男と口をきくのも禁じられているのか?」

「ちがうわ。でも、あなたはただの男性じゃない。もういつお目付け役が戻ってきてもおかしくないし、一緒にいるところを見られるわけにはいかないの。行かなくちゃ」

「だめだ」ニックは手を差しだした。「エマ、また会ってくれないか」

「無理よ。それから、こんな場所でわたしを名前で呼ばないでちょうだい」

ニックの顔をいらだたしげな表情が横切った。「かしこまりました、王女様。でも頼むから、もう一度会ってほしい」

エマはニックの顔をじっと見つめながら、頬から血の気が引くのを感じた。「できないわ。二度と連絡してこないで。公邸へ訪ねてきても、追いかえされて終わりよ」

ニックの表情がふたたびこわばった。

エマは泣きそうな声でつぶやいた。「たしかに前回、わたしのことを憎んでと言ったわ。でもそのことばを撤回させてちょうだい。あなたが世界のどこかでわたしを憎んでいると思うと、とても耐えられない」

ニックの顔に困惑の表情が浮かんだ。「エマ」

エマは首を横にふった。「ごめんなさい、もう行くわね」

「待ってくれ」

だがエマはくるりときびすを返した。決意が鈍り、感情を抑えられなくなって、目にあふれた涙がこぼれ落ちるのが怖かった。周囲の目も気にせず、小走りでボックス席へ戻った。

ニックはエマのあとを追おうとした。

だが二、三歩も進まないうちに、だれかがそっと袖に手をかけた。「やめて、閣下」

邪魔をする相手がだれかを確認しようとさっとふりかえったが、エマの友人の心配そうな顔が目にはいったとたん、いらだちが消えた。

「王女様」ニックはアリアドネ王女の瞳を見た。「あなただとは思いませんでした。ちょっと失礼します、エマを追いかけたいので――いえ、エマリン王女を」

アリアドネはかすかに笑みを浮かべて手を離した。「エマならだいじょうぶです。それに、親しい人たちはみんな彼女のことをエマと呼びますわ」意味深長な口ぶりで言う。「でもいまはあとを追わないほうがいいでしょう。幕間はもうすぐ終わります。お目付け役の男爵未亡人も、もうひとりの友人のマーセデス王女も、すぐに戻ってくるでしょうから」

ニックはこの若い女性のことをどれだけ信用し、どれだけのことを明かしていいのか迷った。それでも彼女がニックとエマにふたりきりで話をさせるために、適当な理由をつけてわざといなくなったことはあきらかだ。

アリアドネ王女はニックのことをどこまで知っているのだろうか。エマは彼女に自分たちの関係について、どういう説明をしたのだろう。

ニックの困惑に気づいたのか、アリアドネ王女がまた唇に笑みを浮かべた——今回は安心させるような笑みだ。「今夜はもうお帰りになったほうがいいわ、閣下。そして当面は、エマに連絡をなさらないで」

「いや、どうしてももう一度会わなければ」ニックは食いさがった。「今夜をのがしたら、彼女に言わなければならないことを、二度と伝えられないような気がする」しかしそれがなんであるかは、ニック自身にもよくわかっていなかった。

「またかならず会えるわ。わたしを信じて」アリアドネは言った。「いまはとにかく、辛抱してお待ちになって」

だがニックはすでに充分すぎるほど待っていた。怒りと傷ついたプライドに悶々とし、貴重な時間を無駄にした。今夜、再会して、自分がどれほど強くエマを求めているか、彼女が自分にとってどれだけ大切な存在であるか、すべてがわかった。エマが人生にとつぜん現われてから、なにもかもが以前と変わってしまった。もう彼女のいない人生は考えられない。

エマを愛している。ニックはようやくその真実を自分に認めた。状況は絶望的だが、この気持ちを本人に伝えなければ。そして、彼女が少しでもこちらに特別な感情を抱いてくれているかどうかをたしかめたい。でもアリアドネ王女に言われたとおりにこの場を立ち去ったとして、もう一度エマと話す機会はほんとうに訪れるのだろうか。もしかすると、エマはふたたび姿をくらますのではないだろうか？　またしても自分の前からいなくなるかもしれない——今度は永遠に。

ニックは胃がねじれそうになった。それでもいまはアリアドネ王女を信じるしかない。たしかに彼女の言うとおり、エマをボックス席まで追ったところで、周囲の注目を集めるだけだろう。もしお目付け役にあやしまれでもしたら、エマに会える望みが絶たれてしまうかもしれない。

「あなたはなぜこんなことを？」ニックはふと疑念を抱いた。「わたしのことをご存じでもないのに」

「わたしはエマを知っています」アリアドネは自信に満ちた口調で言った。「理由としてはそれで充分でしょう。彼女には幸せになってもらいたいの。そうでなければ困るわ」

「そしてあなたは、わたしが彼女を幸せにできるとお思いだ？　わたしは王族に近づくことが目的の、ただの欲深い男かもしれませんよ」

アリアドネは誇らしげに片方の眉をあげた。「もしあなたがそういう男性なら、とっくのむかしにエマと知人であることを利用しようとしていたでしょう。恥知らずの人間は、なかなか口を慎むことができないものよ。わたしは今夜ずっとあなたを見ていました。わたしの見間違いじゃなかったら、あなたはエマを深く愛している。それは顔に鼻があるのと同じくらい、たしかなことだわ」

そこまでわかりやすかったのか。ニックは胸のうちで苦笑した。自分が恋に落ちていることに気づかなかったのは、ほかならぬ自分だけだったのか。

「ええ、愛しています」ニックは低い声で言った。

アリアドネは微笑み、やがて目をそらした。

それを見てニックは、まわりの人たちが席に戻りはじめていることに気づいた。

「さあ、急ぎましょう」アリアドネは言った。「もう時間がないわ。こんなところを男爵未亡人に見られたら大変」

「とてもおそろしい女性のようですね」

「そういうわけではないけれど、一から十までエマのお兄様に報告するの。善意のスパイといったところね。さあ、住所を教えていただけるかしら。メイドを通じて手紙を送り、次はいつどこでエマに会えるか連絡するわ」

ニックは一瞬ためらったのち、メイフェアの屋敷の住所を口頭で伝えた。

アリアドネは満足そうにうなずいた。「さようなら、閣下。お近づきになれて光栄ですわ」

「こちらこそ光栄です、王女様」

ニックがお辞儀をするかしないかのうちに、アリアドネはもう華奢な体を包んだドレスのすそを揺らしながら、小走りでボックス席に向かっていた。

自分もあまりぐずぐずしないほうがいいと思い、ニックは人込みのなかにまぎれた。だが座席に戻るのではなく、そのまま階段をおり、外へ出て馬車を捜した。

22

それから一週間、エマの気持ちは千々に乱れていた。ニックとの偶然の再会で心がかき乱され、自分を待ち受けている未来――ニックのいない未来――を思うと、大声で叫びたい衝動に駆られた。本人には連絡しないでほしいと言ったものの、手紙が届いていないかどうかを確認するのが日課になっている。だがニックからの手紙は一通も来なかった。相変わらずほかの紳士からの花束は続々と届いているが、〝N〟からのものはない。

きっとニックは、きっぱり手を引くことにしたのだろう。劇場で会ったあの夜、もう一度会いたいと訴えていたのに、連絡をよこす気配もない。あの人はなにを言いたかったのだろうか？　そして、どうして気が変わったのだろうか。あとになってよく考え、やはりわたしには近づかないほうがいいと思ったのかもしれない。

でもそれはしかたのないことだ。わたしを追ったところで、どうにもならないのだから。別の男性と婚約する予定の女にまた会っても意味はない。ただの友人どうしになるにも、もう遅すぎる。自分たちのあいだには、まだ情熱の炎がくすぶっている――少なくとも、わたしのほうには。

わたしとの関係を完全に断ったほうがニックのためだ。そもそもわたしは、二度と彼と会わないことを自分に誓っていたではないか。たまたま再会したからといって、それでなにが変わるというのだろう。おそらくニックも、自分たちが置かれた状況について冷静に考え、同じ結論に達したにちがいない。

それでもエマは、われながら支離滅裂だと思いつつも、ニックに裏切られて見捨てられたような気分だった。そして、このうえなく孤独だった。ふたたび彼の顔を見たせいで、かろうじてふさがっていた傷口が開き、そこからまたどくどくと血が流れだしている。断腸の思いでメイフェアの屋敷から、そしてニックの前から姿を消した、あの日と同じように。

マーセデスとアリアドネは、エマがニックと会ってから以前にもましてふさぎこんでいるのを心配し、なんとか元気づけようとした。しぶるエマをロンドンの街に引っぱりだして、英国王立美術院の貸し切り見学から〈ハチャーズ書店〉、それに買い物などに付き合わせた。最近はシグリッドが同行することも多い。姉が新しいドレスや宝石、それに娘たちに贈る可愛い人形やおもしろいおもちゃを買う機会を見逃すはずがない。

ある日、アリアドネは、マーセデスのためにドレスを新調した。しかも、一着ではなく二着だ。シグリッドのお付きの者に裁縫が得意な女性がひとりいたが、その彼女をもってしても、マーセデスの破れたドレスを元どおりにすることはできなかった。アリアドネもさすがに良心がとがめたのか、お詫びのしるしとして好きなドレスをどれでも二枚、自分に買わせてほしいと申しでた。マーセデスはいかにもマーセデスらしく、好きな生地とボタンやリボンなどの飾りを選びはしたものの、高価すぎるものや必要のないものはけっして注文しなかった。

それにマーセデスは、アリアドネのことを怒っていなかった。ただ、あれはじつのところ事故ではなく、エマをニックに会わせるためにしたことだったと聞いたときは、少し気を悪くした。でもそれは、自分だけニックと会えなかったからだ。それでも男爵未亡人がそばにいる状況ではしかたがないと、すぐに納得して許してくれた。

だがアリアドネが機転をきかせ、マーセデスがドレスの件を許したにもかかわらず、エマとニックのあいだはなにも変わっていなかった。むしろ、彼が連絡をしてくるかもしれないという希望と、してこないだろうという絶望のあいだで、エマは激しく揺れ動いていた。

あの人のことは忘れるのよ。何度も自分に言い聞かせているうちに、やがてそのことばが哀歌となって頭のなかで鳴り響くようになった。でも心は彼のもとにあるのに、どうして忘れられるだろう。

月曜日、エマはベッドから起きあがり、窓の外をながめた。空はどんよりと曇り、銀色がかった灰色の雲が広がっている。こちらの内面まで見通すようなニックの目を思わせる色だ。でもニックの瞳の奥深い色合いには遠くかなわない。エマは自分がまたしてもニックのことを考えているのに気づき、それを頭から追いだして呼び鈴を鳴らしに行った。

温かい風呂にはいって髪を美しく結いあげ、淡い藤色のサテンのデイドレスを着て、そろいの靴を履いた。侍女を下がらせてから、しばらくその場に佇《たたず》み、新しい一日を迎える心の準備を整えた。アリアドネとマーセデスは今日も街へ出かける計画を立てているのだろうか。できればこのまま屋敷にとどまり、暖炉の前で本でも読んでいたい。でもそんなことを言ったら、またふさぎこんでいると心配されるだろう。

もちろん、ふさぎこんでいないわけがない。

それでもどこかへ出かければ、少なくともルパートから小言を言われずにすむ。

エマは練習して身につけた笑みを顔に貼りつけ、自室を出た。

広い廊下を進んだ。両側の壁には淡い金色のシルクの壁紙が張られ、かつてこの館の主だった人びとの肖像画がかかっている。この三百年のあいだに、歴代の主がそろえた豪華な家具も置かれている。だがエマはそうした美しい装飾にはほとんど目もくれず、上の空で朝食室へ向かった。

外は陰鬱な天気だが、朝食室は暖かくて快適だった。家庭的なポリッジ（穀物やオートミールを水か牛乳で煮つめた粥）や燻製肉、卵やトーストのにおいがする。エマはひと足先に来ていたアリアドネとマーセデスに「おはよう」と小さく声をかけ、椅子に腰をおろした。

シグリッドはまだぐっすり眠っているにちがいない。姉はよほどのことがないかぎり、正午前には起きないのだ。また、昨夜聞いたところによると、ルパートは公務で一日外出し、夜まで戻らない予定だという。

エマは従僕から紅茶のはいったカップを受けとり、ミルクとスプーン一杯の砂糖を入れた。目を閉じて最初のひと口を味わう。

「失礼いたします、王女様」別の召使いが言った。「たったいまこちらが届きました」

エマはぱっと目をあけて銀の盆を見つめ、脈が速くなるのを感じた。

ついにニックからの手紙が届いたのだろうか？

だが分厚い羊皮紙を手にとり、どことなく見覚えのある王家の紋章のついた封蠟が目にはいったとたん、その期待は打ち砕かれた。

召使いが下がるとエマは手紙を脇に置き、ブラックベリーのジャムの皿に手を伸ばした。なにごともなかったかのように、バターの塗られたトーストにジャムを載せた。

「開封しないの？」向かいの席からマーセデスが訊いた。

「あとにするわ。朝食が終わってから」エマはそっけなく言った。トーストをかじり、失望の苦い味よりも、ジャムの甘い味に集中しようとした。

なんて愚かなの。ひそかに自分を叱り、のどにつかえたものを無理やり飲みくだした。紅茶を少し飲んでから、卵料理をフォークですくって食べたが、まったく味がしなかった。

「あなたが読まないなら、わたしが読むわ」アリアドネが手を伸ばし、手紙をひったくるようにしてとった。きれいなナイフを使って封蠟をはずし、手紙を開く。「まあ、オットー王からじゃないの」がっかりした口調で言った。

エマはまた紅茶を口にした。

「なんて書いてあるの？」長い沈黙ののち、マーセデスが訊いた。

「あなたが先に読んだほうがいいわ、エマ」アリアドネが言った。

「いいのよ、どうぞ読んでちょうだい」エマはその手紙が、自分を囚人のような人生にまた一歩近づけるものであるとわかっていた。

「わかったわ」アリアドネは言った。「ええと。まずは型どおりの挨拶とお愛想、ご機嫌伺いのことばやらなにやらがならんでる。今度の木曜にはイングランドに到着する予定だけど、ロンドンへは来ないそうよ。みんなでクリスマスを過ごすことになっている田舎の邸宅へ、直接向かうんですって」

「意外と事務的ね」マーセデスが言った。「未来の花婿にしては」

エマは紅茶を飲んだ。「心配しないで。わたしは気にしてないわ。つづけてちょうだい」

アリアドネはちらりとエマを見てから、手紙に視線を戻した。「あなたにはじめて会うこと、そして一緒に狩りに行くことを楽しみにしているそうよ。きっと乗馬が得意なのね」

「でもあなたは狩りが大嫌いでしょう、エマ」マーセデスが言った。

「ええ、そのとおりよ。あんな残酷な娯楽のために犠牲になるキツネが、かわいそうでしかたがないわ」エマはうんざりした。オットー王の趣味で自分が苦手なものが、ほかにもまだあるのだろうか。「狩りにはシグリッドに付き合ってもらうことにするわ。姉は狩りが大好きで、馬もわたしよりずっと上手にあやつるの。ルパートに言わせると、シグリッドの乗馬の技術はほとんどの男性より上だそうよ。オットー王はすっかり感心して、わたしがいないことも忘れてしまうかもしれない」

わたしの存在そのものを忘れてくれたらいいのに、とエマは胸のうちでつぶやいた。どうにかして王の脳裏から婚約のことが消えたら、どんなにいいだろう。でもそれは高望みがすぎるというものだ。

「それから？」エマは先をうながした。

「安全な旅を祈っている、さようなら、ですって」

「なかなか感じのいい手紙じゃない」エマは言ったが、またなにかがのどにつかえているように感じた。

アリアドネは手紙を折りたたみ、テーブルの上に置いた。「エマ、そんなに絶望しないで。状況がくつがえる可能性はまだ残っているわ。だって――」

「その話はもう終わったはずよ、アリー。これ以上なにも言わないで。なにを企んでいるのか知らないけれど、お願いだからやめてちょうだい」エマは大きな音をたてないよう、慎重な手つきでカップを受け皿に戻した。「ところで、今日はどこへ出かける予定かしら。買い物、美術館、それとも図書館？」

アリアドネが反論したそうな顔をしたが、マーセデスが小さく首をふってそれを制した。自分には見られたくない場面だっただろう、とエマは思った。

「どこでもいいわよ」マーセデスはにっこり笑った。「あなたにまかせるわ」

エマは無理やり笑みを浮かべてみせ、行き先を決めた。

「ペンウォーシー邸へようこそ、王女様に奥方様」次の木曜日、執事が言い、エマとアリアドネとマーセデス、それにシグリッドを出迎えた。三人は田舎にある洗練された邸宅の玄関をくぐったところだった。この館でエマたちは、クリスマスと新年を祝うことになっていた。オットー王とその一行は、すでに前日到着したらしい。

「こんにちは」エマは明るい声で言い、クリーム色のやわらかい革の手袋をはずした。ならんで待っている従僕のひとりに手袋を渡すと、次の従僕の手を借りて毛皮の縁取りがついた白いカシミヤのマントを脱いだ。それからアーミンの毛皮の帽子を脱ぎ、三人めの従僕に渡した。

少し離れたところに、黒の綾織りの服に身を包んだ女中頭が立っていた。屋敷を預かる女中頭用の鍵の束が、細いウエストに巻いたベルトからぶらさがっている。地味な顔立ちとは裏腹に、品のある物腰だ。エマと目が合うと、女中頭はやさしい笑みを浮かべた。

エマも微笑みかえした。

最近ではつねに笑顔を絶やさないようにしている。でもそれは、表面を取り繕っているだけだ。ほんとうはこんな演技をするよりも、自分の殻にこもって傷口を癒したい。心のうちを洗いざらい友人に打ち明けてもみたが、だれにもこの傷の深さはわかってもらえそうにない。そこでエマは笑顔というつわりの仮面をかぶり、空虚な笑い声をあげていた。だが心の奥では、自分が死につつあるように思えてならなかった。

あれからなにも連絡してこないということが、ニックの本心をなによりも雄弁に物語っている。もう二度とあの人に会うことはない。エマはついにあきらめて現実を受けいれた。

そして自分の義務をはたすため、招待された催しにはかならず顔を出して、さまざまな人たちとにこやかに会話をした。そんなエマを見て、兄のルパートは満足そうだった。シグリッドも、妹の様子がおかしいとは夢にも思っていないようだ。

アリアドネとマーセデスだけが、仮面の下に隠れたエマの本心を見抜いていた。でもふたりが慰めのことばをかけたり、これからのことは心配いらないと口にしたりするたび、エマはそれをさえぎって話題を切り替えた。ふたりはじきにあきらめ、エマは自分のほんとうの気持ちを言わずにすんだことにほっとするのだった。

そもそも、いまさら言うことはなにもない。

ニックはもういなくなり、その事実はなにをしても変わらない。彼のことをくよくよ考えても、心にぽっかり空いた穴が大きくなるだけだ。しかも自分はもうすぐオットー王と婚約する。王とニックを比較したりしないよう、くれぐれも注意しなければ。それに、将来の夫のことを考えただけでぞっとすることを、みじんも表に出してはいけない。

「お部屋の準備が整っております」エマたちが上着や手袋類を従僕に預けたのを見届け、女中頭は言った。「ご案内いたしますので、どうぞこちらへ」

エマは女中頭のあとについて歩きながら、ほっと安堵の胸をなでおろした。これでようやく一、二時間ひとりになり、気持ちを落ち着かせることができる。

「みなさまには晩餐の前に応接間へいらしていただきたいと、公爵が仰せでした」女中頭は上機嫌で言った。「もしなにかございましたら、遠慮なくお申しつけくださいませ」

エマは淡い黄色と海緑色でまとめられた、豪華な広いつづき部屋を割り当てられていた。こうした状況でなければ、きっとひと目で気に入っていただろう。だがエマは部屋のなかを見まわすこともなく、女中頭が出ていったとたん、ソファにどさりと腰をおろした。

背もたれに頭を乗せ、嘆息してまぶたを閉じ、侍女があまり早く来ないことを願った。

「エマ？　寝てるの？」小さな声がした。

エマがぱっと目をあけて声のしたほうを見ると、そう離れていないところにマーセデスが立っていた。

「起こしたんじゃなければいいんだけど」マーセデスの濃褐色の瞳は明るく澄んで輝いてい

た。「話し相手が欲しいかと思って。でもお邪魔だったら出ていくわ」

ついさっきまで孤独を求めていたはずだったが、エマは急に気が変わった。静寂のなかに身を置いていると、考えてはいけないことをつい考えてしまう。

エマは椅子を手で示した。「いいえ、邪魔だなんて。さあ、すわってちょうだい。すぐに軽食を用意させるわ。今日は長旅だったものね」

だがマーセデスはその場に立ったまま動かなかった。「あとで呼び鈴を鳴らすわ。でも、その前に少し話をしない?」

「わたしはいますぐお茶が飲みたいの」エマは硬い声で言った。

マーセデスはばつが悪そうな顔をした。

エマは目を細くすがめた。「アリアドネに頼まれて来たの?」

「ちがうわ」マーセデスはあわてて否定した。「まあ、直接的にはね。わたしたちはただ、あなたのことが心配なのよ」

「心配はいらないわ」エマはきっぱりと言った。「それに話をする必要もない。これでいいのよ。わたしは今夜、オットー王に紹介されるの」

そのことにあらためて思いをいたし、エマの肩がかすかにこわばった。

マーセデスは眉根を寄せて指をからめた。「そのことなんだけど。エマ、まだなにかできることが――」

「やめて。なにを言うつもりかは知らないけど、聞きたくないわ」エマはマーセデスのことばをさえぎった。「わたしは覚悟を決めたの。あなたなら理解してくれるものだとばかり思っていたのに。あなたには分別があり、王族としての義務に抗うこともなく、ちゃんとそれを受けいれてきたじゃないの。わたしも最初から、どうしようもない運命に逆らおうとさえしなければ、こんなに苦しい思いをしなくてもすんだのに」

短い沈黙があった。「つまり、あの人に出会わなければよかったということ?」

ふたりとも〝あの人〟がニックを指しているとわかっていた。

エマは自問した。自分は心に傷を負うこともない代わりに、愛を知らないままでいたほうがよかったのだろうか。ニックを愛さないほうがよかったと?

「いいえ」エマは言った。どんなにいま苦しくても、ニックと一緒に過ごしたこと、そして愛したことを後悔はしていない。

エマを見るマーセデスの目には、同情の色が浮かんでいた。だがそれだけでなく、その瞳はエマの心の奥を見透かしているようでもあった。「ほんとうにこのまま結婚していいの? あの、わたし……考えたんだけど、人には周囲の期待や願いを裏切ってでも、自分の心にしたがわなくてはならないときがあるんじゃないかしら。自分自身の幸せを優先させるべきときがあると思うの」

エマは驚いて友の顔を見た。

マーセデスは三人のなかで、いちばん分別をわきまえている。周囲の期待に応えて王女としての義務をはたすことを、だれよりも重んじているはずだ。そのマーセデスがなぜこんなことを言うのだろう。いつからこういう考えを持つようになったのだろうか。

だがそのことについて深く考える間もなく、ドアを軽くノックする音がして、紅茶と軽食が運ばれてきた。ほんとうはふたりとも食べたくも飲みたくもないのに、行きがかり上、頼んでしまったものだ。

それからまもなく男爵未亡人がやってきて、エマの衣装戸棚をあけ、今夜オットー王に会うときに着るドレスの用意をはじめた。いくらドアで隔てられているとはいえ、女官がすぐそばの衣装部屋にいては、それ以上エマの結婚について話すことはできなかった。

マーセデスは紅茶を一杯飲み、小さなサンドイッチをふたつ食べてから、しぶしぶ立ちあがった。そして自分も晩餐会のための準備をするため、寝室へと戻っていった。

男爵未亡人が少し横になるようエマに勧めた。「オットー王にお会いになるときは、最高の状態でなければ」そう言うと、金色の分厚いカーテンを閉めて部屋を暗くするよう侍女に命じた。エマに異論はなかった。コルセットとペティコートだけを身につけ、大きなベッドに仰向けになって毛布にくるまった。だがいくら努力しても、眠りはなかなか訪れなかった。今夜、自分を待ち受けていること、そして夫となる男性に引きあわされることだけが、頭のなかをぐるぐる駆けめぐっている。

ルパートは新年が明けてから、婚約を正式に発表することに決めていた。あまり急いで発表するよりも、ふたりがホリデーシーズンを一緒に過ごすなかで、互いのことをよく知ってからのほうがいいだろうと考えたらしい。

オットー王はどんな人だろうか。エマの全身がぞくりとした。

でも王がどんな人であれ、どうでもいいことだ。彼はニックではないのだから。

エマはぎゅっと目を閉じた。もしクリスマスの贈り物としてひとつだけ願いをかなえてもらえるとしたら、新年が永遠に来ないことを願うだろう。

だが寝室の隅にある時計は、規則正しく、そして容赦なく時を刻んでいる。やがて侍女がそっとドアをノックした。

エマはため息をついてベッドから起きあがった。洗面をすませて鏡台の前にすわり、髪が美しく結いあげられるのを待った。ダイヤモンドとルビーのティアラが金色の髪に載せられ、そろいのネックレスが首を飾った。侍女の手を借りて光沢のある真珠色のシルクのドレスに着替え、ダイヤモンドの留め具がついた真珠色の靴を履いた。

ひととおり支度が整い、エマは氷のように冷たい手に純白の手袋をはめた。最後に美しい金と赤の柄のストールをふわりと肩にかけ、侍女にドアをあけるよう合図した。

シグリッドと廊下で会い、一緒に階段をおりた。

歩いているうちに、どういうわけか現実感が薄れてきた。どこか離れたところから自分の声を聞き、姿をながめているような奇妙な感覚だ。いつものように話をして手足を動かしてはいるものの、知らないだれかがこの体をあやつっている気がする。エマの心は不思議と鎮まり、家族やオットー王と落ちあうことになっている控えの間に足を踏みいれるころには、感覚がほとんど麻痺していた。

なにも感じない。

でもいまはそのほうがありがたい。

練習したとおり、将来の夫に会えることがうれしくてたまらないといった笑みを、さっと顔に貼りつけた。

オットー王はすぐに見つかった。部屋の向こう側で、この邸宅の主らしき男性の隣りに立っている。なんとかという公爵だが、名前を思いだせない。オットー王は背が低く、エマと一、二インチほどしかちがわないように見える。だが闘鶏のような迫力があるせいか、小男という印象を感じさせない。胸に勇敢な行為を称える勲章を一列にならべてつけているが、ほんとうにそれに値する人かどうかはあやしいものだ。きっと本人は安全な丘の中腹かどこかから、一度か二度、戦闘を見守っただけで、ひいきにしている大将にみずからの武勇を称えさせたに決まっている。

外見はというと、小麦色の肌と濃褐色の髪、それに漆黒の瞳を魅力的だと思う女性はたしかに少なからずいるだろう。だがエマは王を見ても、やはりなにも感じなかった。

あの人は国王かもしれないが、ただのひとりの男性にすぎない。

それ以上でも、それ以下でもない。

そのときオットー王がとつぜん大きな笑い声をあげた。その耳ざわりな声は、爪でガラスをひっかく音のようにエマをいらだたせた。

身震いして目をそらした。

まもなく笑い声がやみ、部屋がしんと静まりかえった。オットー王がエマの存在に気づいたらしい。エマは全身から血の気が引くのを感じたが、仮面のようにつけている冷静な表情を崩さなかった。内心でどう思っていようと、相手に敬意を表すのが外交儀礼なのだ。

オットー王が数人の側近をしたがえて、さっそうと近づいてきた。

エマは深々とひざを曲げ、優雅なお辞儀をした。「陛下」

オットー王は顔をあげるよう手ぶりで示した。

エマは背筋をまっすぐ伸ばしてあごをあげ、じっとその場に立って王の遠慮のない視線を受けた。オットー王の観察は礼を失していると言っても過言ではないほど長くつづき、エマは顔をしかめたくなるのをこらえた。これではまるで、馬市場《タッターソール》で馬を選んでいるようではないか——繁殖に適した、すぐれた血筋の雌馬を。

エマは近い将来に待ち受けていることを想像し、恐怖で身震いした。だがすぐに、内心の恐怖にも、ほんとうの気持ちにもふたをして平静を装った。ふたたび全身の感覚がなくなり、そのことに安堵した。

オットー王は満面の笑みを浮かべ、口もとから歯をのぞかせた。未来の花嫁の容姿に満足したようだ。「エマリン王女、ようやくお目にかかれましたね」オーストリア訛りの早口のドイツ語で言う。「あなたの気品と美しさを褒めたたえるルパート皇太子のことばは、嘘ではありませんでした」

エマは落ち着いた顔で王を見た。「兄はけっして嘘を申しません」ドイツ語で返事をしたが、英語を使う生活にすっかり慣れているせいか、その声は自分の耳にもどこか奇妙に聞こえた。「世にも珍しい男性のひとりですわ——誠実な男性です」

オットー王は謎めいた目を一瞬大きく見開いたかと思うと、声をあげて笑った。「いやはや、勇気とユーモアを兼ねそなえた王女様だ。威勢のいい女性は大好きです。男にとって手ごたえがありますからね」

オットー王はエマの手をとり、自分の腕にしっかりかけた。

エマはまたしても、なにも感じなかった。

胸のときめきも、わくわくした気持ちも感じない。

この人はニックではない。ニックと一緒にいるときは、彼がちらりとこちらを見ただけで、全身が燃えるように熱くなった。

エマは小刻みに震えながら、オットー王の腕をふりはらわないよう懸命に努力した。

そのとき、よりにもよってルパートが救世主として現われた。王にシグリッドを紹介しようとこちらに向かって歩いてくる。オットー王はエマの手を軽くたたくと、腕をほどいてシグリッドに向きなおった。

シグリッドは上品なお辞儀をし、それから上体を起こして王と話しはじめた。お目にかかれて心からうれしいと言わんばかりに微笑んでいる。ほどなくしてオットー王があの耳ざわりな笑い声をあげた。

エマはふたりに気づかれないよう、そっとその場を離れた。ルパートは館の主の公爵と話しこみ、妹が立ち去ったことを気にも留めていないようだ。

このまま無感覚でいたい。今夜を無事に乗り切るためには、どうしてもその鎧《よろい》が必要だ。でもこれからの人生を、どうやって乗り切れば……。

エマは骨の芯まで凍るような寒気に襲われた。

やがてアリアドネとマーセデスがやってきたのを見て、ほっとした。ふたりは探りを入れるような目でエマを見たが、すぐに視線をそらした。

そこに集まったのはごく限られた人びとで、全員がオットー王への挨拶をすませると、公爵が広い応接間に移動しようと提案した。ほかの招待客がすでにそこで待っているという。またひとしきり紹介がつづくのだと思い、エマはうんざりした。

それでも冷えきった顔に笑みを浮かべ、ほかの人たちとともに隣室へ向かった。残念なことに、アリアドネとマーセデスはだれかに引きとめられ、エマとならんで歩くことができなかった。

応接間は五十人にものぼる招待客でごったがえしていた――その三分の一がルパートとオットー王の廷臣だ。それ以外の人たちは、社会的影響力と財力を持つ身分の高い英国人で、なかには英国首相の姿もある。

エマは近づいてくる名士や貴族におざなりな挨拶をしたが、感覚が麻痺しているおかげで、見知らぬ人とことばを交わすのもそれほど苦痛ではなかった。

そのうちのひとりである白髪の紳士は耳が遠く、エマは何度も返事をくり返さなければならなかった。ようやくその紳士との会話が終わり、次の来賓に挨拶をしようと体の向きを変えた。

目の前に立っている男性が目にはいった瞬間、凍った川が春の訪れとともに割れるように、それまでまとっていた無感覚という鎧がひび割れた。めまいがして体がふらつき、その場で気絶してしまうのではないかと思った。破裂しないのが不思議になるほど、心臓が速く激しく打っている。

「こんばんは、王女様」ニックがお辞儀をした。「またお目にかかれて光栄です」

23

ニックは大きく見開かれたヒヤシンス色の瞳を見つめた。エマの顔に茫然とした表情が浮かんでいる。

なんてきれいなのだろう。記憶のなかの彼女より本物のほうがずっと美しい。花びらのような唇がかすかに開き、肌はクリームのように白く、頬は夜明けの空にも似て輝くばら色だ。エマに触れたくてたまらず、体の脇におろした手がうずうずしたが、ニックはその衝動に抗った。おおぜいの人たちが見ている前で、そんなことをするわけにはいかない。いまは互いの目を見つめ、陳腐《ちんぷ》な挨拶を交わすだけで我慢しなければ。

でもあとでかならず、ふたりきりになる機会を作ってみせる。

劇場で偶然再会してから二週間、ニックはエマが恋しくてならなかった。それでもじっと辛抱し、好機が訪れるのを待った。そしていま、その彼女が目の前にいる。あとはただ、エマが心変わりしていないことを願うばかりだ。もっとも、エマの心がそもそもほんとうに自分に向けられていたかどうかはわからない。

それでもニックには、エマから憎からず思われているという自信があった。彼女の友人と手紙をやりとりするうちに、そう確信した。ふたりの王女の綴る手紙は、もはや絶望的だと思われた状況に希望の光を灯してくれた。運命の女神はこちらの味方ではないようだが、このままなにもせずに指をくわえて見ているつもりはない。手遅れになる前に、打てる手はすべて打つのだ。

エマがかすかにふらつくのを見て、ニックはとっさに、ひじにやさしく手を添えて支えた。こうして彼女に触れる瞬間を、どれほど待ちこがれてきたことか。「だいじょうぶですか、王女様」

エマはニックの声にはっとわれに返り、目をしばたたいた。「え――ええ、だいじょうぶです」そう言うと、なにごともなかったかのようにまっすぐ立った。ニックはエマが不屈の精神の持ち主であることを、だんだん理解してきていた。そんな彼女を平凡な家庭教師だと思いこんでいたとは。それでもエマがただの平凡な娘ではないことは、最初から薄々感じていた。高貴な血が流れたエマのふるまいは、社交界でもめったにお目にかかれないほどの気品に満ちあふれていた――だがそれは、王族であることだけが理由ではない。

ニックはしぶしぶ手を離したが、そのとたんにもう手のひらがうずいた。「なにか飲み物をお持ちいたしましょうか。ワインなどいかがです？」

エマがニックの顔を見た。前回、ふたりで酒を飲んだあとに起きたできごとを思いだしているのはあきらかだ。目をそらして言う。「いいえ、結構ですわ」

「リンドハースト卿です」周囲に聞かれていることを意識し、ニックはなめらかな声で言った。「ロンドンで摂政皇太子主催の舞踏会でお目にかかりましたが、きっと憶えていらっしゃらないでしょうね」

「ああ、いま思いだしましたわ」エマの目に生気が戻り、同時に頰の赤みも消えた。さっき遠くから見ていたときと同じように、青白い顔に冷静な表情が浮かんでいる。仮面をかぶってほんとうの自分を隠したその表情が、ニックは好きではなかった。

ふいに手を伸ばして仮面をはぎ、本心を聞きだしたい衝動に駆られた。でもいまは待つしかない。まだ先に進むべきときではない。

ニックは微笑んだ。「英国の田舎を楽しんでいらっしゃいますか」

「ええ、道中はとても快適でした。今日到着したばかりです」

「わたしも今日つきました。ずっとお天気がよくて幸運でしたね。こうして全員がそろったので、もういつ雪が降ってもかまいません」

「ええ、このお屋敷に閉じこめられるぶんには、なにも困りませんものね」

エマはしばらく無言でニックを見つめた。どちらも他愛ない会話の裏に、ほんとうに言いたいことを隠している。

ニックが会話をつづけようと口を開きかけたとき、年配の紳士が前へ進みでた。エマに挨拶するのを待っているらしい。

辛抱するのだ。ニックは自分に言い聞かせ、エマに向かってお辞儀をした。「王女様」

「閣下」エマは言った。

ニックはきびすを返して歩き去った。


少し前まで感覚が麻痺していたエマは、いまや全身の神経が研ぎ澄まされ、ニックの存在を強く意識して文字どおり震えていた。

不安でたまらなかった晩餐会だが、これまでのところ問題なく進んでいる。ニックは細長いダイニングテーブルの端の席につき、エマから数ヤード離れたところにいた。だがエマの意識は、もっぱら彼に向けられていた。

ニックのほうを見ないように努力し、両隣りの紳士との会話に集中しようとした。幸いなことに、ふたりともエマがたびたび黙りこんだり、あいまいな返事をしたりしても、気にしていないようだった。

もうひとつ幸いだったのは、オットー王の隣りにすわらなくてすんだことだ。ハウスパーティ初日の晩餐会ということで、英国首相が王の右隣りにすわる栄誉にあずかり、シグリッドも王家の長女として、その左隣りの席を割り当てられたのだった。

だがそれは今夜だけのことで、早ければ明日の夜にでもオットー王の隣りの席につかされるだろう。それでもエマは、素知らぬ顔で食事をしているニックのことで頭がいっぱいで、明日のことを心配する余裕すらなかった。

伏せたまつ毛の下からちらりと盗み見て、ニックと目が合ったときは、デザート用のフォークをあやうく落としそうになった。ニックの唇にかすかな笑みが浮かんだ。ごく親しい仲でなければ、それとわからないほどの微笑だ。

でもエマにはわかった。

ドミニク・グレゴリーに関することを、エマはなにひとつ見落とさない。

ニックがさりげなく目をそらし、隣りの席の女性と会話のつづきをはじめた。

あの人がここに来た目的は、自分に会うことだったと考えても、あながちうぬぼれではないだろう。でもこれまでなにも連絡してこなかったのはなぜだろうか？　そもそも、ニックがどうして招待状を手に入れられたのかも謎だ。ここへ招かれているのは、ごく少数のかぎられた人だけなのだ。

エマはアリアドネを見ながら一考した。いや、いくらアリアドネでも、ニックを来賓としてここに招くよう手をまわすのは無理に決まっている。しかしアリアドネという人は、いったんなにかを決めたら、周囲があっと驚くようなことをやってのけるのだ。

ニックに直接尋ねることはできなかった。詮索好きな人びとがまわりで聞き耳をたてている状況では、世間話を交わす程度のことしかできない。せめてもの救いは、ニックの姿を見て衝撃を受けたとき、だれもそのことに気づいていないようだったことだ。あのときは衝撃のあまり、もう少しで気を失いそうになった。ニックはとっさに手を差しだし、だいじょうぶだとわかるまでひじを支えてくれた。

その手が自分から離れたとき、エマはせつなさで胸が苦しくなった。そのまま足を前に踏みだしてニックの腕のなかに飛びこみたいと思ったが、そうした考えは彼がこの場にいるのと同じくらい、現実離れしたことだった。

ニックはここへ来るべきではなかったのだ。彼とひとつ屋根の下にいるのは、エマにとって毒入りのココアを飲むのも同じことだった――舌がとろけるほど美味だが、命取りにもなりかねない。

まさに天国と地獄だ。

エマはまたちらりとニックを見やり、これからどうしたらいいのか、どうすれば彼に――一度ならず二度までも――別れを告げる勇気を奮い起こせるだろうかと考えた。

もうこれ以上、席についているのに耐えられないと思ったとき、公爵夫人が女性陣に居間へ移動しようと声をかけた。これからポートワインと両切り葉巻をのんびり楽しむことになっている男性陣が立ちあがり、レディたちが広いダイニングルームを出ていくのを礼儀正しく見送った。

エマはニックの真横を通らなければならなかった。内心の動揺を表に出さないよう、冷静な表情を装った。それでもニックに近づくにつれ、胸の鼓動が激しくなるのを抑えられなかった。彼が濃い銀色の瞳で、エマの一挙一動を見ている。

その横を通りすぎようとしたとき、ニックがとつぜんエマの前に立ちはだかった。エマはびっくりして足を止め、耳の奥で脈が激しく打つ音を聞いた。ニックが腰をかがめ、床からなにかを拾いあげる。

「ハンカチです、王女様」おだやかな声で言う。「落とされたのではありませんか」

エマはそれを凝視した。なにも落としてなどいないことは、自分がいちばんよくわかっている。

ニックの目を見ると、どこか静かな決意のようなものが感じられた。ニックは視線をそらすことなく、シルクのハンカチをエマの手に押しつけた。折りたたまれたハンカチのなかに、小さな硬いものがはいっている。きっと紙片にちがいない。

手紙だ。心臓がまたひとつ大きく打った。

ニックはエマがハンカチをしっかり受けとったのを確認してから手を離した。

エマは秘密の手紙が隠されたハンカチを握りしめた。「まあ。ご親切にありがとうございます、閣下」

「どういたしまして」ニックは平然とお辞儀をした。

エマはなにごともなかったかのように歩きだし、ほかのレディと一緒にダイニングルームを出た。

それからの二時間は、最初の二時間よりもはるかに長く感じられた。ニックの手紙を読みたくてたまらないが、ここでは無理だ。

だれかに見られるに決まっている。

しかもアリアドネとマーセデスがやっと合流し、エマと同じソファにならんですわっているのだ。

自分でも理由をうまく説明できないが、エマはなぜかふたりには手紙のことを話したくなかった。なにが書かれているにせよ、それは自分たちふたりのあいだの問題だ——自分以外のだれにも読ませるべきものではない。

そこでエマは手紙が包まれたハンカチをポケットにしまい、ふたりになにも言わなかった。それにニックがここにいる謎について話すことも、アリアドネが一枚嚙んでいるのではないかと訊くこともしなかった。室内は個人的な話をするには、あまりに多くの人で混みあっている。

そうしてソファにすわっているあいだじゅう、腰にあたった紙片が読んでほしいと訴え、焼けるように熱くなっている気がしてならなかった。だがエマはぐっと我慢した。一時間後、ニックがほかの紳士とともに居間へはいってきたときも、ポケットに手を入れようとはしなかった。

当のニックはというと、近づいてくるのはおろか、エマのほうを見ようともしない。ひどく魅力的なブルネットのレディとペアを組み、カードゲームのテーブルについている。その女性がときおりあげる甲高い笑い声が部屋に響いた。

ようやくパーティがお開きになり、人びとが寝室に下がりはじめたが、カードゲームに熱中している数人がまだ残っていた。そのなかにニックの姿もあった。エマは彼のほうを見ることもなく部屋を出た。

いますぐアリアドネとマーセデスに、ニックのことをなにか知っているだろうと問いただしたい気持ちもなくはなかったが、事情を聞くのはあとでもいいと思いなおした。それでも三人で一緒に階段をあがりながら、ふたりに鋭い視線を送らずにはいられなかった。

「あなたたち、ニックのことにひと言も触れないわね。彼が来ることを知っていたんじゃないの？」エマは小声で言った。

アリアドネは悪びれた様子もなくエマの目を見つめかえし、一方のマーセデスは申しわけなさそうに目をそらした。

「明日の朝、この件について話をしましょう」エマは言った。

寝室につき、ようやくひとりになってから手紙を開いた。

深夜二時に東棟二階の廊下へ来てほしい。待っている。

署名はなかったが、そんなものは必要ない。

時計にさっと目をやった。あと一時間と少しある。エマは読みかけの本に手紙をはさみ、侍女を呼ぼうと呼び鈴を鳴らした。

24

ニックは二階の廊下の薄暗い隅で壁にもたれかかり、暗がりから出ないよう気をつけていた。ほかの招待客はみなもう床についているはずだが、深夜の密会をしようとしているだれかに出くわさないともかぎらない。

カードゲームのときにペアを組んだ侯爵夫人は、あきらかにこちらに誘いをかけていた。でも侯爵がすぐ近くにいることを理由にニックがやんわり誘いを断わると、不機嫌そうに唇をとがらせた。

そしてニックがカードテーブルを離れるころには、もう別の紳士と戯れていた。あの男なら彼女の誘いに乗りそうだ。ふたりのうちどちらかが偶然ここを通りかかって、自分がいることに気づかなければいいのだが。また言い訳をひねりださなければならないと思うと、げんなりする。

それにしても、エマはどうしたのだろうか。深夜二時を知らせる時計の音が聞こえてから、もう十分ほどたった。

いったいどこにいるのだろう。まさか、来ないつもりではあるまい。

エマの寝室を探しだすのは無理だろうかと考えていたとき、かすかな足音が静寂を破った。エマだ。青白い顔をして白いシルクのガウンをまとったその姿は、どこかこの世のものではないような幻想的な雰囲気をただよわせている。薄明かりのなかで、金色の髪が天使のように輝いている。エマはニックの手がぎりぎり届かない位置で立ち止まり、無言でその目を見つめた。

「もう来ないかと思っていたよ」ニックは声を殺して言った。

エマは体の前で両手を握りあわせた。「もう少しでやめるところだったわ。気が変わる寸前だったのよ。でもそのとき、道に迷ってしまって。東棟の廊下とだけ言われても、どこのことだかわからないもの」

エマが一時は引きかえすことを考えたと聞いても、慣れない屋敷で迷っている姿を想像し、ニックは思わず口もとをゆるめた。「それでも、こうしてきみはやってきた。ぼくは——」

そこで口をつぐんだ。数ヤード離れたところから、ドアが開閉する音と人の話し声がする。ニックは指を一本唇にあて、静かにするようエマに合図した。エマはさっとニックの横へ移動し、暗がりに身を潜めた。

ふたりはなんの音も聞こえなくなるまで待った。

やがてニックはなにも言わず、エマの手をとって歩きだした。エマは一瞬その手をふりはらおうとしたが、すぐに抵抗をやめてニックについていった。ふたりは忍び足ですばやく廊下を進んだ。

そのあいだじゅう、ニックは周囲に目を配っていたが、だれにも会わなかった。

そのまま長い廊下を進み、途中で曲がって別の廊下を歩きつづけた。

「どこへ行くの？」エマは小声で尋ねた。

だがニックは返事をせず、いったん足を止めて周囲を確認すると、エマの手をひいて小走りに近くの部屋へはいった。安堵のため息をつきながら、ドアを閉めて鍵をかける。

エマは二歩前へ進んだところで立ち止まった。「まさか、ここはあなたの部屋なの？」エマは責めるような口調で言って首をふり、出口に戻ろうとした。「こんなところにいるわけにはいかないわ。もし見つかったら――」

「見つからないさ」ニックはエマの腕に手をかけて引きとめた。「ぼくにまかせてくれ」

エマのいぶかしげな顔を見てつづけた。「どこか別の場所でもよかったんだが、だれにも話を聞かれる心配のないところをほかに思いつかなくてね」

「音楽室や図書室でもよかったんじゃないかしら」エマはニックの手をふりはらおうとした。

だがニックはエマの腕をつかんで放さなかった。「これだけ多くの人が屋敷に泊まっているのに、音楽室や図書室は危険すぎるだろう。いつだれがふらっとはいってきてもおかしくない。それに、図書室で会うのはもう飽きたんじゃないかな？」

エマはかすかに頬を赤らめた。

また腕をふったところ、ニックがようやく手を離した。エマは部屋の奥へと進んで立ち止まり、胸の前で腕組みした。「わかったわ。さあ、話しましょう。どのみち、あなたとは話をするべきだったと思うから。わたしからはじめてもいい？」

ニックは意外そうに片方の眉をあげた。「どうぞ」

エマはうなずいた。「どうしてあなたがここにいるの。どうやって招待状を手に入れたの？　アリアドネとマーセデスが、このことにからんでいるんじゃない？」

ニックはいっとき間を置いてから答えた。「王女たちの信頼を裏切るようで気が引けるが、きみの言うとおりだ。でも招待状そのものは、ぼくが自力で手に入れた。海軍本部の知り合いの助けを借りてね。アリアドネ王女とマーセデス王女は、いつどこに出向けばいいかを教えてくれただけだ」

「あのふたりも、よけいなことをしてくれたものだわ」

そのことばにニックは少し傷ついたが、それを表情には出さなかった。「ぼくはそうは思わないが」

「それに、あなたもあのふたりも、どうしてこのことを事前にわたしに教えようとは思わなかったのかしら。今夜、いきなりあなたが目の前に現われて、わたしがどれだけ驚いたかわかる？」

「驚いているようには見えなかったよ」ニックはかすかに微笑んだ。「でもすまなかった。きみには秘密にしておくよう、ぼくが王女たちに頼んだんだ。もしきみが知ったら、会ってくれないんじゃないかと思って」

エマは両腕をさらにきつく組み、渋面を作った。

「どうしてももう一度、きみに会いたかった。前回のような険悪な雰囲気のなかじゃなくて、きちんと本音で話をする機会が欲しかったんだ。劇場で偶然会ったときは、周囲に人がいて自由に話すことができなかっただろう。きみに言わなければならないことがいくつかある。まずは謝りたい」

エマは目を丸くしてニックを見た。「謝る？　なにを？」

「カールトン・ハウスで、きみにひどいことばを投げつけてしまったことを。ぼくは激怒していて、きみの話を聞こうともしなかった。きみのことをわかったつもりでいたのに、ある日とつぜん、まったく別の顔があることを知らされたものだからね。でもきみが元家庭教師だという話には、最初から違和感を覚えていたよ。きみは凛《りん》としていて、しっかり自分の意見を持ち、とてもだれかにつかえる身の上には思えなかった。ぼくはそのころから、おかしいと感じていた。でも真実を知ったときは——さすがに打ちのめされた。それでも、あんなひどいことを言うべきではなかったと反省している」

「あなたが激怒したのは当然のことよ」エマは言った。「わたしはあなたをだましたの。善意を利用されたと思うのがふつうだわ。でも、あなたを傷つけるつもりなどなかったことだけは信じてちょうだい。どうぞ許して」

ニックはエマに近づき、そのあざやかな青い瞳をのぞきこんだ。「かりにきみに非があったとしても、もうとっくのむかしに許している。ところで、今度はぼくがきみに訊きたいことがある」

「なに？」

「あの夜、どうしてぼくに純潔を捧げたのか。きみはなにも言わなかったが、どうしても理由が知りたい」

エマは一瞬、心臓の鼓動と呼吸が止まった気がした。「いまさら理由なんてどうでもいいでしょう」

ニックはエマの肩に両手をかけた。「どうでもよくなどない。教えてくれ、エマ。なぜだったんだ？」

エマの目がふいに潤み、ひと筋の涙が頰を伝った。

ニックは手を伸ばし、親指でそれをふいた。「教えてくれ」首をかがめ、濡れた頰にくちづける。

「できないわ」エマは蚊の鳴くような声で言った。「どうしても」

「なぜ？　一緒にいるとき、ぼくたちはいい友人どうしだった——いや、友人以上だ。ぼくにならなにを言ってもだいじょうぶだと、きみもわかっているだろう」

エマは心臓が激しく打つ音を耳の奥で聞きながら、かぶりをふった。「そのことだけは言えないわ。もう遅いのよ」

「いや、そんなことはない。言うんだ、エマ。なぜぼくに純潔を捧げることにしたのか。どうしてぼくをはじめての――」

エマの目に涙があふれ、体が小刻みに震えだした。そしてとつぜん口からことばが飛びだした。「あなたを愛していたからよ」

ニックの目の奥で激しい炎が燃えあがるのが見えた。「いまは？　いまはどうなんだ？」

エマの全身がぞくりとし、熱くなると同時に冷たくなった。ほんとうのことを言ってはいけない。嘘をつかなくてはならないときがあるとしたら、それはいまだ。

だがエマはできなかった。

顔に答えが書いてあるにちがいないのに、どうして嘘が言えるだろう。

「離れているあいだも、あなたへの想いと愛が消えたことはなかったわ」

「ぼくも同じだ」ニックはおごそかに言った。「愛している、エマ。たとえどんな障害があろうとも、きみへの愛は変わらない」

エマが口を開く前に、ニックはさっと頭をかがめて唇を重ね、燃えるように激しいキスをした。

エマもこれまで抑えてきたすべての想いと情熱と愛をこめてキスを返した。ニックの首に腕を巻きつけ、体をさらに密着させる。

彼が欲しい。

彼のすべてが。

エマはニックの体や服にかすかに残っている、ブランデーとリネンの糊のにおいを吸いこんだ。まぶたを閉じ、めくるめく甘いひとときに身をゆだねた。

ニックのキスがどれほど素敵かを忘れてはいないつもりだったが、こうしてふたたび唇を重ねてみると、記憶のなかのくちづけよりも現実のほうがずっとすばらしい。彼の愛撫、キスの味、唇や手や体の形と感触が、天国にいるような極上の悦びをもたらしてくれる。エマはふたりのあいだにあるさまざまな問題をすべて忘れて、唇を開いて彼の舌を招きいれ、ますます濃厚なキスをした。

ニックもそれに応え、舌と舌をからめて大胆な愛撫をした。エマもそれに負けまいと熱いキスを返した。だが彼のほうが一枚も二枚も上手だった。エマの全身から力が抜け、粘土のようにしなやかに、やわらかくなっていく。

エマは目がくらむようなキスに陶然とし、ニックの力強い首に手を這わせた。それから豊かな濃褐色の髪に指を差しこんだ。彼の頭をさすりながら、たくましいその胸に身を預ける。

ニックはさらに大胆に唇や舌を動かし、彼女を官能の世界へといざなった。エマは欲望と歓喜、そしてあふれだす愛で身震いした。

そのときふいにニックが唇を離し、乱れた呼吸を整えた。エマはニックを引き戻そうとしたが、彼はその手をとってやわらかな手のひらにくちづけた。「結婚してくれ、エマ」

エマは一瞬ことばを失い、いまのは聞き間違いかもしれないと考えた。「な――なんですって？」

「結婚しよう」ニックは言った。「ぼくはきみを愛している。そしてきみもぼくを愛していると言ってくれた。これから先、どんな困難が待ち受けていようとも、ふたり一緒なら乗り越えられる」

エマは首を縄で絞められているかのように、のどが詰まるのを感じた。これまで幾度となく壊れた心が、ふたたび砕け散ることがあるとは思っていなかった。だが夢でしかない願望が現実とぶつかったとき、心にまた新たな亀裂が走った。

「無理だとわかっているでしょう」エマは悲しみと苦悩を隠そうともせず言った。「わたしはもうすぐ婚約するの」身をよじったが、ニックは彼女を放そうとしなかった。

「でもいまはまだ婚約していない。正式な発表はされていないだろう。きみは彼と初の対面をはたすためにここへ来た。まだなにも具体的に決まっているわけじゃない」

「アリアドネが言ったのね。あなたにむなしい期待を抱かせるなんてひどいわ」

「きみが結婚すると言ってくれるかぎり、むなしい期待なんかじゃないさ」ニックが指の付け根でやさしくのどの線をなぞると、エマのひざから力が抜けていった。「きみがとつぜん屋敷を出ていったあの朝、ぼくは結婚を申しこむつもりだったんだ。あのときすでにきみを愛していたのに、いなくなったことを知ってから、ぜったいにその事実を自分に認めまいとしていた。でもそれは無駄なことだったよ。きみはあの日、ぼくの心も一緒に持ち去った。あれからは毎日が地獄のようだった」

エマは体を震わせ、ニックの頬に額をすり寄せた。「わたしも同じよ」

ニックの目が輝いた。「じゃあ結婚してくれるんだね?」

エマは絶望と幸せを同時に覚えた。「もしもそれが許されることなら、迷わずイエスと答えていたわ」

「それならば、ぼくはかならずきみを花嫁にしてみせる」ニックは断固とした口調で言った。「朝になったら、兄上に話をして、正式にきみに結婚を申しこむつもりだ」

「やめて」エマは愕然とした。「オットー王との結婚を決めたのは、ほかならぬ兄だと言ったでしょう。ぜったいに許してもらえないわ」

「どうしてそう言いきれるんだ?」

「すでに兄には、今回の縁談を白紙にしてほしいと懇願したのよ。でも兄は、祖国の未来がかかっているから、どうしてもそれはできないと言った。わたしたちの結婚を認めてくれるはずがないでしょう」

「男というものは、ころころ考えを変える生き物だ。家族の問題となると、とくにそうだよ。ぼくたちが愛しあっていることを伝えたら——」

エマは首を激しく横にふった。「兄は愛を信じていないの。そんなものは王族の結婚には必要なくて、義務をはたすことがなによりも大切だと思っている。そんな人にいくら訴えても無駄よ」

「そんなことはない。ぼくは戦争中、絶望的な状況に何度も遭遇し、その都度なんとかして乗り越えてきた——それに打ち克《か》ってきたんだ」

「これは戦争じゃないわ、ニック」

「そうかな。ぼくにとっては戦争と同じだよ。ぼくの人生のなかで、もっとも重要な戦いだ」

エマはニックに抱きついた。「勝てない戦いだとしても、そこまでわたしのことを想ってくれてありがとう」

ニックの表情には固い決意の色が浮かんでいた。「勝てるさ。ぼくはきみの兄上をおそれてなどいない。たとえローズウォルド王国の摂政皇太子という身分であっても」

「あなたが臆病者じゃないことはわかってる。でもこれは勇気や度胸でどうにかなる問題じゃないの。兄に直談判なんかしたら、ますます状況が悪くなるだけだわ」

「これ以上どう悪くなるというんだ？」

「とにかく悪くなるのよ。わたしはすぐさま祖国へ連れ戻されて、無理やり結婚させられるかもしれない。兄はあなたとわたしを引き離し、二度と会えないようにするでしょう」

「兄上がなにをしようと、ぼくはかならずきみを見つけだす。そのことをここで誓うよ、エマ。きみが愛してくれているとわかった以上、どんなことがあろうとかならずぼくの花嫁にしてみせる」

それが現実になればいいのだけれど、とエマは思った。

「いざとなったら」ニックはつづけた。「駆け落ちすればいい」

「スコットランドへ逃げるの？」

「ああ、そうだ。まずはきみの兄上に正々堂々と結婚の許しを請い——」エマが口を開きかけたが、ニックは彼女にそっと触れてそれを制した。「もしきみの言うとおり許してもらえなかったら、スコットランドに行こう」

「わたしたちがいなくなったことを知ったら、兄は護衛兵を召集するわ。兄の護衛兵はみんな優秀だから、難なくわたしたちの足跡をたどるでしょう」

「船で逃げればだいじょうぶだ」

エマははっと息を呑んだ。

「ブリストルに知り合いの船長がいる。ぼくがひと言頼めば喜んで船を貸してくれるだろう。それで海へ出ればいい。そのことが兄上にわかるころには、ぼくたちはもう結婚している」

エマの胸に明るい希望の光が射した。そんなに簡単なことでいいのだろうか。ほんとうにニックと結婚できる？

「ええ、答えはイエスよ」エマは言った。「でもそうなったら、ぐずぐずしないほうがいいわ。今夜、出発しましょう。すぐに荷造りするから、だれにも気づかれないうちにここを出ていくのよ」

「その前に船長に連絡して、船を用意してもらわなければならない。海に出る前につかまったら元も子もないだろう。辛抱するんだ、エマ。まずは兄上に話をさせてくれ。もしかしたらわかってもらえるかもしれない。そうならなかったら、そのときは駆け落ちしよう」

「でもあなたがわたしと結婚したがってると知ったら、兄は即刻ここを出ていけと言うかもしれないわ。あなたは兄のことを知らないのよ」

「そして向こうもぼくのことを知らない。もし追いだされそうになったら、すぐさまきみのところへ戻ってくるだけだ。それにぼくたちには、兄上が知らない武器がある」

エマは眉をひそめた。「武器？」

「きみの友人の王女たちだよ。あのふたりが力を貸してくれるだろう」

エマはここに来てはじめて微笑みを浮かべ、それから声をあげて笑った。「あなたの言うとおりだわ。あのふたりが助けてくれる。アリアドネは大のお節介焼きで、とくに自分が正しいと思ったことに対しては、くちばしを入れずにはいられないの」

ニックの首に抱きついてキスをし、二度と味わうことがないと思っていた幸福感に身をゆだねた。まぶたを閉じて至福のひとときを堪能し、甘いキスに酔いしれた。ニックが彼女の体を少し持ちあげて、さらに濃厚なキスをする。ふたりの唇は密着し、息も溶けあうほどだった。ここは天国だろうか、とエマはぼんやりした頭で思った。まるで背中に羽が生えたようだ。

エマはどこまでも高く舞いあがりながら、悦びに打ち震えた。

25

ニックは熱い抱擁にわれを忘れた。こうしてエマと唇を重ねていると、帰るべき場所へやっと帰ってきた気がする。彼女は天の恩寵《おんちょう》のように、彼のなかの暗く空っぽだった場所を光で満たしてくれる。いままで自分がどれほど孤独だったか、ようやくわかった。彼女を失ったあの日からずっと息が止まっていて、やっとまた呼吸ができるようになった気分だ。

エマがキスを返している。両手で肩にしがみつき、情熱的に唇を動かしている。ニックはうめき声をあげて彼女をさらに強く抱きしめ、硬くなったものをみぞおちのあたりに押しつけた。エマのすべてに触れたくて、なだらかな曲線を描く背中をなでおろし、それから手のひらを広げて丸いヒップをぎゅっとつかんだ。

今度はエマの口からうめき声がもれ、重ねた唇がかすかに振動した。その官能的な声にニックはますます欲望をかきたてられ、燃えるような激しいキスをした。

やがてドレスの背中にならんだボタンに手を伸ばしかけたとき、どこか遠くからドアが閉まる鈍い音がした。だれかがまだ起きているらしい。

ふたりはぴたりと動きを止め、息を殺した。ニックはエマの青い瞳を見つめた。その開いた唇のあいだから、浅く速い息がもれている。

ニックの全身が欲望で震えた。頭を少しでもすっきりさせようと、首を強くふった。「きみはぼくから理性を奪ってしまう」エマの耳もとでささやく。

「あなたもそうよ」

「部屋へ送っていこう」ニックはしぶしぶ言った。

「そうしたほうがよさそうね」エマはあきらめて嘆息した。

だがふたりとも、抱きあったまま離れようとしなかった。

「いや、もう少しここにいたほうがいいかもしれない」ニックはつぶやいた。「廊下を歩いているのがだれかは知らないが、万が一見つかったら大変だ」

「ええ、そうなったら目もあてられないわ」エマは微笑み、つま先立ちになってさっと甘いキスをした。「まだここを出ないほうがいい。あなたもそう思うでしょう?」

ニックの肌がぞくりとし、股間がうずいた。「ああ」

エマの体を持ちあげて唇を重ね、一定の速さで舌を何度も出し入れした。これと同じことを、体のほかの部分でもしたくてたまらない。ニックはドレスのボタンを手際よくはずすと、コルセットのひもをほどきはじめた。

ふいに彼女の肌にじかに触れたくなり、ドレスのボディスを引き下げて胸を手で包んだ。

薄いシュミーズの生地越しに、左右の乳房を交互に愛撫する。エマがしきりに体をよじり、すすり泣きにも似た声をあげた。つんととがった乳首がニックの手にあたっている。

ふたりは身を焦がす欲望の炎に包まれた。今夜はあまりワインを飲みすぎないよう気をつけていたにもかかわらず、ニックは頭がくらくらした。まるですっかり酔っているようだ。たぶんそのとおりなのだろう、とぼんやりした頭で考えた。自分は幸せと愛と情熱に陶酔しているのだ。彼女が欲しくてたまらず、下半身が硬くなっている。

ニックはエマと愛しあった夜を最後に、だれともベッドをともにしていなかった。あれ以来はじめてだ。

ずっと我慢してきた。

でもほかの女性は欲しくなかった。

欲しいのはエマひとりしかいない。

いまも、そしてこれからも。

彼女はぼくのものだ。

ずっと愛しつづける。

死がふたりを分かつまで。

ニックはエマの肌にキスの雨を降らせながら思った。たしかにまだ結婚の誓いはしていないかもしれないが、自分の頭のなかでは、エマはすでに妻だ。だれも自分たちを二度と引き離すことはできない。

エマも同じ気持ちにちがいない。華奢な手をシャツの下へすべりこませ、ズボンのすぐ上の肌をなでている。ニックの呼吸が荒くなり、下半身が激しくうずいた。

上体をかがめて彼女をさっと抱きかかえ、ベッドへと連れていった。

それから服と下着をはぎとり、髪からピンをはずして、生まれたままの姿でシーツの上に横たえた。長い髪が波打つように枕に広がっている。

エマはニックが服を脱ぐのをじっと見ていた。両手を器用に動かしてまずタイをむしりとり、ベストのボタンをはずすと、次にシャツを頭から脱いでがっしりした肩と筋肉質の胸、たくましい腕をあらわにした。靴を脱ぎ捨て、靴下を丸めて脱いでから、黒いシルクの半ズボンに手をかけた。前が大きくふくらんで、いまにもボタンがはじけとびそうだ。あっというまにエマと同じく全裸になったが、その体は彼女とはまったく異なっていた。

エマは身震いしたが、それははじめてのときとはちがって、不安からではなかった。これから待っている快楽の世界を思い浮かべ、脚のあいだに熱いものがあふれてきた。

エマに見られていることに気づき、ニックの男性の部分がぴくりと動いた。まるで彼女の愛撫を求めるように、前へ突きだしている。とっさに手を伸ばして握ると、エマはそれが手のなかで脈打つのを感じた。ニックがこうして欲しいとせがむように、腰を浮かせている。

エマは無意識のうちに、彼の大きくなったものをさすりはじめた。とても硬いのに、ベルベットのようになめらかな感触がする。それに、熱があるのかと思うほど温かい。

おそらく自分の体温も高くなっているのだろう。肌が火照って頬が焼けるようだ。熱い血が全身を駆けめぐり、脈が激しく打っている。

ニックが目を閉じてうめき声をあげ、エマの手にそっと自分の手を重ねて愛撫のしかたを教えた。エマは求められるとおりに手を動かし、彼の顔に浮かぶ歓喜の表情を楽しんだ。

そのときなんの前触れもなく、ニックがエマの手を放した。彼女を抱き寄せて唇を重ね、息が止まるような濃厚なキスをする。

エマはニックのやわらかな髪に手を差しこみ、すばらしい彼の肌の感触、キスと愛撫に夢中になった。

ニックの両手が、彼女の体をゆっくりと円を描くようになでおろしている。その手が首筋から胸、みぞおちから太もも、足へと移り、エマは恍惚とした。彼の手のひらが別の場所に移り、こちらをじらすように動くにつれ、高まる欲望に身もだえした。呼吸が乱れてすべての思考が停止し、ただニックにされるがままになった。

やがてその唇の動きが遅くなったかと思うと、ニックは両手で触れた場所を今度は口でなぞりはじめた。乳房をとくに入念に愛撫され、エマののどから熱に浮かされたような声がもれた。

ニックは平らな腹部に顔をあてたまま笑みを浮かべ、さらに唇を下へと進めて彼女をさいなんだ。腰から太もも、足へと唇を移していく。

小刻みに震えるふくらはぎの下に手を入れて、片方のひざを曲げて外側に折り、彼女の秘められた部分をあらわにした。

指を一本なかに入れられ、エマの全身に震えが走った。敏感な濡れた肌が、彼の指をしっかり包んでいる。すぐに二本目の指が加わり、彼女を内側からさすりはじめた。

エマが腰を浮かせると、指がさらに奥まではいった。ニックは空いたほうの手で彼女の太ももを押さえ、その脚を大きく開かせた。

そして彼女が想像もしていなかった場所にくちづけた。エマはぱっちり目をあけた。ニックが震える肌を吸いながら、二本の指を動かしつづけている。

エマの頭が真っ白になり、禁断の愛撫を受けて全身が快感に貫かれた。それでもなんとか腕をあげて口にあて、すすり泣きにも似た声を抑えた。世界が嵐に巻きこまれたようにぐるぐるまわりだし、体が引きちぎれてしまいそうだ。

やがてエマは、痙攣《けいれん》したように震えて絶頂に達した。雲の上に浮かんでいるかのような感覚に酔いしれる。

だがニックは彼女に息を整える暇も与えず、その上に覆いかぶさって腰を沈めた。

前回純潔を捧げたとき、エマは鋭い痛みを覚えた。だが今回は、いっぱいに満たされている悦びと、湧きあがる欲望以外のなにも感じない。体はまだ快楽の余韻のなかにあったが、エマはまた彼が欲しくなった。肉体だけでなく、魂の領域でもニックを強く求めている。彼が欲しい。そのすべてが欲しい。無限に、どこまでも。そんなことはありえないと言う人もいるだろうが、それはまちがっている。わたしをこんな気持ちにさせるのは、世界じゅうでただひとり、ニックしかいない。ほとんどの女性が経験することのできない本物の愛を、彼はわたしにもたらしてくれる。ニックとは運命で結ばれている——心も体も魂も。自分たちはふたりでひとつなのだ。神と宇宙がそう創りたもうた。

そのときニックが腰を動かしはじめ、エマはなにも考えられなくなった。少しでも密着したくて、腕と脚をきつく背中に巻きつけ、彼を深く迎えいれた。

ニックは心から満足そうなうめき声をあげると、彼女を速く激しく貫いて喜悦の世界へと導いた。

そして今度は、結ばれたまま仰向けになってエマを自分の上に乗せた。エマが驚いて彼のやさしい瞳をのぞいたところ、そこには欲望で輝く自分の目が映っていた。

「愛している」ニックはこみあげる感情でかすれた声で言った。「心の底から」両手を彼女の肩から背中に這わせて腰にあてる。「もう一度言ってくれないか。ぼくを愛していると」

「愛してるわ。あなたが思う以上に」

「だったらそれを示してくれ」ニックはエマの腰の位置を整え、どうするのかを教えた。

「さあ、早く。美しく愛しいエマリン」

エマは彼が求めるとおりに腰を動かした。焦げつくようなキスをしながら、せつなげな声をあげる。ふたりとも口をきくことすらできず、ただ肉体の悦びに溺れた。

やがてエマがへとへとになると、ニックが主導権を握って下から彼女を速く激しく揺さぶった。もうこれ以上我慢できないと思った次の瞬間、エマは絶頂に達した。

ニックもすぐそれにつづき、大きく体を震わせて、彼女と唇を重ねたままくぐもった歓喜の声をあげた。エマはその声を呑みこんだ。愛が輝く金色の光となり、彼女の内側を満たしていく。

エマは笑みを浮かべながらニックの上に崩れ落ちた。これから先、どんなことがあろうとも、彼と一緒ならばなにも怖くない。

東の空が白みはじめる一時間ほど前、ニックはエマを起こした。ろうそくに火をつけて床に散らばったドレスや下着を拾いあげ、着替えを手伝った。寝室についたらすぐに脱げるよう、コルセットのひもはゆるめたままにしておいた。

ニックも淡黄褐色の上質なズボンを穿き、洗濯したての白いシャツと上着を着た。

「きみが部屋にいないことにだれかが気がつかないうちに、戻ったほうがいい」ニックは言い、背面が銀のブラシを手渡した。エマはそれで髪をきれいにとかして背中に垂らした。

ニックが床に落ちたピンを拾いあつめ、ハンカチで包んで渡した。

それからエマをやさしく抱きしめると、伸びはじめたひげでその肌を傷つけないよう注意しながら、名残惜《なごり》しい気持ちをこめてキスをした。「準備はいいかい?」

エマはうなずいた。「このままここにいられたらいいのに。ほんとうに駆け落ちしなくていいの? 急いで荷物をまとめれば、一時間以内に発てると思うわ」

「そうしたい気持ちはやまやまだが、泥棒のようにきみを盗むより、まずはきちんと筋を通したいんだ。きみの兄上は、話の通じる人のように思える。たぶんぼくたちのことをわかってくれるんじゃないかな」

エマはそんなことはありえないと思ったが、口には出さなかった。ニックがふたたび唇を重ねてくる。甘くとろけるようなキスをされているうちに、エマはベッドへ引きかえしたくなった。

しばらくしてニックは顔を離してため息をついた。「一緒に夜を過ごすのは、正式に結婚するまでお預けにしたほうがよさそうだ。そうしないといつか見つかってしまう」エマの腰に手をかけてぐっと手前に引き寄せた。「でもきみに手を出さずにいられるか、正直なところ自信がない」

「わたしもよ」

ニックはまたキスをした。「あらかじめ言っておくよ」唇を離し、低い声で言った。「新婚旅行はうんと長い期間にしようと思っている。一カ月はきみをベッドに縛りつけておくつもりだ」

「そんなに短くていいの？　二カ月はあったほうがいいんじゃないかしら」エマはニックの唇を指先でなぞった。

ニックは笑い声をあげ、その指を軽く噛んだ。「さあ、行こう」エマの手をしっかり握る。「もうあまり時間がない」

ドアを一インチばかりあけ、廊下で物音がしないか耳を澄ませた。

「ここから先は声を出さないように」小声で注意した。「まだだれも起きていないようだが、用心するに越したことはない」

ニックはエマの手を引いて廊下を急いだ。やがてエマの寝室の前についたときも、屋敷は暗くしんと静まりかえっていた。

最後にもう一度、左右を確認してから、さっと短いキスをした。「おやすみ。またあとで会おう」

「愛してるわ」エマはささやいた。

「ぼくも愛してる」

ニックは取っ手をまわしてドアをあけ、早くはいるようにうながした。エマが忍び足で部屋へはいったところで、ドアが音もなく閉まった。

ニックが自分の部屋へ戻ろうとしたとき、なにかがきしむようなかすかな音が、背後から聞こえた。

ニックはさっとふりかえり、暗闇に目を凝らした。

だが廊下は相変わらずがらんとしている。しばらくそのまま様子をうかがったが、人影は見えなかった。ニックは音のしたほうへゆっくりと近づいた。

やはり静かだ。なんの物音もしない。

少し神経質になりすぎているのかもしれない。むかしは――とくに戦争以前は――屋敷のどこかがきしんだり、がたがた鳴ったりするたび、なんとなく胸騒ぎがしたものだ。

ニックはいやな予感をふりはらい、寝室に向かって歩きはじめた。

26

エマはその日の朝、遅い時間に目覚めた。ニックと過ごしたひとときが夢のように感じられる——人生で最高に素敵な夢だ。

だがすぐに、ニックがルパートに結婚の許しをもらいに行くと言っていたことを思いだした。もう兄に会ったのだろうか。いまならまだ止める時間があるだろうか？ でもニックはどうしても筋を通すと言って聞かなかった。なにを言ったところで、彼が考えを変えるとは思えない。エマは深いため息をつき、シーツの上で起きあがった。あとは成り行きにまかせるしかない。

そう思いはしたものの、時間がたつにつれ、エマの不安はだんだん大きくなっていった。

午後、居間でほかのレディと紅茶を飲みながら刺繍をしていたとき、隣りにすわるアリアドネが刺繍道具を脇に置いて言った。「今日はいいお天気ね。マントをとってきて、庭を散歩しない？」

マーセデスが顔をあげ、エマは針を動かす手を止めた。しばらくのあいだアリアドネの顔をまじまじと見た。その緑色の瞳に、意味ありげな表情が浮かんでいる。

エマの脈が速くなった。「ええ、そうしましょう」刺繡道具を裁縫箱へしまい、ふたりと一緒に立ちあがった。

居間の向こう側にいる男爵未亡人が、ちらりとエマたち三人を見たが、すぐにどこかのレディと会話のつづきをはじめた。

三人はマントを羽織って冷たい外気のなかへ出ていった。明るい陽射しが降りそそいでいるせいか、それほど寒さを感じない。

砂利敷きの道を、ざくざく音をたてながら歩き、きれいに手入れされた緑の庭園へ足を踏みいれた。背の高いツゲの生け垣とヒイラギの茂みがあり、頭上では木が葉の落ちた枝を広げている。

庭園の真ん中まで来たところで、アリアドネが立ち止まった。「あの生け垣のあいだから向こうへ抜けるのよ」小声で言い、緑の葉のあいだの、一見しただけではわからないほど狭い隙間を指さした。「わたしたちはここで見張ってるわ。歌声が聞こえたら、だれかが来た合図よ」

エマはしばしマーセデスを見つめ、わかったとうなずいた。

生け垣の向こうへ抜けると、迷路のような細い道でニックが待っていた。そのいとおしい顔を見たとたん、胸が温かくなった。

「ニック」エマは彼の腕に飛びこんだ。

ニックはエマを抱きしめてキスをした。「エマ」

「ルパートと話をしたの？　昼食のときに姿が見えなかったから心配したのよ」

ニックの口もとに苦い笑みが浮かんだ。「ああ、今朝話したよ。きみの言ったとおりだった。兄上はぼくの申し出をにべもなくはねつけた。きみはもう別の男性のものになることが決まっている、と言ってね。王族でもないぼくが直談判に来たことだけでも、おおいに驚いたそうだ。貴族の男では、王女である妹の相手には不足らしい」

エマはニックの黒いウールの外套をなでつけた。「ごめんなさい」

「きみが謝ることはない。そもそもきみは、こうなることを再三ぼくに警告していたじゃないか。それでもぼくは自分が正しいと思う道を貫くことに決めた。でもこうなった以上は、駆け落ちするしかない」

「いつ？　これからすぐ？」エマの胸が期待で躍った。

ニックは首を横にふった。「ぼくのしたことは兄上を警戒させた。きみは監視下に置かれるはずだ。慎重に計画を練る必要がある」

「わかったわ。それで、いつ？」

「まだわからない。ふたりの王女を通じて詳細を連絡するよ。とりあえずぼくは、結婚の申しこみを断わられて意気消沈した求愛者を装ってここを出ていく。そうすれば、きみに向けられる疑いの目も少しはやわらぐだろう」

エマの心が沈んだ。「出ていくの？　どうか行かないで」

「心配しなくていい。すぐに迎えに来るから」ニックは微笑み、温かな親指でエマの頬をなでた。「二度ときみを離さないと昨夜言っただろう。皇太子が怒っていようがなんだろうが、この世界にぼくを止められるものはなにひとつない」

エマは身震いし、自分もこれほど楽観的になれたらいいのに、と思った。世のなかに敵にまわしてはいけない人間がいるとしたら、それはルパートだ。もしつかまりでもしたら、ニックの身になにが起きるかと想像しただけでぞっとする。

「別れるのがつらいわ。また会えるときまで、どうやって過ごせばいいのかわからない」

「ぼくも同じ気持ちだ。でもぼくがきみを愛しているということを忘れないでほしい」

ニックは腰をかがめてエマに唇を重ね、思いのたけをこめて甘くせつないキスをした。エマはその刹那《せつな》にすべてをゆだねた。彼への思いが胸にあふれ、こぼれそうになっている。やがてニックは、欲望で震える腕をどうにかエマから引き離した。

そのとき生け垣の向こうから歌声が聞こえた。

ニックははっとし、体をこわばらせた。「かならず迎えに来るよ。それまで待っててくれ」

そう言うと最後にさっと短いキスをしていなくなった。

一分後、アリアドネが庭園の美しさを大きな声で褒めたたえながら、生け垣の隙間を抜けてやってきた。そのあとからマーセデスと男爵未亡人も現われた。

男爵未亡人は立ち止まり、警戒した目で周囲を見まわした。

だがニックの姿はどこにもなく、足跡も残っていなかった。アリアドネとマーセデスは、エマがひとりでいるのを見てほっとした顔をした。

「あら、こんにちは、男爵未亡人」エマはできるだけ陽気な声で言った。「あなたも迷路がお好きなの？」

それからの数日間は、これまでの人生のなかでもとくに長く感じられた。ニックのことをなるべく考えないようにするため、エマは公爵夫妻主催のさまざまな催しに参加した。日中は女性だけで集まり、絵画や刺繍や詩の朗読、手芸などをした。クリスマス用の飾りをたくさん作り、できあがったものを公爵夫人が使用人に命じて香りのいいヒイラギやモミで覆われた炉棚や欄干に飾らせた。ユールログ（炉の台木として用いる大薪）が運びこまれ、広間の暖炉で赤々と燃えているのも、祝祭の雰囲気を盛りあげている。

一方の男性陣は毎日のように朝からキジやウズラを狩りに出かけ、その日の獲物が夜の食卓にならんだ。外出しない日は、屋敷でビリヤードやカードゲームを楽しんだ。男性たちのいる部屋からは、タバコや蒸留酒のつんとするにおいがただよってきた。

また、午後に男女一緒に外へ出かけ、そり遊びや近くの池でのスケートを楽しんだことも、

一、二度あった。

シグリッドのふたりの娘も、大人と一緒にスケートをすることを特別に許された。オットー王がみずから名乗りをあげて、ふたりにスケートのしかたを教えたときは、その場にいた全員が驚いた。オットー王自身が子どものように楽しそうだ、と言う招待客も何人かいた。だがエマにはそう思えなかった。あれからオットー王はエマと親しくなろうと、折りに触れて近づいてくる。

王は悪い人ではない。でもあの耳ざわりな笑い声を聞くたび、鳥肌がたってしまう。自分たちのあいだに共通点はないに等しい。最初に会ったときから感じていたとおり、オットー王は尊大で虚栄心が強く、エマの好みにはおかまいなしに、自分に興味のあることしか話さない。

王は狩りが好きだが、エマは大嫌いだ。

王は戯曲や小説を読むことをまったくの時間の無駄だと思っているが、エマは動物の剝製《はくせい》を集めることを悪趣味だと考えている。

王は海水浴を危険で体に悪いと信じているが、エマは王がもっと頻繁に風呂にはいり、香水の量を減らすべきだと思っている。

でもエマはただ微笑み、ひかえめに異論を唱えるだけだった。そして容姿や顔立ちやその晩着ているドレスを褒められると、喜んでいるふりをした。ほかの女性なら悪い気はしないのかもしれないが、エマには彼の褒めことばがうわべだけの社交辞令にしか聞こえなかった。

もしニックと恋に落ちることなく、もうすぐ駆け落ちする予定がなかったとしても、やはりオットー王にはなんの関心も持てなかっただろう。ニックではなく彼の花嫁になる運命が待っていたかと思うと、全身に悪寒が走る。

あれ以来ニックからはなんの連絡もなく、エマは日々不安を募らせていた。アリアドネとマーセデスが懸命に元気づけようとしてくれるが、最近はつねに心身が緊張し、計画はほんとうに成功するのだろうかとやきもきした。

無事に逃げおおせたあとに届くよう、ルパートとシグリッドに手紙を書こうかとも考えた。怒り狂う兄の姿と動揺する姉の姿が目に浮かぶが、こうなったら背に腹は代えられない。あのときルパートが妹の訴えに耳を傾けて、縁談を白紙に戻してくれていたら、こんなことをしなくてもすんだのに。自分たちの駆け落ちが、家族のあいだにどれほど深い溝を作るかと思うと、胸が張り裂けそうになる。でもわたしはニックを愛している。あの人と結婚できるのなら、どんな犠牲をはらってもかまわない。

クリスマスの朝、空は澄みわたり、空気が冷たかった。屋敷は笑い声に満ちて、人びとは好きな飲み物を飲んで料理やお菓子に舌つづみを打ち、歌を歌って陽気に過ごしている。エマがソファで贈り物の包みをあけていると、マーセデスがやってきて隣りにすわった。

「ひとりになったらこれをあけて」耳もとでささやき、細長い小箱を手渡した。

エマははっとした。「これは――?」言いかけて口をつぐんだ。

マーセデスは励ますように微笑んで立ちあがり、自分宛ての贈り物の小山へ戻っていった。

エマの心臓が激しく打ちはじめた。だれにも見られていないことを確認してから、小箱をポケットに入れ、なにごともなかったかのようにふるまった。

ようやくひとりになることができたのは、晩餐用の身支度をする時間になってからだった。

エマは少し横になりたいと言って侍女を下がらせ、しばらく邪魔をしないように命じた。侍女がいなくなると急いで椅子に腰をおろし、包みを破いて小箱をあけた。ニックからの手紙と、金とアメジストでできた繊細な花模様のブローチがはいっている。エマはブローチをドレスにつけ、手紙を開いた。


メリー・クリスマス、愛する人。明日の朝四時に迎えに行く。

支度をして部屋で待っていてほしい。


やっとニックが迎えに来てくれる。エマは手紙をぎゅっと胸に抱きしめた。

明日、人生でもっともわくわくし、もっともすばらしい冒険がはじまるのだ。

明日、わたしはドミニク・グレゴリーの妻になる。

夜明け前の屋敷内は暗く、物音ひとつしなかった。エマは火が弱々しく燃えている暖炉の前のひじ掛け椅子にすわり、薄闇のなかで待っていた。事前に打ちあわせたとき、アリアドネは庭につづく通用口の鍵をあけて、ニックがなかへはいれるようにしておくと約束してくれた。もしアリアドネが鍵をあけることに成功していれば、ニックはなんの問題もなく屋敷に忍びこみ、階段をあがってこられるはずだ。

エマは手持ちの服のなかでいちばん暖かな緑のカシミヤのドレスと、そろいのマントに身を包み、こぶりの丈夫な旅行かばんに何枚かの着替えと日用品を入れておいた。なにか必要になったらあとで買えばいい。いま持っているドレスの数々は、もしかすると兄に没収されるかもしれない。宝石やその他の装飾品も、きっと罰としてとりあげられるだろう。

でもエマはまったく悲しくなかった。

愛のために結婚して、王族の身分やそれにともなう特権を失うのは愚かだと言う人もいるだろう。だがエマにとっては、なにも失うものなどなかった。物質はしょせん物質にすぎない。置いていってもなんとも思わないし、執着もない。一方、ニックはかけがえのない唯一無二の存在だ。彼の愛がなければ、自分は生きていけないだろう。

アリアドネとマーセデスには、すでに別れの挨拶をすませていた。涙ぐみながらふたりをそれぞれ抱きしめ、できるだけ早く手紙を書くと約束した。

「落ち着いたら、かならず会いに来てちょうだいね」エマは言った。

「もちろんよ」アリアドネが言い、マーセデスもそうだとうなずいた。「とりあえずお兄様のことは心配しないで。もし拷問にかけられても、けっしてあなたたちのことは口にしないから」

エマは思わず微笑んだ。「たしかにルパートは激怒するでしょうけれど、あなたたちを拷問にかけたりなどしないわよ」

アリアドネはエマを見たが、その疑わしげな目は、たとえ苦痛を味わっても喜んで耐えてみせる、と言っているようだった。

「わたしのことも信じてちょうだい」マーセデスが言った。「幸せになってね、エマ」

その点については、エマはなにも心配していなかった。ニックとともに過ごす人生は、幸せであるに決まっている。

そして今夜、エマは興奮のあまり一睡もできずにいた。それでもニックが来るのを待っているうちに、疲れでまぶたが少し重くなってきた。そのときドアを軽くノックする音がし、はっと目を覚ました。

急いで部屋を横切ってドアをあけると、ニックがそこにいた。ことばで言いあらわせないほど素敵だ。厚い外套からかすかに冬の冷気がただよい、清潔で男らしいにおいがする。

ニックはエマを抱きしめて唇を重ね、やっと再会できた安堵と喜びを分かちあった。

だがニックはすぐにエマを放した。「準備はいいかな。一刻も無駄にはできない」

どこか遠くで時計が四時を知らせる音が聞こえ、まもなくその余韻が消えて静寂が戻った。エマの唇に笑みが浮かび、鼓動が速くなった。「ええ、行きましょう」

ふたりは手に手をとって廊下を進み、階段へと向かった。旅行かばんはニックがしっかり持っていた。照明のあたった場所を念のために避けながら、猫のように静かに階段をおりた。

無言のまま一階の階段の踊り場につくと、裏庭につづくドアの方向へ曲がった。庭の先の私道にニックの馬車がとまっているという。ニックはエマを安心させるように手をぎゅっと握り、最後の数段をおりた。

無事に出口にたどりつき、ニックが掛け金をはずそうと手を伸ばしたそのとき、背後から静かだが、聞き間違いようのない足音がした。

エマは心臓がのどから飛びだしそうになり、とっさにふりかえった。一方のニックはゆっくりとふりかえり、ふたたびエマの手をとった。

シグリッドが薄闇のなかから姿を現わした。「正面玄関じゃなくて、こちらを使うんじゃないかと思っていたわ。案の定ね。あなたたち、わかりやすすぎるのよ」

27

エマは恐怖で凍りついて姉の顔を凝視した。のどが締めつけられて声が出ない。

まさか見つかってしまうとは。

信じられないことだが、シグリッドはたしかに目の前にいる。自分たちが駆け落ちしようとしていることを知っていたらしい。でもあれだけ慎重にことを運んだのに、どうして気づかれたのだろう。ほかにこのことを知っているのはアリアドネとマーセデスだけだが、あのふたりが裏切ることはぜったいにありえない。

「どうして――？」エマは責めるような目でシグリッドを見た。

「どうしてですって？」シグリッドはこともなげに言った。「どうしてわたしがあなたたちのことに気づいたかと訊きたいの？　少し前の深夜、あなたたちふたりがだれにも見られていないと思いこんで、こそこそ屋敷のなかを歩きまわっているところを目にしたわ。それでぴんと来たのよ。おまけにわたしは、手紙をこっそり開封したり聞き耳をたてたりするのが上手なの」

エマの口から悲しげな声がもれ、吐き気がこみあげてきた。

ニックはエマの手を強く握り、シグリッドに向きなおった。「奥方様、これはあなたが思っていらっしゃるようなことではありません。妹君へのわたしの気持ちにはなんら恥じるところはなく、心から結婚を望んでいます。ご存じではないでしょうが、わたしは――」

「ルパートのところへ行き、エマと結婚する許可を得たいと願いでたんでしょう？ そのことなら知ってるわ。身分のちがいを考えると、たいした度胸ね。たしか軍人だったとお聞きしたけれど」

ニックは肩をこわばらせた。「ええ、海軍将校でした」

「いかにもあなたらしいわ。たとえ身のほど知らずでも、その勇気は褒めたたえるべきね。それからあなたは、エマへの気持ちになんら恥じるところはないとおっしゃったけど、わたしにはそうは思えない。あなたたちの駆け落ちは一大スキャンダルとなって、ヨーロッパじゅうに知れわたるでしょう。ローズウォルドは小国ではあるけれど、それなりの影響力を持っているのよ。わたしたちは誇り高くて芯の強い一族なの。エマを見ていればわかると思うけど」

「エマのことならわかっているつもりです。わたしが知っているなかで、いちばん立派な人です」

シグリッドの唇にかすかな笑みが浮かんだ。

「お願い、お姉様」エマは懇願した。「わたしのことを少しでも思ってくれるのなら、どうか見逃してちょうだい。リンドハースト卿を愛しているの。そして彼もわたしを愛している。わたしたちはただ一緒にいたいだけなのよ」

シグリッドはふと表情をやわらげ、心のこもった微笑みを浮かべた。「エマリン、あなたを愛しているからこそ、人生最大のまちがいを犯そうとしているのを黙って見ているわけにはいかないのよ。このまま逃げたら、親しい人との絆も名誉も失ってしまう。王女であるあなたが、世間から後ろ指をさされて生きていくなんて許せないわ」

エマはあごをあげた。「社交界からどう思われようと気にしない。ここイングランドでも、故郷のローズウォルドでも。これからはニックがわたしの帰るべき場所だから」

ニックの顔を見あげると、その目は温かな愛情で輝いていた。

「周囲から無視されたり拒絶されたりする生活が何年もつづいたら、そう楽天的な気持ちではいられなくなるでしょうね」シグリッドは言った。「亡くなった夫の家に嫁いで長い歳月を過ごすうちに、心ないひそひそ話や悪意に満ちたあてこすりに耐えるのがどれほどつらいことか、いやというほどわかったわ。でもその話はまた今度にしましょう」くるりと向きを変えて言う。「さあ、一緒に来てちょうだい。ルパートを起こさなくちゃ」

エマは絶望した。ルパートにだけは会いたくない。自分の夢と希望を完全に打ち砕く力を持った兄にだけは。

ニックがエマの手をぐっと握りしめた。その手はとても力強く、なんの迷いも感じられない。ふたたび顔を見あげると、ニックの瞳には不屈の精神が宿っていた。〝強くなるんだ〟その目が告げている。〝ぼくと一緒に戦おう。まだ負けが決まったわけじゃない〟

ニックの堂々とした態度と希望を捨てないその姿が、エマに力を与えた。そうだ、わたしも戦わなければ。ニックは以前、これは戦いだと言ったことがある。ならば、かならず勝ってみせる。

「わかったわ」エマは言った。「行きましょう」

三人はルパートの寝室に向かって歩きだした。

ところが十分後、エマの自信は揺らぎはじめていた。三人は近侍を眠りから覚まして主人を起こすように言い、ルパートの寝室の居間で待っているところだった。

それからまもなくルパートが現われた。襟の部分に王家の紋章が緑の糸で刺繍された黒いカシミヤのガウンを羽織り、やわらかな革でできた黒いスリッパを履いている。眉間に深いしわが刻まれ、金色の髪は乱れてところどころに寝ぐせがついていた。

「いったいなんの騒ぎだ?」ローズウォルドで使われているドイツ語で、不機嫌そうに言った。「ほんの二時間前に床についたばかりなのに、悪い話を聞かせるのは勘弁してくれ」

ルパートはそこでいったんことばを切ると、あらためて三人の顔をながめ、ニックに視線を据えた。目を細くすがめて言う。「リンドハースト、ここでなにをしているんだ？」完璧な発音の英語に難なく切り替えた。「しかも、あれほど近づくなと言ったのに、どうしてわたしの妹と一緒にいるのか」

ニックがエマの手を握っていることに気づき、ルパートの青い瞳におそろしい光が宿った。内心では震えあがっていたものの、エマはぐっと胸を張った。

「エマ、おまえは――」ルパートはうなるように言った。

「わたしから説明するわ」シグリッドが割ってはいった。

ルパートはシグリッドに視線を移した。「その必要はない。この状況を見れば一目瞭然だ。すぐに衛兵を呼ぶ」

「やめて！」エマは叫んだ。

「きみはここへこっそり戻ってきて、妹を誘惑しようと思ったんだろう」ルパートはニックに向かって言った。

「わたしが戻ってきたのは、妹君を愛していて、結婚を望んでいるからです。最初はちゃんと順序を守ろうと思い、殿下にお許しを請いました。でもあなたは認めてくださらなかった。それでやむなく、別の手段に訴えることにしたんです」

ルパートの頬がぴくりと動いた。「その手段が駆け落ちだと？　妹をきずものにするつもりだったのか。わたしに言わせれば、きみはただの悪党にすぎない。だがきみの計画は失敗に終わった。妹から手を離すんだ。エマリン、おまえは部屋へ戻りなさい」

「いやよ!」エマはまたしても叫んだ。「わたしはニックと一緒でなければ、どこへも行かないわ。わたしも彼を愛しているの」

ルパートはこばかにしたように笑った。「なるほど、そういうことか。愛している、だと? その話はもう終わったはずだ、エマリン。そうした甘ったるい感傷に対するわたしの意見は、おまえもわかっているだろう」

これまで兄に本気で反抗したことはなかったが、エマはその瞬間、慎みも抑制もかなぐり捨てた。

「お兄様の考え?」激しい口調で食ってかかった。「アリアドネの言うとおりだわ。あなたには心がない。そうでなければ、いくら祖国の主権を守って王室間の同盟関係を強めるためとはいえ、わたしを感情のないチェスの駒みたいにあつかうはずがないものね。オットー王とは結婚したくないと前にも言ったでしょう。でもお兄様は、王族の義務と栄誉とやらを得々と説いた。でももうわたしは、そんなものはどうだっていいの。わたしには幸せになる権利があるわ。わたしの夫となる男性は、ここにいるこの人だけよ」

ルパートはあごを石のようにこわばらせ、冷淡な目を向けた。「おまえは興奮のあまり、まともな思考ができなくなっている。またあとで話そう」

「話すことなんてなにもない。わたしはニックと結婚するのよ。いくらお兄様でも、わたしを止めることはできないわ」

「おまえは自分がまだ十八歳で、結婚できる法定年齢ではないことを忘れているようだ。わたしの許可がなければ、結婚はできない」

「スコットランドに行けばできるでしょう」エマは挑むようにあごをあげた。

「船でローズウォルドに送りかえされたら、スコットランドへ行くことはむずかしくなるだろうな」

エマは顔から血の気が引くのを感じた。「たとえ送りかえされたとしても、どうにかしてニックのところへ行く方法を見つけるわ」

ルパートはふんと鼻を鳴らした。「もういい！　あまりにばかげている。そもそもおまえにとって、この男は見知らぬ他人も同然だろう。そんな相手と情熱的な愛とやらを育む時間がいつあったのかは知らないが、じきに熱が冷めるに決まっている」

「そうかしら」シグリッドがいきなり会話にはいってきた。「もしわたしの勘が正しければ、エマとリンドハースト卿は、わたしたちが思うよりずっと前から知り合いだったはずよ」

エマとルパートとニックは、いっせいにシグリッドを見た。

「なんだって？」ルパートは言った。「どういう意味だ？」

「エマリンと閣下は、わたしたちがイングランドに到着する以前に知りあっていたんじゃないかしら。エマリンが公邸から逃げだして、ロンドンへ行ったことがあったでしょう。そのときに出会ったのではないかと思うの――舞踏会が開かれたカールトン・ハウスでも、もちろん、この館でもなくて」

エマは顔をしかめた。どうして姉はそこまで知っているのだろう。もしかすると、鍵穴に耳をあてて人の話を盗み聞きすることも得意なのかもしれない。それにしても、なぜいままで黙っていたのだろうか。よりによって、自分たちが駆け落ちする日の朝にこんなことを言いだすなんて。

ルパートの表情がますます険しくなった。表面上は冷静な態度を保っているが、内心では怒りに震えているはずだ。

「いまの話はほんとうか」ルパートはニックを見た。「この数カ月間、わたしの目を盗んで妹をもてあそんでいたのか?」

「もてあそんでなどおりません。妹君に対するわたしの気持ちは、真剣そのものです」ニックはひるむことなく言いきった。「ですが、公爵未亡人のおっしゃったことはほんとうです。秋に妹君がはじめてロンドンへやってきたときに、わたしたちは出会いました。その時点では、彼女が王女だということはまったく知りませんでした。それどころか、わたしはエマのことを一文無しの家庭教師だと思っていた」

「家庭教師? エマリンが?」ルパートは吐き捨てるように言った。「ばかばかしい」

「わたしからはなにも説明するつもりはありません。もしエマにその気があれば、彼女から詳しい話を聞いてください。ただ、ひとつだけわかっていただきたいのは、エマに持参金がないと思いこんでいたときも、わたしは結婚を望んでいたということです。エマのいない人生など想像できないから、結婚したいだけです。わたしはエマを愛している。彼女を幸せにするため、精いっぱいのことをするつもりだ」

「それできみは、その幸せとやらを妹に与えられるのは自分だけだと思っているわけか」

ニックは愛情いっぱいの目でエマを見た。「ええ、そう思っています」自信に満ちた口調だった。

エマはうれしさで胸が張り裂けそうになり、もう少しで笑い声をあげるところだった。これからなにがあっても、わたしたちはぜったいに離れない。

ニックはルパートに視線を戻した。「わたしはかつて、殿下に妹君との結婚のお許しを請いました。もう一度お願いいたします。どうぞ妹君との結婚をお認めください。持参金も財産もなにもいりません。わたしにもそれなりに財産がありますから、それ以上のものは必要ありません。わたしが求めているのはエマだけです」

ルパートは眉根を寄せ、しばらく黙って考えこんでいた。「きみが真剣な気持ちだということはわかった——そしてエマリンのほうも。お互いがどれほど相手のことを想っているかを知って、わたしも心を打たれたよ。エマリン、わたしはおまえとあの遠慮会釈のないアリアドネ王女が思っているような、血も涙もない人間ではない」

エマは頬を紅潮させ、絶望の灰からよみがえる不死鳥のように、希望が胸に湧きあがるのを感じた。

「それでも」ルパートは淡々とつづけた。「妹とオットー王との結婚は、もうどうすることもできない。今回の縁談は、個人的な望みや愛情を超えたところで決まっていることなんだ。いくらわたしが妹を自由の身にしたいと思っても、もし縁談を白紙に戻したりなどしたら、オットーの国とわが国のあいだには取りかえしのつかない不和が生じるだろう。場合によっては、戦争にならないともかぎらない。申しわけないが、そんな危険を冒すわけにはいかない。今回もわたしの答えはノーだ」

エマの胸に灯った希望の光が消え、剣で刺されたような痛みが走った。

「ふたりにはすまないと思っている。心から」

エマはそれ以上、兄と目を合わせていることに耐えられず、視線をそらした。

「リンドハースト卿には、ただちにここを出ていっていただこう」ルパートの声には、摂政皇太子としての威厳がにじんでいた。「自分で行かないなら、衛兵に送らせるまでだ」

「そんな——」エマの目に涙があふれた。

「エマリン、おまえは寝室に戻って、出発の準備ができるまでそこでおとなしくしているんだ。こうなったら、いったんローズウォルドに帰ったほうがいいだろう。オットー王との結婚の手続きは、ローズウォルドで行なうことにする」

エマは泣きながらニックの肩に顔をうずめた。兄に人生を台無しにされるなんてぜったいに許せない。そんなことをさせるつもりはない。でもルパートの強大な力を前にして、自分たちになにができるというのだろう。

崩れ落ちようとするエマを、ニックは両手でしっかり抱きしめた。

「叙事詩のような悲劇の物語が幕をあける前に、わたしからひとつ別の方法を提案させていただいてもいいかしら」シグリッドがとつぜん口を開いて静寂を破った。「みんなが満足するいい解決策があるわ」

エマは黙ったまま、涙で濡れた顔を少しだけあげて姉を見た。ニックとルパートもシグリッドを見ている。三人のあいだで話が過熱するうちに、シグリッドの存在はすっかり忘れ去られていた。

そう、たったいままでは。

ルパートは胸の前で腕組みした。「ほう。聞かせてもらおうか」

「簡単なことよ」シグリッドは言った。「わ︑た︑し︑がオットー王と結婚するの」

28

エマはシグリッドのことばに唖然《あぜん》とした。ルパートの腕がだらりと脇に下がった。ニックはというと、驚きで片方の眉を高くあげているが、早くつづきを聞きたそうな顔をしている。

シグリッドはおだやかに微笑んだ。「ルパート、あなたは祖国の安全と独立を守るために、どうしてもオットー王との同盟を強固にしなくてはいけないんでしょう。いまはウィーン会議が進んでいる、とても微妙な時期ですものね。あたってる？」

「ああ、ざっと言うとそういうことだ」

シグリッドはうなずいた。「その見返りとして、台所事情が悪くなりつつあるオットー王は、莫大な持参金を受けとることになっている。これもあたっているかしら？」

ルパートは苦笑した。「身もふたもない言いかただが、だいたいそんなところだ」

「だとしたら、わたしたち姉妹のどちらがオットー王に嫁いでもいいわけでしょう。もちろんわたしは未亡人だから、持参金に少し色をつけなくちゃならないでしょうけど。でもわたし自身、カルロが亡くなったときに莫大な遺産を相続しているのよ。それだけの財産があれば、オットー王も満足するんじゃないかしら」シグリッドはスカートをなでつけた。「わたしがオットー王と結婚するから、エマは愛する伯爵と結婚すればいいわ」

エマは姉の目を見つめた。さっきまでの怒りと裏切られたくやしさが、嘘のように消えていく。こんなにあっさり解決するなんて、信じられない思いだ。ほんとうに自分がニックと結婚しても、ルパートはオットー王と同盟を結んで祖国を守れるのだろうか。

でも、その代償は？

「シグリッド、本気なの？」エマはニックの腕をほどき、姉に歩み寄った。「それではあなたに、あまりにも大きな犠牲を強いることになるわ。そんなことはとてもさせられない」

「いいのよ」シグリッドはエマの手をとった。「わたしは姉として、妹のあなたに幸せになってもらいたいだけなの。こういうときのための姉妹でしょう？　困ったときはお互いに助けあうのが当然よ」

エマはまばたきして涙をこらえた。「でもあなたはどうなるの？　お姉様自身の幸せは？」

シグリッドは笑い声をあげ、エマの手をぎゅっと握った。「やさしい子ね。ほんとうにいい妹だわ。でも心配しないで、わたしは犠牲になるつもりなんかないから。正直に言うと、王妃になれると思うとわくわくするの。シグリッド王妃陛下。なかなか魅力的な響きじゃないこと？」

エマは思わず吹きだし、ニックも歯を見せて笑った。

だがルパートは笑わなかった。「いい響きだな、シグリッド王妃」真剣な声で言う。「でもオットーはどうなんだ。結婚相手を変更するには、本人の同意が必要なことを忘れているんじゃないか？」

シグリッドはルパートに向きなおった。「あら、あのかたなら花嫁が替わってもまったく気にしないと思うけど。昨日も一緒に狩りをしていたとき、エマと趣味が合わなくてつまらないとぼやいていたのよ。わたしと一緒にいるほうがずっと楽しいと言って、再婚する気はないのかとさえ訊いてきたわ。そもそも、最初に会った晩からわたしに気があるそぶりを見せていたの。告白すると、わたしもまんざらでもなかった。悪い人だわ、オットーは」

「なんだと？」ルパートは声を荒らげた。「あの男は――」

「そう、エマがいるのに、わたしに色目を使うなんて不謹慎よね。でも結局、そのおかげですべてが丸くおさまりそうじゃない。跡継ぎの件は」シグリッドは、ルパートが次に気にしそうなことを先まわりして言った。「わたしだってまだ若いし、男の子のひとりやふたりぐらい産めるわ。すでにふたりの子の母親だから、子どもを産める体であることもはっきりしているし」

「でも、ほんとうにそれでいいの？」エマは眉をひそめ、もう一度尋ねた。

シグリッドはおだやかな表情でエマを見た。「いいのよ。いろいろ欠点はあるけれど、オットー王は根は悪い人じゃない。なによりも、娘たちによくしてくれるの。あの子たちはまだ父親が必要な年齢だし、彼はきっといい親になってくれる。あの子たちがあんなに楽しそうに笑うのを見るのは、カルロが生きていたとき以来よ。わたしはふたりがもっと笑って、幸せそうにしている姿を見たいの。そのためなら、再婚ぐらいお安いご用だわ。それに、エマ、あなたの幸せそうな顔も見たいから」

「でも愛は？」

シグリッドは肩をすくめた。「世のなかには愛をつかめる幸運な人もいる。あなたもそのなかのひとりよ、エマ。あなたとリンドハースト卿が心から愛しあっていることは、ひと目でわかるわ。だからわたしのことは心配しないで、愛する人と一緒に人生を楽しみなさい。わたしとオットーだって、いつしか恋に落ち、お互いが運命の相手だと思わないともかぎらないし」

エマは一瞬ためらったのち、シグリッドを強く抱きしめた。「こんなにすばらしい姉は、世界じゅうどこを探してもいないわ」小声で言った。「ありがとう」

シグリッドもエマをしばらく抱きしめてから体を離した。「気をつけないと肋骨が折れてしまうわよ」からかうように言い、いつもより明るく瞳を輝かせた。

エマは満面の笑みを浮かべた。それから幸せではちきれそうな胸を抱え、ニックのところに戻って手を差しだした。

ニックがエマの手をとろうとしたそのとき、ルパートの声が響いた。「わたしはまだ、おまえとリンドハーストの結婚を許したわけじゃない。財産はどうでもいいということ以外、この男のことはなにも知らないも同然だ」

「あら、それならわたしが教えてさしあげるわ」シグリッドが言った。「リンドハースト卿は立派な人柄で、英国でも一目置かれているかたよ。先の戦争で勲章を授かった英雄で、英国海軍の大佐として軍艦の指揮をとり、フランス軍と勇敢に戦ったの。莫大な富をお持ちだから、たしかにエマの財産など必要ないでしょうね。あなたとそれほど変わらないぐらい裕福なのよ。財産目当ての男性だと思うのはお門《かど》違いだわ」

ルパートはまた胸の前で腕を組み、渋面を作った。

「失礼ながら、奥方様」ニックがシグリッドを見た。「どうしてわたしのことをそこまでご存じなのですか」

シグリッドはいかにも王族らしいまなざしをニックに向けた。「わたしが素性のよくわからない男性に、大切な妹を嫁がせるとお思いになって？　わたしは情報を集めるのが得意なの。閣下のことを調べさせていただいたに決まっているでしょう」

ニックは小さく首をふると、エマの手をとってその体を抱き寄せた。「やれやれ、姉上を敵にまわしたら大変なことになりそうだ」

「兄もよ」エマは嘆息し、懇願するような目でルパートを見た。「ルパート。ニックとの結婚を認めると言ってちょうだい。一生のお願いよ」

「そう言われても――」兄はうなるように言った。

「ルパート」シグリッドがたしなめた。

ルパートはあごをこわばらせて歯を食いしばったかと思うと、ふいに両手をあげた。「わかったよ。ふたりの結婚を認めよう――オットーがシグリッドとの結婚に同意するならの話だが」

「するに決まってるわ」シグリッドは確信に満ちた口調で言った。

「好きにするといい」ルパートはニックに向かって指を一本立ててみせた。「リンドハースト卿、きみはさっきのことばを守って、妹を一生幸せにするんだぞ。もし約束を破ったら、そのときは承知しない」

ニックはエマを抱き寄せた。その瞳は愛できらきら輝いている。彼の腕に抱かれ、エマの胸が高鳴った。「わかりました、殿下」ニックは言った。「その約束なら、一生守りつづける自信があります」

そしてルパートとシグリッドが見ているにもかかわらず、頭をかがめてエマにくちづけた。

エマは目を閉じてキスを返した。

エピローグ

地中海洋上
一八一六年二月

エマは重厚なベッドに横たわり、ニックの汗ばんだ胸にゆっくり手を這わせた。一糸まとわぬふたりの体に乱れたシーツがからまり、大きな羽毛枕が三つ、頭の下でおかしな角度に曲がっている。船室の半開きになったふたつの窓から暖かい潮風が流れこみ、遅い午後の陽射しが室内をやわらかな金色に染めていた。

エマはそのまま胸をなでつづけ、褐色の短い巻き毛の下にある乳首のまわりを指でなぞった。爪で軽く先端をはじき、それが硬くなるさまをながめた。

ニックがとつぜんその手をつかみ、自分の胸に押しつけた。「少し休憩するんじゃなかったのかい」まぶたを閉じたまま、もの憂げに言った。「でももし準備ができたのなら、喜んで相手をさせてもらうよ。とくに、このまま手を動かしつづけるつもりなら」

エマは満足そうな笑みを浮かべ、くすくす笑った。「わたしは手でいろんなことができるのよ。新婚旅行がはじまってからのこの数日間で、閣下《マイ・ロード》がたくさん教えてくれたでしょう。

いいえ、閣下《ユア・グレース》と呼んだほうがいいかしら」

ニックはうめくように言った。「そのことを思いださせないでくれ。リンドハースト伯爵としてふるまうだけでも苦労しているのに、そのうえローズウォルドの大公にまでなってしまうとは」

「男性はふつう、高い身分を手に入れると有頂天になるものなのに」

ニックは目をあけ、自尊心を傷つけられたような顔をした。「男はふつう、王女と結婚しただけで高い身分を与えられたりはしない。ぼくは英国人なんだ。友人や親戚が、ぼくのことをヴイセンシユロス公爵《ヘルツォグ・フォン・ヴィセンシュロス》と呼ぶようになると思うかい？」

「公爵だけでいいじゃないの。もちろん、イングランドにいるときはリンドハースト伯爵として過ごすといいわ。どうせルパートにはわからないから」

「面倒くさいな」

「兄のことを悪く思わないでね」エマは言った。「ルパートはただ、ローズウォルドの貴族と国民が、あなたをわたしの夫として認めることを願っているだけなの」

「兄上は無名のつまらない男に、妹を嫁がせるわけにはいかなかったんだろう」

エマはニックの頬を両手で包んだ。「たとえなんの肩書もなかったとしても、あなたはつまらない男性なんかじゃないわ。わかっているでしょう――わたしがそんなことをこれっぽっちも気にしていないことを」

「ああ」ニックは機嫌を直し、エマの手のひらにくちづけた。「すまなかった。でもきみの兄上とうまく付き合えるようになるまでには、もう少し時間がかかりそうだ。たしかにぼくたちの結婚を認めてはくれたが、しぶしぶ許可したとしか思えなくてね」

「子どもが二人か三人できれば、わたしたちが別れることはないとわかって、態度をやわらげるかもしれないわ」

「つまり、兄上に心から認めてもらうためには、二人か三人、子どもを作る必要があるということかな？」ニックはエマの背中をなでおろした。「少なくとも、その過程を楽しむことはできそうだ」

「わたしもよ」エマは言い、ニックの胸にまた両手を這わせた。「それに兄が結婚のお祝いとして、この船を貸してくれたことも忘れてはいけないわ。あなたが思う以上に、ルパートはあなたのことを気に入っているのよ。この船は兄がとても大切にしているものなの」

「いや、兄上がこの船を貸してくれたのは、ぼくがきみを勝手に連れださないようにするためじゃないかな」ニックの口もとにゆっくりと笑みが広がった。「それはともかく、以前話したブリストルにいる船長と、造船会社をはじめようと考えているんだ。それでは商売人じゃないかと言う人もいるだろうが、なんらかのかたちで船に関わっていたくてね。海上での生活をあきらめたとはいえ、船はぼくの生きがいだ」

「ぜひやってみるべきよ。あなたに後悔してほしくないわ」

「ああ、ぼくの人生に後悔はない。きみと結婚した日、心からの望みがかなったんだから」

「ああ、ニック。わたしもまったく同じよ」エマはニックの頬をなでた。「とても幸せ。イングランドへ戻って所帯を持つのが楽しみだわ」

「ロンドンの屋敷もリンド・パークの屋敷も、きみの好きなようにしてくれてかまわない」

「そんなことを言ってだいじょうぶ？　屋敷の改装に財産を使いはたすかもしれないわよ」

「たとえ王女でも、きみがそんなことをするとは思えないな」ニックはからかうように言った。「それでも兄上が、いつか生まれてくる子どもたちのために、きみの持参金を信託財産にしてくれたことはありがたいと思っている。この前も言ったとおり、ぼくは持参金などいらないし、子どもたちの将来のためになるのなら、そんなにうれしいことはない」

「ええ、そうね」エマはそこでふと口をつぐみ、またニックの胸をなではじめた。「所帯のことだけれど、この夏にお客様を招いてもいいかしら」

「客というと？」

「アリアドネとマーセデスよ。マーセデスの場合は、もしご家族が許してくださればの話だけれど。ふたりとも六月に女学校を卒業するの。そのあとのことは、まだはっきり決めてないと思うわ。でもとくにアリアドネには、後見人しか頼る相手がいないのよ。年配の男性で、若い女性が一緒にいて楽しい相手とは思えない。それで、もしあなたさえよかったら、ふたりを――」

「もちろん招いてかまわないさ。王女たちならいつでも大歓迎だ。ふたりがいなかったら、ぼくたちは永遠に一緒になれなかったかもしれない。アリアドネ王女とマーセデス王女には、大きな恩義がある」

エマの顔がぱっと輝いた。「ありがとう」

「どういたしまして」ニックはエマに唇を重ね、濃厚なキスをした。

やがて息が苦しくなって顔を離した。乱れた呼吸がようやく整うと、ニックは話のつづきをはじめた。「きみの姉上も、いつでも歓迎するよ。でも秋にオットー王と結婚したら、海外に旅する時間などなくなるかもしれないな」

「そうかもしれないわね」エマは言った。「オットー王との婚約を、姉は心から喜んでいるようだったわ。とても幸せそうに見えた。わたしたちの結婚式のときも、オットー王が嫁入り衣装をひとそろい作ってくれているとうれしそうに話していたのよ。ほんの二カ月前、ルパートに買わせたばかりなのに」

「姉上らしいな」

「それに幼い姪たちも結婚式で花娘《フラワーガール》になることを楽しみにしているの。王妃ともなれば、とても豪華で華やかな結婚式を挙げるんでしょうね。シグリッドはきっと夢見心地だわ」

「ああ。ぼくたちもやむをえない状況にならないかぎり、ローズウォルドへ行って姉上の結婚を祝福しよう」

エマは片方の眉をあげた。「やむをえない状況って?」

ニックは片脚をエマの脚のあいだに入れ、太ももを密着させた。「さあ、なんだろうな。たとえば、きみのお腹が大きくなるとか」

「ああ」エマは甘い吐息をついてまぶたを閉じた。下半身がふたたび硬くなっている。ニックが裸の腰に手をかけて、自分のほうへと引き寄せた。「いまからなら、十月には出産間近になっていてもおかしくないわね」

「そうだ」ニックは頬にキスをすると、次に唇を首筋に這わせてエマの欲望に火をつけた。「もう充分休んだから、次の目標達成に向かってがんばろうか」

エマはニックの唇を探りあて、とろけるようなキスをした。これから先、愛と悦びに満ちあふれた長い人生が待っている。

「ええ」エマはニックにうながされてその上にまたがった。「そういうことなら一分だって無駄にはできないわ、愛しい人《リーブリング》」

ニックは笑い声をあげ、花嫁の言うとおりにした。

訳者あとがき

トレイシー・アン・ウォレンの新三部作、「プリンセス・シリーズ」の第一弾をお届けいたします。

貴族の令嬢や一般女性がヒロインだったこれまでの作品とはちがい、本シリーズは三作ともヨーロッパの小国の王女が主人公です。激動する時代の波に翻弄されつつも、自分らしさを見失わず、たくましく健気《けなげ》に生きていくプリンセスたち。ですが、これまでのシリーズを上まわるスケールに仕上がっているのは、そうしたドラマチックな舞台設定だけが理由ではないでしょう。なにより主人公をはじめとする登場人物が魅力的で、脇役の一人ひとりにいたるまで、じつに個性的でいきいきとしています。丁寧で細やかな心理描写はもともとこの作家が得意とするところではありますが、本シリーズではそれにさらに磨きがかかり、物語の進行自体にはあまり関わりのない脇役までひとつの個性を持ったひとりの人物として描きだされていて、その筆の見事さには訳者もあらためて感心しました。

さて、一作目にあたる本作の主人公エマは、オーストリアとスイスに挟まれた架空の小国ローズウォルドの王女です。ナポレオン戦争の終結を受けたウィーン会議（一八一四―一八一五）でヨーロッパの勢力図が大きく塗り替えられつつあるなか、ローズウォルドの摂政皇太子であるエマの兄ルパートは、祖国の主権と独立を守るためにエマと隣国の国王との縁談を進めます。エマはまだ十八歳、スコットランドにある女学校の寄宿舎で暮らしていましたが、政略結婚をさせられるのは王室に生まれた者の宿命だとあきらめていました。そして結婚準備と婚約発表のため、兄の命令にしたがってロンドンへと向かいます。大の親友であるアリアドネ王女とマーセデス王女と別れるのは身を切られるようにつらいことでしたが、固い友情で結ばれた三人の絆は、物理的な距離に負けないほど強いものでした。

ロンドン郊外の公邸に到着したエマは、兄ルパートがやってくるのを待ちます。でも待てど暮らせど、公務で忙しい兄は姿を現わしません。つねに監視の目のある窮屈で退屈な毎日を送るうちに、エマは自分を待ち受けている運命にあらためて思いをいたし、絶望と恐怖にとらわれていきます。最後に一度だけでいいから、自由を味わってみたい――。その気持ちがどんどん強くなり、ある朝ついに公邸を逃げだしてロンドンの中心部へ向かいます。ロンドンには女学校時代の恩師がいるので、その自宅で数日のあいだお世話になるつもりでした。

コベント・ガーデンにやってきたエマは、はじめて見る市場の活気ある光景に目を丸くします。ところが、そろそろ貸し馬車を探して恩師の自宅へ向かおうとしていたまさにそのとき、持っていたハンドバッグをごろつきに奪われてしまいます。一文無しになって途方に暮れるエマに、ひとりの男性が救いの手を差しのべました。男性の名はニック・グレゴリーことリンドハースト卿。つい最近、爵位を継いだばかりの伯爵です。エマはとっさに自分の身分をいつわり、解雇された元家庭教師で身寄りがないのだと説明します。そしてニックの助けを借りて恩師の屋敷へ行ったところ、頼みの綱である彼女がロンドンを留守にしていることがわかりました。またしても途方に暮れるエマに、ニックはひとつの提案をします——恩師が戻ってくるまで、自分の屋敷に滞在すればいい。元海軍大佐で面倒見のいい性格のニックは、行き場のない若い女性をどうしてもほうっておくことができなかったのです。

最初は固辞していたエマも、大使館に助けを求めて公邸へ連れ戻されることを思うとぞっとし、恩師が戻ってくるまでの短い期間だと割り切って、ニックの厚意に甘えることにします。ニックはエマの評判を傷つけないよう、未亡人の叔母をお目付け役として屋敷に呼び寄せ、こうしてつかのまの同居生活がはじまったのでした。

前伯爵だった兄の急死により、大好きな海を離れることになったニックは、義務に縛りつけられた伯爵としての生活にむなしさを感じていました。そんな日々のなかにとつぜん現われたエマという不思議な女性の存在に、いつしか心を慰められていることに気づきます。エマもまた、やさしくて誠実なニックに心惹かれていきました。もうそろそろ恩師がロンドンへ戻っているころだと思いつつも、なかなかニックの屋敷を離れる決心がつきません。そうして滞在をずるずる引き延ばしているうちに、やがてふたりのあいだには友情以上の感情が芽生えはじめます。

ある日、ニックに連れられてロンドン郊外の村祭りに出かけたエマは、見覚えのある軍服を目にして愕然とします。それはローズウォルドの衛兵の制服でした。ルパート皇太子がようやくイングランドへ到着し、妹が公邸からいなくなったことを知って、おおがかりな捜索を開始していたのです。このままではニックまで巻きこんでしまう――。エマは断腸の思いで、ついに彼のもとを去ることに決めました。

翌朝、エマが黙っていなくなったことを知ったニックは深く傷つき、なんとしても捜しだそうとあの手この手を尽くします。ところが彼女の行方は杳《よう》として知れませんでした。心にぽっかり空いた穴を抱え、暗い毎日を過ごすニック。それはエマとて同じことでした。愛する人ができたいま、会ったこともない国王と結婚させられるなど、考えただけでもおかしくなりそうです。でもそれは王女として生まれた以上、はたすべき義務でした。祖国への忠誠と愛のはざまで、心が引き裂かれそうになるエマ。自分を守るために無感情という名の鎧《よろい》をまとい、周囲に流されるようにして淡々と結婚の準備を進めていきますが、あるとき思いもよらない場所でニックと再会をはたすのでした。オードリー・ヘップバーン主演の名作『ローマの休日』を思わせるシーンですが、映画とはちがって、本作ではここから物語が大きく動きはじめます。

これまでウォレン作品をお読みになったことのあるかたならご存じのとおり、前半と後半でがらりと展開が変わるのが、この作家の作品の特徴です。甘い前半部分とせつない後半部分の落差に読者は一気に物語の世界に引きこまれるわけですが、今回はそこにアリアドネとマーセデスというヒロインの親友ふたりが重要な鍵を握る脇役として登場し、この作品をいっそう深みのあるものにしています。男女の愛、家族愛、そして友情。だれもが相手の幸せを願っているのに、すれちがう悲しさ。そして思いが通じたときの喜び。それらがぎゅっと詰まったこの作品を、読者のみなさまが愛してくださることを願っています。

さて、第二作目はエマの親友、マーセデス王女が主人公です。三人のなかでいちばん内気でひかえめなマーセデスが、大きな陰謀に巻きこまれて命を狙われるという手に汗握る展開で、本作とはまたひと味ちがったスリリングな作品に仕上がっています。どうぞ楽しみにお待ちください。

最後になりましたが、本作の翻訳にあたって、二見書房編集部のみなさんにお世話になりました。この場をお借りして御礼申しあげます。

二〇一四年一二月

ザ・ミステリ・コレクション

純白《じゅんぱく》のドレスを脱《ぬ》ぐとき

著者　トレイシー・アン・ウォレン
訳者　久野郁子《くのいくこ》

発行所　株式会社 二見書房
東京都千代田区三崎町2-18-11
電話 03(3515)2311［営業］
03(3515)2313［編集］
振替 00170-4-2639

印刷　株式会社 堀内印刷所
製本　株式会社 関川製本所

ISBN978-4-576-15006-2
http://www.futami.co.jp/

その夢からさめても
トレイシー・アン・ウォレン
久野郁子［訳］〔バイロン・シリーズ〕

大叔母のもとに向かう途中、メグは吹雪に見舞われ近くの屋敷を訪ねる。そこで彼女は戦争で心身ともに傷ついたケイド卿と出会い思わぬ約束をすることに……!?

ふたりきりの花園で
トレイシー・アン・ウォレン
久野郁子［訳］〔バイロン・シリーズ〕

知的で聡明ながらも婚期を逃がした内気な娘グレース。そんな彼女のまえに、社交界でも人気の貴族が現われ、熱心に求婚される。だが彼にはある秘密があって…

あなたに恋すればこそ
トレイシー・アン・ウォレン
久野郁子［訳］〔バイロン・シリーズ〕

許婚の公爵に正式にプロポーズされたクレア。だが、彼にとって〝義務〟としての結婚でしかないと知り、公爵夫人にふさわしからぬ振る舞いで婚約破棄を企てるが…

この夜が明けるまでは
トレイシー・アン・ウォレン
久野郁子［訳］〔バイロン・シリーズ〕

婚約者の死から立ち直れずにいた公爵令嬢マロリー。兄のように慕う伯爵アダムからの励ましに心癒されるが、ある夜、ひょんなことからふたりの関係は一変して……!?

すみれの香りに魅せられて
トレイシー・アン・ウォレン
久野郁子［訳］〔バイロン・シリーズ〕

許されない愛に身を焦がし、人知れず逢瀬を重ねるふたり——天才数学者のもとで働く女中のセバスチャン。心優しい主人に惹かれていくが、彼女には明かせぬ秘密が…

昼下がりの密会
トレイシー・アン・ウォレン
久野郁子［訳］〔ミストレス・シリーズ〕

家族に人生を捧げた未亡人ジュリアナと、復讐にすべてを賭ける男・ペンドラゴン。つかのまの愛人契約の先にふたりを待つ切ない運命とは…。シリーズ第一弾!

月明りのくちづけ
トレイシー・アン・ウォレン
久野郁子［訳］　〔ミストレス・シリーズ〕

意に染まない結婚を迫られたリリーは、自殺を偽装し冷酷な継父から逃れようとロンドンへ向かう。その旅路、ある侯爵と車中をともにするが…。シリーズ第二弾！

甘い蜜に溺れて
トレイシー・アン・ウォレン
久野郁子［訳］　〔ミストレス・シリーズ〕

父の仇を討つべくガブリエラは宿敵の邸に忍びこむが、銃口を向けた先にいたのは社交界一の放蕩者の公爵だった。しかも思わぬ真実を知らされて…。シリーズ完結篇！

あやまちは愛
トレイシー・アン・ウォレン
久野郁子［訳］

双子の姉と入れ替わり、密かに思いを寄せていた公爵の妻となったヴァイオレット。妻として愛される幸せと良心の呵責の狭間で心を痛めるが、やがて真相が暴かれる日が…

愛といつわりの誓い
トレイシー・アン・ウォレン
久野郁子［訳］

親戚の家へ預けられたジーネットは、無礼だが魅惑的な建築家ダラーと出会う。ある事件がもとで〝平民〟の彼と結婚するはめになり…。『あやまちは愛』に続く第二弾！

夢見ることを知った夜
ジェニファー・マクイストン
小林浩子［訳］

未亡人のジョーゼットがある朝目覚めると、隣にハンサムな見知らぬ男性が眠り、指には結婚指輪がはめられていた！スコットランドを舞台にした新シリーズ第一弾！

永遠《とわ》のキスへの招待状
カレン・ホーキンス
高橋佳奈子［訳］

舞踏会でのとある〝事件〟が原因で距離を置いていたシンとローズ。そんなふたりが六年ぶりに再会し…!? 軽やかなユーモアとウィットに富んだヒストリカル・ラブ

唇はスキャンダル
キャンディス・キャンプ
大野晶子〔訳〕〔聖ドゥワインウエン・シリーズ〕

教会区牧師の妹シーアは、ある晩、置き去りにされた赤ちゃんを発見する。おしめのブローチに心当たりがあった彼女は放蕩貴族モアクーム卿のもとへ急ぐが……!?

瞳はセンチメンタル
キャンディス・キャンプ
大野晶子〔訳〕〔聖ドゥワインウエン・シリーズ〕

とあるきっかけで知り合ったミステリアスな未亡人と〝冷血卿〟と噂される伯爵。第一印象こそよくはなかったものの いつしかお互いに気になる存在に……シリーズ第二弾！

視線はエモーショナル
キャンディス・キャンプ
大野晶子〔訳〕〔聖ドゥワインウエン・シリーズ〕

伯爵家に劣らない名家に、婚約を破棄されたジェネヴィーヴ。そこに救いの手を差し伸べ、結婚を申し込んだ男性は!? 大好評〈聖ドゥワインウエン〉シリーズ最終話

英国レディの恋の作法
キャンディス・キャンプ
山田香里〔訳〕〔ウィローメア・シリーズ〕

一八二四年、ロンドン。両親を亡くし、祖父を訪ねてアメリカからやってきたマリーは泥棒に襲われるもある紳士に助けられる。お礼を申し出るマリーに彼が求めたのは彼女の唇で…

英国紳士のキスの魔法
キャンディス・キャンプ
山田香里〔訳〕〔ウィローメア・シリーズ〕

若くして未亡人となったイヴは友人に頼まれ、ある姉妹の付き添い婦人を務めることになるが、雇い主である伯爵の弟に惹かれてしまい……!? 好評シリーズ第二弾！

英国レディの恋のため息
キャンディス・キャンプ
山田香里〔訳〕〔ウィローメア・シリーズ〕

ステュークスベリー伯爵と幼なじみの公爵令嬢ヴィヴィアン。水と油のように正反対の性格で、昔から反発するばかりのふたりだが、じつは互いに気になる存在で…!?

恋の訪れは魔法のように
キャサリン・コールター
栗木さつき［訳］

放蕩伯爵と美貌を隠すワケアリのおてんば娘。父親同士の約束で結婚させられたふたりが恋の魔法《マジック》にかけられて……待望のヒストリカル三部作、マジック・シリーズ第一弾！

星降る夜のくちづけ
キャサリン・コールター
西尾まゆ子［訳］

婚約者の裏切りにあい、伊達男ながらすっかり女性不信になった伯爵と、天真爛漫なカリブ美人。衝突する彼らが恋の魔法《マジック》にかかる…!? マジック・シリーズ第二弾！

月あかりに浮かぶ愛
キャサリン・コールター
栗木さつき［訳］

ヴィクトリアは彼女の体を狙う後見人のもとから逃げ出そうと決心する。その道中、ごろつきに襲われたところを助けてくれた男性は……マジック・シリーズ第三弾！

微笑みはいつもそばに
リンゼイ・サンズ
武藤崇恵［訳］
〔マディソン姉妹シリーズ〕

不幸な結婚生活を送っていたクリスティアナ。そんな折、夫の伯爵が書斎でなぞの死を遂げる。とある事情で伯爵の死を隠すが、その晩の舞踏会に死んだはずの伯爵が現れ!?

いたずらなキスのあとで
リンゼイ・サンズ
武藤崇恵［訳］
〔マディソン姉妹シリーズ〕

父の借金返済のため婿探しをするシュゼット。ダニエルという理想の男性に出会うも彼には秘密が…『微笑みはいつもそばに』に続くマディソン姉妹シリーズ第二弾！

心ときめくたびに
リンゼイ・サンズ
武藤崇恵［訳］
〔マディソン姉妹シリーズ〕

マディソン家の三女リサは幼なじみのロバートにひそかな恋心をいだいていたが、彼には妹扱いされるばかり。そんな彼女がある事件に巻き込まれ、監禁されてしまい!?

密会はお望みのとおりに
クリスティーナ・ブルック
村山美雪［訳］

夫が急死し、若き未亡人となったジェイン。今後は再婚せず、ひっそりと過ごすつもりだった。が、ある事情から、悪名高き貴族に契約結婚を申し出ることになって?

約束のワルツをあなたと
クリスティーナ・ブルック
小林さゆり［訳］

愛と結婚をめぐり、紳士淑女の思惑が行き交うロンドン社交界。比類なき美女と顔と心に傷を持つ若伯爵の恋のゆくえは――。新鋭作家が描くリージェンシー・ラブ！

仮面のなかの微笑み
イーヴリン・プライス
石原未奈子［訳］

仮面を着けた女ピアニストとプライド高き美貌の公爵。ふたりが出会ったのはあやしげなロンドンの娼館で……。初代〈米アマゾン・ブレイクスルー小説賞〉受賞の注目作！

パッション
リサ・ヴァルデス
坂本あおい［訳］

ロンドンの万博で出会った、未亡人パッションと建築家マーク。抗いがたいほど惹かれあい、互いに名を明かさぬまま熱い関係が始まるが…。官能のヒストリカルロマンス！

ペイシエンス 愛の服従
リサ・ヴァルデス
坂本あおい［訳］

自分の驚くべき出自を知ったマシューと、愛した人に拒絶された過去を持つペイシエンス。互いの傷を癒しあうような関係は燃え上がり…。『パッション』待望の続刊！

恋のかけひきにご用心
アリッサ・ジョンソン
阿尾正子［訳］

存在すら忘れられていた被後見人の娘と会うため、スコットランドに夜中に到着したギデオン。ところが泥棒と勘違いされてしまい…実力派作家のキュートな本邦初翻訳作品

二見文庫 ロマンス・コレクション